Amar é Relativo

OBRAS DA AUTORA PUBLICADAS PELA EDITORA RECORD

Como Sophie Kinsella
Amar é relativo
Fiquei com o seu número
Lembra de mim?
A lua de mel
Mas tem que ser mesmo para sempre?
Menina de vinte
Minha vida (não tão) perfeita
Samantha Sweet, executiva do lar
O segredo de Emma Corrigan
Te devo uma

Juvenil
À procura de Audrey

Infantil
Fada Mamãe e eu

Da série Becky Bloom:
Becky Bloom – Delírios de consumo na 5ª Avenida
O chá de bebê de Becky Bloom
Os delírios de consumo de Becky Bloom
A irmã de Becky Bloom
As listas de casamento de Becky Bloom
Mini Becky Bloom
Becky Bloom em Hollywood
Becky Bloom ao resgate
Os delírios de Natal de Becky Bloom

Como Madeleine Wickham
Drinques para três
Louca para casar
Quem vai dormir com quem?
A rainha dos funerais

SOPHIE KINSELLA

Amar é Relativo

Tradução de
Carolina Simmer

3ª edição

EDITORA RECORD
RIO DE JANEIRO • SÃO PAULO
2023

EDITORA-EXECUTIVA
Renata Pettengill

SUBGERENTE EDITORIAL
Mariana Ferreira

ASSISTENTE EDITORIAL
Pedro de Lima

AUXILIAR EDITORIAL
Juliana Brandt

REVISÃO
Mauro Borges e Maria Alice Barducci

CAPA
Adaptada do design original de Eileen Carey

DIAGRAMAÇÃO
Abreu's System

TÍTULO ORIGINAL
Love Your Life

CIP-BRASIL. CATALOGAÇÃO NA PUBLICAÇÃO
SINDICATO NACIONAL DOS EDITORES DE LIVROS, RJ

K64a

Kinsella, Sophie, 1969-
    Amar é relativo / Sophie Kinsella; tradução de Carolina Simmer. – 3ª ed. – Rio de Janeiro: Record, 2023.

    Tradução de: Love Your Life
    ISBN 978-65-55-87237-8

    1. Romance inglês. I. Simmer, Carolina. II. Título.

21-70692c
    CDD: 823
    CDU: 82-31(410.1)

Leandra Felix da Cruz Candido – Bibliotecária – CRB-7/6135

Título em inglês:
Love Your Life

Copyright © Madhen Media Ltd 2020

Publicado originalmente na Grã-Bretanha em 2020 por Bantam Press, um selo da Transworld Publishers.

Texto revisado segundo o Acordo Ortográfico da Língua Portuguesa de 1990.

Todos os direitos reservados. Proibida a reprodução, no todo ou em parte, através de quaisquer meios. Os direitos morais da autora foram assegurados.

Direitos exclusivos de publicação em língua portuguesa somente para o Brasil adquiridos pela
EDITORA RECORD LTDA.
Rua Argentina, 171 – Rio de Janeiro, RJ – 20921-380 – Tel.: (21) 2585-2000, que se reserva a propriedade literária desta tradução.

Impresso no Brasil

ISBN 978-65-55-87237-8

Seja um leitor preferencial Record.
Cadastre-se no site www.record.com.br e receba informações sobre nossos lançamentos e nossas promoções.

Atendimento e venda direta ao leitor:
sac@record.com.br ou (21) 2585-2002.

Em memória de Susan Kamil

UM

Quando estico o braço para tocar a campainha, meu celular apita com uma mensagem, e, imediatamente, uma lista de possibilidades surge na minha cabeça.

- Alguém que eu conheço morreu.
- Alguém que eu conheço ganhou na loteria.
- Estou atrasada para um compromisso do qual me esqueci. Merda.
- Fui testemunha de um crime e agora preciso dar um depoimento muito específico e detalhado sobre algo do qual não me lembro. *Merda*.
- Minha médica estava dando uma olhada no meu histórico. (Por quê? Sei lá.) E ela descobriu algum problema. "Não quero deixar você preocupada, *mas*..."
- Alguém mandou flores para mim e minha vizinha as recebeu.
- Alguma celebridade tuitou uma coisa que preciso ver. Ahh. O que será?

Mas, quando pego o celular, vejo que a mensagem é de Seth, o cara com quem saí na semana passada. Aquele que passou a noite inteira sem falar nada. *Nada*.

Com a maioria dos caras o problema é o oposto. Eles ficam falando sem parar sobre si mesmos e suas façanhas brilhantes e, no momento em que você está pagando sua metade da conta, perguntam "O que que você faz da vida mesmo?", como se tivessem acabado de pensar naquilo. Mas Seth passou o tempo todo me encarando em silêncio com aqueles olhos juntos, enquanto eu balbuciava, nervosa, sobre a sopa de abóbora.

O que ele quer falar comigo? Será que vai me chamar para sair de novo? Credo. Só de pensar nisso, meu estômago fica embrulhado, o que é um sinal. Uma das minhas principais regras na vida é: escute seu corpo. Seu corpo é sábio. Seu corpo *sabe*.

Está tudo bem. Vou dispensá-lo de um jeito educado. Sou boa em dispensar as pessoas.

Oi, Ava. Pensei um pouco e resolvi que não posso seguir em frente com o nosso relacionamento.

Ah. Humpf. Entendi.
Tanto faz.
Reviro os olhos de forma deliberada para o celular. Apesar de eu saber que ele não pode me ver, tenho a leve sensação de que a gente consegue, de alguma forma, transmitir nossas emoções pelo telefone. (Nunca compartilhei essa teoria com ninguém, porque acho que a maioria das pessoas tem a cabeça muito fechada. Até minhas melhores amigas.)

Talvez você tenha achado que entrei em contato para convidá-la para sair de novo, e, se foi o caso, sinto muito por ter feito você criar expectativas.

Expectativas? *Expectativas?* Ele bem que gostaria, né?!

Você deve querer saber o motivo.

O quê? Não. Não quero, muito obrigada.

Quer dizer, dá para imaginar.

Não, mentira. Não dá.

Por que eu teria que imaginar uma coisa dessas, de toda forma? Quem quer *imaginar* por que foi dispensado por alguém? Por acaso estou em um programa de auditório horroroso chamado *Foi o meu bafo*?

(Não foi o meu bafo. Pode ter sido qualquer coisa, menos isso.)

Infelizmente, não posso sair com uma pessoa que acha que sopa de abóbora tem alma.

O quê?

Encaro o telefone com raiva. Ele me interpretou de um jeito *completamente* errado. Eu *não* disse que sopa de abóbora tem alma. Eu só disse que acho que nós deveríamos ter a mente mais aberta sobre a forma como o mundo físico e o mundo espiritual se conectam. E realmente acho isso. Nós deveríamos, sim.

Como se pudesse ler meus pensamentos, Harold solta um ganido compadecido e esfrega o focinho na minha perna. Viu? Se isso não é prova de que o mundo é interconectado, o que mais seria?

Quero responder com um "Desculpa se a minha cabeça não é fechada o bastante para a sua visão limitada da vida". Mas isso indicaria que li as mensagens dele, coisa que eu não fiz.

Certo, tudo bem, eu *li*, mas o que quis dizer foi que já as apaguei da minha mente. Esqueci tudo. Quem é Seth? Marcar encontro? O quê?

Exatamente.

Toco a campainha e depois abro a porta com a chave que Nell me deu. Todas nós fazemos isso, para o caso de Nell estar tendo uma crise. Já faz um tempo desde a última, mas elas sempre começam do nada e vêm com tudo.

— Nell? — chamo.

— Oi! — Ela aparece no corredor com um sorriso enorme, seu cabelo cor-de-rosa e espetado.

— Você voltou pro rosa! — exclamo. — Gostei.

Nell mudou a cor do cabelo cerca de cento e seis vezes desde nossa época da faculdade, enquanto meu cabelo permaneceu igual. Ele continua com o mesmo tom ruivo escuro, liso, na altura dos ombros, fácil de prender em um rabo de cavalo.

Não que eu ande pensando muito em cabelos ultimamente. As mensagens de Seth me distraíram por um instante — porém, agora que estava ali dentro, minha garganta começa a apertar. Meu estômago fica embrulhado. Olho para Harold, ele vira a cabeça para mim com aquele seu ar questionador fofo, e meus olhos começam a arder. Ai, meu Deus. Será que vou mesmo conseguir fazer isso?

Nell se agacha e estica as mãos para Harold.

— Pronto pra suas férias?

Harold a analisa por um momento, depois se vira para mim, seus olhos castanhos melosos me encarando com tristeza.

Se alguém acha que cachorros não entendem tudo o que nós falamos e fazemos, essa pessoa está *errada*, porque Harold *sabe*. Apesar de sua tentativa de ser forte, ele está achando isso tão difícil quanto eu.

— Não posso levar você pra Itália, Harold — digo, engolindo em seco. — Já expliquei. Mas vai ser rápido. Prometo. Uma semana só.

A carinha dele se franze em uma expressão de partir o coração de quem diz "Por que você está fazendo *isso* comigo?". Seu rabo bate no chão de um jeito encorajador, esperançoso, como se, de repente, eu pudesse mudar de ideia, cancelar meu voo e levá-lo para brincar.

Eu jurei que não ia chorar, mas as lágrimas enchem meus olhos enquanto fito a carinha esperta e inteligente dele. Meu Harold. O melhor beagle do mundo. O melhor cachorro do mundo. A melhor *pessoa* do mundo.

— O Harold está *doido* pra ficar comigo — diz Nell, toda convincente, conduzindo nós dois até a sala. — Não é, Harold?

Em resposta, Harold parece ainda mais intrigado e solta um ganido desolado.

— Esse cachorro devia ser ator — diz Sarika, desviando sua atenção do laptop e o encarando com um olhar bem-humorado.

Sarika não é muito de cachorros — ela mesma admite isso —, mas de Harold ela gosta. É impossível não gostar de Harold.

Eu encontrei Harold em um abrigo para animais abandonados quatro anos antes, quando ele ainda era só um filhote, e nós dois nos apaixonamos de cara, completamente. Ele me encarou com seus olhos brilhantes, sua respiração toda farejadora e animada, e pareceu dizer "Aí está você! Eu sabia que você viria!".

Não vou fingir que foi um mar de rosas. Eu nunca havia tido um cachorro. Quando eu era criança, queria um, mas meus pais eram do tipo que sempre faziam promessas mas nunca cumpriam. Então eu não sabia cuidar de um cachorro. E Harold não estava acostumado com uma pessoa cuidando dele. Porque as pessoas que o largaram no acostamento da rodovia A414 sem dúvida *não* cuidaram dele. Fazer aquilo *não* foi cuidar dele. Fico nervosa e chateada só de pensar nisso.

Enfim, foi um aprendizado. Quando Harold chegou ao meu apartamento, ficou enlouquecido. Era como se ele dissesse "O que foi que eu *fiz*, aceitando vir morar com você?". E eu tive dúvidas parecidas. Houve muito choro, de ambos os lados. Mas, agora, não consigo imaginar minha vida sem ele. Porém, cá estou eu, pretendendo abandoná-lo por uma semana.

Talvez fosse melhor eu cancelar a viagem. Sim. Eu devia cancelar.

— Ava, para de se preocupar. Você não percebe que ele está *tentando* fazer você se sentir culpada? — diz Nell, que se vira para Harold e o encara com um olhar sério. — Escuta, cara, eu não caio nesse seu teatrinho. A Ava pode viajar sem você. Isso *é permitido*. Então para de encher o saco dela.

Por um longo momento, Harold e Nell se encaram — duas personalidades fortes em confronto —, e então, finalmente, Harold cede.

Ele lança outro olhar recriminador para mim, mas vai até o tapete ao lado da cadeira de Nell e se acomoda nele.

Tudo bem, talvez eu não cancele a viagem.

— *Não* peça desculpas pra ele — diz Nell para mim. — E *não* passe a semana inteira toda triste, assistindo aos vídeos dele, em vez de escrever o seu livro.

— Eu não vou fazer isso! — digo, na defensiva.

— A gente vai ficar bem — reforça ela. — *Bem*.

Eu não tenho muitas dicas sobre a vida. Mas uma delas é: se você um dia sentir pena de si mesmo, visite Nell. Ela é durona no melhor sentido. Ela acaba com qualquer pensamento idiota seu. Sua postura prática é como uma rajada cortante de vento frio, que faz você acordar.

— Aqui estão todas as coisas dele. — Jogo minha bolsa gigante no chão. — Cama, tigela de água, coberta, comida... Ah, e os óleos essenciais dele! — lembro de repente, tirando um frasco da minha bolsa. — Fiz um blend novo pra ele, de lavanda e cedro. Você só precisa espirrar na...

— Cama — Nell me interrompe. — Ava, relaxa. Você já me mandou cinco e-mails sobre isso, lembra? — Ela pega o frasco da minha mão e o analisa rapidamente antes de deixá-lo de lado. — Acabei de me dar conta de que eu estava querendo perguntar uma coisa para você há um tempo. O que aconteceu com o seu curso de aromaterapia?

— Ah — digo, hesitante. — Eu ainda... estou fazendo. Quer dizer, mais ou menos.

Minha cabeça vai direto para meus livros e frascos de aromaterapia, largados em um canto da cozinha. Meu curso é on-line e *preciso* voltar a assistir às aulas, porque continuo muito interessada em trabalhar com aromaterapia durante meio expediente.

— Mais ou menos? — repete Nell.

— Dei uma pausa. É só que, com o trabalho e escrevendo o livro... Você sabe. — Eu suspiro. — A vida acaba ficando atrapalhada.

Eu trabalho escrevendo e revisando bulas de remédio, algo que faço com um pé nas costas a esta altura do campeonato. Trabalho para um laboratório chamado Brakesons, com sede em Surrey. É um emprego legal, gosto da empresa e, no geral, faço home office. Mas estou sempre tentando expandir meus horizontes. Na minha opinião, a vida é curta demais para *não* expandirmos nossos horizontes. A gente devia passar o tempo todo pensando: "Isso é legal... mas que *outras* coisas eu posso fazer?"

— Mais um motivo pra você ir pra Itália e se concentrar em escrever o livro — diz Nell, convicta. — O Harold *quer* que você faça isso. Não quer, Harold?

Em resposta, Harold solta um "aúúú" comovido — às vezes, ele parece um lobo —, e Nell ri. Ela esfrega a cabeça de Harold com sua mão pequena e forte, e diz:

— Cachorro idiota.

Nós somos grandes amigas desde nossa época na Universidade de Manchester. Eu, Nell, Sarika e Maud nos conhecemos no coral da faculdade e ficamos amigas durante uma viagem para Bremen. Até então, Sarika mal tinha dado um pio; as únicas coisas que sabíamos sobre ela era que estudava Direito e que conseguia alcançar um dó soprano. Porém, depois de beber um pouco, ela revelou que tinha um caso secreto com o maestro e que a vida sexual dos dois estava ficando um pouco "tensa". E que, por isso, ela estava pensando em dar um pé na bunda dele, mas queria continuar no coral, e gostaria de saber o que a gente achava. Passamos a noite inteira bebendo cerveja alemã e debatendo o assunto, ao mesmo tempo em que tentávamos descobrir o que exatamente ela queria dizer com "tensa".

(No fim das contas, Nell bateu com o copo na mesa e falou: "Porra, *conta* logo pra gente o que é.")

(Era um pouco nojento. Nada que valha a pena repetir ou nem sequer pensar.)

No fim das contas, Sarika terminou com o maestro e continuou no coral. Catorze anos se passaram (como *isso* aconteceu?), e continuamos amigas. De nós quatro, apenas Sarika continua cantando em corais — mas, por outro lado, ela sempre foi a mais musical. Além disso, ela vive procurando por um homem que tenha interesses parecidos com os dela e acha que os corais de Londres são um bom lugar para encontrar alguém. Grupos de ciclismo também. Ela troca de coral uma vez por ano, e de grupo de ciclismo a cada seis meses, e conseguiu uma boa variedade de caras.

Quer dizer, três possibilidades sérias em dois anos. Nada mal para Londres.

Todas nós moramos perto, no norte da cidade, e, apesar de nossas vidas serem diferentes em muitos sentidos, estamos mais próximas do que nunca. Passamos por uma montanha-russa de emoções nos últimos anos. Nós berramos e agarramos as mãos umas das outras, tanto no sentido literal quanto no... outro.

Não literal.

Metafórico? Figurado?

Que ótimo. Amanhã, vou começar um curso de escrita de uma semana e não sei qual é o oposto de "literal".

— Qual é o oposto de "literal"? — pergunto a Sarika, mas ela está digitando atentamente no laptop, o cabelo escuro brilhante roçando as teclas.

É comum encontrá-la digitando atentamente no laptop, mesmo quando está na casa de Nell. (A gente gosta de se reunir aqui.)

— Nada de fumantes — murmura Sarika, então pressiona uma tecla e analisa a tela.

— O quê? — Eu a encaro. — Você está trabalhando?

— Novo site de relacionamentos — explica ela.

— Ahh, qual? — pergunto, interessada.

De todas nós, Sarika é a que tem mais dinheiro, é advogada, então é ela que banca os sites de relacionamentos caros e depois conta para nós o que achou.

— Nada de médiuns — responde Sarika, distraída, e aperta outra tecla antes de levantar o olhar. — Esse se chama Conheci Você. Custa um rim. Mas vale o investimento.

— "Nada de médiuns"? — repete Nell em um tom descrente. — Com quantos médiuns você já saiu, exatamente?

— Um — responde Sarika, virando-se para ela. — E já foi mais do que o suficiente. Eu contei sobre ele. Aquele que achava que sabia o que eu gostava *de verdade* na cama. Nós discutimos, e eu falei "Mas o corpo é de quem?", então ele respondeu "É pra nós dois nos divertirmos".

— Ah, *esse* — diz Nell com os olhos brilhando. — Eu não sabia que ele era médium, achei que fosse só babaca. Esse site não tem um filtro antibabacas?

— Não daria certo — responde Sarika, pesarosa. — Ninguém acha que é babaca. — Ela se vira de novo para a tela e volta a digitar no teclado. — Nada de mágicos. — Escreve ela, rápida. — Nada de dançarinos... Que tal coreógrafos?

— Qual é o problema de dançarinos? — rebate Nell. — Eles são bonitos.

— Não curto — responde Sarika, dando de ombros. — Ele sairia todas as noites pra dançar. A gente precisa ter uma rotina parecida. Nada de caras que trabalham embarcados em plataformas de petróleo — acrescenta ela, inspirada, voltando a digitar.

— *Como* esse site funciona? — pergunto, chocada.

— Você começa listando tudo o que acha inaceitável — explica Nell. — O nome não devia ser Conheci Você, mas Dispensei Você. E Você. E Você.

— Do jeito que você fala, parece muito negativo — reclama Sarika. — Não se trata de dispensar as pessoas, mas de ser bastante específico, pra pessoa não perder tempo com gente que não combina com ela. Você precisa ir moldando seu match ideal até conseguir uma lista perfeita.

— Deixa eu ver. — Dou a volta no sofá para olhar por cima do ombro dela. A tela do laptop está cheia de rostos masculinos, e pisco ao vê-los. Para mim, todos parecem bons. O cara com a barba por fazer no canto direito é bem bonitinho. A expressão dele diz "Me escolhe! Vou tratar você bem!".

— Ele parece fofo. — Aponto para o cara.

— Talvez. Certo, qual é o próximo item? — Sarika consulta uma lista digitada no celular. — Nada de vegetarianos.

— O quê? — Eu a encaro, chocada. — *Nada de vegetarianos?* Como assim? Sarika, como você pode ter a cabeça tão fechada? A sua irmã é vegetariana! *Eu* sou vegetariana!

— Eu sei — diz ela, calma. — Mas não quero namorar a minha irmã. Nem você. Foi mal, querida. Você sabe que eu adoro sua farofa de halloumi. — Ela estica um braço para apertar minha cintura com carinho. — Mas quero alguém com quem eu possa assar um frango.

Ela clica em "Filtros", e então aparece uma caixa com quatro títulos: *Sim, por favor!*, *Não me incomode*, *Não é o ideal* e *Inaceitável*.

— Inaceitável — diz Sarika, resoluta, e começa a digitar "vegetariano" na caixa. Depois de duas letras, a palavra *vegetariano* é preenchida automaticamente, e minha amiga clica nela.

— Você não pode dispensar todos os vegetarianos — digo, horrorizada. — Isso é preconceito. Isso é... Isso não é *contra a lei*?

— Ava, calma! — rebate Sarika. — Agora, dá uma olhada. Essa parte é divertida. "Aplicar filtro."

Assim que ela clica, as fotos na tela começam a brilhar. Então, grandes xis vermelhos surgem diante dos rostos na tela, um por um. Olho para o cara fofo — e sinto um baque horrível. Há um xis na frente do rosto dele. É como se ele tivesse recebido uma sentença de morte.

— O que aconteceu? — pergunto, ansiosa. — O que é isso?

— É o que chamam de "última chance" — explica Sarika. — Posso clicar em qualquer um deles se quiser salvar algum.

— Dá outra chance pra ele! — digo, apontando para o meu favorito. — Dá outra chance pra ele!

— Ava, você não sabe nada sobre esse cara — diz Sarika, revirando os olhos.

— Ele parece legal!

— Mas é vegetariano — diz ela, e aperta "concluído".

A tela brilha de novo, e todos os caras com rostos riscados somem. Os caras que restaram giram pela tela e depois aparecem reorganizados em fileiras de fotos, com novos perfis ocupando o lugar dos desaparecidos.

— Ótimo — diz Sarika, satisfeita. — Estou progredindo.

Encaro a tela, ligeiramente traumatizada pelo processo de abate.

— Que desumano — digo. — Que cruel.

— Melhor do que ficar arrastando a tela pro lado — opina Nell.

— Exatamente! — Sarika concorda com a cabeça. — É científico. Esse site tem mais de oitocentos filtros. Altura, emprego, hábitos, local, posicionamento político, nível de escolaridade... Parece que os algoritmos foram desenvolvidos pela NASA. Você pode analisar quinhentos caras, tipo, num piscar de olhos. — Ela consulta a lista mais uma vez. — Certo, vamos pro próximo passo. Ninguém com mais de um metro e noventa. — Ela começa a digitar de novo. — Já tentei caras muito altos. Não dá certo comigo.

Ela aperta "aplicar filtro", três xis vermelhos aparecem, e, em uma questão de segundos, uma nova seleção de homens nos encara da tela.

— Reza a lenda que uma mulher foi aplicando filtros até restar só um cara. Ela entrou em contato com ele, e os dois estão juntos até hoje — conta Sarika, descendo a lista. — Esse é o ideal.

— Mesmo assim, parece errado — digo, observando a tela com desânimo. — Não é possível que tenha que ser assim.

— Esse é o único jeito — rebate Sarika. — Hoje em dia, praticamente todo mundo conhece as pessoas pela internet, né? *To-do mun-do*. Milhões de pessoas. Bilhões de pessoas.

— Acho que sim — digo, sem ter muita certeza.

— Todo mundo se conhece pela internet — repete Sarika com clareza, como se estivesse apresentando um TED Talk. — É como se a gente fosse a uma festa e todas as pessoas do mundo estivessem lá, tentando chamar sua atenção. Isso nunca vai dar certo! Você precisa ter parâmetros. Portanto... — Ela gesticula para a tela.

— Já me basta a ASOS — comenta Nell. — Ontem, procurei por "blusa branca". Sabe quantas apareceram? Mil duzentas e sessenta e quatro. E, tipo, eu não tenho tempo pra essa porra. Peguei a primeira da lista. Que coisa.

— Pois é — diz Sarika. — E você está falando de uma blusa, não de um companheiro. "Ninguém que more a mais de dez minutos de uma estação de metrô" — acrescenta ela, digitando rápido. — Estou cansada de me enfiar em apartamentos no meio do nada.

— Você está dispensando caras que *moram a mais de dez minutos do metrô*? — Fico boquiaberta. — Isso é uma *opção*?

— Você pode criar seus próprios filtros, e, se eles gostarem, podem acrescentá-los ao site — explica Sarika. — Estão cogitando o meu sobre frequência de lavagens do cabelo.

— Mas e se o cara perfeito morar a onze minutos de uma estação de metrô? — Sei que pareço nervosa, mas não consigo evitar. Eu consigo imaginá-lo, tomando seu café sob o sol, com sua bermuda de ciclista, escutando sua playlist de Bach, sonhando com alguém como Sarika.

— Ele mentiria — responde Sarika, tranquila. — Ele colocaria "dez minutos". Não tem problema.

Ela realmente não está entendendo.

— Sarika, escuta — digo, frustrada. — E se existir um cara maravilhoso, que mede um metro e noventa e cinco, é vegetariano e mora a vinte minutos da estação de Crouch End... e você o dispensou? Que loucura!

— Ava, para de dar show — diz Sarika, calma. — A gente precisa ter alguns critérios.

— Não precisa, não — digo, determinada. — Não há nada que eu ache inaceitável. Só quero um cara legal. Um ser humano decente, civilizado. Não me importo com a sua aparência, com o que ele faz da vida, com o lugar onde ele mora...

— E se ele odiar cachorros? — pergunta Sarika, levantando as sobrancelhas.

Fico quieta.

Ele não poderia odiar cachorros, porque só gente muito estranha e triste não gosta de cachorros.

— Tá — acabo cedendo. — Esse é meu único critério. Ele precisa gostar de cachorros. Mas é só isso. Literalmente.

— E golfe? — acrescenta Nell com um tom malicioso.

Droga. Golfe é meu calcanhar de aquiles. Admito que tenho uma aversão irracional pelo esporte. E pelas roupas. E pelas pessoas que o praticam.

Mas, em minha defesa, é só porque morei perto do clube de golfe mais metido do mundo. Havia uma trilha pública que atravessava o terreno, mas, se você *tentasse* passar por ela, aparecia um monte de gente furiosa em suéteres idênticos, balançando os braços, mandando você ficar quieta, ou ir embora, perguntando se você era *idiota*.

Eu não era a única que ficava incomodada com aquilo; a junta administrativa do bairro precisou conversar com o clube. Aparentemente, eles criaram um novo sistema de placas, e está tudo bem agora. Porém, a essa altura, nós havíamos nos mudado, e eu já tinha decidido que era alérgica a golfe.

Só que não vou admitir isso agora, porque não gosto de pensar em mim como uma pessoa preconceituosa.

— Não tenho nada contra golfe — digo, erguendo o queixo. — E, de toda forma, a questão não é essa. A questão é que duas listas de critérios que se encaixam não significam *amor*. Algoritmos não significam *amor*.

— Algoritmos são a única opção — diz Sarika, apertando os olhos para a tela. — Humm... Gostei desse.

— Certo, cadê o algoritmo que vai me dizer como é o cheiro de um cara? — rebato, mais veemente do que eu pretendia. — Cadê o algoritmo que vai me dizer como ele ri ou a forma como faz carinho na cabeça de um cachorro? É *isso* que importa pra mim, e não todos esses detalhes bobos aí. Posso me apaixonar tanto por um cientista como por um fazendeiro. Ele pode ter um metro e meio ou dois metros. Contanto que exista química entre nós. *Química.*

— Ah, *química* — diz Sarika, trocando um sorriso com Nell.

— Sim, química! — insisto, meio desafiadoramente. — É isso o que importa! O amor é... é... — Tento encontrar as palavras. — É uma conexão inexplicável, misteriosa, que acontece entre dois seres humanos que se conectam, que desenvolvem um sentimento... e simplesmente sabem.

— Ava. — Sarika me encara com um olhar carinhoso. — Você é um amor.

— Ela está treinando pro curso de escrita romântica — arrisca Nell. — Você tem noção de que Lizzy Bennet tinha um zilhão de critérios, Ava? "Nada de sujeitos metidos e arrogantes. Nada de pastores idiotas." — Nell gesticula com a cabeça para Sarika. — Coloca essa última.

— Nada de pastores idiotas. — Sarika finge digitar, sorrindo para mim por cima do laptop. — Será que devo colocar "Só entre em contato se for dono de uma mansão imponente"?

— Muito engraçado.

Afundo no sofá ao lado dela, e Sarika coloca uma mão conciliatória sobre a minha.

— Ava, querida... Nós somos diferentes, só isso. Nós queremos coisas diferentes. Eu prefiro não perder tempo. Enquanto você prefere... química.

— A Ava quer mágica — afirma Nell.

— Não é *mágica*. — Eu me retraio ligeiramente, porque minhas amigas sempre me fazem parecer romântica e otimista demais, e *não* sou nada disso. — O que eu quero é... — Eu me interrompo, com os pensamentos um pouco confusos.

— O que você *quer*? — pergunta Nell, e ela parece curiosa de verdade.

Finalmente, respiro fundo.

— Quero um cara que olhe pra mim... e eu olhe pra ele... e que esteja tudo lá. Não precisamos dizer nada. Está tudo lá.

Caio em um silêncio indistinto. Isso tem que existir. O amor *tem* que ser possível, porque, senão, o que nós todos estamos fazendo?

— Eu também quero isso. — Sarika concorda com a cabeça, quebrando o silêncio. — Mas a dez minutos de uma estação de metrô.

Nell solta uma gargalhada, e abro um sorriso relutante.

— Tenho um encontro hoje à noite, na verdade — revelo. — É por isso que não posso ficar muito tempo.

— Um encontro? — Sarika levanta a cabeça. — E você só contou pra gente agora?

— Achei que você fosse arrumar as malas pra Itália — diz Nell em um tom quase acusatório.

— Eu *vou* fazer as malas. Depois do encontro.

— Que empolgante! — Os olhos de Sarika brilham para mim. — Onde vocês se conheceram? Numa festinha do bairro?

— Não, num baile — responde Nell. — Ele ajudou a desatolar a roda da carruagem dela.

— Ele escreveu um bilhete com sua pena e prendeu no chapéu dela. — Sarika ri.

— Rá, rá. — Reviro os olhos. — Pela internet, é óbvio. Mas não listei um milhão de critérios artificiais, segui meu *instinto*.

— Seu instinto? — repete Nell. — E isso significa...?

— Os olhos dele — digo, orgulhosa. — Foi a expressão nos olhos dele.

Depois do encontro desastroso com Seth, bolei uma nova teoria: os olhos dizem tudo. Eu *nunca* gostei dos olhos de Seth. Isso devia ter sido um sinal. Então entrei na internet para procurar um cara com olhos maravilhosos... e encontrei! Na verdade, estou bem animada. Olho para a foto dele o tempo todo e sinto que temos uma conexão de verdade.

— Os olhos dizem mesmo como é a pessoa — concorda Sarika. — Vamos ver.

Abro uma foto e fico olhando para ela com carinho por um momento antes de passar o telefone para Sarika, depois para Nell.

— O nome dele é Stuart. Ele trabalha com TI.

— Os olhos são bonitos — diz Nell. — Você tem razão nesse ponto.

Bonitos? É só isso que ela tem a dizer? Os olhos dele são maravilhosos! Eles exalam carinho, inteligência e sagacidade, mesmo em uma foto minúscula no celular. Eu nunca *vi* olhos tão fantásticos, e já passei por muitos perfis...

— Harold! — grita Sarika de repente, e eu dou um pulo, assustada. — Esse wrap de frango é meu! Que cachorro *feio*!

Enquanto conversávamos, Harold foi de fininho até o lado de Sarika no sofá e pegou o wrap do Pret a Manger da bolsa dela, ainda embalado no plástico. Agora, ele alterna seu olhar entre nós três, como se dissesse: "O que vocês vão fazer?"

— Harold! — repreendo-o. — Solta! — Dou um passo em sua direção, e ele dá um passo para trás. — Solta! — repito, sem muita convicção.

Os olhos brilhantes de Harold passeiam pela sala de novo, como se ele estivesse avaliando a situação.

— Solta. — Tento assumir um ar de comando. — *Solta!*

— Solta! — repete Nell, sua voz de contralto reverberando pela sala.

Devagar, me inclino na direção de Harold, e os olhos dele me acompanham, centímetro a centímetro, até que eu faço um movimento rápido a fim de pegar o wrap. Mas sou lenta demais. Sou sempre lenta demais para Harold. Ele sai correndo e se enfia no canto atrás da televisão, onde ninguém consegue alcançá-lo, então começa a mastigar loucamente o wrap, fazendo uma pausa de vez em quando para encarar nós três com uma expressão triunfante.

— Cachorro maldito — diz Nell.

— Eu não devia ter deixado o sanduíche dentro da bolsa — diz Sarika, balançando a cabeça. — Harold, não come o *plástico*, seu idiota.

— Harold? — Uma voz familiar vem do corredor. — Cadê esse cachorro lindo?

Um instante depois, Maud surge na porta, segurando a mão de dois de seus filhos, Romy e Arthur.

— *Desculpe* o atraso — declama ela daquele seu jeito dramático. — A saída da escola foi um *inferno*. Faz um *século* que não vejo o Harold — acrescenta ela, se virando para ele com um sorriso radiante. — Ele está animado pras férias?

— Ele não é um cachorro lindo — diz Sarika em um tom ameaçador. — Ele é um cachorro feio, levado.

— O que ele fez? — pergunta Arthur, seus olhos brilhando de alegria.

Harold é meio que famoso na turma Arthur, que está no segundo ano, na escola. Uma vez a gente o levou para conhecer os alunos, e ele roubou o urso de pelúcia da classe, fugiu para o parquinho e teve que ser encurralado por três professoras.

— Ele roubou meu wrap de frango — explica Sarika, e as duas crianças caem na gargalhada.

— O Harold rouba tudo — anuncia Romy, que tem 4 anos. — O Harold rouba a comida *toda*. Harold, aqui!

Ela estica uma das mãos, animada, e Harold levanta a cabeça como quem diz "Mais tarde", e volta a mastigar.

— Espera, cadê o Bertie? — pergunta Maud, como se só tivesse dado falta dele agora. — Arthur, cadê o Bertie?

Arthur não expressa nenhuma reação, é como se nem soubesse que tem um irmão chamado Bertie, e Maud estala a língua.

— Ele deve ter se enfiado em algum canto — continua ela em um tom distraído.

Resumindo, o problema da vida de Maud é que ela tem três filhos, mas apenas duas mãos. O ex dela, Damon, é advogado. Ele trabalha loucamente e é bastante generoso quando se trata de dinheiro, mas não tanto quando se trata de aparecer. (Ela diz que o lado positivo é que a vida dos filhos não vai ser arruinada por eles terem dois pais helicópteros.)

— Sarika — começa ela agora. — *Por acaso*, você não vai passar por Muswell Hill na quinta, lá pelas cinco da tarde, vai? Porque eu preciso de alguém pra buscar o Arthur na casa de um amiguinho e fiquei *pensando*...

Ela pestaneja para Sarika, e eu sorrio por dentro. Maud vive pedindo favores. A gente pode cuidar dos filhos dela / buscar suas compras / pesquisar os horários do trem / dizer a ela qual devia ser a calibragem de seu pneu? Isso não é algo que passou a acontecer depois que ela virou mãe solo — ela é assim desde sempre. Ainda me lembro do dia em que conheci Maud no coral. Aquela garota linda, com olhos cor de mel, hipnotizantes, vindo na minha direção, me dirigindo as primeiras palavras que escutei de sua boca: *"Será* que você pode comprar um copo de leite pra mim, por favor?"

É claro que eu disse que sim. É quase impossível dizer não para Maud. É como se esse fosse o poder de super-heroína dela. Mas você *consegue* resistir se tentar, e todas nós aprendemos essa lição aos trancos e barrancos. Se disséssemos sim para tudo o que Maud pede, seríamos exploradas por ela em tempo integral. Então, informalmente, decidimos por uma proporção média de aceitar um pedido a cada dez.

— Não, Maud — responde Sarika sem nem pestanejar. — Não posso. Eu trabalho, lembra?

— *Claro* — diz Maud, sem rancor. — Só achei que, talvez, você fosse tirar a tarde de folga. Ava...

— Itália — lembro a ela.

— É claro. — Maud concorda com a cabeça com veemência. — Impossível. Entendo.

Ela é sempre tão encantadora que você *quer* dizer que sim. Maud basicamente seria capaz de comandar o país inteiro, porque é capaz de convencer qualquer um a fazer qualquer coisa. Mas, em vez disso, ela comanda a vida social ridiculamente complicada dos filhos, além de um site sobre reforma de móveis que ela diz que vai começar a render dinheiro daqui a pouco.

— Bom, deixa pra lá — diz ela. — Querem que eu faça um chá?

— Você não me pediu. — Escutamos a voz de Nell, animada, porém um pouco tensa. — Não quero ser excluída, Maud!

Quando me viro para Nell, seu sorriso é largo — mas de um jeito típico dela. É um sorriso determinado. Um sorriso forte, que diz "Por enquanto, não vou te bater, mas não posso garantir nada daqui a cinco minutos".

— Não quero ser excluída — repete ela.

E ela meio que está brincando. Só que não. Eu me obrigo a não olhar para a bengala no canto da sala, porque Nell está passando por um período bom, e só tocamos nesse assunto quando ela o traz à tona. Nos últimos anos, entendemos que assim seria melhor.

— Nell! — Maud parece horrorizada. — *Desculpa*. Eu me distraí. Você pode buscar o Arthur?

— Não — rebate Nell. — Fala sério. Seus compromissos são problema seu.

Sarika engasga com uma risada, e não consigo controlar meu sorriso.

— Claro — responde Maud no mesmo tom sério. — Eu entendo *de verdade*. Aliás, Nell, meu bem, esqueci de avisar, tem um homem com cara de revoltado parado ao lado do seu carro escrevendo um bilhete. Preciso brigar com ele?

Na mesma hora, Sarika levanta a cabeça e olha para mim. Sentindo o clima, Harold solta um ganido agourento.

Nell franze a testa.

— Ele parece um babaca penteľho?

— Sim. Calça cinza. Bigode. Esse tipo de coisa.

— É aquele palhaço do John Sweetman — diz Nell. — Ele se mudou pra cá no mês passado. Vive me enchendo o saco. Quer parar o carro ali porque é mais fácil pra descarregar as compras. Ele sabe que tenho direito à vaga pra pessoas com deficiência, mas... — Ela dá de ombros.

— Nem a *pau* — diz Sarika, fechando o laptop com força e se levantando. — Essa gente!

— Você fica aqui, Nell — digo. — Nós vamos resolver isso.

— Não preciso que vocês briguem por mim — diz ela, emburrada.

— Não é *por* você. É *com* você. — Aperto o ombro dela e sigo as outras até o pátio diante do bloco de Nell, nossos rostos igualmente sérios e determinados.

— Olá, boa noite, algum problema? — Maud já cumprimenta o homem com seu sotaque de escola interna chique, e vejo que ele analisa sua aparência, um pouco chocado.

Quer dizer, ela é impressionante. Um metro e oitenta e dois em saltos plataforma, cabelo ruivo comprido, saia esvoaçante, dois filhos ruivos igualmente lindos ao seu lado e um terceiro escalando seus ombros, saindo do teto de um 4x4 próximo. (Era *ali* que Bertie estava.)

— Homem-Aranha! — grita ele antes de voltar a escalar o teto do carro.

— Algum problema? — repete Maud. — Acredito que minha amiga tenha estacionado aqui de forma *totalmente* legal, e escrever esse bilhete sem fundamento constituiria...

— Assédio — acrescenta Sarika, com agilidade. Ela havia pegado o telefone e agora está tirando fotos do cara. — Assédio em vários sentidos. Quantas cartas o senhor já escreveu para a minha cliente?

Os olhos do homem se arregalam ao ouvir a palavra "cliente", mas ele não recua.

— Essa é uma vaga pra pessoas com deficiência — diz ele, emburrado. — Pra pessoas com deficiência.

— Sim. — Nell dá um passo para a frente. — Eu tenho uma credencial. Como você bem pode ver. Você, por outro lado, *não* tem credencial nenhuma.

— A questão é que o meu apartamento é bem aqui — diz ele, irritado, apontando para a janela atrás do carro de Nell. — Na ausência de pessoas com deficiências reais, eu devia poder estacionar aqui. É uma questão de bom senso.

— Ela tem uma credencial! — exclama Sarika.

— Você tem alguma deficiência? — zomba ele. — Uma mulher jovem e saudável como você? Pode me contar qual é a natureza do seu problema?

Eu o vejo analisar a aparência dela, e tento enxergar Nell pelos olhos dele por um instante. Seu corpo atarracado, determinado, o queixo protuberante, os seis brincos, o cabelo cor-de-rosa, as três tatuagens.

Sei que Nell preferiria desmaiar no meio da rua a ser alvo da pena desse cara. Por alguns instantes, ela fica em silêncio. Então, com extrema relutância e o rosto enfurecido, ela diz:

— Tenho... uma condição crônica. E não é da sua conta, porra.

— Minha amiga recebeu uma credencial das autoridades competentes — diz Maud, os olhos emitindo um brilho perigoso. — Isso é tudo o que você precisa saber.

— As autoridades podem se enganar — insiste John Sweetman, inabalável. — Ou ser enganadas.

— Enganadas? — A voz de Maud fica mais alta, dominada pela raiva. — *Enganadas?* Você está mesmo insinuando que...

Mas Nell levanta uma das mãos para interrompê-la.

— Não perca seu tempo, Maudie — diz ela, um pouco cansada, e então se vira para John Sweetman. — Vai. Se. Foder.

— Apoiado — diz Maud, na mesma hora.

— Apoiado — reforço.

— Apoiado — diz Sarika, sem querer ficar de fora.

— Homem-Aranha! — grita Bertie do teto do 4x4, e aterrissa com um baque forte nos ombros de John Sweetman.

John Sweetman solta um grito agonizante, e levo uma das mãos à boca.

— Bertie! — exclama Maud em um tom repreensivo. — *Não* é pra pular no moço e dizer que ele é ignorante.

— Ignorante! — grita Bertie na mesma hora, e dá um soco em John Sweetman. — Ignorante!

— Essas crianças de hoje em dia — diz Maud, revirando os olhos. — Fazer o quê, *né*?

— Tira ele de cima de mim! — A voz de John Sweetman é abafada e furiosa. — Arrgh! Minha perna!

— Harold! — grita Romy, animada, e me dou conta de que Harold veio correndo para participar da festa.

Ele fincou os dentes na calça de John Sweetman e a balança, animado; a qualquer instante, teremos que pagar por uma calça de flanela cinza nova.

— Vem *aqui*. — Agarro a coleira de Harold e, com um esforço tremendo, o arrasto para longe, enquanto Maud pega Bertie.

De algum jeito, todas nós voltamos para dentro, fechamos a porta do apartamento de Nell e olhamos umas para as outras, com a respiração ofegante.

— Babacas — diz Nell, como sempre fala.

— Bola pra frente — diz Sarika com firmeza, porque ela só foca no futuro, em permanecer forte.

— Querem uma bebida? — pergunta Maud, porque é isso que ela sempre sugere.

E, agora, é minha vez de puxar todo mundo para um abraço em grupo.

— Vai ficar tudo bem — digo para o calor escuro e aconchegante que nós formamos, nossas testas encostadas, nossa respiração se misturando. O restante do mundo foi excluído; somos só nós quatro. Nossa turma.

Quando finalmente nos separamos, Nell me dá um tapinha reconfortante nas costas.

— Vai ficar tudo bem — diz ela. — Sempre fica. Ava, vá pro seu encontro com o cara gato. Vá pra Itália. Escreva o seu livro. E *nem pense* nesse seu cachorro feio.

DOIS

Encontro com o cara gato. Que piada. Que *piada*.

A parte mais humilhante é: ainda estou pensando nisso. Cá estou eu, no meu retiro de escrita caro na Itália. Nossa professora, Farida, explica o que vai acontecer durante a semana, e minha caneta está devidamente posicionada sobre o meu caderno. Mas, em vez de prestar atenção, estou tendo flashbacks.

Desde o primeiro momento, notei que tinha alguma coisa errada. Ele era diferente do que eu esperava — e, para sermos justos, isso sempre acontece. Com todo mundo que a gente conhece pela internet. Os caras não falam do jeito que a gente esperava, ou têm o cabelo mais comprido, ou a voz deles é estranha. Ou têm o cheiro errado.

Esse cara tinha o cheiro errado *e* bebia cerveja do jeito errado *e* falava do jeito errado. Ele também só queria conversar sobre criptomoedas, coisa que... não preciso explicar, não é? Não é um assunto que *rende*. (Dez segundos é o limite.) E, quanto mais eu me dava conta de que ele era errado, mais idiota me sentia — porque, e os meus instintos? E a expressão nos olhos dele?

Eu ficava analisando os olhos dele, tentando encontrar o ânimo, a inteligência e o charme que tinha visto na foto do perfil, mas sem sucesso. Ele deve ter percebido, porque soltou uma risada meio incomodada e perguntou:

— Tem espuma na minha sobrancelha ou alguma coisa assim?

Eu ri também e balancei a cabeça. Minha intenção era mudar de assunto — mas pensei "Que se dane, por que não ser sincera?". Então falei:

— É esquisito, mas os seus olhos parecem *diferentes* na foto do site. Deve ser a iluminação e tal.

E foi então que a verdade veio à tona. Ele pareceu um pouco sem graça e falou:

— É, eu tive um problema nos olhos recentemente. Eles ficaram meio inflamados. Gosmentos, sabe? Esse aqui ficou meio amarelo-esverdeado. — Ele apontou para o olho esquerdo. — Foi *feio*. Tive que passar dois tubos de pomada antibiótica.

— Certo — falei, tentando não vomitar. — Coitadinho de você.

— Então, admito — continuou ele —, não usei os meus olhos na foto do perfil.

— Você... o quê? — perguntei, sem entender direito.

— Photoshopei os olhos de outro cara — contou ele, sem rodeios. — A cor é igual, então que diferença faz?

Sem conseguir acreditar, peguei meu celular e abri a foto de perfil dele — e a diferença ficou óbvia imediatamente. Os olhos diante de mim eram inexpressivos, sem graça, maçantes. Os olhos na tela eram risonhos, charmosos, convidativos.

— Então de quem são esses olhos? — perguntei, batendo com a ponta do dedo na tela.

Ele pareceu ainda mais desconfortável e disse, dando de ombros:
— Do Brad Pitt.

Do Brad Pitt?

Ele me atraiu para um encontro usando os olhos do Brad Pitt?

Fiquei com tanta raiva, me sentindo tão burra, que mal consegui falar. Mas ele não pareceu perceber que havia algo errado. Na verdade, sugeriu que fôssemos a um restaurante. Que cara de pau! Quando fui embora, quase falei, sarcástica, "Aliás, meus peitos são da Lady Gaga". Mas isso poderia passar uma impressão errada.

Eu devia reclamar com o site, mas não quero ter esse trabalho. Não quero ter trabalho com nada disso. Vou tirar férias dos homens. Sim. É isso que eu vou fazer. Vou dar uma folga para os meus instintos...

— O mais importante, é claro, é que vocês estejam concentrados. — A voz de Farida penetra meus pensamentos. — A distração é o inimigo da produtividade, como vocês devem saber.

Ergo a cabeça e percebo que Farida está olhando para mim, me analisando. Merda! Ela sabe que não estou prestando atenção. Estremeço, como se tivesse sido pega no flagra trocando bilhetinhos no meio da aula de geografia no quinto ano. Todo mundo está prestando atenção. Todo mundo está concentrado. Ande, Ava. Comporte-se como uma adulta.

Olho ao redor da sala onde estamos, que é antiga, de pedra e com o pé-direito alto. O retiro acontece em um velho mosteiro na Apúlia. Somos oito alunos, sentados em cadeiras de madeira gastas, todos usando pijamas de linho, estilo *kurta*, que recebemos hoje cedo. Essa é uma das regras do retiro: você não pode usar as próprias roupas. Nem usar seu nome verdadeiro. Nem o celular. Você precisa entregar o aparelho no início da semana e só o recebe de volta por meia hora durante a noite, ou para alguma emergência. Além do mais, não tem wi-fi. Não para os alunos, pelo menos.

Quando chegamos, almoçamos em nossos quartos para não nos conhecermos antes desta tarde. Os quartos são antigas celas de monges, com paredes brancas e quadros da Virgem Maria por todo canto. (Algumas paredes foram derrubadas, na minha opinião. Não venha me dizer que monges tinham espaço suficiente para camas king, escrivaninhas e poltronas com forros bordados à mão, à venda na loja do mosteiro.)

Depois do almoço, eu me sentei em minha colcha de linho, tentando me concentrar no enredo do meu livro e só de vez em quando dava uma olhada nas fotos de Harold no laptop. Então, um por um, fomos conduzidos até aqui e orientados a permanecer em silêncio. Então estou sentada com um grupo de completos desconhecidos com quem não troquei uma palavra, apenas alguns sorrisos tímidos. Cinco outras mulheres e dois homens. São todos mais velhos do que eu, com exceção de um cara magrelo e ossudo que parece ter 20 e poucos anos e uma garota que tem cara de ainda estar na faculdade.

É tudo muito intenso. Muito estranho. Mas, para ser justa, eu sabia que seria assim. Eu li um monte de avaliações na internet antes de fazer minha reserva, e noventa por cento delas descreviam o curso como "intenso". Outras palavras que surgiram foram "excêntrico", "imersivo", "desafiador" e "um bando de doidos". Mas também "sublime" e "transformador".

Prefiro acreditar em "sublime" e "transformador".

— Vou explicar a filosofia desse curso de escrita — diz Farida, e faz uma pausa.

Farida faz muitas pausas enquanto fala, como se soltasse suas palavras no ar e depois as analisasse. Ela tem 50 e poucos anos, é metade libanesa, metade italiana. Sei disso porque li o livro dela sobre ter duas descendências, chamado *Eu e eu*. Li mais ou menos, na verdade. (Ele é meio longo.) Farida tem cabelo escuro liso, um ar calmo e está usando o mesmo pijama de linho que o restante de nós, só que nela fica bem melhor. Aposto que ela pediu a uma costureira que ajustasse.

— Essa semana não se trata da sua aparência — continua ela. — Nem do seu passado. Nem do seu nome. Nosso único objetivo é escrever. Quando você remove a si mesmo, a escrita vira o foco.

Olho para a mulher magra e de cabelo escuro sentada ao meu lado. Ela escreve em seu caderno *quando você remove a si mesmo, a escrita vira o foco.*

Será que eu devia anotar isso também? Não. Vou conseguir lembrar.

— Faz muitos anos que organizo retiros de escrita — continua Farida. — No começo, não havia regras. Meus alunos começavam se apresentando, falando quais eram seus nomes, contando sobre suas vidas e suas experiências. E o que acontecia? As conversas aumentavam e se espalhavam. Eles começavam a falar sobre publicar trabalhos, sobre filhos, sobre seus empregos, sobre as férias, notícias... e ninguém escrevia! — Ela bate as mãos. — Ninguém escrevia! Vocês estão aqui para escrever. Se quiserem compartilhar um pensamento, *façam isso através da escrita*. Se quiserem contar uma piada, *façam isso através da escrita*.

Ela é muito inspiradora. Apesar de ser um tiquinho intimidante. O cara magrelo e ossudo levantou a mão, e fico admirada com a coragem dele. Eu não levantaria a minha mão por enquanto.

— Então isso se trata de um retiro de silêncio? Não podemos falar?

O rosto de Farida se enruga em um sorriso largo.

— Vocês podem falar. Todos nós vamos falar. Mas não vamos conversar sobre nós. Vamos liberar nossas mentes do esforço da conversa fiada. — Ela nos encara com um olhar severo. — A conversa fiada suga a criatividade. As redes sociais reprimem o pensamento. Até escolher uma roupa todas as manhãs é um esforço desnecessário. Então, por uma semana, vamos abrir mão de todas essas bobagens. Em vez disso, teremos conversas *importantes*. Sobre personagens. Enredo. Bem e mal. A forma certa de viver.

Ela pega uma cesta de cima de uma mesa de canto entalhada pesada e percorre a sala, entregando crachás em branco e canetas para nós.

— A primeira tarefa de vocês é escolher um novo nome para a semana. Liberem-se dos seus antigos eus. Tornem-se pessoas novas. Pessoas criativas.

Pego meu crachá, muito empolgada com a ideia de me tornar uma nova pessoa criativa. E ela também tem razão sobre as roupas. Eu já sabia que teríamos que usar os pijamas, então foi fácil arrumar a mala. Basicamente, eu só precisava de protetor solar, um chapéu, maiô e meu laptop para escrever meu livro.

Ou, pelo menos, terminar meu livro. É um romance que se passa na Era Vitoriana, e eu meio que empaquei. Cheguei até o momento em que o mocinho, Chester, vai embora em uma carroça de feno, sob a luz dourada do sol, exclamando: "Da próxima vez que nos encontrarmos, Ada, você *saberá* que sou um homem de palavra!" Mas não sei o que acontece depois disso, e ele não pode continuar na carroça por duzentas páginas.

Nell sugeriu que ele morresse em um acidente industrial e isso ajudasse a mudar as leis trabalhistas arcaicas da época. Mas achei a ideia meio sombria. Então ela perguntou "E se ele fosse mutilado?", e eu rebati com "Como assim?", o que foi um erro, porque, agora, ela fica pesquisando acidentes horríveis no Google e me mandando links com comentários do tipo "Ele pode perder um dos pés?".

O problema é que eu não *quero* escrever sobre Chester sendo mutilado por um debulhador. Nem quero basear o dono de terras malvado no antigo professor de química de Maud. O problema de ter amigas é que elas querem ajudar, mas, às vezes, acabam tentando ajudar *demais*. A sugestões delas acabam me confundindo. É por isso que acho que essa semana fora será muito útil.

O que será que Harold está fazendo?

Não. *Pare.*

Pisco para voltar para a realidade e noto que a mulher ao meu lado coloca seu crachá. Ela vai se chamar Metáfora. Ai, meu Deus. Rápido, preciso pensar em um nome. Eu vou me chamar... o quê? Algo literário? Tipo Soneto? Ou Parêntesis? Ou algo dinâmico, como Rapidez? Não, essa foi uma equipe de *O aprendiz*.

Ah! Tanto faz o nome que eu escolher. Depressa, escrevo Ária e prendo o crachá na blusa do pijama.

Então me dou conta de que Ária é quase o meu nome de verdade. Ah, paciência. Ninguém nunca vai saber.

— Muito bem. — Os olhos de Farida brilham para nós. — Vamos apresentar nossas versões escritoras.

Todo mundo na sala tem a sua vez e diz seu nome em voz alta. Nós nos chamamos Iniciante, Austen, Amante de Livros, Metáfora, Ária, Escriba, Futuro Autor e Capitão James T. Kirk, da nave *Enterprise* — o cara magrelo. Ele conta para todos nós que está escrevendo uma história em quadrinhos, não um romance, mas seu amigo roteirista indicou o curso, e toda experiência nos ensina alguma coisa, não é? Aí ele começa a tagarelar sobre o Universo Marvel, mas Farida educadamente o interrompe e diz que vamos chamá-lo de Kirk para ficar mais fácil.

Eu fui com a cara da Escriba. Ela tem cabelo grisalho, o rosto bronzeado e um sorriso travesso. Iniciante tem o cabelo branco como algodão e deve ter pelo menos uns 80 anos. Futuro Autor é o cara com cabelo cinza e barriga proeminente, e a universitária é Austen. Amante de Livros parece ter uns 40 anos e trocou um sorriso simpático comigo — enquanto isso, Metáfora já levantou a mão.

— Você disse que não podemos falar sobre nós mesmos — afirma ela em um tom meio impertinente. — Mas com certeza vamos revelar elementos da nossa personalidade *no texto*, não?

Ela dá a entender que quer pegar Farida no erro, para demonstrar o quanto é esperta. Mas a professora apenas sorri, inabalável.

— É claro que vocês vão revelar muita coisa de vocês conforme escrevem — responde ela. — Mas esse é um retiro de ficção romântica. A arte da ficção é apresentar a realidade como se fosse algo irreal. — Ela se dirige à turma toda. — Sejam engenhosos. Usem disfarces.

Essa é uma boa dica. Talvez eu mude o nome da minha mocinha de Ada para algo menos parecido com Ava. Victorienne. Isso é um nome?

Anoto "Victorienne" no meu caderno enquanto Farida continua:

— Hoje, vamos tratar dos fundamentos de um texto — explica ela. — Quero que cada um conte o que "história" significa pra vocês. Com apenas uma frase. Vamos começar com Austen.

— Tá. — Austen fica vermelha. — É... hum... querer saber o final.

— Obrigada. — Farida sorri. — Futuro Autor?

— Caramba! — diz Futuro Autor com uma gargalhada rouca. — Isso que é me colocar na berlinda! Ahn... Começo, meio, fim.

— Obrigada — diz Farida de novo, e ela está prestes a tomar fôlego quando alguém bate à enorme porta de madeira.

A porta se abre, e Nadia, a coordenadora do curso, chama Farida. As duas têm uma conversa rápida e sussurrada, durante a qual todos trocamos olhares curiosos, então Farida se vira para falar com a gente.

— Como vocês sabem, temos três retiros diferentes acontecendo no mosteiro essa semana — começa ela. — Escrita, meditação e artes marciais. Infelizmente, o professor de artes marciais ficou doente, e não conseguiram encontrar um substituto. Então os inscritos ganharam a oportunidade de participar dos outros retiros, e três deles escolheram se juntar ao nosso grupo de escrita. Vamos dar boas-vindas a eles.

Todos observamos, ansiosos, enquanto a porta se escancara. Dois homens e uma mulher entram — e meu coração dá um pulo. O cara mais alto, de cabelo escuro. Uau.

Ele sorri para a turma, e sinto minha garganta apertar. Tudo bem. Acho que no fim das contas meus instintos não querem férias. Meus instintos estão pulando de alegria, puxando a equipe extra de instintos de emergência e gritando *"Olha! Olha!"*.

Porque ele é *lindo*. Já tive trinta e seis primeiros encontros com caras que conheci pela internet — e nenhum deles me fez sentir uma onda de eletricidade como esta de agora.

Ele deve ter 30 e muitos anos. E é forte — dá para ver pelo tecido do pijama. Cabelo preto ondulado, uma leve barba por fazer, mandíbula protuberante, olhos castanho-escuros e movimentos fluidos, tranquilos, enquanto ele se senta. Ele sorri um pouco hesitante para as pessoas que estão sentadas perto dele, pega um crachá e uma caneta das mãos de Farida e fica olhando para eles, pensativo. Ele é a pessoa mais bonita nesta sala, sem dúvida nenhuma, mas nem parece notar isso.

Percebo que estou descaradamente devorando o cara com os olhos. Mas não tem problema, porque escritores têm permissão para ser observadores. Se alguém perguntar, vou dizer que estou coletando informações para um personagem do meu livro, e é *por isso* que encaro as coxas dele com tanta intensidade.

Noto que Kirk parece ter gostado da moça recém-chegada, e me viro para dar uma olhada rápida nela. Ela também é bem bonita, tem cabelo castanho-dourado, dentes brancos e braços belamente torneados. O segundo cara é muito bombado, tem bíceps gigantes — na verdade, nosso grupo inteiro deve ter ficado uns cinquenta por cento mais bonito, o que diz muito sobre cursos de artes marciais quando comparados aos de escrita.

O clima na sala ficou mais animado, e nós observamos, atentos, enquanto os novatos escolhem seus nomes. A garota se decide por Lírica, o cara supermusculoso é Faixa Preta, e o gato de cabelo escuro fica com Holandês.

— Era o nome do meu cachorro quando eu era criança — conta ele ao se apresentar.

E eu me derreto toda. A voz é *boa*. É grossa, ressonante, sincera, ambiciosa, mas também nobre e bem-humorada, com um toque de tristezas passadas porém futuros raios de sol e sinais de uma inteligência rara. E, tudo bem, sei que só ouvi o cara pronunciar um total de dez palavras. Mas já é suficiente. Dá para saber. Eu sinto. Eu simplesmente sei que ele tem um coração enorme, integridade e honra. Ele *nunca* seria capaz de colocar os olhos de Brad Pitt na própria cara.

Além disso, ele teve um cachorro quando era criança. Um cachorro, um cachorro! Fico até tonta de tão esperançosa. Se ele for solteiro... se ele for solteiro... e hétero... e solteiro...

— Estamos tentando não revelar detalhes sobre as nossas vidas nesse retiro — diz Farida com um sorriso gentil, e Holandês estala a língua.

— Certo. Você falou. Desculpa. Já fiz besteira.

Algo terrível passa pela minha cabeça. Se nós não podemos falar sobre nossas vidas, como eu vou descobrir se ele é solteiro ou não?

Ele precisa ser. Ele tem um ar de solteiro. E também: se ele for comprometido, cadê sua cara-metade?

— Agora que todo mundo já se apresentou — prossegue Farida —, podemos continuar nossa conversa. Talvez o Holandês possa nos contar o que "história" significa para ele...

O rosto de Holandês fica tenso, e ele parece nervoso.

— História — repete ele, obviamente tentando ganhar tempo.

— História. — Farida concorda com a cabeça. — Nós estamos aqui para criar uma história. Essa é a sua tarefa nesse retiro.

— Hum. Certo. História. — Holandês esfrega a nuca. — Tudo bem — diz ele, por fim. — O negócio é o seguinte. Eu vim pra cá pra aprender a meter porrada no meu oponente. Não pra isso.

— É claro — diz Farida, com toda a paciência. — Mas faça um esforço.

— Não sou escritor — diz Holandês. — Não sei contar histórias. Não como vocês. Não tenho as habilidades de vocês nem o talento. Mas quero aprender.

Então ele olha ao redor, e seu olhar encontra o meu. Sinto uma pontada no estômago.

— Tenho certeza de que você vai aprender — digo, rouca, incapaz de conseguir me controlar.

Na mesma hora, me xingo por parecer cafona e interessada demais, mas Holandês parece bem sereno.

— Valeu. — Ele aperta os olhos para ler o nome em meu crachá. — Ária. Nome legal. Valeu.

TRÊS

No intervalo, nós nos espalhamos pelo pátio com copos de limonada caseira. Fico bebericando a minha por um tempo, depois deixo meu olhar encontrar, assim, como quem não quer nada, o de Holandês.

Como quem não quer nada mesmo.

Tipo, nada interessada.

— Oi! — digo. — O que você achou do exercício de escrita?

Todos nós escrevemos a primeira frase de um livro e a entregamos para Farida. Vamos discuti-las durante a semana. A minha foi bem dramática. Ficou assim: *O sangue pinga do peito de Emily enquanto ela olha para o amor de sua vida.*

Fiquei muito satisfeita, na verdade. Achei bem instigante. Por que está pingando sangue do peito de Emily? Qualquer leitor ficaria *louco* para descobrir. (O único problema é que eu não sei direito o motivo; preciso pensar nisso antes de começarmos a discussão.)

— Me deu branco — diz Holandês em um tom pesaroso. — Não escrevi nada. Meu cérebro... — Ele bate com o punho na testa. — Não consegui. Nunca fui muito bom nesse tipo de coisa. Prefiro tarefas práticas. Números. Sou bom com números. Mas escrita criativa... — Uma expressão sofrida surge no rosto dele.

— Não tem problema — digo, tentando animá-lo. — Você vai pegar o jeito.

— Mas é legal — continua ele, como se estivesse determinado a ser otimista. — Gostei de escutar o que todo mundo escreveu. É um grupo interessante. — Ele abre os braços para englobar todo mundo que está passeando pelo pátio. — Você sabe. É diferente. Às vezes é bom sair da sua zona de conforto, tentar algo novo.

— Esse pátio é lindo, não é? — escuto Escriba falar atrás de mim.

— Ah, é *maravilhoso* — concorda Metáfora em uma voz alta, confiante, como se ela fosse a única pessoa capaz de declarar o que é maravilhoso ou não, e ninguém mais deveria nem tentar. — As pedras antigas, escarpadas, desbastadas por mil passos — continua ela em um tom declamatório. — O mosteiro faz eco, cheio de história. O aroma das plantas misturado com os botões de flores em cascata ao nosso redor, enquanto andorinhas atravessam o céu azul-cobalto dando piruetas, zunindo como dardos infinitos de... — Ela hesita apenas por um momento. — Agilidade.

— Claro — diz Escriba após uma pausa educada. — Era exatamente isso que eu ia dizer.

Quero me virar e olhar com Escriba, mas, antes de eu conseguir fazer isso, Faixa Preta se aproxima.

— Oi. — Ele cumprimenta Holandês. — Está calor aqui.

Ele tirou a blusa do pijama, e estou tentando não encarar seu peito... mas *que músculos*. Nunca tinha visto um cara tão bombado ao vivo. Resumindo, ele parece uma versão menos verde do Hulk.

— É esquisito, não é? — pergunta ele a Holandês. — Essa porra de não usar nomes. Você conseguiu escrever alguma coisa?

— Não.

— Nem eu.

— Você escreveu alguma coisa? — Ele se vira para Lírica, que se aproxima de nós com um copo de limonada na mão.

— Pouca coisa. — Ela dá de ombros. — Não é muito a minha praia. Achei que seria mais interessante.

De repente, me dou conta de que ela está encarando Holandês por cima do copo. Na verdade, ela não tira os olhos dele. Ai, meu *Deus*. Subitamente, percebo a triste realidade: tenho uma rival. Uma rival com cabelo castanho-dourado, braços malhados e pernas mais magras que as minhas.

Enquanto a observo com um olhar ansioso, Lírica parece ficar ainda mais bonita. Seu cabelo é esvoaçante e emoldura seu rosto com perfeição. Ela morde o lábio de um jeito fofo. É bem provável que ela pareça incrivelmente atraente fazendo kickboxing. É óbvio que sim.

— Você está curtindo? — pergunta ela para Holandês de repente, em um tom quase agressivo, e ele se retrai.

— Sei lá. Talvez.

— Eu não estou — diz Faixa Preta, sem rodeios. — Acho que foi um erro. Vamos cair fora? — pergunta ele diretamente para Holandês. — Ainda podemos pedir o reembolso.

O quê?

O pânico toma conta de mim, mas, de alguma forma, consigo abrir um sorriso relaxado. Meio relaxado, talvez.

— Não desistam! — digo em um tom despreocupado, fazendo questão de me dirigir a todos eles, e não só a Holandês. — Deem mais uma chance. Assistam à próxima aula, vejam o que acontece.

Farida começa a tocar o pequeno gongo que indica que devemos voltar para a sala, e dá para perceber que Holandês está balançado.

— Vou fazer outra aula — diz ele finalmente para os outros. — Não quero desistir ainda. Temos até amanhã pra decidir.

Faixa Preta revira os olhos, mas termina sua limonada e larga o copo sobre uma mesa próxima, montada sobre cavaletes.

— Se você diz — fala Lírica, nada animada. — Mas achei uma merda. Por mim, a gente pede o reembolso. Podemos ir beber alguma coisa na cidade, nos divertir e pegar um voo amanhã de manhã.

— Você não precisa ficar — diz Holandês, parecendo na defensiva. — Mas eu quero tentar. Gosto de escutar, mesmo que não consiga escrever. Talvez eu pegue algumas dicas.

Ele se vira e vai em direção à porta de nossa sala. Lírica o observa por um instante, depois estala a língua como se estivesse frustrada e o segue, junto com Faixa Preta.

É *gritante* que ela está a fim dele.

Conforme nos sentamos, dou uma espiada discreta e vejo que ela encara Holandês com um olhar inconfundível. É tão descarado. Tão óbvio. Quer dizer, fica até feio, na minha opinião. Afinal, estamos em um *retiro de escrita*.

— E, agora, chegou a hora do exercício de improviso que mencionei mais cedo. — A voz de Farida interrompe meus pensamentos. — Não tenham medo! Sei que alguns de vocês são tímidos... — Ela faz uma pausa, e uma risada nervosa percorre a sala. — Mas tentem. Quero que improvisem um personagem em apuros, refletindo sobre seu antagonista, seu inimigo. Qualquer personagem. Qualquer tipo de apuro. Pensem bem... Kirk! — Ela sorri quando ele se levanta com um pulo. — Pode ir.

Kirk se direciona para o centro da sala, parecendo extremamente confiante, e solta um suspiro.

— Por onde eu começo? — questiona ele, enfático. — Aqui estou eu, exilado de Zorgon, guardando o segredo da Terceira Rocha de Farra, mas injustamente banido das Dezesseis Nações Planetárias. E Emril, eu culpo *você*, sua monstra desprezível, que sempre me odiou, desde que éramos crianças...

Enquanto Kirk continua com sua declamação, sinto meu olhar vagar de volta para Lírica. Ela continua encarando Holandês, com a boca meio aberta. Ela está obcecada. Que doentio! Além do mais, a gola da blusa de seu pijama de linho está caída para o lado, expondo um ombro de um jeito sensual. Não vem me dizer que isso aconteceu por acidente...

— ... então, Emril, imperatriz do Norte, acredite em mim. Agora é pra *valer* — conclui Kirk, num tom ameaçador, e todos aplaudimos.

— Muito bem! — elogia Farida. — Eu senti sua raiva de verdade, Kirk, foi ótimo. Agora, quem é o próximo? — Ela se mostra surpresa quando Holandês levanta a mão. — Holandês! — Ela parece admirada e contente. — Você tem algum personagem que queira trabalhar?

— Sim — responde ele. — Acho que tenho.

Todos observamos, curiosos, enquanto ele segue para o centro da sala com as sobrancelhas franzidas, concentrado em seus pensamentos.

— Conte mais pra nós sobre o seu personagem fictício — pede Farida, incentivando-o.

— Ele está com raiva — diz Holandês, sua voz ressoando pelo espaço. — Tem uma pessoa que não o deixa em paz. E está ficando... intolerável.

— Ótimo! — diz Farida. — Bem, Holandês, o palco é todo seu.

Fico intrigada enquanto Holandês toma fôlego. E dá para perceber que todo mundo também fica. É bem impressionante ver alguém sair do zero e decidir improvisar na frente de uma turma no intervalo de um dia.

— Já *perdi* a paciência — diz Holandês, encarando com raiva uma pessoa imaginária na parede. — Já *perdi* a paciência com você.

Um silêncio de expectativa se segue — então ele pisca.

— É isso — acrescenta ele para Farida.

Esse foi o improviso?

Escuto alguém soltar uma risadinha, e mordo o lábio para não rir — mas Farida nem pisca.

— Talvez você possa elaborar um pouco mais? — sugere ela. — Que tal transformar essa abertura poderosa e breve em um monólogo?

— Vou tentar — diz Holandês. Ele parece hesitante, mas se vira para encarar a parede de novo. — *Para* com isso. Não aguento mais. Você é muito...

Ele parece procurar palavras inutilmente, sua expressão se tornando mais e mais furiosa... até que, de repente, ele dá um chute para o lado.

— Você é... — Raivoso, ele corta o ar com uma das mãos, respirando pesado. — Sabe? Você devia... — Mais uma vez, ele busca em vão pelas palavras, e então, frustrado, dá um pulo enquanto solta um grito furioso, uma perna chutando com força, atacando.

Todos arfamos, chocados, e Iniciante dá um gritinho assustado.

— Maneiro! — grita Faixa Preta, animado, enquanto Holandês aterrissa no chão. — Boa técnica, cara.

— Valeu — diz Holandês, um pouco ofegante.

— Holandês! — Farida se levanta da cadeira com um pulo e coloca a mão no ombro dele antes que outros golpes sejam executados. — Holandês, você foi muito convincente. Mas estamos em uma aula de escrita, e não de artes marciais.

— Certo. — Holandês parece cair em si. — Desculpa. Eu me deixei levar.

— Não precisa se preocupar, por favor — garante Farida. — Você encontrou uma forma de se expressar, e já é um começo. Ficou claro que você estava manifestando emoções intensas.

— Sim — concorda ele depois de uma pausa. — Foi frustrante. Eu *senti*. — Ele bate no peito. — Só... não consegui encontrar as palavras.

— Pois é. — Farida concorda com a cabeça. — Esse é o maior problema dos escritores. Mas, por favor, chega de kickboxing, apesar de eu admirar sua demonstração vívida do antagonismo. Nós estamos aqui pra escrever sobre romance. — Ela se dirige ao grupo. — E o amor é mais parecido com o ódio do que qualquer outra...

— Romance? — interrompe-a Faixa Preta, o rosto cheio de horror. — *Romance?* Disseram pra gente que era um retiro de "escrita". Ninguém falou nada sobre "romance".

— É claro que vocês não *precisam* escrever um romance... — começa Farida, mas Faixa Preta a ignora.

— Estou fora. Foi mal. — Ele se levanta. — Essa não é a minha praia. Nossa.

— Nem a minha — diz Lírica, levantando-se e olhando ao redor com raiva, como se a culpa fosse toda nossa. — Achei superesquisito e quero reembolso.

Ela vai embora? Issooo!

Na minha cabeça, anjos cantam *Aleluia*. Ela vai embora!

— Que pena — digo no tom mais pesaroso que consigo emitir.

— Você vem com a gente? — pergunta Faixa Preta para Holandês, e Lírica se vira para ele, cheia de expectativa.

Os anjos cantantes emudecem dentro da minha cabeça, e minha garganta se aperta de medo. Ele não pode ir embora. Não pode.

Não vá, imploro em silêncio. *Por favor, não vá.*

Tenho a impressão de que, se ele for embora, o retiro inteiro vai perder a graça. Talvez até a minha vida inteira. O que é ridículo — a gente acabou de se conhecer. Mas é assim que eu me sinto.

— Acho que vou ficar — responde Holandês por fim, e solto o ar, tentando não deixar na cara o quanto estou aliviada.

O jantar é servido em uma mesa comprida de madeira, em um jardim pavimentado, cheio de vasos enormes de barro com lírios-africanos, ervas e cactos espinhentos. Há velas enormes em todo canto e potes coloridos de cerâmica, e garçons servem vinho em copos pequenos e largos. Aparentemente, a turma de meditação está jantando em outro pátio. Para que a gente não atrapalhe seu clima meditativo, acho.

Estou na ponta da mesa, sentada entre Metáfora e Escriba. Tentei pegar o lugar ao lado de Holandês, mas ele acabou ficando na extremidade oposta, o que é muito frustrante.

— Esse lugar é tão inspirador, não acham? — pergunta Escriba, brindando sua taça de vinho com a minha. Todos estamos usando pijamas

de linho azul-escuro para a noite, e preciso dizer que o dela é lindo.
— Minha cabeça está *fervilhando* de ideias para o meu livro. E a sua?

— Hum... — Tomo um gole do vinho, tentando ganhar tempo. A verdade é que esqueci completamente o meu livro. Estou obcecada por Holandês.

Ele é tão bonito. Ele não se leva a sério, mas, ao mesmo tempo, é confiante. E tem talento para trabalhos manuais. Há alguns minutos, ficou óbvio que o moedor de pimenta de madeira gigante não estava funcionando. Amante de Livros quis pedir ajuda a um garçom, mas Holandês disse: "Deixa eu tentar." Agora, ele havia desmontado tudo e estava encarando o mecanismo com um olhar intenso, ignorando a conversa ao redor.

— Durante o intervalo, mudei minha história toda — me conta Escriba. — E ainda estamos no primeiro dia!

— Que ótimo! — Eu a aplaudo, me sentindo subitamente culpada. Estou ignorando Chester e Clara (mudei o nome dela). Preciso me concentrar no meu trabalho. Eu vim até aqui para escrever um livro ou para arrumar um homem?

Homem!, grita meu cérebro antes de eu conseguir me controlar, e engasgo com o vinho.

— Tudo me inspira — anuncia Metáfora em um tom grandioso. — Olhem só pra esses pratos. Olhem para o céu. Olhem para as sombras no jardim.

Um garçom coloca uma tigela de sopa de fava salpicada com ervas verdes diante de cada um de nós, e Escriba diz, feliz:

— Hum, delícia.

— Adoro a forma como as favas descansam no caldo — diz Metáfora —, parecendo tão satisfeitas. É como se elas finalmente tivessem encontrado seu lar. *La casa*. Um descanso espiritual.

Elas *o quê*? As favas encontraram um descanso espiritual? Troco um olhar com Escriba e reprimo uma risada.

— Preciso anotar isso — acrescenta Metáfora. — Posso querer usar.

Ela lança um olhar desconfiado para nós, como se a gente pretendesse roubar a ideia dela.

— Faça isso mesmo — diz Escriba, com toda a calma.

Na outra extremidade da mesa, está rolando uma conversa sobre amor e relacionamentos, um assunto que me parece *muito* melhor, mas só posso ficar escutando de longe.

— É como a história que estudamos hoje — diz Amante de Livros, molhando seu pão na pasta de alcachofra. — É claro que ela fala sobre tentar de novo...

— Mas eles não tentam de novo — interrompe-o Futuro Autor. — Acabou. *Finito.*

— Acho que a gente precisa acreditar que eles podem fazer as pazes — comenta Austen, tímida. — Não é disso que se trata o amor? Perdão?

— Mas existe um limite. — Futuro Autor se vira para Holandês. — O que você acha, Holandês? Você é do tipo que perdoa? Acredita nesse negócio de segunda chance?

Meu coração pula quando escuto o nome dele, e me esforço para escutar sua resposta por cima da voz de Metáfora, que agora tagarela sobre a paisagem italiana.

Holandês levanta a cabeça, tirando o foco do moedor de pimenta, e dá de ombros, despreocupado.

— Não sei se sou do tipo que perdoa, mas tento ser racional — responde ele. — Avalio as circunstâncias. Gosto de uma citação que diz "Quando os fatos mudam, eu mudo minha opinião".

— "Avalio as circunstâncias!" — Futuro Autor solta uma risada seca. — Que romântico!

— É assim que eu sou... — Holandês se interrompe, e seu rosto subitamente se ilumina, como se ele tivesse visto alguém que conhece. — Oi, lindeza.

Minha garganta fica apertada. Lindeza? Quem é lindeza? Quem acabou de chegar? A esposa dele? A namorada italiana? A garçonete com quem ele, de alguma forma, começou a namorar nesta tarde, sem eu notar?

Então vejo um cachorro branco enorme atravessando o jardim, abrindo caminho entre os vasos gigantes de barro. Holandês estica uma das mãos, convidativo, e o cachorro vai direto para ele, como se soubesse que, de todos nós, Holandês é o cara a se escolher.

Escriba está me dizendo alguma coisa, mas não consigo escutar. Estou hipnotizada pela visão de Holandês. Ele conversa com o cachorro, o elogia, faz carinho nele, sorrindo, ignorando todo mundo. Eu sei quando vejo: ele não apenas gosta de cachorros, ele ama cachorros. Quando o cachorro lhe dá uma patada, brincando, Holandês joga a cabeça para trás e ri de um jeito tão natural, tão cativante, que sinto meu coração dar um salto.

Agora, Metáfora tenta chamar minha atenção, mas só consigo ouvir sons que tenham a ver com Holandês. E, enquanto o observo... seus braços musculosos e fortes... a luz das velas tremeluzentes iluminando seu rosto... seu sorriso tranquilo... sinto como se eu flutuasse. Meu coração está explodindo de esperança e euforia.

Como se estivesse lendo a minha mente, Holandês levanta a cabeça e me encara por alguns segundos. Ele sorri como se tentasse me dizer alguma coisa, e eu me pego concordando com a cabeça e sorrindo para ele, como se o compreendesse, meu coração dando cambalhotas de alegria no peito.

Eu me sinto como se tivesse 16 anos agora.

Não. Menos. Quando foi que eu tive minha primeira paixonite avassaladora? Com essa idade.

Então um garçom surge para recolher o prato de Holandês, ele desvia o olhar, e o clima é cortado. Com relutância, volto a focar a atenção nas minhas colegas e me obrigo a escutar o que Metáfora diz sobre algum ganhador do Booker Prize. Mas meus pensamentos não param.

E se...? Quer dizer, e *se*...? Ele é bonito. Otimista. Atencioso. Bom com trabalhos manuais. E, ai, meu Deus, *ele adora cachorros*.

QUATRO

Quando a noite seguinte chega, meu coração já não aguenta mais de tanto pular. Estou me arrumando para o jantar, me encarando no minúsculo espelho rachado do quarto (tudo aqui é velho e pitoresco), incapaz de pensar em outra coisa que não seja: eu tenho chance?

Agora, eu meio que desejava parecer mais italiana. Toda a equipe italiana do retiro tem cabelos escuros e bem brilhantes e pele morena macia, enquanto eu fico cheia de sardas no sol. Eu seria descrita como uma pessoa com "feições delicadas", algo que talvez pareça interessante até você se deparar com uma garota sedutora de 19 anos, com cabelo curto e reto, nariz pequeno e arrebitado, ombros arredondados e com covinhas...

Não. Pare com isso. Balanço a cabeça para desanuviar os pensamentos, impaciente. Nell diria que estou sendo idiota. Ela não teria paciência para essas coisas. Quando penso em Nell, automaticamente penso em Harold — e, antes que consiga me controlar, abro a pasta chamada "Harold" no meu computador.

Dar uma olhada nas fotos dele faz meu coração se acalmar um pouco. Harold. Meu amado Harold. Eu sorrio só de ver sua carinha alegre, inteligente, apesar de nem o vídeo dele tentando entrar no cesto de roupa suja ser capaz de amenizar minhas preocupações. Quando fecho a pasta, continuo inquieta e insegura. Hoje foi um dia daqueles.

A aula da manhã passou batida. Enquanto todos os outros alunos conversavam sobre seus objetivos de escrita e faziam anotações extensas sobre rotinas diárias, eu me concentrei em Holandês. Ele estava sentado entre Escriba e Amante de Livros quando cheguei (droga), mas consegui me sentar na cadeira de frente para a dele.

Nossos olhares se encontraram algumas vezes. Ele sorriu. Eu sorri para ele. Quando Farida mencionou confrontos na ficção, imitei um golpe de artes marciais de brincadeira, e ele riu. Já foi meio que alguma coisa.

No intervalo do almoço, eu me sentia cem por cento confiante. E também tinha um plano: dar um jeito de me sentar ao lado dele, usar todas as minhas técnicas de paquera e, se nada desse certo, perguntar descaradamente: "O que você acha de romances de férias?" (Se ele parecesse assustado, eu podia fingir que era uma pesquisa para meu próximo livro.)

Mas ele não apareceu. Ele *não apareceu!*

Como alguém pode não aparecer para o almoço? O almoço faz parte do pacote. É de graça. E delicioso. Nada fazia sentido.

Então piorou: ele também não apareceu para a aula de ioga da tarde. Farida até veio me perguntar se eu sabia onde estava Holandês. (Observação: ela perguntou para *mim*. Isso mostra que as pessoas perceberam que nós dois temos uma conexão. Mas de que adianta uma conexão se ele não estiver aqui?)

Foi então que eu desisti. Pensei: "Ele foi embora. Ele não está interessado. Nem em escrever, nem em *mim*." Então me xinguei, amargurada, por ter passado a manhã toda distraída, porque, no fim das contas, o curso não tinha sido barato. Resolvi me concentrar de novo, esquecer o amor e fazer aquilo que vim fazer aqui: *escrever*. E não pensar em romances de férias. *Escrever*.

Eu me sentei na cama, encarando as folhas impressas da minha história, me perguntando se Chester devia sair da carroça de feno ou se a carroça de feno devia pegar fogo. Então pensei: e se Clara tiver se escondido na carroça e morrer queimada? Mas aí o livro seria tão triste, tão curto...

E foi nesse momento que o milagre aconteceu. Escutei uma voz entrando pela janela do meu quarto, que tem vista para um dos pátios fechados. Era Amante de Livros, exclamando:

— Ah, Holandês! A gente achou que você tivesse ido embora.

Então eu o escutei responder:

— Não, só tirei a tarde de folga. A aula de ioga foi boa?

Não consegui escutar direito o restante da conversa dos dois, só Amante de Livros dizendo, por fim:

— A gente se vê no jantar!

E ele respondeu:

— Claro!

Meu coração começou a martelar no peito enquanto as páginas do livro escorregavam para o chão.

Agora, meu corpo está vibrando incontrolavelmente de esperança. Fecho o laptop, dou uma última borrifada de perfume, ajeito meu pijama azul-escuro e sigo pelos corredores e pátios iluminados por velas até o jardim pavimentado onde o jantar é servido. Já avistei Holandês — e uma cadeira vazia ao seu lado. Aquela cadeira é minha.

Acelerando o passo, eu a alcanço pouco antes de Austen e a agarro com força.

— Acho que vou me sentar aqui? — digo, com o tom mais despreocupado que consigo emitir e me sento rápido, antes que alguém comente alguma coisa. Respiro fundo para me recompor e me viro para Holandês. — Oi.

Sorrio.

— Oi. — Ele sorri para mim, e meu corpo se derrete de desejo.

A voz dele tem efeito sobre mim. Ela provoca reações em vários lugares. E não é só a voz — tudo nele me deixa eufórica. Seus olhos parecem já saber o que eu quero. Sua linguagem corporal é intensa. Seu sorriso é irresistível. Quando ele estica a mão para pegar um guardanapo, seu antebraço exposto roça no meu, e sinto meu corpo formigar. Não, foi mais do que isso. Foi um ardor.

— Dá licença — murmuro, me inclinando por cima dele com o pretexto de encher seu copo de água. E, pela primeira vez, sinto seu cheiro.

Ai, meu *Deus*. Sim. Quero mais disso também. Seja lá qual for essa mistura de hormônios, suor, sabão e perfume... só sei que funciona.

Um garçom havia servido vinho em nossas taças, e Holandês levanta a dele para brindar comigo, depois se vira para me encarar de verdade. Seu olhar é intenso e focado, como se o restante da mesa tivesse desaparecido, e só restássemos nós dois.

— Então — diz ele. — A gente não pode puxar assunto com conversa fiada.

— Não.

— Eu não posso perguntar nada pessoal pra você.

— Não.

— Quanto mais me proíbem de fazer uma coisa, mais eu quero fazer.

Os olhos escuros dele estão fixos nos meus, e prendo a respiração, porque, de repente, começo a imaginar o que mais ele quer fazer. E o que mais eu quero fazer.

Sem pressa, sem afastar o olhar, Holandês toma um gole do vinho.

— Quero saber mais sobre você. — Ele se inclina para a frente e baixa a voz para um sussurro. — A gente pode quebrar as regras.

— Quebrar as *regras*? — repito, chocada. Sinto como se eu estivesse em um romance do século XIX e um cavalheiro tivesse pedido para trocarmos cartas ilícitas.

Holandês ri, parecendo achar graça da minha reação.

— Tá, você não quer quebrar as regras. Que tal a gente fazer só uma pergunta pessoal um ao outro?

Concordo com a cabeça.

— Boa ideia. Você começa.

— Tudo bem. Aqui vai a minha pergunta. — Ele faz uma pausa, passando um dedo pela borda da taça de vinho. Então ergue o olhar. — Você é solteira?

Algo parece atravessar meu corpo. Algo feliz, forte e incontrolável ao mesmo tempo. Ele *está* interessado.

— Sim — digo, quase sem voz. — Sou... Sim.

— Ótimo. — Os olhos dele se apertam para mim. — É... Que bom saber disso. Agora é sua vez de me perguntar alguma coisa.

— Tudo bem. — Minha boca se curva em um sorriso, porque isso virou uma brincadeira. — Deixa eu pensar. Você é solteiro?

— *Ah*, sim.

Existe uma ênfase na resposta dele que poderia ser elaborada se estivéssemos tendo outro tipo de conversa — mas minhas perguntas acabaram.

— Então agora a gente sabe de tudo — digo, e Holandês ri.

— Tudo, por enquanto. Talvez a gente devesse fazer uma pergunta todas as noites. Esse é o nosso limite.

— Combinado.

Somos interrompidos quando um garçom se aproxima para servir nossos pratos de massa, e aproveito a oportunidade para dar outra espiada discreta em Holandês, em sua mandíbula forte e em seus cílios escuros, em seus minúsculos pés de galinha fofos, que eu não tinha notado antes. Então me dou conta de que não sei quantos anos ele tem. Eu devia perguntar isso amanhã à noite. Essa pode ser a minha pergunta.

Mas, por outro lado, eu me importo com a idade dele? Não. Não! Não me importo!

De repente, me sinto empolgada. Eu me sinto livre! Não me importo com os fatos, nem com os detalhes, nem em como poderia ser o perfil dele em algum site ou aplicativo de relacionamento. Ele está aqui, eu estou aqui, e nada mais importa.

— Espera, tenho outra pergunta — digo, quando Holandês se vira de novo depois de passar a garrafa de azeite para alguém. — *Acho que essa é permitida...* Onde você foi hoje à tarde? — Eu o encaro com um olhar fingido de reprovação. — Você matou a aula de ioga!

— Ah. Certo. — Ele pega uma garfada de macarrão, parecendo achar graça. — Não sou muito fã de ioga, pra ser sincero. Prefiro...

— Para! — Levanto a mão. — Não me conta! É muita informação pessoal!

— Nossa! — exclama Holandês, parecendo frustrado de verdade pela primeira vez. — Então como a gente vai conversar?

— A gente não devia conversar — argumento. — A gente veio aqui pra escrever.

— Ah. — Ele concorda com a cabeça. — É verdade.

— Ou, no seu caso, pra meter porrada nos outros — acrescento, e Holandês ri.

— Verdade de novo.

Como uma garfada do *orecchiette*, que é a massa local. Ela é servida com legumes e alecrim, e é uma delícia. Mas, enquanto ontem à noite eu fiquei completamente deslumbrada com a comida, hoje estou deslumbrada com esta conversa deliciosa, irresistível. Ou com a quase conversa.

Holandês fica em silêncio por um tempo, mastigando seu macarrão, e então diz:

— Na verdade, aluguei um carro e dei um passeio pela costa. Tem umas praias... uns vilarejos bonitos... Foi legal. — Ele engole a comida, se vira para mim e acrescenta com um ar despreocupado: — Pensei em fazer a mesma coisa amanhã. Você quer vir?

* * *

Na tarde seguinte, enquanto serpenteamos pela costa, me sinto animada. Como a vida se encaixou de um jeito tão impressionante? Como eu vim parar aqui, atravessando belas paisagens italianas de carro, com o sol brilhando, música tocando no rádio, ao lado do cara mais perfeito do mundo?

Tento demonstrar um interesse inteligente pelos cenários lindos e simples ao nosso redor, mas minha atenção sempre acaba voltando para Holandês. Porque ele vai ficando cada vez melhor.

Ele dirige de um jeito confiante. Ele não se estressa quando se perde. Cinco minutos antes, ele pediu informações para um senhor em uma mistura ridícula de inglês e italiano ruim. Mas o sorriso dele era tão encantador que o homem acabou chamando uma mulher que falava nosso idioma e que desenhou um mapa para nós. E, agora, cá estamos, em um estacionamento minúsculo no topo de um penhasco, com nada para olhar além de bosques de oliveiras, rochas e o azul infinito do Mediterrâneo.

— Como chama esse lugar? — pergunto, só para parecer inteligente. (Estou pouco me lixando para o nome.)

— Não faço ideia — responde Holandês, animado. — Mas a mulher me entendeu. Estive aqui ontem. É divertido.

— Eu pretendia aprender italiano antes de vir pra cá — digo em um tom arrependido. — Mas não dá tempo de fazer tudo... Você fala outras línguas?

— Eu tento — diz Holandês. — Mas acabo esquecendo tudo depois.

Ele não parece sentir vergonha nenhuma daquilo, e sorrio automaticamente. Muita gente recorreria a alguma mentira, mas ele, não.

Eu o acompanho por um caminho pedregoso até uma enseada rochosa, com uma praia de pedrinhas e a água verde-azulada mais transparente que já vi. Não há espreguiçadeiras nem um bar; não é esse tipo de lugar. A maioria das pessoas ali se resume a mulheres italianas mais velhas sentadas em toalhas, com echarpes protegendo o cabelo, e grupos de adolescentes escandalosos.

Há penhascos nos dois lados da enseada, com adolescentes em todos os níveis, escalando, tomando sol, fumando e bebendo cerveja. Conforme observo a cena, uma garota de biquíni vermelho pula de uma pedra saliente, berrando e dando um soco no ar antes de cair no mar. Um instante depois, um garoto a segue, sacudindo as pernas enquanto pula, jogando água para todos os lados ao mergulhar.

Eles se debatem na água por um instante, e então ele exibe a parte de cima do biquíni dela, levantando a peça bem alto e soltando um grito triunfante, enquanto a garota ri histericamente. A plateia de adolescentes nas pedras dá berros de alegria, e Holandês me encara com um olhar desconfiado.

— Não estava assim tão animado ontem — diz ele. — A gente pode procurar um lugar mais tranquilo.

— Não, eu gostei. — Sorrio para ele. — Parece... você sabe. Autêntico. Uau — acrescento, vendo outra garota pular da pedra. — Lá é alto.

— É divertido.

— Você *pulou*?

— Claro. — Ele ri da expressão em meu rosto. — Quer dizer, é seguro. Essa parte daqui é funda. Quer tentar?

— Hum... claro! — digo, antes de conseguir avaliar se aquilo realmente é uma boa ideia. — Por que não?

Encontramos um espaço vazio nas pedrinhas da praia e tiro minha túnica, encolhendo a barriga. Apesar de eu me esforçar para não olhar na direção dele, sinto Holandês me observando de maiô. É um modelo preto e decotado, e sei que é sexy, porque Russell o chamava de Instantâneo...

Não. Interrompo meus pensamentos na mesma hora. Eu *não* vou pensar em Russell. Por que eu me lembraria de um ex-namorado sem noção agora?

Dobro minha túnica, recatadamente desviando o olhar de Holandês enquanto ele tira a roupa, mas dando umas espiadas sorrateiras. Ele está usando um calção azul-marinho e é nítido que malha. Suas coxas são musculosas, e seu peito é peludo. Gosto de peitos peludos.

Sinto o suor escorrer pela testa e o seco. Aqui embaixo está ainda mais quente do que no penhasco, e as ondas batendo são bem convidativas.

— Está quente — digo, e Holandês concorda com a cabeça.

— Vamos entrar na água. Você quer...?

Ele gesticula para os adolescentes pulando da pedra, e sinto um frio na barriga de nervosismo. Para mim, nadar seria mais do que o suficiente. Mas não vou admitir isso, então digo:

— Claro!

Então Holandês sorri.

— Legal. É por aqui.

Ele me guia por um caminho cheio de curvas, indo de um lado para o outro pela lateral do penhasco. Subimos por pedras íngremes, passamos por cavernas, parando algumas vezes para deixar grupos barulhentos de adolescentes passarem correndo. Quando finalmente chegamos à pedra saliente e olhamos para a água cheia de espuma branca lá embaixo, sinto empolgação e pavor, tudo ao mesmo tempo.

— Pronta? — Holandês gesticula para a pedra, e solto uma risada nervosa.

Há um cara de 20 e poucos anos parado atrás de nós, claramente impaciente, então abro caminho para ele. Holandês e eu observamos enquanto ele corre, dá um salto e aterrissa no azul lá embaixo.

— É um salto e tanto — comento, tentando soar descontraída, e não apavorada.

— A graça é essa — diz Holandês com entusiasmo.

— Com certeza! — Concordo várias vezes com a cabeça, e então acrescento, como quem não quer nada. — Assim, existe um limite tênue entre "divertido" e "assustador".

Holandês ri.

— Aham. — E, de repente, sua expressão muda, se tornando preocupada. — Espera. A gente ultrapassou esse limite pra você? Desculpa. Eu arrastei você até aqui. Não sei até onde vão seus limites.

Consigo sentir que ele está pensando: *Eu não sei nada sobre essa pessoa; por que estou incentivando-a a pular de um penhasco?*

— Quer descer um pouco? — acrescenta ele, deixando um grupo de adolescentes passar na frente dele para pular. — A gente pode fazer isso.

Por um instante, fico tentada a aceitar. Mas então me lembro do que ele disse no outro dia: *às vezes é bom sair da sua zona de conforto.*

— Não sei — respondo, encarando o mar reluzente, sentindo uma pontada de frustração em relação a mim. — Não que eu *não* queira pular. Acho que estou descobrindo quais são os meus limites.

— Tudo bem — diz Holandês, com toda a calma. — Bom, como você está se sentindo agora?

— Quero pular — digo, tentando convencer tanto a mim quanto a ele. — É só que... são quantos metros até lá embaixo?

— Não se prenda muito a esses detalhes — diz Holandês de um jeito tranquilizador. — Se concentre na empolgação. Na adrenalina.

— Aham. — Faço que sim com a cabeça. As palavras dele estão ajudando. Apesar de eu ainda não ter me aproximado da borda.

— Uma vez, vi dois meninos num parquinho — continua Holandês. — Um estava se convencendo a subir no trepa-trepa, e o amigo tentava ajudar. Ele disse: "Você aprende com o medo." Nunca me esqueci disso.

— Você aprende com o medo — repito, devagar. — Gostei. Então o que a gente aprende quando pula no mar?

— Você aprende que consegue pular. — Ele abre um sorriso largo, contagiante, para mim. — Vamos juntos?

— Tá. — Concordo com a cabeça. — Vamos lá. Vamos fazer isso.

Eu posso morrer, penso calmamente enquanto andamos até a beirada do penhasco. É uma possibilidade. O lado positivo é que seria uma boa morte. *Jovem morre ao pular no mar com um cara bonito.* Ótimo.

Holandês pega a minha mão, e quero gritar "Não, mudei de ideia!", mas, por algum motivo, minha boca não se mexe. Não estou fazendo isso, penso, enlouquecida, conforme a mão dele aperta ainda mais a minha. Com certeza, eu não vou...

— Um, dois, três...

E nós pulamos.

Durante o salto, o ar é sugado do meu corpo. Não sei o que sentir. Não *consigo* sentir nada. Meu cérebro foi esvaziado. A gravidade é a única força agindo na minha vida agora. Olho para o rosto sorridente e encorajador de Holandês, sinto sua mão dar um ligeiro aperto na minha e então soltá-la quando caímos no mar.

A água bate contra o meu corpo com mais força do que eu esperava. Minhas pernas se abriram, e afundo na água gelada, incapaz de parar. Para baixo... mais para baixo. Preciso boiar. Por que não estou boiando? Não tenho fôlego para isso... Vou morrer *mesmo*, eu sabia... Espere, estou subindo de novo...

Então, de repente, volto à tona, engasgando, arfando e cuspindo água salgada. Meu cabelo está todo bagunçado no meu rosto, sinto o maiô enfiado na bunda, e meu coração quase explode em triunfo. Meu peito está martelando, meu sangue parece fervilhar, minha boca não consegue parar de sorrir... Foi *incrível*!

Holandês está a três metros de distância e já vem nadando na minha direção com uma expressão exultante.

— Você conseguiu! — Ele bate na minha mão, e dou um gritinho.

— É maravilhoso, não é?

— Sim! Sensacional!

Perto de nós, outro adolescente cai no mar, e uma onda vem na nossa direção. É bem difícil ficar de boa ali na água desse jeito. Não que eu vá admitir uma coisa dessas, porque gosto de pensar que estou em plena forma.

— Preciso confessar — digo, falando mais alto que o som da água espirrando e dos gritos de alegria. — Eu estava me borrando de medo.

— Não brinca — diz Holandês, me provocando.

— Achei que eu tivesse escondido bem — falo, fingindo estar indignada, e ele ri.

— Impossível. Você está bem? — acrescenta ele, quando uma onda me acerta no rosto.

— Estou — respondo, me engasgando um pouco. — Valeu.

Outra onda nos empurra para perto um do outro, e, de repente, nossos peitos se encontram. Embaixo da água, minhas pernas batem nas dele com o movimento da maré. Por instinto, Holandês segura minha cintura — e imediatamente me solta, parecendo nervoso, e diz:

— Desculpa. Eu não queria...

— Não.

— Não fiz... — Ele se interrompe.

— Não — digo, um pouco ofegante. — Eu sei.

— Não que eu não... — Ele se interrompe mais uma vez, e uma expressão que não consigo interpretar passa por seu rosto.

Por um instante, ficamos nos encarando com a respiração ofegante, com os cabelos desgrenhados, os braços se movendo no automático pela água, ritmados.

— Então — diz Holandês por fim, como se quisesse mudar de assunto. — Quer ir de novo?

— Claro! — digo, apesar de eu não conseguir me concentrar direito, porque aquilo foi...? A gente quase...?

Ele nada para longe, em direção a uma escada de metal presa à pedra, e vou atrás, com a cabeça fervilhando. Subo a escada, e então nós dois pegamos o caminho para o penhasco. É uma trilha estreita, e, quando fazemos as curvas apertadas, a pele molhada dele roça na minha. Uma hora, estamos na sombra; na outra, o sol nos queima com força total. Nenhum de nós fala nada, mas nossa respiração está pesada. É por causa do calor, da subida, ou por...?

Ai, meu Deus. Não aguento isso. Preciso acelerar as coisas. Quando chegamos ao trecho largo e ensolarado de pedra, paro. Holandês se vira e me encara com um ar questionador, os olhos apertados contra o sol. Meu coração está disparado, mas que se dane. Eu pulei no mar; consigo fazer isso.

— Posso fazer uma pergunta pessoal, não é? — pergunto, sem rodeios.

— Ah. — Ele parece surpreso. — Agora?

— É, agora.

— Tudo bem. Pode falar. O que você quer saber?

— Certo. Agora, no mar, pareceu que... — Eu hesito. — Pareceu que a gente ia... Mas... — De novo, eu me interrompo. — Enfim. Essa é a minha pergunta.

Holandês parece confuso.

— Qual exatamente é sua pergunta? — questiona ele depois de um instante. — Nada do que você falou é uma pergunta.

Ah, certo. Ele tem razão.

— Minha pergunta é, agora, na água, achei que a gente podia estar indo numa certa... *direção*. — Eu me obrigo a encontrar o olhar dele. — E eu queria saber que... que direção é essa?

O brilho nos olhos escuros dele diz muita coisa, e sinto um nó no estômago. Essa é a resposta dele. Essa aí. Essa expressão. E o sorriso lento que se espalha por seu rosto.

— Talvez eu não saiba como responder — diz Holandês, depois de uma pausa. — Não sei usar as palavras tão bem quanto vocês, escritores.

À medida que ele se aproxima de mim, seu olhar percorre meu maiô de forma bem óbvia. (Tá, não é bem para o maiô que ele está olhando.) Dou um passo na direção dele também, e ficamos a centímetros de distância, meu rosto inclinado para cima.

— Você sabe o que costumam dizer — falo, baixinho. — Falar é fácil, fazer é difícil.

Não sei o que estou pedindo. Um beijo comportado, romântico, talvez. Como o de Chester e Clara antes de ele embarcar na carroça de feno. Mas, quando os lábios de Holandês encontram os meus, todas as ideias sobre ser comportada desaparecem da minha cabeça. Não quero nada comportado, quero ele. Essa boca. Essa barba por fazer roçando minha pele. Ele todo. Agora.

Ele intensifica o beijo, habilidoso, intenso, as mãos nas alças do meu maiô, como se a qualquer instante fosse puxá-las para baixo. Ele tem gosto de sal e de homem. De alguma forma, nossos corpos se fundiram, pele molhada contra pele molhada, com o sol queimando nossa cabeça e nossas costas. Ele já está enrijecendo, eu já estou derretendo... se a gente não estivesse em público...

Escuto alguém rindo ali perto — será que estão rindo de nós? Mas estou perdida demais nas sensações para mexer a cabeça. Está tudo bem. Não tem problema nenhum a gente se beijar em público. Nós estamos na Itália, a terra da paixão. Os italianos *inventaram* o sexo. E não consigo parar. Meu desejo não tem limite.

— *Ciao, bela!*

Um assobio agudo me faz dar um pulo, e olho ao redor. São os adolescentes, aglomerados a uns dois metros de nós, nos observando. Droga. Eles *estão* rindo da gente. E, agora, começaram a assobiar. Nós devíamos parar. Devemos estar infringindo algum regulamento municipal ou coisa assim.

Com um esforço sobre-humano, me afasto ligeiramente de Holandês e o encaro, ofegante. Acho que não consigo falar, e ele também parece desnorteado.

Os adolescentes continuam assobiando para nós, e tento ignorá-los. Talvez tivesse sido melhor não termos nosso primeiro contato sexual em um espaço público, com uma plateia empolgada. Mas, por outro lado, é sempre fácil julgar quando você já fez.

— Então — consigo falar, por fim.

— Aham. — Holandês sorri de novo.

Sei que eu devia ser a pessoa das palavras, mas não sou capaz de formar nem uma frase inteira agora. Ainda estou atônita.

— Também tenho direito de fazer uma pergunta pessoal. — A voz baixa de Holandês me pega de surpresa. — Não é?

Uma das mãos dele está vagando sob a costura do meu maiô enquanto a outra acaricia minha orelha. O toque dele consegue ser suave e firme ao mesmo tempo. *Ele sabe o que está fazendo*, reflito, e, por um momento, saboreio esse pensamento delicioso. Então percebo que ele está esperando a minha resposta.

— Ah, sim. — Eu acordo. — Sim. Acho que sim.

O que ele quer saber?

Espero pela pergunta de Holandês, mas ele fica alguns segundos em silêncio, seus olhos brilhando com pensamentos secretos.

— Que bom — diz ele e toca meu nariz de leve. — Acho que vou guardar pra depois.

Naquela tarde, senti como se tivesse libertado um gênio destemido dentro de mim. Nós pulamos da pedra várias vezes, gritando e acenando um para o outro no ar. Caímos na água, nadamos e nos beijamos sob o sol, as bocas salgadas do mar. Exaustos, saímos da praia principal e fomos para uma sombra sob uma oliveira próxima, então abrimos nossas toalhas no chão. O sol está dançando pelos galhos, e fecho os olhos, adorando a sensação do seu calor em meu rosto.

— Acho que o sol na Itália é diferente — digo, com um ar sonhador. — A gente é iludido na Inglaterra. Acho que guardam o sol de verdade num armário, pra não ficarmos mal-acostumados se o virmos demais. Então o liberam, mas só por vinte e quatro horas. E sempre num dia inesperado.

Holandês ri.

— Não é de se espantar que os ingleses sejam obcecados com o tempo.

Durante nossa conversa, ele monta, como quem não quer nada, uma torre com as pedrinhas maiores, lisas, que estão espalhadas pela praia. Enquanto observo, ele coloca uma pedra grande, ambiciosa demais, no topo, e toda a estrutura desmorona — então ele ri e começa tudo de novo. Quando ele faz uma pausa, acrescento minha própria pedra à pilha, e ele olha para mim com um sorriso.

— Quantas você acha que a gente consegue empilhar? Eu diria oito.

— Chuto dez — rebato imediatamente, pegando outra pedra.

Ficamos em silêncio por um tempo, concentrados na tarefa. Mas, no final, temos uma pilha oscilante de dez pedras. Holandês se estica para bater a palma da mão na minha, mas balanço a cabeça, num impulso.

— Mais uma! Vamos fazer com onze.

— Onze! — Holandês levanta as sobrancelhas, me provocando.

— Gostei da sua ousadia. Pode colocar.

Quando pego outra pedra, sinto um nervosismo ridículo. Sei que é só uma brincadeira, mas nós construímos essa torre de pedras juntos, e não quero derrubar tudo quando podia ter me contentado com dez. Na verdade, nem sei por que quis acrescentar outra pedra. Acho que é aquela voz dentro de mim que fica o tempo todo me perguntando "O que *mais* eu posso fazer?".

Hesitante, coloco a pedra nova no topo e afasto a mão — e ela fica no lugar!

— Isso aí! — Holandês levanta o braço de novo, e, desta vez, batemos as mãos, e me sinto absurdamente empolgada com a nossa conquista. — Isso me lembra da minha infância — diz ele, preguiçoso, se deitando na toalha. — Adoro arquitetura, design, esse tipo de coisa. Acho que começou na época em que eu fazia castelos de areia na praia.

— Eu adorava construir castelos de areia na praia! — digo, animada. — E também adoro design. Coleciono móveis interessantes. É, tipo, um hobby.

— Móveis? — Holandês levanta a cabeça, interessado. — De que tipo? Porque sou...

— Espera! — eu o interrompo com uma arfada horrorizada. — Desculpa! Não devia ter dito isso. A gente não pode revelar detalhes.

— Tarde demais. — Ele ri.

Então me dou conta de que também insinuei que moro na Inglaterra. Sinceramente, sou *péssima* nisso.

— Não sou necessariamente da Inglaterra, aliás — digo rápido. — Talvez eu estivesse mentindo. Quem sabe eu nem tenha um endereço permanente.

— Ária. — Holandês balança a cabeça, sem acreditar. — A gente precisa seguir as regras?

— Sim! A gente precisa tentar, pelo menos. Só uma pergunta pessoal pra cada um, e você ainda não fez a sua. Mas tive uma ideia — acrescento, subitamente inspirada. — Vamos falar sobre o futuro. Como você se vê aos 90 anos? Consegue descrever uma cena?

— Tá. — Holandês assente e pensa por um instante. — Vou olhar pra trás e ver que tive uma vida bem-vivida. Espero estar feliz. No sol, em algum lugar. No sol *bom* — esclarece ele, com um breve sorriso. — E vou estar com amigos, velhos e novos.

Ele parece tão sincero que fico um pouquinho emocionada. Ele poderia ter dito tantas outras coisas. Por exemplo: "Vou estar no meu iate, com a minha quinta esposa." Russell falaria isso. Na verdade, agora que parei para pensar, Russell *falou* isso.

— Parece perfeito — digo, sendo sincera. — E... eu também. No sol bom, com amigos. Além disso, vou estar tomando sorvete.

— Ah, eu também — diz Holandês de imediato. — Com certeza. Eu só vim passar as férias na Itália por causa do sorvete.

— Que sabor? — pergunto.

— Essa seria a pergunta pessoal de amanhã, não? — rebate ele, e eu rio.

— Não! Não vou desperdiçar uma pergunta pessoal com isso. Esquece. Não preciso saber.

— Que pena. — Os olhos dele se apertam para mim. — Então você nunca vai saber o quanto eu amo *nocciola*.

— Que pena *mesmo*. — Concordo com a cabeça. — E você nunca vai saber o quanto eu amo *stracciatella*.

Eu me deito em minha toalha, e a mão de Holandês se aproxima devagar para segurar a minha. Nossos dedos se entrelaçam, e sinto o dedão dele fazendo círculos na palma da minha mão, e então ele me puxa para a sua toalha e cobre minha boca com a dele.

— Você é melhor do que sorvete de *nocciola* — murmura ele na minha orelha.

— Que mentira — murmuro, e Holandês parece pensar no assunto.

— Tudo bem, no mesmo páreo — cede ele. — Você está no mesmo páreo que sorvete de *nocciola*. E é melhor do que *sorbet* de manga.

— Sou melhor do que *sorbet* de manga? — Arregalo os olhos com uma alegria fingida. — Nossa. Nem sei o que dizer. Nunca vou me esquecer de um elogio desses.

É claro que estou brincando... mas, ao mesmo tempo, é verdade. Nunca vou me esquecer deste dia encantado, inebriante, ensolarado.

Conforme a noite vai caindo, finalmente nos mexemos. Passamos a tarde toda deitados, nos beijando, cochilando e batendo papo. Quando me levanto, meu corpo está duro, e minhas pernas ficaram com marcas de galhos, mas não consigo evitar um sorriso bobo.

Nós juntamos nossas coisas e seguimos para o carro, mas, no caminho, passamos por um grupo de adolescentes jogando futebol em um campo com vegetação falhada. De repente, a bola vem na nossa direção, acertando a cabeça de Holandês. Ele a pega, sorri e a joga de volta para os garotos.

— *Signor!* — Um dos adolescentes o chama para jogar.

Holandês para por um momento e então fala para mim:

— Dois minutos.

Quando ele entra no jogo, se torna imediatamente imerso, e fico observando, fascinada, ao vê-lo em um ambiente diferente.

Ele parece entender o que os adolescentes gritam, apesar de eles estarem falando italiano. (Na verdade, acho que estão todos se comunicando na linguagem internacional do futebol.) Um dos jogadores o acerta em uma falta meio violenta, mas Holandês aceita seu pedido de desculpas com um tranquilo aceno de cabeça. Ele também exala uma autoridade natural, percebo. Os garotos o respeitam, mesmo enquanto o desafiam. Tudo é mais uma pista sobre quem ele é. Tudo é mais uma revelação.

E, então, Holandês olha para mim e diz:

— Preciso ir, meninos. Valeu pelo jogo.

Os adolescentes começam a insistir para que ele fique (até eu consigo entender essa parte), mas Holandês levanta uma das mãos em uma despedida sorridente e se junta a mim.

— Jogou bem! — digo, e ele ri, pega minha mão, e nós voltamos para o carro.

No caminho para a cidade, com o sol do fim de tarde queimando o para-brisa, olho para trás, tentando gravar esse lugar precioso em minha memória, até fazermos uma curva e acelerarmos pela estrada principal.

— Bem que a gente podia ter trazido a torre de pedras — digo, melancólica, e Holandês ri de novo. — É sério! — insisto. — Teria sido uma ótima lembrança da viagem.

— Você carregaria onze pedras pesadas até o carro?

— Carregaria.

— E levaria para casa, no avião?

— É claro!

— E como você se lembraria a ordem que elas estavam na pilha?

Faço uma pausa, porque eu não tinha pensado nisso.

— Eu bolaria um plano — respondo, por fim, confiante. — E, então, sempre que eu olhasse para as pedras na minha casa, me lembraria...

Eu me interrompo de repente, porque, se não tomar cuidado, vou falar mais do que deveria. Vou acabar abrindo demais meu coração; vou assustá-lo.

Eu me lembraria do homem mais maravilhoso que já conheci.
Eu me lembraria do dia mais perfeito da minha vida.
Eu me lembraria do paraíso.

— Teria sido legal — digo, por fim, em um tom mais tranquilo. — Só isso.

Quando chegamos à cidade, ainda me sinto atordoada, como se estivesse em um sonho. Um sonho com céus azuis, céus de filme, cheios de adrenalina, luxúria e sol. Estou recostada no plástico quente do banco do carro, bebendo uma Orangina gelada que compramos no caminho. Meu cabelo está bagunçado, minha pele está salgada, e ainda consigo sentir a boca de Holandês na minha.

Sei que há um jantar grátis delicioso à nossa espera no mosteiro, mas concordo com a cabeça quando Holandês pergunta:

— Vamos comer uma pizza?

Não quero dividi-lo com mais ninguém. Não quero explicar nada nem bater papo com os outros. Farida tem razão, conversa fiada só serve para nos distrair do objetivo principal, que, agora, é Holandês.

Holandês estaciona o carro em um quarteirão deserto da cidade, com praças cheias de sombras e ruas vazias com portas de madeira ornadas com pregos, e nós saltamos.

— Ontem achei um lugar que vende pizza — explica ele enquanto me guia pelo caminho. — Não é um restaurante, só um cara num quiosque... Tudo bem?

— Ótimo. Perfeito! — Aperto a mão dele, e entramos em uma rua menor, menos iluminada.

Avançamos um pouco pela rua. Dez passos, talvez. E então, de repente, tudo muda. Do nada, dois adolescentes surgem no nosso caminho. Magros e bronzeados, como os caras com quem Holandês jogou futebol, mas não tão parecidos assim, porque aqueles eram mal-encarados e empurraram Holandês, dizendo coisas agressivas em italiano. Será que estão bêbados? Drogados? O que eles *querem*?

Estou tentando entender o que acontece à minha frente, então meu cérebro demora uma eternidade para enxergar a verdade — estamos com problemas. Estamos com problemas de verdade. Em um intervalo de três segundos, meu coração passa de calmo para disparado de medo. Holandês tenta me guiar através dos garotos, ele tenta ser amigável, mas eles não... Eles estão irritados... Por quê? Não consigo nem... O quê...

E, agora — não, não, *por favor*, Deus, não —, um deles enfia a mão no bolso do casaco, e tenho um vislumbre paralisante do metal de uma faca.

O tempo para. Uma faca. Uma *faca*. Nós vamos ser esfaqueados, bem aqui, agora, nesta ruela, e não consigo nem me mexer. Não consigo falar. Estou paralisada de medo, como uma criatura mumificada, petrificada, da era do gelo...

Espere. O quê? O que foi isso? *O que está acontecendo agora?*

Diante dos meus olhos, Holandês torce o braço do cara que está segurando a faca, girando-o em uma manobra experiente e eficaz, e, de alguma forma, a faca cai no chão. Como ele fez isso? Como?

O tempo todo, ele grita *"Corre, corre!"*, e, de repente, percebo que está falando comigo. Ele quer que eu vá embora.

Mas, antes que eu consiga me mexer, os adolescentes saem em disparada, correndo pela rua e fazendo a curva.

Eu desmorono contra Holandês, chocada. Faz só trinta segundos que entramos na ruela, mas sinto como se o mundo tivesse parado e recomeçado.

A respiração de Holandês está pesada, mas ele apenas diz:

— Você está bem? — E acrescenta: — É melhor a gente voltar pro carro. Eles podem ter a ideia idiota de voltar.

— Como... como você *fez* aquilo? — gaguejo enquanto voltamos pela rua, e Holandês olha para mim, surpreso.

— O quê?

— Como você tirou a faca deles?

— Eu aprendi a fazer isso — responde Holandês, dando de ombros. — Todo mundo devia aprender. Você devia aprender. É uma questão básica de segurança. Moro numa cidade grande... — Ele se interrompe. — Certo. Desculpa. Nada de detalhes pessoais.

— Acho que isso não faz diferença agora — digo, com uma risada que mais parece um choro.

— Ária! — Holandês parece pego de surpresa e para do nada, me puxando para perto. — Está tudo bem — diz ele, baixinho, me abraçando. — Acabou.

— Eu sei — digo contra seu peito firme. — Desculpa. Estou bem. Estou exagerando.

— Não está, não. Qualquer um ficaria nervoso. Mas acho melhor continuarmos andando — acrescenta ele, apertando ainda mais minha mão quando seguimos em frente. — Não precisa se preocupar. Estou aqui com você.

A voz dele acalma meu nervosismo e fortalece minhas pernas trêmulas. Enquanto seguimos pela rua, ele vai lendo todas as placas pelo caminho com uma pronúncia péssima de propósito, me fazendo rir. E, quando estamos de volta ao carro, passando pela estrada costeira, comendo a pizza que compramos em outro lugar, é quase como se nada tivesse acontecido. Tirando o fato de que meu coração se derrete ainda mais toda vez que olho para ele.

Ele salvou a minha vida. Ele é gostoso, ama cachorros, nós pulamos juntos de uma pedra e ele salvou a minha vida.

Deixamos o carro em uma garagem, então voltamos andando os trinta metros até o mosteiro, entrando pela enorme porta de madeira. O pátio da entrada está vazio. Eu paro para contemplar o claustro tranquilo, iluminado por velas. É como se a gente estivesse em um mundo diferente agora. Andorinhas voam em círculos contra o céu azul-escuro, e sinto o aroma de verbena no ar.

— Foi uma tarde e tanto — diz Holandês com uma risada meio irônica. — Você veio pra cá pra participar de um retiro de escrita calmo, e, em vez disso, acabou em uma montanha-russa de adrenalina. Seu coração ainda está disparado?

— Aham. — Sorrio e concordo com a cabeça.

Meu coração está de fato disparado. Só que por outro motivo. Está batendo forte porque estamos aqui, neste momento.

Passei a tarde inteira pensando, ansiosa, *essa noite... essa noite... talvez essa noite...* E, agora, estamos aqui. Nós dois. Com uma noite livre na Itália pela frente.

Quando encontro os olhos dele de novo, meu peito parece apertado de tesão. É quase doloroso, esse meu desejo. Porque nós ainda não terminamos. Nós não estamos nem perto de terminar. Ainda sinto a boca dele, suas mãos, seu cabelo enroscado em meus dedos. Minha pele querendo a dele. *Tudo* em mim ansiando por ele.

— Não faz sentido ir encontrar os outros — diz Holandês, como se lesse meus pensamentos, e seus dedos roçam contra os meus.

— Não.

— Meu quarto fica no fim do corredor — acrescenta ele, como quem não quer nada. — Fica meio isolado.

— Que ótimo — digo, tentando controlar o tremor em minha voz. — Posso... dar uma olhada?

— Claro. Por que não?

Sem falar mais nada, nós nos viramos e seguimos pelo corredor, nossos passos sincronizados, nossos dedos se tocando. Minha respiração é rápida. Estou quase morrendo de desejo. Mas, de alguma forma, consigo colocar um pé na frente do outro, como uma pessoa normal.

Chegamos a uma porta de madeira tachonada, e Holandês pega uma chave de ferro. Ele me lança um olhar demorado, que me faz sentir um frio na barriga, e estica o braço para abrir a porta.

— Sua pergunta pessoal — digo, lembrando de repente. — Você *ainda* não fez.

O rosto de Holandês exibe um vislumbre de divertimento. Ele me observa por um instante antes de se inclinar para a frente e me dar um beijo demorado e intenso, suas mãos agarrando meu quadril. Então ele se inclina ainda mais, morde de leve meu pescoço, e sussurra:

— A gente vai chegar lá.

CINCO

Ai, meu Deus.

Não consigo me mexer. Não consigo pensar. Eu mal dormi. Minha pele formiga sempre que penso na noite que tivemos.

Os lençóis farfalham, e Holandês se vira para mim, piscando quando um raio de sol atinge seus olhos. Por um momento, ficamos olhando um para o outro. Então, seu rosto se curva em um sorriso, e ele murmura:

— Bom dia.

Ele me puxa para um beijo demorado, antes de se levantar e seguir descalço para o banheiro.

Quando desabo de novo em meu travesseiro, minha cabeça parece feita de marshmallow. Cheia de doçura. Cheia de alegria. Deliciosa e leve. Quando Holandês volta, recém-saído do banho, digo, em um impulso:

— Senti sua falta! — E é verdade. Não quero passar nem um segundo longe dele. O que nós temos não é química, é magnetismo. É uma atração. É uma força. É algo inevitável.

Mas será que ele se sente assim também? *Qual* é a nossa situação? O que vai acontecer agora? Eu me sento na cama e espero Holandês terminar de vestir a camisa. Ele olha ao redor.

— E agora? — digo, dramática, e lembro que isso é exatamente o que Clara pergunta a Chester enquanto ele embarca na carroça de feno.

Por um momento ridículo, imagino Holandês dizendo: "Da próxima vez que nos encontrarmos, Ária, você *saberá* que sou um homem de palavra!"

Mas, em vez disso, ele pisca e diz:

— Café, eu acho.

— Certo. — Concordo com a cabeça.

Quer dizer, essa é a resposta óbvia.

Enquanto caminhamos com nossos ombros se esbarrando e a luz do sol dançando sobre nossa cabeça, me sinto leve de um jeito que não acontecia fazia meses. Anos. Nós nos aproximamos do pátio, e, de repente, me dou conta de que não damos as caras desde o almoço de ontem. Pode parecer estranho, talvez as pessoas façam perguntas...

Porém, quando nos sentamos com o grupo à grande mesa redonda, ninguém nem pisca. No fim das contas, um monte de gente matou a aula de ioga de ontem — e várias pessoas foram jantar em um restaurante local. (Veredito: a comida não é tão boa quanto a daqui, nem se dê ao trabalho.)

Então ninguém pergunta nem insinua nada. E fico feliz. Não quero chamar atenção. Quero poder olhar para Holandês enquanto tomo meu suco de laranja sem ninguém me perturbando, pensando em coisas deliciosas, particulares.

Tirando que preciso compartilhar o que aconteceu com as minhas amigas. (Isso ainda conta como particular.) Depois do café da manhã, pego meu celular na recepção, dizendo que é uma emergência de família, e vou para a esquina da rua, onde ouvi falar que o 4G pega.

Então, depois de cinco segundos parada ali, meu telefone ganha vida. É meio mágico, como se o mundo estivesse falando comigo de novo.

Todos os meus grupos de WhatsApp se enchem de notificações, e sinto uma pontada de saudade. Mas, de algum jeito, me obrigo a ignorar as seiscentas e cinquenta e sete mensagens que me chamam. Prometi a mim mesma que não olharia, porque, se eu olhar uma, não tem mais volta. Em vez disso, clico em um grupo novo chamado *Linha de emergência da Ava*, que Nell criou exatamente para uma situação como a que estou vivendo.

Oi, digito, e, depois de uns dez segundos, Nell começa a escrever uma resposta. É quase como se ela estivesse esperando que eu entrasse em contato. Um instante depois, a mensagem chega:

Ele está bem.

Então uma foto de Harold surge na tela, com a legenda:

Viu? Ele está feliz. Não precisa se estressar. Pode ir escrever!!

Um instante depois, Maud diz:

Ava! Como está indo o livro?

Agora Sarika também está digitando:

Como você pegou seu celular? Isso não é contra as regras?

Todas elas estão on-line, percebo. É o momento perfeito. Toda feliz, eu digito:

Esqueçam as regras. Porque, adivinhem só, conheci um cara. Conheci o cara perfeito!!!

Envio a mensagem e observo as respostas chegarem, minha boca se curvando em um sorriso.

O quê??!?!?!
Uau.
Que rápido!
Vocês transaram?
Conta tudo!!!!

Não consigo não deixar de rir, porque a empolgação delas é contagiante.

Sim, a gente transou, obrigada por perguntar. E ele é maravilhoso. Ele é incrível. Ele é...

Não tenho mais palavras, então acrescento dezesseis emojis de coração e mando. Imediatamente, sou bombardeada de respostas.

Entendi. :))
Bom saber ☺
Mais detalhes!!! Qual é o nome dele????

Digito minha resposta — Holandês — e espero a enxurrada.

Holandês!
Holandês??
Isso é um nome?
Você quis dizer que ele é holandês?

Estou prestes a digitar "Não" quando me dou conta de que não sei. Talvez ele seja *mesmo* holandês, mas tenha sido criado no Reino Unido, por isso tem um sotaque britânico. Não dá para ter certeza de nada.

Não sei qual é a nacionalidade dele.
???
Bom, onde ele mora???
Não sei
Ele faz o que da vida??
Não sei
Você não sabe????

Respiro fundo, levemente frustrada, e começo a digitar de novo.

Todo mundo no retiro é anônimo. Essa é a graça. É diferente. Nós estamos nos comunicando enquanto seres humanos, não como listas de estatísticas. Detalhes não fazem diferença. Nacionalidades não fazem diferença. Empregos não fazem diferença. A CONEXÃO entre nós é que faz diferença.

Quando termino de digitar, me sinto muito inspirada e me pergunto se minhas amigas vão parar para refletir sobre o que escrevi. Mas as respostas voltam a surgir depressa na tela do meu telefone.

???
Qual é o nível salarial dele?
Não importa, Sarika!!!
Importa, sim. Desculpa por ser pragmática
Vou chutar que ela não sabe
Mas deve dar pra ter uma ideia, não?
Ava, querida, sem querer ser chata... mas o que você SABE sobre ele??

Enquanto estou lendo a conversa, percebo que estou no caminho de uma senhora curvada com um carrinho de compras, então dou um passo para o lado com o ar arrependido, dizendo:

— *Scusi!*

A mulher sorri, eu sorrio para ela, observando seu rosto enrugado e pensando, ao mesmo tempo, "Ela parece tão sábia" e "Opa, esqueci de passar protetor". Então volto a me concentrar na conversa. É meio surreal, estar parada em uma rua deserta na Itália, tentando explicar essa situação maravilhosa que aconteceu na minha vida para as minhas amigas, que estão tão longe. Mas, depois de pensar um pouco, volto a digitar:

Aqui vai o que eu sei. O cabelo dele é escuro e espesso. Seus olhos brilham. Ele só precisa olhar pra mim pra eu sentir um frio na barriga. Quando ele ri, joga a cabeça pra trás. Ele é seguro de si, mas não é metido. Ele valoriza amizades. E ama cachorros.

Acrescento uma nova fileira de emojis de coração, dezoito desta vez, e aperto Enviar.

O outro lado fica em silêncio. Então as respostas começam.

???
Só isso?
Qual é o sobrenome dele? Holandês do quê? Vou procurar no Google.

Isso é tão a cara da Sarika. Rapidamente, digito:

Não sei.

Então, depois de hesitar um pouco, falo a verdade.

Na verdade, Holandês não é o nome real dele. Não sei seu nome de verdade.

Desta vez, as respostas surgem na mesma hora.

Você não sabe o nome dele???
Deixa eu ver se entendi, você não sabe o nome dele, a nacionalidade dele, o que ele faz da vida nem onde mora.
Então é só sexo.

Encaro o telefone me sentindo incomodada com o comentário de Maud. Em primeiro lugar, o que significa "Só sexo"? Sexo com a pessoa certa é transcendental. É algo que diz muito sobre a alma de alguém. Um cara generoso na cama será generoso no dia a dia.

E, de toda forma, não é só sexo. Eu *conheço* Holandês. Nós construímos uma torre de pedrinhas juntos. Eu o vi jogar futebol com adolescentes. Pulei de um penhasco ao seu lado. Isso é o que importa. Não "O que ele faz da vida?", e sim "Você pularia de um penhasco com ele?".

Então digito de novo, me sentindo um pouco irritada:

É mais do que sexo. Eu sinto a essência dele. Ele é uma boa pessoa. Ele é bom. Ele é destemido. Ele é corajoso.

Faço uma pausa de alguns segundos, então dou minha cartada final:

Ele me salvou de dois caras com uma faca. Ele salvou a minha vida.

Não dá para discutir depois de uma informação como essa. Ele salvou a minha vida. *Ele salvou a minha vida!* Mas, se eu achei que minhas amigas se sensibilizariam com o romance da situação, me enganei.

Dois caras com uma faca????
Mas que PORRA está acontecendo aí?
Ava, toma cuidado.

Acho que você devia voltar pra casa.
Esse cara pode ser um psicopata!!

Sei que elas estão meio que brincando, mas também sei que estão meio que falando sério, e isso me incomoda. Digito de novo, meus dedos um pouco duros.

Parem. Está tudo certo. Está tudo bem. Estou feliz.

Então acrescento:

Preciso ir. Estou num retiro de escrita, caso vocês tenham esquecido.

Há uma pausa momentânea, então as despedidas surgem no meu celular:

Tudo bem, a gente se fala. bjooo
Toma CUIDADO. Bjooss
Aproveita!! ;) ;)

E, finalmente, outra foto de Harold aparece, com um balão de fala photoshopado saindo de sua boca: "DESCOBRE O NOME DELE!!"
Hum. Que hilário.
No caminho de volta para o mosteiro, sou tomada pelas dúvidas. É *claro* que estou curiosa. É *claro* que pensei nas possibilidades. Parte de mim está desesperada para saber o nome verdadeiro dele. E sua idade. E em qual cidade ele mora. (Por favor, *por favor*, que não seja Sydney.)
Mas parte de mim não quer entrar nesse assunto. Não por enquanto. Estamos em uma bolha mágica, e quero ficar nela pelo máximo de tempo possível.
Será que eu devia descobrir pelo menos *um* detalhe? O nome verdadeiro dele?

Paro na entrada do mosteiro, pensando.

O problema é que, se eu souber o nome dele, vou procurá-lo no Google. Não vou ter a *intenção*... Não vou *querer* fazer isso... mas sei que vou fazer. Assim como nunca *quero* nem tenho a *intenção* de pedir um muffin junto com meu café, mas, ah, olha, tem um no meu prato, como isso foi acontecer?

Já me vejo bolando uma desculpa, pegando o celular, esperando ansiosa os resultados abrirem...

E isso romperia a bolha.

Devagar, abro a porta pesada de madeira com a minha chave e entro, sendo cercada pelas grossas paredes de pedra. Devolvo o celular na recepção, depois sigo para o claustro principal. Vejo Farida conversando com Giuseppe, que é o porteiro, motorista e ajudante em geral, mas, quando ela nota minha presença, se despede dele com um aceno de cabeça e vem na minha direção.

— Ária! — cumprimenta ela, seu cabelo caindo imaculado sobre as costas, as contas de seu colar de âmbar batendo umas nas outras. — Estou indo para a primeira aula. Você está pronta?

— Sim! — respondo, e vou andando com ela, tentando me concentrar novamente na tarefa principal.

— Você acha que o retiro já te ajudou? — pergunta ela enquanto caminhamos.

Bom, me ajudou a transar.

— Sim — respondo, sendo sincera. — Sim, muito.

A aula da manhã é sobre escrita livre. Nossa tarefa é escrever o que quisermos e depois compartilhar o texto com a turma. Algumas pessoas foram escrever no quarto, outras encontraram sombras aconchegantes no jardim ou no pátio.

Holandês anuncia que vai para o quarto, e não me parece certo ir atrás dele. Então vago pelo mosteiro até encontrar um banco isolado ao lado de um arbusto enorme de alecrim. Eu me sento no banco com as pernas cruzadas, o laptop apoiado nas coxas, esfregando os ramos de alecrim entre os dedos, distraída. Ainda me sinto agitada. E como se estivesse sonhando. Só consigo pensar em sexo. E na noite de ontem. E em Holandês.

Mas está tudo bem. Na verdade, está tudo *ótimo*. Isso vai dar um gás na minha escrita. Sim! Estou fervilhando de palavras e sentimentos para dar ao meu casal, Chester e Clara. Vou acelerar o romance. Consigo ver os dois rolando pelo chão, Chester puxando com avidez o espartilho de Clara...

Espere, eles precisam se casar primeiro? Não sei bem quais eram as regras na Era Vitoriana. Talvez o condutor da carroça de feno também fosse um vigário, e assim os dois poderiam casar rápido durante o trajeto?

Tanto faz. Não me importo. O que interessa é que eles vão transar. Logo. Nunca escrevi uma cena de sexo antes, mas, por algum motivo, as palavras fluem hoje.

Ele a penetrou com um gemido, digito rápido, mas então faço uma careta e apago tudo. Talvez... *Ele se impulsionou para dentro dela.*

Não, está rápido demais. Preciso criar um clima para isso.

Enquanto arrancava o espartilho de Clara, ele gemeu como um...

Como um...?

Me dá um branco. Quem mais geme? Além de um cara transando?

Tudo bem, depois penso nessa parte. Posso ir de novo até aquele pedacinho lá fora onde o 4G pega e pesquisar "coisas que gemem" no Google.

Ele a fazia sair de si. Ele a deixava louca. O toque dos dedos dele a deixava pegando fogo. O som de sua voz fazia a cabeça dela girar. Tudo mais na vida se tornou irrelevante. Quem se importava com o que ele fazia da vida ou qual era o nome dele...

Espere. Não é sobre a Clara que estou escrevendo. Estou escrevendo sobre mim.

Afasto as mãos do laptop, respiro fundo e olho para o céu azul infinito. Ele me faz sair de mim. E ele me deixa louca. A verdade é que não consigo pensar em nada além de Holandês.

Mesmo assim, quando a turma se reencontra, consegui escrever um pouco. Na verdade, fico tão imersa no texto que me atraso, e Holandês já está sentado entre Escriba e Futuro Autor. Isso é muito previsível, mas é melhor deixar para lá.

Quando Farida nos convida a compartilhar o que escrevemos hoje de manhã, sinto uma onda repentina de coragem. Se eu consigo pular de um penhasco, consigo ler a cena que escrevi em voz alta.

— Eu vou — digo, levantando a mão. — Hoje de manhã, escrevi uma... — Pigarreio. — Bom, na verdade, é a minha primeira cena de sexo.

Escriba imediatamente solta um gritinho encorajador, e algumas pessoas aplaudem, rindo.

— Que beleza! — exclama Futuro Autor. — Vamos ouvir!

Seguro as páginas impressas diante de mim e pigarreio. Estou muito satisfeita com a cena, na verdade, porque, além do aspecto romântico, acrescentei uma pequena crítica social.

— Então, esse é um trecho do romance que estou escrevendo, como vocês sabem — começo. — Só pra lembrar, ele se passa na Era Vitoriana.

Hesito por um momento, depois começo a ler em voz alta.

— *Você é minha esposa* — *grunhiu Chester.* — *E vou reivindicar meus direitos conjugais.*

— *Essa é uma prática antiquada* — *rebateu Clara, com o fogo do feminismo brilhando em seus olhos.* — *Prevejo que, em gerações futuras, as mulheres terão direitos iguais.*

O suor da vergonha brotou na testa de Chester.

— *Você está certa* — disse ele. — *Eu vou me juntar à luta, Clara. No futuro, serei um homem sufragista.*

Mas Chester não conseguia mais conter seu desejo latejante. Enquanto arrancava o espartilho de Clara, ele gemeu como um...

— Eu hesito. — *... como um sapo* Heleioporus eyrei.

— Um o quê? — pergunta Metáfora imediatamente, levantando a mão.

— É um tipo de sapo — respondo, na defensiva. — Ele geme.

— Pode continuar, Ária — diz Farida baixinho. — Vamos guardar as perguntas e os comentários para o final.

Quando a calça dele cai no chão, ela se depara com sua virilidade.

Por dentro, faço uma careta, porque ainda não sei se "virilidade" é a melhor opção, mas que outra palavra eu usaria? Viro a página e começo a entrar no ritmo.

Ele era criativo. Ele era atencioso. Os dois ficaram juntos durante a noite toda. Com a lua brilhando, eles se sentaram no grande peitoril de pedra da janela, tomando vinho e petiscando grissini, *sabendo que o desejo que eles tinham um pelo outro estava crescendo de novo; sabendo que logo o saciariam. Eles eram praticamente desconhecidos. Sabiam muito pouco um sobre o outro. Mas a conexão entre eles era verdadeira. Mais tarde, enquanto ele dormia, ela observou seu rosto sincero. Seu cabelo escuro e espesso. Seu corpo forte e musculoso. Ela estava hipnotizada. Seduzida, tanto pelo que sabia sobre ele quanto pelo que não sabia. Para ela, aquele homem era como um território desconhecido e maravilhoso, pronto para ser descoberto.*

Termino de ler, e há uma salva de palmas.

— Muito bem — diz Farida, abrindo um sorriso encorajador para mim. — Não é fácil escrever sobre momentos tão íntimos... Sim, Metáfora? Você tem outra pergunta?

— Só umas coisinhas. — Metáfora me encara com um olhar malicioso. — *Grissini*? Na Era Vitoriana?

Ah. Opa. Eu estava me imaginando com Holandês ontem à noite. Eu devia ter colocado "frutas cristalizadas".

— Foi só um lapso — digo, tranquila. — Se for só isso...

— Não, não é — continua Metáfora. — Achei que Clara e Chester tivessem crescido juntos no vilarejo. Por que, do nada, eles são desconhecidos um para o outro?

— Também fiquei com essa dúvida — concorda Escriba.

— Tenho uma pergunta também — anuncia Austen, em seu jeito calmo. — Eu achava que Chester era louro e magro... Mas, agora, ele é moreno e musculoso?

Metáfora lança um olhar expressivo para Holandês, depois levanta as sobrancelhas, se virando para Austen. Será que ela *adivinhou*? Jogo o cabelo para trás, nervosa. Como fui esquecer que Chester é louro?

— É... ainda é um esboço — digo, fugindo dos olhares da turma. — Enfim, vamos ouvir outra pessoa.

Dobro minhas páginas antes que alguém queira me fazer outra pergunta.

— Ficou muito bom, Ária — acrescenta Austen, rápido. — Muito... sabe? Realista.

— Valeu. — Sorrio para ela.

Então Farida diz:

— Quem mais quer ler o seu trabalho para a turma?

Imediatamente, Holandês levanta a mão, e todo mundo o encara com os olhos arregalados.

— Holandês! — A própria Farida parece surpresa.

— Pois é, né? — Ele solta uma risada autodepreciativa. — A última pessoa que você esperava. Mas acordei inspirado hoje.

Ele levanta uma folha lotada de palavras escritas à mão, e Escriba, sentada ao seu lado, exclama:

— Uau!

— Nunca tive inspiração pra escrever antes. Mas... — Ele dá de ombros, seu rosto se curvando em um sorriso contagiante. — Por algum motivo, as palavras fluíram hoje.

— É um momento especial então — diz Farida, com os olhos levemente brilhando.

— Isso aí, meu velho! — exclama Futuro Autor, dando um tapinha nas costas de Holandês.

— Viram só? Com a inspiração certa, todo mundo pode se tornar escritor. — Farida sorri para todos nós. — Que empolgante. Holandês, estamos ansiosos para ouvir o que você escreveu.

Holandês olha para seu papel e explica:

— Não tenho um enredo nem nada por enquanto. Acho que ainda estou encontrando a minha voz. Como você disse ontem mesmo? — Ele olha para Farida. — Você disse que nós tínhamos que ser ousados e sinceros. Foi isso que tentei ser. Ousado e sincero.

— *Bravo!* — exclama Farida. — É isso mesmo. Vamos ouvir essa voz ousada e sincera, Holandês.

Segue-se um momento de silêncio, então Holandês respira fundo e começa:

Eles treparam.

Enquanto sua voz ecoa pelo espaço, uma leve agitação percorre o grupo, que parece surpreso.

— Ousado *mesmo* — murmura Amante de Livros, ao meu lado, conforme Holandês continua.

Foi incrível. Ela era gostosa. E escandalosa. Mais escandalosa do que ele esperava. Foi intenso. Depois, eles tomaram vinho e comeram grissini. Então...

Ele faz uma pausa, olhando para o próprio texto e franzindo a testa. Sinto um clima de interesse pela sala e alguns olhares direcionados a mim.

— *Grissini* — murmura Metáfora. — Quem diria?

Estou em choque. Penso em uma forma de chamar atenção de Holandês, mas ele respira fundo e volta a ler.

A pele dela era linda, feito um...

Holandês se interrompe de novo e diz:

— Desculpa, não consigo entender minha própria letra... Isso aqui é "crime"? Ou...? — Ele vira a cabeça e analisa minha perna como se precisasse de uma cola; então, de repente, sua testa se alisa. — Ah, certo, lembrei, *creme*.

— Desculpa interromper, Holandês — diz Metáfora, levantando a mão com ar educado —, mas já que fizemos uma pausa... isso é ficção?

Holandês faz cara de quem foi pego no flagra.

— Claro — diz ele depois de um momento. — É ficção. Com certeza.

— Quais são os nomes dos personagens? — questiona Metáfora com um sorriso doce.

— Nomes? — Holandês parece desnorteado. Ele olha para mim e depois desvia o olhar. — Ainda não pensei nisso.

Ai, meu Deus. Ele não está percebendo como está *dando na cara*? Eu me remexo na cadeira, mas Holandês vira a folha e volta para o texto, confiante.

Ela teve o orgasmo mais demorado do mundo, como um grito desinibido ecoando pelo ar noturno.

Não. Ele *não* falou isso. Minhas bochechas ardem de tão vermelhas. Será que todo mundo está pensando que sou eu? Quando olho ao redor da sala, encontro a resposta: *todo mundo* acha que sou eu. Tento freneticamente encontrar o olhar de Holandês e transmitir a palavra *Pare!*, mas ele já voltou a ler.

E ela era ousada. Mais do que ele imaginava. Por exemplo...

— Que trabalho forte, Holandês — Farida o interrompe, rápido. — Tudo segue... a mesma linha?
— Basicamente. — Holandês ergue a cabeça, seu rosto está radiante. — Como eu falei, fiquei inspirado. Agora entendo por que vocês adoram escrever. Dá um *barato*, não é? Escrever isso aqui me deixou...

Ele se interrompe, como se não conseguisse nem descrever a sensação.

Mas a gente consegue imaginar o que ele quer dizer.

— Bom, acho melhor a gente parar por aqui — diz Farida, simpática. — Obrigada por compartilhar o seu... trabalho.
— Espera, estou chegando na parte boa — diz Holandês, e volta para o texto.

Eles transaram em uma cadeira com o encosto alto. Foi alucinante. Ela enroscou as pernas em volta da...

— Chega! — Farida o interrompe em um tom quase desesperado e coloca uma das mãos sobre a folha dele só para garantir que Holandês vai mesmo parar de ler. — Chega. Vamos seguir em frente. Meus parabéns pro Holandês por... encontrar sua nova voz ousada. Quem quer ser o próximo?

Ela abre as mãos em um gesto convidativo, mas ninguém diz nada. Todo mundo está olhando ou para mim ou para Holandês, ou para a cadeira de encosto alto na qual estou sentada.

— Não sei o que os outros acham — diz Kirk, por fim, em uma voz rouca. — Mas, por mim, eu gostaria de escutar o resto da história do Holandês.

SEIS

Quando a turma finalmente é liberada para o almoço, não consigo encarar ninguém. *Ninguém*. Espero até todo mundo sair da sala, agarro o braço de Holandês e o puxo para uma alcova.

— O que foi aquilo? — questiono. — Todo mundo sabia que era sobre a gente!

— O quê? — Holandês parece não entender.

— O seu texto! O sexo! Ficou óbvio que você estava falando de... você sabe. De nós. De ontem à noite. *Grissini?* — acrescento em um tom forçado.

— Era ficção — argumenta Holandês, parecendo um pouco ofendido. — Todo mundo sabia que era ficção.

— Não sabia, não! Você não pode achar que é só simplesmente mudar os nomes que tudo vira ficção. Bom, de qualquer forma, você não se deu nem ao trabalho de inventar nomes — digo, me lembrando de repente. — Você nem tentou disfarçar! Todo mundo estava olhando pra nós dois e praticamente imaginando a gente transando na cadeira.

— O quê? Ninguém fez isso! — Holandês faz uma pausa, e percebo que a ficha dele finalmente cai. — Ah. Tá. Talvez algumas pessoas tenham achado que era sobre a gente.

— Todo mundo achou que era sobre a gente — rebato com firmeza. — *Todo mundo.*

— Bom, então... eles ficaram com inveja. — Um brilho malicioso surge nos olhos dele, e, apesar de tudo, eu sorrio. Então ele me puxa mais para perto e acrescenta: — Bem que eu *queria* que a gente estivesse transando na cadeira. Senti sua falta hoje de manhã.

— Também senti sua falta — murmuro. Minha indignação parece ter desaparecido. É como se ele me enfeitiçasse. — "Alucinante", é? — acrescento, brincando. — Essa foi sua avaliação de cinco estrelas? Holandês dá uma risadinha.

— Vamos almoçar rápido — sugere ele. — E tirar um cochilo.

— Boa ideia.

Ele está tão perto que sinto sua respiração em minha pele. Quando olhamos um para o outro, vejo os pensamentos se expressando pelos seus olhos, e estremeço de ansiedade.

— Vamos? — diz ele enquanto Escriba atravessa o pátio, junto com Iniciante e Amante de Livros.

— Vamos. Não. Só mais uma coisa. — Espero todo mundo sair de perto e depois digo, meio hesitante: — Eu ia perguntar o seu nome. Seria a minha pergunta pessoal do dia.

— Certo. — Noto certa desconfiança nos olhos dele. — Tudo bem.

— Eu *ia* fazer isso. — Levanto a mão para impedi-lo de responder. — Sei que é contra as regras do retiro, mas achei que, se a gente está... sabe, junto, então... — Respiro fundo. — Mas depois mudei de ideia.

— Ah, é?

Ele me encara como se não conseguisse acompanhar meus pensamentos, o que é bem plausível. Ninguém consegue acompanhar meus pensamentos. Nell me chama de Alice no País das Maravilhas, porque sempre acabo me perdendo por um monte de rotas de pensamento.

O que não é bem o que acontece com Alice no País das Maravilhas, mas...

Ah, certo. Estou fugindo do assunto de novo. Foco, Ava.

— A gente está numa bolha aqui. — Olho para ele, tentando transmitir a importância do que digo. — E é meio mágico. Pelo menos para mim.

Esse é o momento em que Holandês deveria dizer "Também acho", mas ele só continua me encarando, como se esperasse eu chegar a uma conclusão.

Bom, pelo menos ele não falou "Não é, não".

— Essa história de a gente se conhecer sem saber nomes, endereços, problemas de família e essas coisas todas... — Respiro fundo. — Isso é um *privilégio*. A gente devia aproveitar. Ir com calma.

— É. — Ele finalmente acorda. — Concordo. Completamente.

— É verdadeiro. O que existe entre nós parece... — Eu hesito, porque estou falando demais... Será que é cedo demais? Mas não consigo me controlar. — Talvez você esteja achando que isso é só um casinho de férias. — Minha voz fica um pouco trêmula. — Mas eu acho... Já consigo sentir que é... mais.

O silêncio que se segue entre nós é insuportável. Escuto uma gargalhada distante que vem da mesa do almoço, mas estou concentrada demais em nossa conversa.

— Também acho que é mais — diz Holandês, por fim, baixinho, e aperta minha mão com força.

— Bem... que bom. — Um sorriso idiota se espalha pelo meu rosto. — Eu... eu me sinto muito...

— Eu também.

Ele sorri para mim, e, por um momento, nós dois ficamos quietos. E não sei se acredito exatamente em auras, mas parece que estamos dentro de algum tipo de aura agora. Posso *sentir*. Ao nosso redor.

— Enfim — digo, voltando à realidade —, o que eu ia dizer era: e se a gente *não* fizer mais perguntas pessoais um para o outro? E se a gente *não* tentar descobrir... Sei lá, quais são nossos nomes do meio e onde moramos? Não até a gente ir embora, de qualquer forma. Vamos continuar na nossa bolha.

— Tudo bem. — Holandês assente. — Eu gosto da bolha. Na verdade, eu adoro a bolha.

— Eu também adoro a bolha. — Sinto meu rosto se suavizando enquanto ele se inclina para me beijar. — Ah, mas espera. Tem uma coisa que eu acho que a gente devia saber. Você... tem filhos?

Esse pensamento surgiu na minha cabeça durante a aula e não saiu mais. Não que isso seja um *problema*, é claro que não, mas...

— Filhos? — A expressão no rosto de Holandês é de surpresa. — Não. Você tem?

— Não. — Balanço a cabeça, enfática. — Mas eu... eu tenho um cachorro.

Quando digo essas palavras, sinto meu corpo ficar tenso de nervosismo. Porque Harold *é* meu filho. Se Holandês ficar, sei lá, incomodado com isso... ou achar que é um problema...

Enquanto espero pela resposta dele, sinto tanto medo que mal consigo respirar. Porque tudo pode acabar agora. E, aí, eu morreria. Eu morreria de verdade.

Ele não vai achar que é um problema, diz uma voz otimista na minha cabeça (Alice). *Ele adora cachorros!*

Você não sabe disso, rebate a Rainha de Copas, que vive criando intrigas e guardando rancor. *Talvez ele só goste de pastores brancos.*

— Eu adoro cachorros — diz Holandês, tranquilo, e quase desmorono.

— Ótimo! — falo, deixando meu alívio sair pelos poros. — Isso é... Ele se chama Harold. Ele é...

Será que mostro uma foto para ele? Não. Cedo demais. Enfim, já contamos o suficiente.

— Aposto que ele é um ótimo cachorro — diz Holandês.

— Ah, ele é — concordo, animada. — Ele é.

Fico toda emocionada só de pensar em Holandês conhecendo Harold. Os dois amores da minha vida, juntos.

Espere. É sério que estou falando de "amor"? Eu acabei de conhecer Holandês. Estou usando a palavra "amor", mesmo que seja só nos meus pensamentos?

— Vamos? — Holandês puxa minha mão. — Estou com desejo de *grissini*. — Ele pisca para mim. — E o que você acha de a gente não se esconder mais de ninguém? Porque, se você estiver certa, não é segredo que estamos juntos. E quero tirar onda por estar com a garota mais bonita do retiro. — Ele entrelaça o braço ao meu com firmeza. — Sabe, você também falou de *grissini* no seu texto — acrescenta ele, enquanto atravessamos o claustro. — Então não vem ficar me passando lição de moral.

Ele pisca para mim de novo, e sinto uma onda de... quê?

Fala sério. Seja sincera. Só existe *uma* palavra para o que estou sentindo agora.

Eu amo esse cara. Não sei nada sobre ele. Não sei quantos anos ele tem, com o que trabalha, não sei nem qual é o nome dele. Mas eu o amo.

Na sexta-feira, já somos um casal. Somos *o* casal. Andamos de mãos dadas, nos sentamos um do lado do outro nas aulas. As pessoas deixam duas cadeiras juntas livres para nós no jantar, como se fosse algo lógico. Elas dizem "Ária e Holandês" quando fazem planos para a noite.

Nunca na vida me senti tão empolgada, feliz e encantada. O rosto de Holandês quando acordo. Sua risada. Sua mão forte na minha...

Na tarde de sexta, Giuseppe leva o grupo inteiro para um bosque de oliveiras em uma colina fora do mosteiro, para um piquenique. As aulas de escrita acabaram, e Farida explicou que agora podemos relaxar, acabar com o mistério, revelar nossas identidades e nos despedir.

Quando desço do micro-ônibus, sinto uma dor no peito, porque adorei estar aqui. O sol, a comida, a escrita, as pessoas. Vou sentir saudade até de Metáfora. Perto de mim, Austen, Escriba e Futuro Autor já estão falando sobre voltar no ano que vem, e eu entendo perfeitamente.

Giuseppe tira um cesto enorme do micro-ônibus, e alguns dos outros carregam cobertores. Estou prestes a ir ajudar quando Futuro Autor se aproxima, segurando um papel.

— Ária! Você já fez sua aposta?

— Aposta? — Olho para ele sem entender.

— Pra adivinhar os nomes. Duas pessoas acham que você se chama Clover.

— *Clover?* — Pego o papel da mão dele para ler os palpites e começo a rir. Há sete sugestões para o meu nome, e todas estão erradas.

Depois de pensar um pouco, preencho os meus palpites. É tudo tão aleatório e bobo, mas sinto que Futuro Autor pode se chamar Derek, e Kirk pode ser Sean.

— Muito bem. — Futuro Autor pega o papel de volta. — Agora, vamos beber um pouco e fazer as grandes revelações!

— Na verdade... — Toco o braço dele. — Eu e Holandês não vamos contar nossos nomes por enquanto. Queremos deixar pra fazer isso só quando não der mais pra evitar.

A ideia foi minha. Nós só vamos embora amanhã de manhã. Estamos no paraíso agora. Quando revelarmos nossos nomes, virá uma enxurrada de informações junto... e qual seria a vantagem disso? Por que estourar nossa bolha maravilhosa antes do necessário?

— Justo. — Futuro Autor dá uma piscadela para mim. — Também adoro uma fantasia.

Eu o encaro, indignada. *Fantasia?* Isso não é uma *fantasia*, é amor de verdade, cheio de conexão! Abro a boca para explicar, mas ele já está seguindo para o local onde o grupo estendeu cobertores bordados lindos para se sentar (à venda na loja do mosteiro).

Observo a cena por um momento, querendo que dure para sempre. Uma garrafa de Prosecco circula pelas pessoas, assim como pratos de carnes curadas, e Farida ri de alguma coisa, o sol atravessa as oliveiras, e é tudo muito idílico.

Holandês conversa com Giuseppe enquanto os dois carregam a última cesta. Ele pisca para mim, depois se aproxima, e encontramos um lugar nos cobertores. Beberico meu Prosecco enquanto Iniciante propõe um brinde a Farida, que, por sua vez, faz um belo discurso dizendo que somos um grupo especialmente simpático e talentoso. (Ela deve falar isso toda semana.)

Então, Futuro Autor bate em sua taça com um garfo.

— Atenção! Hora da grande revelação de identidades! Vou ler em voz alta todos os nomes que vocês *acham* que posso ter. Derek. Keith. James. Simon. Desmond. Raymond. John. Robert. E a verdade é... — Ele faz uma pausa para criar suspense. — Eu me chamo Richard! E sou professor de geografia em Norwich. — Todos aplaudem e dão gritinhos enquanto Richard abre um sorriso radiante e então diz: — E agora... Escriba!

Ele passa o papel para ela, mas Kirk grita:

— Espera! Escriba, posso mudar de ideia? Acho que você se chama Margot.

Escriba *não* se chama Margot, e sim Felicity, e é dona de casa. Metáfora se chama Anna e trabalha com RH em Londres. Kirk se chama Aaron e faz pós-doutorado em ciência da computação. Iniciante se chama Eithne e tem onze netos! Até que é bem divertido descobrir a identidade real de todo mundo, e, por um breve instante, me pergunto se a gente deveria participar... Mas paciência é uma virtude, não é?

E, de toda forma, a verdade é que já tenho uma boa ideia de quem Holandês é. Sou muito intuitiva. Não sou sensitiva, exatamente, mas... eu percebo as coisas. Tenho um bom radar. Ele é bom com trabalhos manuais e ficou todo animado quando comecei a falar de mobília, na praia. Ele adora design e uma vez soltou que frequenta um "ateliê".

Então, juntando tudo isso, acho que ele é carpinteiro. Ele deve fazer peças lindas de marchetaria ou algo assim, e *talvez* trabalhe com o pai.

E seu nome vem de algum idioma estrangeiro. Duas noites atrás, ele soltou essa informação sem querer. Pode ser bobagem minha, é claro... mas o nome "Jean-Luc" imediatamente surgiu na minha cabeça.

Só *sinto* que é isso. Jean-Luc. Ele tem cara de Jean-Luc.

Oi, esse é Jean-Luc. Ele é carpinteiro.

Sim. Isso parece tão real. Sinto que esse é Holandês.

Não sei onde ele mora, e isso me assusta um pouco. Mas é em uma cidade, e não é na Austrália nem na Nova Zelândia. (Eu não conseguiria respirar se não perguntasse isso a ele.) Então vamos dar um jeito. Seja em Manchester, Paris ou Seattle. Vamos, sim.

— Então. Holandês e Ária. — Finalmente, Richard se vira na nossa direção. — Vocês ainda não querem revelar as suas identidades.

— Os nomes deles são ridículos *demais* — diz Kirk, provocando uma gargalhada coletiva.

— Sei que parece estranho — digo, dando um sorriso envergonhado. — Mas a gente só quer prolongar a magia. Tudo tem sido *tão* especial...

— Romances de férias sempre são — diz Anna daquele seu jeito doce e maldoso, e eu me encolho, porque qual era a necessidade de ela falar isso? O que nós temos *não* é apenas um romance de férias.

Vejo Holandês olhar para ela, depois para mim, se dando conta de que fiquei magoada. E, antes que eu consiga retomar o fôlego, ele se levanta. Ele me incentiva a me juntar a ele, e, confusa, faço o que ele pede. Todo mundo se vira para nos encarar, e Richard bate com o garfo na taça de novo.

— Façam silêncio para os noivos, por favor! — anuncia ele em um tom brincalhão.

Sei que ele está de palhaçada, mas um *arrepio* percorre meu corpo. Lanço um olhar hesitante para Holandês — porque a ideia foi dele —, e ele respira fundo.

— Tá, vocês venceram — diz ele daquele seu jeito tranquilo, olhando ao redor para os rostos ansiosos. — Vocês me pegaram. Eu nem pensava em romance antes de vir pra esse curso. Nunca pensei sobre "amor". Mas, agora, *só* consigo pensar nisso... porque eu amo essa mulher. — Ele se vira para mim. — Não só por essa semana. Não é apenas um romance de férias. É pra sempre.

Eu o encaro, sem saber o que dizer, meus olhos instantaneamente se enchem de lágrimas. Nunca esperei por nada assim. Nunca esperei que ele fosse fazer uma declaração pública, nem fazer isso de um jeito tão enfático, muito menos olhar para mim do jeito que está olhando agora, com tanto carinho e amor.

Pra sempre.

— Holandês... — começo, depois engulo em seco, tentando colocar meus pensamentos em ordem.

Mal noto Escriba, ou melhor, Felicity, vindo de fininho até mim com uma guirlanda trançada de folhas. Ela a coloca na minha cabeça com um sorriso travesso, depois bate em retirada. E, agora, eu me sinto *mesmo* como uma noiva, parada em um bosque de oliveiras, em meu vestido branco esvoaçante, com uma grinalda na cabeça. Ai, meu Deus. Acho que não vou aguentar.

— Holandês — começo de novo, tentando ignorar a lágrima que escorreu até minha bochecha. — Vim pra esse curso pra aprender a escrever um romance. Amor de mentirinha. Mas encontrei o sentimento de verdade. — Aperto com força as mãos dele. — Bem aqui. De verdade. — Minha voz está trêmula, mas me obrigo a continuar. — E quero prometer pra você, Holandês, que não importa qual seja o seu nome verdadeiro... não importa com o que você trabalhe... ou onde você mora no mundo... nós vamos dar um jeito.

Holandês me encara sem dizer nada por um momento, depois me puxa para um beijo, e todo mundo começa a gritar e a aplaudir. Richard cantarola a marcha nupcial, porque ele é do tipo que gosta de insistir numa piada, e tenho certeza de que Anna está fazendo cara de desdém, mas nem vou *olhar* na direção dela. Estou em êxtase. Estou em um êxtase delicioso, empolgante, romântico, e...

— *Scusi*. — Giuseppe aparece do nada, trazendo uma pilha de papeizinhos, e, com relutância, olho em sua direção. — Vouchers de táxi — anuncia ele para mim e Holandês. Ele consulta os papéis, depois estica dois para nós. — Voo da British Airways para o Heathrow. Certo? O táxi sai às oito da manhã.

Ele concorda enfaticamente com a cabeça e sai distribuindo os vouchers para os outros alunos, enquanto eu e Holandês ficamos nos encarando, assimilando essa bomba. Heathrow. Heathrow! Estou chocada. (Na verdade, me sinto *quase* decepcionada, porque tinha imaginado uma batalha romântica contra todos os obstáculos de um relacionamento à distância.)

— Heathrow — diz Holandês. — Bom, isso facilita as coisas. Você mora em Londres?

— Shhh! — Balanço as mãos para ele. — Isso é... Ainda não.

Os astros estão alinhados, penso, toda boba. É isso que está acontecendo. De todos os lugares no mundo em que Holandês poderia morar... ele mora em Londres!

— Sempre achei que você morasse lá — acrescenta ele, e dou um pulo de tão surpresa.

— Como foi que você chegou a essa conclusão? Eu podia morar em qualquer lugar. Eu podia morar em... Seattle! Montreal! Jaipur! — Penso em outro lugar aleatório. — Honolulu!

Holandês me encara por um momento, inexpressivo.

— Você tem sotaque de Londres — diz ele, dando de ombros. — Além do mais, bati um papo com a Nadia, e ela me contou que mais de sessenta por cento da turma era de Londres.

— Ah.

— O marketing deles é voltado para Londres — acrescenta ele. — A gente estava discutindo como eles podiam expandir o público-alvo regionalmente. Foi interessante.

Tudo bem, acho que estamos saindo um pouquinho do assunto. Para voltar ao clima, me estico para beijá-lo de novo, depois pressiono a bochecha contra sua mandíbula forte, com a barba por fazer.

— Nós estamos predestinados a ficar juntos — murmuro no ouvido dele. — É isso. Estamos predestinados a ficar juntos.

SETE

Quando embarcamos no avião na manhã seguinte, não estou me aguentando de ansiedade. Finalmente vou descobrir quem Holandês é! E Holandês vai descobrir quem eu sou... e nossa vida feliz juntos vai começar.

Nós resolvemos que não vamos contar tudo no avião. (Bom, eu decidi.) Apesar de eu estar morrendo de curiosidade, o momento precisa ser o *certo*. Já esperamos tanto; podemos esperar mais um pouquinho.

Então meu plano é o seguinte: assim que chegarmos ao Heathrow, vamos procurar um bar, sentar de frente um para o outro, respirar fundo... e contar tudo. Enquanto a hora não chega, só por diversão, podemos anotar alguns palpites durante o voo. Nome, emprego, hobbies. Isso também foi minha ideia. Eu ia acrescentar "idade", mas, de repente, me dei conta de que era uma péssima ideia e me corrigi com "Tudo *menos* idade".

Alguns dos alunos do curso também estão no nosso voo, espalhados pelo avião. Holandês está sentado quatro fileiras na minha frente, mas tudo bem. A gente não precisa se sentar junto. Temos o resto da vida para ficarmos juntos.

Agora, nós dois estamos usando nossas roupas normais. Estou com um vestido todo soltinho, e Holandês está usando uma calça jeans e uma camisa de linho que comprou na loja do mosteiro. A roupa dele não me revela muita coisa, mas notei o relógio caro. Ele está bronzeado, é forte e usa chinelos. *Igualzinho* a um carpinteiro.

Escrevo "carpinteiro" e "Jean-Luc", e me recosto na poltrona, tentando imaginar onde ele mora e trabalha. Consigo visualizar *com clareza* seu ateliê. E ele lá dentro, usando uma regata cinza esfarrapada. Talvez ele serre algumas tábuas e fique um pouco suado, depois saia com uma xícara de café, tire a camisa para treinar artes marciais sob o sol. Humm.

É uma visão tão deliciosa que fecho os olhos para apreciá-la de um jeito ainda mais vívido. De repente, percebo que devo ter caído no sono, porque parece que se passaram apenas cinco minutos e nós já estamos nos preparando para aterrissar. O céu londrino está branco e nublado enquanto descemos, e sinto uma pontada de saudade da Itália — mas esse sentimento logo é substituído pela animação. Falta pouco!

Nós combinamos de nos encontrar na esteira de bagagens, e, quando chego ao local, vejo Eithne e Anna. (Ainda é esquisito não chamar as duas de Iniciante e Metáfora.)

— Foi um *prazer* conhecer vocês — diz Eithne, dando um abraço apertado em nós dois antes de ir embora.

Anna não nos abraça, mas diz, com um daqueles seus sorrisos maldosos:

— Boa sorte.

Eu me forço a abrir um sorriso simpático e responder:

— Pra você também!

Então, finalmente, nossas malas aparecem, e logo estamos arrastando-as em direção à saída.

— Pra onde vamos? — pergunto, quando passamos pelo portão de Desembarque e nos aproximamos do grupo de motoristas segurando placas com nomes. — Pra um dos hotéis do aeroporto, talvez? A gente pode parar no bar... pedir um vinho...

— Boa ideia. — Ele concorda com a cabeça.

— Então você bolou algum palpite sobre mim no avião? — pergunto, sem conseguir resistir, e Holandês ri.

— Na verdade, tenho algumas suspeitas. Quer dizer, com certeza estou errado — recua ele imediatamente. — São só palpites.

— Eu gosto de palpites — digo. — Vamos lá, me conta.

— Tudo bem. — Holandês faz uma pausa rápida, sorrindo e balançando a cabeça, como se sentisse vergonha dos próprios pensamentos, e então solta: — Acho que você pode ser perfumista.

Nossa. Perfumista! Até que ele chegou bem perto de aromaterapeuta! E eu serei uma depois de terminar o curso.

— Acertei? — acrescenta ele.

— Se eu respondesse, já estaria contando tudo. — Sorrio para ele. — Tudo a seu tempo. Por que perfumista?

— Acho que, quando penso em você, te vejo sentada no meio de flores — diz ele depois de pensar um pouco. — Com o aroma delas pairando ao seu redor. Tão tranquila e serena. Tão... sei lá. Calma.

Olho para ele, encantada. Calma! Serena! Ninguém nunca me chamou de serena antes.

— E você sabe o que dizem sobre cachorros — continua Holandês, se animando com o assunto. — Eles sempre combinam com os donos. Então acho que você tem um whippet. Ou talvez um galgo afegão. Um cachorro bonito, elegante, todo educado. Acertei?

— Hum...

Reviro a bolsa em busca de um protetor labial, tentando fugir da pergunta. Quer dizer, Harold é um beagle lindo. E ele *é* educado, ao seu modo, mas você precisa conhecê-lo para entender isso. E Holandês com certeza vai entender.

— E eu? — pergunta Holandês quando saímos para o ar da Inglaterra, que parece frio depois da Itália. — Você já me desvendou?

— Ah, acho que eu pesquei várias dicas aqui e ali — digo, brincalhona, e ele abre um sorriso desanimado.

— Eu devo ser um livro aberto, né?

— Tenho quase certeza de que descobri com o que você trabalha — faço que sim com a cabeça — e *imagino* qual seja o seu nome... — Então paro de falar quando escuto alguém chamando meu nome.

— Ava! AVA! Aqui!

Hein? O quê...

Ai, meu *Deus*! Não *acredito*!

Sinto um alívio no peito e uma alegria sem fim ao ver os rostos familiares de Nell, Sarika, Maud e das crianças. É a minha turma! E Harold! Eles vieram me buscar! A gente conversou rápido por WhatsApp hoje cedo — mas ninguém me contou sobre isso!

O único problema é que parece que eles estão brigando com alguém. Harold rosna para um motorista de uniforme e tenta morder as pernas dele, enquanto Bertie o puxa para longe. Ai, meu Deus. Harold detesta uniformes, e o desse cara é especialmente ridículo. Pra que tantas fitas?

— Tira esse cachorro de cima de mim! — grita o motorista, furioso.

— Então tira o chapéu — rebate Bertie em um tom insolente. — O Harold não gosta do seu chapéu. A culpa não é dele.

— Crianças devem ser bonitas e ficar de boca calada — rebate o motorista, nervoso. — Quer fazer o favor de *segurar esse cachorro*?

— Bonitas e de boca calada? — Nell se empertiga na direção dele na mesma hora. — Você quer silenciar as crianças? Talvez também queira silenciar as mulheres. Qual é a porra do seu *problema*? Ava! Esse aí é o seu carpinteiro? — acrescenta ela em um tom mais animado. — Traz ele aqui!

— Jean-Luc! — exclama Maud, batendo palmas de animação. — Ele é uma graça! O nome dele é Jean-Luc mesmo?

Olho para Holandês para ver se ele reage ao nome Jean-Luc, mas ele está observando a cena com uma expressão estranha.

— Elas estão... com você? — pergunta ele, incrédulo.

— Estão — respondo, toda feliz. — São minhas amigas. Vem, vou te apresentar.

Quando digo isso, Harold começa a correr em volta das pernas do motorista, prendendo-as com a guia, latindo loucamente. Eu me dou conta de que Bertie foi mole demais. Mas, também, ele é só uma criança.

— Vou chamar a polícia — grita o motorista. — Vocês são uma vergonha!

— Aquele é... o seu cachorro? — pergunta Holandês, parecendo ligeiramente chocado.

Tudo bem. Harold podia causar uma primeira impressão melhor. Mas Holandês gosta de cachorros. Ele vai entender.

— Ele detesta uniformes — explico. — Harold! — grito. — Querido! Cheguei!

Ao ouvir minha voz, Harold se vira, e uma expressão de pura felicidade toma sua carinha. Ele tenta galopar até mim, quase derrubando o motorista, antes de Nell pegar a guia.

— Sr. Warwick! — O motorista lança um olhar desesperado para Holandês, me pegando completamente de surpresa.

— Espera. Ele... está com você?

— Aquele é o Geoff — diz Holandês, rápido. — E, sim.

Holandês tem um *motorista*?

Meu cérebro parece estar entrando em parafuso. Está tudo errado. Carpinteiros não têm motoristas. O que está acontecendo?

Vou correndo até o grupo, pego a guia de Harold das mãos de Nell e a desembolo das pernas do motorista.

— *Mil* desculpas — digo, ofegante. — Você se machucou? Meu cachorro é muito sensível. Ele só precisa se acalmar.

— Se acalmar! — exclama o motorista. — Vou mostrar pra ele o que é se acalmar!

Eu me abaixo para abraçar meu precioso Harold e sussurro em sua orelha que senti *muita* saudade, mas tenho um novo amigo para lhe apresentar. Então me levanto, me viro para Holandês e digo com uma voz trêmula.

— Então, esse é o Harold!

Demoro um instante para me dar conta de que Holandês nem olha para Harold. Ele está falando com o motorista com uma voz irritada. Eu nunca o tinha visto irritado antes.

— Geoff, o que você está *fazendo* aqui?

— Querem que o senhor vá à conferência — responde o motorista. — E ao jantar. O Sr. Warwick disse que o senhor sabe dos planos. Ele me pediu que o pegasse e o levasse direto pra Ascot.

Holandês fecha os olhos como se estivesse tentando se controlar.

— Eu avisei que não ia à conferência. Fui bem claro.

— Só estou repetindo o que ele falou — rebate Geoff, impassível. — Estão esperando pelo senhor.

— Preciso dar um telefonema — diz Holandês para mim, digitando nervosamente em seu celular. — Desculpa. Isso... Isso não estava *mesmo* nos meus planos... Pai. — Ele se afasta, até sair de nosso campo de escuta, e eu olho fixamente para ele, perdida.

— Achei que ele fosse carpinteiro — diz Maud, que assistiu à cena com curiosidade, junto com minhas outras amigas.

— Eu também achei — confesso, confusa. — Eu... sei lá. Devo ter tido a impressão errada.

— Então o que *é* que ele faz? — pergunta Nell.

— Qual é o nome dele? — quer saber Sarika.

— Não sei — admito.

— Você ainda não sabe a porcaria do nome dele? — Nell parece incrédula. — Ava, que história é essa? Qual é o nome dele? — pergunta ela para Geoff. — Do seu chefe ali. Como ele se chama?

— Ele se chama Sr. Warwick — responde Geoff, sério. — Não que isso seja da *sua* conta.

— Minha amiga pretende passar o resto da vida dela com ele e ser mãe dos filhos dele — rebate Nell. — Então é da *minha* conta, *sim*.

Geoff me observa com um olhar de dúvida, mas não fala nada. Eu também não sei o que dizer, então ficamos todos parados ali, esperando Holandês voltar — e, quando isso acontece, ele está com uma cara péssima.

— Desculpa — diz ele para mim. — Desculpa mesmo. Preciso resolver um negócio de trabalho.

— No sábado? — Não consigo esconder meu choque.

— É uma conferência de fim de semana. É... — Ele solta o ar. — Desculpa. Mas eu volto. O mais rápido possível. Amanhã. E a gente... recomeça.

Ele parece tão arrasado e triste que meu coração se derrete. Não sei o que ele ouviu naquele telefonema, mas sua testa está franzida, e sei que ele não quer ir embora.

— Não precisa se preocupar! — digo, tentando parecer animada. — Pode ir fazer... seja lá o que for que você faz. E me desculpa pelo Harold — acrescento para Geoff, que responde com uma fungada.

— Foi um prazer conhecer vocês. — Holandês levanta a mão para cumprimentar minhas amigas. — E você também, Harold. Espero que a gente possa se conhecer melhor numa outra hora. Mas agora preciso ir. — Então ele se vira para mim, e, por um instante, nós dois ficamos em silêncio, nos encarando. — Acho que a bolha teria que estourar em algum momento — diz Holandês por fim.

— Pois é.

— Mas isso não muda nada. Eu amo você.

— Eu também amo você. — Engulo em seco. — *Muito*.

— E tudo vai dar certo.

— Vai, sim.

— Vai, *sim*.

— Ah, olha só para eles! — escuto Maud exclamando para Nell.

— Que fofos!

Holandês segura minhas mãos, e acho que não vou conseguir soltá-lo — mas Geoff está fazendo barulhos impacientes, então, por fim, me sentindo generosa, eu o solto e digo:

— Pode ir resolver as suas coisas.

Observo Holandês ser conduzido por Geoff até um carro enorme, preto, com aparência corporativa, estacionado ali perto, e se sentar no banco de trás. Com certeza eu *não* esperava que ele tivesse um carro desses. Nem um motorista que abre portas para ele. Nem o *Financial Times* esperando por ele no banco de trás.

— Espera! — digo quando Geoff está prestes a fechar a porta do carro. — O que você tem pra resolver? Com o que você trabalha?

— É uma empresa de família — responde Holandês, parecendo ainda mais tenso do que antes. — Então... Enfim. É isso.

— Mas você falou de um ateliê — digo, confusa.

— Sim. Tem um ateliê no estúdio de design.

— Mas o que você *faz*? — pergunto, um pouco frustrada. — O que a empresa *faz*?

— A gente produz casas de boneca.

— O quê? — Eu o encaro, pensando que escutei errado.

— Casas de boneca — repete ele. — E bonecas. Estamos no mercado há séculos. As pessoas as colecionam no mundo todo... Elas são bem populares.

Ele trabalha com *casas de boneca*? Por essa eu não esperava.

— Certo — digo, tentando pensar em algo legal para falar sobre casas de boneca. — Bom... isso é bem maneiro! A gente se fala mais tarde.

— Mal posso esperar. Foi maravilhoso. — Ele encontra meus olhos de novo. — De verdade.

— Vou sentir saudade! — digo, em um impulso.

— Eu também. — Ele assente e depois se vira. — Vamos, Geoff.

Geoff fecha a porta e se acomoda no banco do motorista. O motor liga, e o carro começa a se afastar quando me dou conta da coisa mais terrível, mais horrenda. Saio correndo atrás do carro, com Harold latindo loucamente, e bato no vidro até ele parar e a janela abrir de novo.

— Você não pegou o meu número! — exclamo.

— *Merda*.

— Pois é! — A gente se encara, ambos com os olhos arregalados diante da tragédia que quase aconteceu. Então pego meu celular. — Digita aí — digo, ofegante. — Ah, e mais uma coisa. Qual é o seu nome? Eu me chamo Ava. Quem é você?

— Ah, certo. — O rosto dele se ilumina. — Eu não falei, né? — Ele termina de digitar o número, então ergue os olhos e diz: — Eu me chamo Matt. É apelido de Matthias.

— Matt! — Eu sorrio, porque Matt é um bom nome, mesmo que não seja Jean-Luc. Salvo o contato dele como "Holandês/Matt", lhe mando uma mensagem e respiro fundo, aliviada. — Oi, Matt. É um prazer conhecer você.

— Oi, Ava. — Os olhos dele se apertam. — É um prazer. Você mandou bem.

Ele fecha a janela de novo, e fico observando o carro se afastar, minha mente fervilhando com as novas informações. Matt. Matthias. Casas de boneca. (*Casas de boneca?*) Matt Warwick. Matt. Esse é meu namorado, Matt. Você conhece o Matt?

Parece certo. Parece familiar. Acho que eu sabia que ele se chamava Matt desde o início.

OITO

Na tarde seguinte, parada na esquina, me sinto quase mole de tão animada que estou para ver Matt de novo. Já tive dor de cabeça. Andei de um lado para o outro. Fiquei olhando para o meu celular a cada cinco segundos, esperando uma mensagem dele. Faz apenas vinte e quatro horas, mas mal sobrevivi.

Meu corpo sente falta dele *de verdade*. Não quero parecer exagerada, mas ele é tipo metanfetamina. De um jeito positivo. Minha fisiologia mudou. Nunca mais vou conseguir viver sem ele.

Quando o vejo saindo da estação do metrô, sinto tanto alívio e empolgação que quase começo a chorar... tudo isso misturado a uma timidez repentina. Porque a parte esquisita é a seguinte: esse cara de calça jeans preta e camisa cinza não é o Holandês. Ele é o Matt. Matt, com seu motorista, seu emprego e sua vida. E eu não conheço Matt de verdade, ainda não.

Ele também parece um pouco nervoso, e nós dois soltamos uma risada sem graça quando ele chega mais perto.

— Oi! Você chegou.

— É bom te ver.

Ele me envolve em seus braços, e, quando nos beijamos, fecho os olhos, me lembrando do gosto e da sensação de Holandês. Por um momento, volto à Itália, volto à bolha maravilhosa... mas, quando nos afastamos, abro os olhos e estou em Londres de novo, e nem sei se ele tem um nome do meio.

— Então... Vamos conhecer a minha... a minha vida, acho! — digo, tentando parecer calma enquanto o guio pela rua. — Moro perto do metrô.

Quando digo isso, tenho a lembrança louca do critério de Sarika e imagino Matt respondendo, sério: "Bom, contanto que a sua casa não fique a mais de dez minutos daqui."

O pensamento me dá vontade de rir. Isso só mostra como o amor moderno se tornou absurdo! Ter critérios é errado. Ter critérios é ser contra o amor. Na minha opinião, critérios são obra do demônio.

Matt segura minha mão, e estamos andando no mesmo ritmo. Neste momento, só consigo sentir pena de todas essas pessoas lamentáveis que dão tanto peso a fatores artificiais que não têm ligação nenhuma com o amor verdadeiro. Quer dizer, eu amo Sarika de paixão, mas *nada de dançarinos*? Que tipo de regra é essa? E se, tipo, o bailarino principal do Royal Ballet a convidasse para sair? E aí?

— Você acredita que as pessoas precisam preencher determinados requisitos? — acabo perguntando enquanto andamos. — Quer dizer, você tem uma?

— Lista de critérios? — Matt parece confuso. — Como assim, você quer dizer...

— Eu preciso me preocupar? — pergunto, brincando. — Sabe, tipo, alguns caras não saem com garotas que fumam, ou... — Penso um pouco. — Que tomam café instantâneo.

Esta última é real. Alguns meses atrás, Sarika leu uma matéria que dizia que cinquenta e três por cento das pessoas jamais beberiam café instantâneo nem namoraria alguém que bebesse. Então ela mandou uma mensagem no nosso grupo de WhatsApp: "Urgente!!! Joguem fora o café instantâneo!!!" Eu não tinha café, só um pouco de alfarroba em pó para substituir o chocolate, que passei a guardar no fundo do meu armário, só por precaução.

Mas Matt parece chocado com a ideia.

— Nossa — diz ele depois de um instante. — Não. Eu não penso assim. Não dá pra gente definir... Eu não *gosto* de cigarro, mas... Você sabe. — Ele dá de ombros. — Tudo depende.

— Eu penso exatamente assim — digo, animada. — Esse negócio de preencher determinados requisitos é uma grande bobagem. Também não tenho uma lista de pré-requisitos. Não consigo nem me *imaginar* fazendo uma coisa dessas. — Nós continuamos andando por alguns segundos, então acrescento: — Li sobre a empresa da sua família. Achei sensacional!

Não foi uma investigação difícil. Uma busca por "Matt Warwick" no Google levou direto até ele. *Diretor de operações, Marcas da Brinquedos Warwick Ltda.: Casa da Harriet, Mundo da Harriet, Amigos da Harriet.*

E, é claro, quando li as palavras "Casa da Harriet", a ficha caiu. São aquelas casas de boneca com telhado de colmo. Harriet é a boneca ruiva que usa saia xadrez. Várias amigas minhas tinham uma quando eu era pequena. Nunca ganhei a casa nem a boneca, mas eu cheguei a ter um pônei de segunda mão e dois coelhos da Harriet.

De acordo com o site, existem setenta e seis casas diferentes, e mais de dois mil itens, contando bonecas e acessórios para coleção. E eu acredito nisso, porque uma garota da minha escola tinha um quarto cheio dessas coisas. O que eu não sabia era que a Casa da Harriet era um "fenômeno mundial", de acordo com o site. Existem até parques temáticos da Harriet em Dubai e Cingapura. Quem diria? (Não eu, obviamente.)

A empresa ainda "se orgulha de ser administrada pela família", então fui dar uma olhada no pai de Matt, que é o diretor-executivo e tem uma página exclusiva no site. Ele é bem bonito — muito parecido com Matt, mas tem o cabelo grisalho e um rosto simpático, envelhecido. Tenho a sensação de que vamos nos dar bem.

— Pois é — comenta Matt. — Bom... Faz sucesso.

Ele parece não querer falar sobre a empresa da família, e hoje é domingo, então resolvo deixar o assunto de lado por enquanto. Não é como se a gente não tivesse mais sobre o que conversar.

Conforme nos aproximamos da minha casa, vou ficando cada vez mais animada. Tenho tanto orgulho da minha casinha. Eu decorei e mobiliei tudo com amor. Usei minha criatividade e realmente me superei. Nada é *sem graça*.

— Bom, chegamos! — digo enquanto guio Matt até a porta do prédio. — Eu moro no último andar. Temos que subir a escada.

Meu apartamento no sótão foi amor à primeira vista. Ele é tão especial. Tão peculiar. Tenho sancas, lareiras originais e até uma velha escada de incêndio de ferro fundido saindo da cozinha, que eu *amo*. Coloquei vasos com temperos cheirosos em todos os degraus e, às vezes, eu me sento no primeiro deles para tomar uma taça de vinho. A escada também é um caminho para Harold descer até nosso pequeno quintal.

Enquanto subimos o último lance de escada, escuto Harold ganir, animado — ele sabe que estou chegando — e sorrio para Matt.

— O Harold ficou esperando. Estou doida pra vocês se conhecerem de verdade.

Abro a porta, e Harold pula em mim, todo feliz, latindo, farejando e levantando as patas da frente, ansioso.

— Desculpa — digo, abrindo um sorriso pesaroso por cima da cabeça dele para Matt. — A gente tem uma rotina quando eu chego em casa... Eu estava com *saudade* — digo para Harold com uma voz amorosa, e lhe dou um beijo na cabeça. — Eu estava com *saudade*. Eu estava com *saudade*. — Estou segurando as patas de Harold e dançando com ele; então, de repente, me dou conta de que queria que Matt participasse também. — Vem! — chamo, convidando-o, e estico a mão em sua direção, mas Matt abre um sorriso levemente tenso para nós.

— Não precisa — diz ele. — Estou bem. Você passou o dia inteiro fora?

— Não. Só fui encontrar você no metrô.

— Certo. — Matt parece confuso. — Então... vocês dançam sempre que você chega em casa?

— É uma coisa nossa. Né, Harold, meu amor? — Dou um último beijo na cabeça dele, depois solto suas patas, e ele sai correndo para a cozinha. — Eu o adotei em um abrigo — explico. — Ele foi abandonado numa estrada quando era filhote.

Sinto uma dor lancinante no coração só de pensar nisso. Como alguém foi capaz de abandonar um cachorro tão fofo quanto Harold? *Como?*

— Que triste. — Matt faz uma careta.

— Mas eu dei um lar pra ele, e... — Paro de falar antes que fique mais emocionada. — Enfim. Ele é feliz agora.

— Que legal da sua parte.

Matt dá um passo no hall de entrada, olhando ao redor com uma expressão que não consigo decifrar. Não é o maior hall do mundo, mas dei um ar mais alegre com uma tinta turquesa forte e cortinas de contas portuguesas que comprei numa viagem. Além disso, pintei as sancas de dourado, depois de ver a ideia em uma revista de decoração.

Há também uma estante enorme e feia bloqueando o caminho, que trato logo de explicar:

— Lembra que eu disse que gostava de móveis? Bom, esse aí vai ser reformado.

— Sei. — Matt encara a estante por um momento. — Quando você falou que colecionava mobília, pensei... — Ele parece se controlar. — Enfim. Não. Que legal!

— Minha amiga Maud reforma móveis com pátina, ela é *maravilhosa*, mas está com trabalho acumulado agora... Cuidado com as farpas — acrescento quando ele dá outro passo. — A madeira ainda precisa ser lixada.

— Pode deixar. — Ele concorda com a cabeça, se espremendo para passar com cuidado. — Gostei da planta — acrescenta ele, vendo minha iúca no canto.

Ele está dizendo *todas* as coisas certas. Meu amor por ele só aumenta.

— Eu resgatei essa iúca. — Abro um sorriso radiante.

— Você resgatou a iúca?

— Ela estava numa caçamba de lixo. Os donos a jogaram fora! — Não consigo controlar minha indignação. — Uma planta viva! Essa gente não devia ter *permissão* pra ter plantas. Então pensei "Vou dar um lar pra você, querida". — Toco suas folhas com carinho. — E, agora, ela está linda. Então... enfim... vamos beber alguma coisa.

Eu o levo para o cômodo principal, que é a sala de estar misturada com a cozinha. É um espaço lindíssimo, apesar de estar um pouco desarrumado, e olho para tudo com orgulho. As paredes foram pintadas com o mesmo tom de turquesa do hall, e há prateleiras roxas em todo canto. A coluna da lareira foi coberta com um papel de parede floral multicolorido da House of Hackney. E tenho — a parte mais especial — dois lustres *maravilhosos* da década de 1960 em vidro laranja, que combinam perfeitamente com o sofá verde-escuro.

Por um instante, Matt fica parado na porta, parecendo ter perdido a fala diante da visão.

— Que colorido — diz ele, por fim.

— Adoro cores — digo, em um tom modesto. — Tenho mania de cores.

— Dá pra perceber. — Matt concorda com a cabeça algumas vezes. — Sim. Dá pra perceber.

— Quer uma taça de vinho ou uma cerveja?

— Cerveja, obrigado.

Sigo para a geladeira, e Matt vai analisar a prateleira mais próxima. Quando volto, ele olha para mim com a testa franzida.

— *Construção de muros com pedra solta nos vales. Teoria da engenharia modular.* Você é eclética.

— Ah, isso. — Entrego a cerveja para ele. — Saúde.

— Saúde. — Ele toma um gole da cerveja e acrescenta: — *Chevrolet: um guia*, publicado em 1942. Sério? E esse aqui está escrito em... — Ele pega um livro de capa dura. — Que língua é essa? Tcheco? Você fala tcheco?

— Eu não comprei a maioria deles pra *ler* — explico. — Esses são, tipo... livros que eu resgatei.

— *Livros que você resgatou?* — Matt parece atordoado.

— Às vezes entro em um sebo, vejo um livro velho... e ele me *chama*. Eu penso: "Se eu não comprar esse livro, ninguém mais vai. E ele vai ser destruído. Vai ser triturado!" Sinto como se comprá-los fosse, tipo, minha responsabilidade. — Passo a mão pela estante. — Todos eles teriam sido triturados se eu não os tivesse resgatado!

— Ah. — Matt toma um gole de cerveja. — Faria diferença?

Eu o encaro, chocada. *Faria diferença?* Pela primeiríssima vez, sinto uma minúscula tensão entre nós — porque que tipo de pessoa não se importa com as dificuldades dos *livros*?

Mas, por outro lado, lembro a mim mesma que nós podemos discordar sobre algumas coisas. Não é nada grave.

— Senta. Vamos ouvir uma música.

Sorrindo para Matt, localizo minha playlist favorita no celular e a conecto às caixas de som com formato do Buda. Eu me sento ao lado de Matt no sofá e tomo um gole da minha bebida, satisfeita, enquanto a música preenche a sala. Então pisco. Matt fez uma *careta*?

Não. Ele não pode ter feito uma careta. Ninguém faz careta para músicas. Especialmente quando se trata de uma música tão relaxante quanto essa.

— O que é isso? — pergunta ele depois de uma pausa.

— É um estilo chamado música mexicana do poder da alma — explico, empolgada. — Eles usam instrumentos de sopro especiais e flautas. Ela acalma de verdade.

— Hum — diz Matt depois de outra pausa.

— Que tipo de música você gosta de ouvir? — pergunto, puxando assunto.

— Ah, várias coisas.

— Eu também! — respondo rápido. Talvez ele prefira sinos, penso. Ou harpa.

Já estou abrindo minhas playlists no Spotify quando ele acrescenta:

— Acho que meu estilo favorito é punk japonês.

Eu o encaro, um pouco confusa. Punk japonês?

— Certo — digo, depois de um silêncio demorado. — Que legal. Hum.. — Olho para o meu celular. — Acho que não tenho *muito* punk japonês aqui...

Talvez o mais parecido com isso seja minha playlist "Música Animada pra Malhar", que não deve ser nada parecida.

— Está tudo bem. — Ele sorri e toma um gole da cerveja, depois olha para um pôster próximo que comprei em uma galeria. A moldura é coberta de pétalas de seda, e é linda.

— *Você pode cortar todas as flores, mas não impedirá a chegada da primavera* — lê ele em voz alta.

— Eu adoro essa frase. O que você acha? — pergunto. — Não é inspiradora?

Matt olha mais uma vez para o pôster com a testa franzida, parecendo confuso.

— Bom, na verdade, impediria, sim — diz ele.

— O quê?

— Você impediria a chegada da primavera. Claro. Se você cortar todas as flores do mundo antes de elas semearem. E a polinização? Se você literalmente cortar todas as flores no momento em que elas abrem, as abelhas morreriam. Quando a gente corta todas as flores, o que sobra? Abelhas mortas.

Abelhas mortas? Ele leu uma citação linda e inspiradora sobre flores e pensou em *abelhas mortas*?

— Mas imagino que isso dependa da sua definição de "primavera" — continua ele, pensativo. — Cortar todas as flores não afetaria a rotação da Terra, seria mais um problema de biodiversidade.

Sinto uma sensação estranha crescer dentro de mim. É... irritação? Não. Não pode ser irritação. Claro que não. Estou com o Holandês. Estou com o Matt. Estou com o meu amor.

— Acho que a mensagem não é *literalmente* sobre flores — digo, me forçando a sorrir.

— Tudo bem. — Ele dá de ombros, despreocupado, e meu coração se derrete de novo, porque ele não está tentando bancar o superior, não é? Ele só é uma pessoa prática. Muito prática. (Talvez prática *demais*.)

— Vem cá — digo, puxando-o para um beijo, e, no momento em que faço isso, esqueço qualquer vestígio de irritação que posso ter sentido. Porque, ai, meu *Deus*, eu amo este homem. Quero beijá-lo para sempre. Quero estar com ele para sempre. Por fim, com relutância, me afasto e digo: — É melhor eu dar uma olhada na comida.

— Tá. — Ele toca de leve a minha bochecha e então pergunta: — Onde é o banheiro?

Enquanto Matt vai ao toalete, aproveito a oportunidade para pegar meu celular, porque prometi para a turma que avisaria como as coisas estavam indo, e, francamente, quero contar que tudo está fantástico.

As três andam tão pessimistas. Tão negativas. Especialmente Nell, que fica dizendo: "Mas você não *conhece* esse cara." Até Maud, que costuma ser uma pessoa bastante otimista, falou: "Ava, você precisa parar de usar a palavra 'amor'. Você não ama esse homem. Você não o conhece o suficiente para amá-lo." E Sarika previu que ele me daria um perdido.

Ele me daria um perdido? Fiquei tão ofendida. Ele me daria um perdido? A gente está falando do *Holandês*. Quer dizer, do *Matt*. Ele jamais daria um perdido em ninguém!

Conforme o esperado, quando abro nosso grupo no WhatsApp, vejo um monte de mensagens:

Então? Ava?
Anda, desembucha!
Vocês já casaram???

Confiante, respondo:

Tudo maravilhoso!! Encontro perfeito!!! Nós somos 100% compatíveis!!

E é verdade. Nós somos. Com exceção de alguns detalhes bobos, feito punk japonês. Mas isso nos torna 99,9 por cento compatíveis, e preferi arredondar.

Na cozinha, meu tagine borbulha de um jeito bonito, e, quando levanto a tampa, uma fumaça deliciosa, aromática, domina o ar.

— Uau — diz Matt em um tom satisfeito quando volta. — Está com uma cara ótima.

— Obrigada! — Sorrio para ele.

— O batente da sua porta dos fundos está meio solto — acrescenta ele, cutucando a madeira. — Talvez tenha apodrecido. E o vidro parece meio bambo. Você já tinha visto?

— Ah, sempre foi assim. — Abro um sorriso. — Não tem problema.

— Não é perigoso? — pergunta ele, insistindo. — Você devia chamar alguém pra dar uma olhada. Ou trocar por um vidro duplo.

Vidro duplo? Trocar minha porta original e diferente por *vidro duplo*?

— Não precisa se preocupar. — Eu acho graça. — É bem seguro aqui. — Mexo um pouco o tagine, depois acrescento: — Pode me passar a harissa?

— Harissa? — Matt franze a testa, como se não tivesse entendido a pergunta.

— O molho harissa — explico.

Talvez ele chame a mistura por outro nome. Por algum termo libanês autêntico. Mas, espere, "harissa" não é libanês?

— Molho harissa? — repete Matt, sem reação, e me viro, me sentindo igualmente confusa.

— *Harissa* — digo, pegando o potinho. — Pasta de pimenta. Ottolenghi.

— O que é Ottolenghi? — pergunta Matt, interessado, e quase deixo minha colher cair no chão.

O que é Ottolenghi? Olho séria para Matt para ver se ele está brincando, mas acho que não.

— É um chef — respondo, desanimada. — Bem famoso. Superfamoso. Tipo, famosíssimo de verdade.

Espero os olhos de Matt darem sinal de que a ficha caiu e o aguardo exclamar "Ah, *Ottolenghi*". Mas isso não acontece.

— Ahn. — Ele concorda com a cabeça, observando enquanto acrescento a harissa. — Então... o que tem no ensopado?

— Hum... hum... — Tento superar o fato de ele nunca ter ouvido falar no Ottolenghi e me concentrar na minha comida. — Feijão azuki, cebola, batata-doce...

— Legal. — Matt concorda com a cabeça, depois acrescenta: — Qual é a carne?

— *Carne?*

Eu me viro pare ele e o encaro, chocada. Ele não está brincando. Ai, meu Deus. Meu estômago foi parar nos meus pés, por que... como é que ele... *Carne?*

— É frango? — pergunta Matt, espiando o tagine.

— Eu sou vegetariana! — digo com uma voz mais aguda do que o planejado. — Achei que você tivesse percebido! Achei... — Engulo em seco. — Achei que *você* fosse vegetariano.

— Eu? — Ele parece espantado. — *Vegetariano?*

— A comida no mosteiro era vegetariana — argumento, tentando controlar meu nervosismo. — Eu só vi você comendo comida vegetariana.

— Pois é, né? — Ele faz uma careta. — Eu pensei, tipo, é só uma semana. Vou sobreviver. Mas vou te contar, ontem à noite eu *devorei* um hambúrguer.

Por um momento, não consigo dizer nada.

— Certo — digo, por fim. — Certo. Bom. Eu sou vegetariana. Então. Isso é... Então.

Mexo meu tagine, nervosa, com o rosto quente. Como pode ele não ser vegetariano? Sinto como se Matt tivesse tentado me passar a perna. Ele me enganou.

Não é o fim do mundo, digo a mim mesma, desesperada. É só que... Ai, meu Deus. Tudo estava tão perfeito.

— Mas você está fervendo um osso no fogão — diz Matt, apontando para a panela, com um olhar confuso. — Como isso é vegetariano?

Olho de novo para o fogão. Ah, é. É por *isso* que ele não está entendendo. Na verdade, é bem engraçado. Já estou tão acostumada com a comida de Harold que quase me esqueço dela.

— É do Harold — explico. — Ele segue uma dieta orgânica especial pra cães. Sei que alguns cachorros são vegetarianos, mas consultei um veterinário, e Harold tem necessidades alimentares muito específicas.

Espero Matt perguntar quais são as necessidades específicas de Harold, mas, em vez disso, ele espia o conteúdo da panela com interesse.

— O que é isso, carne?

— É um osso de cordeiro — explico. — Vou usar o caldo pra fazer a comida dele pra semana.

— Uau. — Matt parece hipnotizado pelo líquido borbulhante e carnívoro. — Está com uma cara boa. *Muito* boa. Posso provar?

Do nada, sinto uma onda súbita de indignação, e, antes que eu consiga me conter, explodo:

— Você está dizendo que a comida do cachorro parece mais gostosa do que a que fiz pra você?

Tarde demais, dou uma risadinha — mas Matt já levantou a cabeça.

— Meu Deus! O quê? É claro que não. Não! — Os olhos dele analisam meu rosto com um ar cauteloso quando ele parece se dar conta do erro. — Sua comida está com uma cara ótima — enfatiza ele, gesticulando para o tagine. — Eu só... Não. Enfim. Posso ajudar a pôr a mesa? — acrescenta ele, mudando rapidamente de assunto.

Mostro a Matt onde ficam os talheres, e, enquanto ele pega facas e garfos, respiro fundo algumas vezes. Então pergunto, no tom mais despreocupado que consigo:

— Então, Matt... você acha que conseguiria virar vegetariano um dia?

Encolho a barriga enquanto espero a resposta. Quer dizer, isso não é um critério que eu tenha nem nada. Nossa, não. Eu não acho mesmo que as pessoas deviam ter critérios, então eu como poderia ter?

Mas, por outro lado... Estou curiosa para saber a resposta. Vamos encarar a situação dessa forma. Só estou curiosa.

— Eu? — Os olhos dele se arregalam. — Não. Não acho que... Eu sei que a gente devia comer menos carne, mas parar *completamente*? — Ele registra minha expressão. — Mas... sei lá — recua ele. — Talvez. Nunca diga nunca.

Minha barriga já relaxou. Pronto. Está tudo bem! *Nunca diga nunca.* Era só isso que eu precisava saber. Sei que minha reação foi exagerada; na verdade, agora, está tudo muito claro. Vou convertê-lo! Os deuses vegetarianos o mandaram para mim com esse propósito!

— O que eu faço com isso? — pergunta Matt, indicando com a cabeça uma pilha de papéis, e estalo a língua. Eu pretendia arrumar a mesa mais cedo.

— Hum... pode colocar no banco embaixo da janela. É o material do meu curso.

— Certo. — Ele concorda com a cabeça. — De aromaterapia.

— É outro curso, na verdade — digo, picando o coentro. — Sobre coaching de carreira. Quero fazer isso no meu tempo livre.

— Você se interessa por muita coisa. — Ele levanta as sobrancelhas. — Quando seu curso de aromaterapia termina?

— Não sei — digo, um pouco na defensiva, porque... será que as pessoas não entendem como é difícil encontrar tempo para tudo? — Enfim! A comida está quase pronta. Come uma batata.

Passo para ele uma tigela de batatas fritas chiques que comprei especialmente para hoje, e Matt pega algumas. Mas, antes que elas cheguem à sua boca, Harold surge do nada, pula no banco com habilidade, pega as batatas da mão de Matt e as abocanha. Então ele pula para o chão e sai correndo. Tento não rir e Matt apenas o encara, assustado.

— Ele pegou as batatas da minha mão? Nem *vi* que ele estava aqui perto.

— Ele é muito esperto. — Sorrio. — Você precisa manter a comida na altura do peito, senão já sabe. Perdeu.

Fico esperando Matt rir, mas ele continua parecendo espantado. E até... incomodado?

— Você deixa?

— Bom, não, é claro que eu não *deixo* — digo, me sentindo encurralada. Eu me viro para Harold e digo, meio envergonhada: — Harold, querido, o Matt é nosso amigo, e a gente não rouba comida dos nossos amigos. Tá? — Harold enfia o focinho nas minhas mãos, e esfrego sua cabeça. — Nada de roubar comida!

Eu lhe dou um beijo na cabeça, então ergo o olhar e pego Matt me encarando com uma expressão desconcertada.

— O que foi? — pergunto.

— Não. Nada. Eu... — Ele se interrompe. — Não.

— Você ia dizer alguma coisa. — Eu o encaro, estreitando os olhos. — O quê?

— Nada! — Ele balança a cabeça. — Sério. Vamos... vamos beber mais uma.

Não acredito nele, mas não quero forçar a barra. Então, em um tom descontraído, pergunto:

— Uma taça de vinho? — E pego uma garrafa que comprei na Itália.

Os sons de glub-glub-glub já bastam para acalmar qualquer tensão que havia no ar. Nós brindamos e sorrimos um para o outro, e, quando tomo o primeiro gole, é pavloviano. Ou eu quero dizer proustiano? Seja lá o que for, eu me sinto de volta à Itália, na Apúlia, no pátio com as plantas e os agapantos e as silhuetas dos pássaros contra o céu.

— Da última vez que tomamos esse vinho, nós estávamos no mosteiro — digo, e a testa de Matt relaxa.

— Parece que já faz uma eternidade.

— Pois é.

Ele está encostado na bancada, e me aproximo. Eu me apoio em seu peito largo, inalando seu cheiro, me lembrando de como ele era lá. Holandês. Meu Holandês.

— É bom ver você — digo, baixinho. — Senti sua falta.

— Eu também.

Há um momento de silêncio, então Matt baixa sua taça de vinho, e eu baixo a minha. E, no instante em que começamos a nos beijar, não consigo entender por que esperamos tanto por isso. Eu o devoro, me lembrando dele, desejando-o com mais desespero do que nunca.

— Não consegui pensar em nada que não fosse você — sussurro no ouvido dele.

— Ontem eu só pensei em você — responde Matt, sua barba por fazer pressionada contra meu pescoço.

— Nem perguntei como foi a sua reunião — digo, me censurando de repente.

— Não quero pensar na minha reunião — resmunga ele para mim. — Dane-se aquilo tudo.

Ele já abriu meu sutiã; eu já desabotoei sua camisa... Quaisquer tensões minúsculas entre nós desapareceram. Estamos em sintonia. Estamos nos movendo juntos. Na mesma vibe. Esse homem é tudo o que eu quero e desejo...

Então, de repente, um temporizador apita, e nós dois pulamos de susto.

— Ah. Eu programei mais cedo. Desculpa. — Faço uma careta. — Não... não tem problema.

— A gente pode comer — sugere Matt. — E depois... — Ele levanta as sobrancelhas, e, quando me lembro do que a gente aprontava na Itália, sinto meu corpo se inundar de reações.

— Tá. Vamos fazer isso.

Sirvo meu tagine em duas tigelas rasas de cerâmica e conduzo Matt para a mesa.

— Que cadeiras interessantes — diz ele, olhando para as minhas cadeiras de escola vintage. Eu as encontrei em uma feira de usados.

Elas estão um pouco bambas, mas Maud vai reformá-las assim que terminar a estante. — Deixa eu adivinhar... — continua Matt — você as resgatou?

— É claro — digo, achando graça da expressão dele. — Todos os meus móveis foram resgatados, basicamente. "Não compre, adote."

— Sua cama também? — pergunta ele, fazendo cara de repulsa.

— Especialmente a minha cama! Eu a encontrei numa caçamba de lixo — digo, orgulhosa. — Maud a pintou, e ela ficou novinha em folha. Odeio móveis novos. São tão sem sal. Tão... *funcionais*. Falta personalidade.

— Se você diz. — Matt se senta e pega o garfo. — *Bon appétit*.

Quando nós dois enfiamos a primeira garfada na boca, escuto um som parecido com o de um galho quebrando. Mas não sei identificar de onde veio.

— O que foi isso? — pergunto, confusa. — Foi...

Mas não consigo terminar a frase, porque, no instante seguinte, escuto o som de madeira quebrando, e Matt grita, surpreso — então, diante dos meus olhos, a cadeira dele desmorona sob seu peso, como se ele fosse um dos três ursos de *Cachinhos dourados*.

— Ai, meu *Deus*! — grito, horrorizada.

— Merda! — Matt parece estar sentindo dor de verdade. — Que *porra* é essa?

— Desculpa! — digo, desesperada.

Já estou de pé e tento ajudar Matt a se desvencilhar da madeira quebrada, apesar de Harold estar latindo feito um louco, pulando ao redor, me atrapalhando.

— Agora... — diz Matt, ofegante, quando finalmente consegue se levantar. — Agora, acho que a funcionalidade ganha da personalidade.

— Desculpa — digo, morrendo de vergonha. — Desculpa mesmo... Espera, o seu *braço*.

Sinto uma onda de pavor quando vejo a manga da camisa dele. Está toda vermelha. *O que os meus móveis resgatados fizeram com o homem que eu amo?*

Sem dizer nada, Matt empurra para cima a manga, revelando um corte horrível que rasgou sua camisa.

— Merda. — Meu estômago se embrulha. — Merda! Mas como... o quê...?

— Prego. — Ele aponta com a cabeça para um prego enorme enferrujado saindo do meu balcão resgatado na cozinha, que também está na lista de reformas de Maud. — Deve ter me arranhado quando caí.

— Matt, não sei o que dizer — começo, com a voz trêmula. — Desculpa mesmo, *de verdade*...

— Ava, está tudo bem. A culpa não é sua. — Ele toca meu braço com a mão não machucada. — Mas talvez seja melhor eu ir ao hospital pra tomar antitetânico.

— Sim. Claro. Vou chamar um carro.

Desnorteada, pego meu celular para chamar um Uber. Não acredito nisso. *Não* era assim que as coisas deviam ter acontecido.

— Não precisa ficar nervosa. Essas merdas acontecem. — Ele aperta meu braço de novo. — E, tirando isso, a noite foi ótima — acrescenta ele. — De verdade. Obrigado. Eu amei o... hum... — Ele faz uma pausa, parecendo não saber como terminar a frase. — Eu amei o... o... — Ele para de novo, e dá para ver que está procurando a palavra. — Eu amei... *você* — conclui ele, por fim. — Eu amei ver *você* de novo.

— Bom, eu também. O carro está vindo.

Molho um pano de prato e limpo seu braço, fazendo uma careta ao ver o sangue, depois pego um pacote de biscoitos no armário.

— Talvez a gente demore no hospital — digo, apontando para os biscoitos com a cabeça.

— Ava, você não vai comigo — diz Matt, parecendo chocado. — Não precisa.

— É claro que eu vou! — Eu o encaro. — Não vou deixar você sozinho. E... você não vai querer voltar pra cá depois? — pergunto, hesitante. — A cama resgatada não vai desmoronar — acrescento em um tom sério. — Eu juro. Ela é firme.

Ao ouvir "cama resgatada", o rosto de Matt é tomado por uma expressão estranha, paralisada, que não consigo interpretar direito.

— Vamos ver o que acontece, tá? — diz ele depois de um silêncio demorado. — Nós podemos voltar pra cá, sim. Podemos. — Ele faz outra pausa, passando os olhos pela pilha de madeira que um dia foi a cadeira resgatada. — Ou podemos ir pra minha casa.

NOVE

No fim da tarde seguinte, estou parada em uma esquina desconhecida na zona oeste de Londres, esperando por Matt. Eu me sinto animada, decidi que nada vai me abalar. Tudo bem, a noite passada não foi das melhores — mas isso não importa. Hoje será diferente.

Nós ficamos no hospital até uma da manhã. Quando Matt finalmente foi atendido e preencheu todos os formulários, vimos que era tarde demais para fazer qualquer coisa mais romântica do que voltar para casa e desabar em nossas respectivas camas. A gente resolveu recomeçar hoje, depois do trabalho, e Matt disse que viria me buscar na estação do metrô.

Então vou encarar tudo de um jeito diferente. Nós vamos virar a página hoje. Eu e Harold vamos dormir na casa de Matt, e finalmente vou conhecer a vida dele!

— Você está animado? — pergunto em um tom carinhoso para Harold, ao meu lado. — A gente vai encontrar com o Matt! Nosso novo amigo! Ah, olha, lá vem ele!

Meu Deus, que visão. Quer dizer, *qualquer pessoa* ficaria impressionada. Ele vem pela rua com aquele andar tranquilo, seu cabelo escuro brilhando sob o sol fraco, os olhos se enrugando em um sorriso, os músculos se avolumando conforme ele se move. (Tudo bem, ele está de terno, mas consigo imaginar os músculos por baixo dele.)

Ele me cumprimenta com um beijo e pega minha mala enorme.

— Oi! — digo, depois acrescento, nervosa: — Como está o seu braço?

— Bem — responde Matt, alegre. — Nossa — diz Matt, levantando a mala. — Que peso. O que você colocou aqui dentro?

— As coisas do Harold — explico. — Eu trouxe a cama e a coberta dele... alguns brinquedos também... Nós dois estamos muito animados pra conhecer a sua casa! — acrescento, empolgada. — E pra conhecer seus colegas de apartamento!

Enquanto seguimos para a casa dele, olho ao redor com interesse, porque este é o bairro de Matt. Isto é parte dele. E é uma região fantástica de Londres: uma rua bonita atrás da outra. E, olhe, um jardim comunitário! Torço para que ele more perto de um espaço igual e tenha acesso ao jardim. Já consigo nos imaginar, nós dois deitados na grama sob o sol, fazendo carinho na cabeça de Harold, tomando vinho e aproveitando a vida. Para sempre.

— Então, me conta sobre as pessoas da sua vida — peço, animada. — Que tal começar com os seus pais.

Sempre gosto de ouvir os caras com quem eu saio falando sobre os pais. Não que eu esteja procurando pais novos, é só que... Bem, gosto de ouvir histórias sobre famílias felizes.

Ontem à noite, enquanto estávamos sentados nas cadeiras de plástico da emergência, contei a Matt sobre meus pais. Falei do meu pai, que ainda é vivo, mas que se divorciou da minha mãe e se mudou para Hong Kong quando eu ainda era pequena e que a gente se vê, *sim*, de vez em quando... mas não é uma relação igual à que outras pessoas têm com o pai. Não é fácil nem familiar. É mais como rever um tio, um amigo da família ou algo assim.

Depois contei que minha mãe morreu quando eu tinha 16 anos. Tentei descrevê-la para ele. Seus olhos azuis, seu jaleco de pintora (ela era professora de artes)... falei do hábito de fumar que ela tinha. Eu me lembrei do jeito fofo de ser um pouco devagar para entender piadas e exclamar: "Entendi. Ah, *entendi*. Ah, que *engraçado*!"

Então descrevi Martin, que foi meu padrasto por doze anos. Seu rosto simpático, seu amor por dança de salão, seu famoso curry de seis grãos. Contei que ele ficou arrasado quando minha mãe morreu, mas que, depois disso, conheceu uma mulher maravilhosa chamada Fran e que agora tem mais dois enteados. Eu fico feliz por ele, é claro que fico, mas é esquisito para mim. Eles me convidam para o Natal todo ano. Até fui uma vez, mas não deu muito certo. Então, no ano seguinte, fui para a casa de Maud, que é barulhenta, caótica e confusa da melhor forma possível.

E, aí, me abri de verdade. Confessei para Matt que, às vezes, me dou conta do quanto estou sozinha no mundo. Não tenho irmãos, só um pai ausente. E que acho isso assustador. Mas então lembro que tenho amigas, que tenho Harold, que tenho meus resgates e todo o meu trabalho...

Acho que falei muito. É só que não havia nada mais para fazer na sala de espera da emergência. E eu ia perguntar a Matt sobre a família dele, mas, antes que eu tivesse a oportunidade, a enfermeira nos chamou.

Então, agora é hora de ouvir sobre a vida dele. Quero saber tudo sobre os seus pais. Seus hábitos fofos... suas tradições carinhosas... e as lições importantes que ensinaram a ele durante a infância... Basicamente, quero descobrir por que vou amá-los.

Uma vez, Nell me disse: "Ava, você não precisa achar que tem que amar tudo e todos que aparecem na sua frente." Mas ela estava exagerando. Eu não acho isso. E, de toda forma, não estamos falando de "todos", e sim de Matt! Eu o amo! E estou pronta para amar a família dele também.

— Quero saber tudo sobre os seus pais — repito, apertando a mão dele. — *Tudo*. Não deixa nada de fora.

— Tudo bem. — Matt concorda com a cabeça. — Bom, tem meu pai.

Nós andamos mais um pouco, em silêncio, enquanto espero Matt continuar. E então percebo que é só isso.

— Como é o seu pai? — insisto, e Matt franze a testa como se eu tivesse lhe pedido para solucionar um problema impossível.

— Ele é... alto — responde ele, por fim.

— Alto — digo em um tom encorajador. — Nossa!

— Não *tão* alto assim — esclarece Matt. — Ele tem um metro e oitenta e cinco. Talvez um metro e noventa. Posso perguntar, se você quiser. — Ele pega o celular. — Vou mandar uma mensagem para ele.

Ele abre seus contatos, então digo, rápido:

— Não! Não faz diferença quanto ele de fato tem de altura. Então ele é bem alto. Que legal!

Espero que Matt me dê mais detalhes, mas ele apenas concorda com a cabeça enquanto guarda o celular, e continuamos andando. Sinto pontadas minúsculas de frustração.

— Mais alguma coisa? — pergunto, por fim.

— Ele é... — Matt pensa um pouco. — Sabe como é.

Engulo a vontade de responder com um "Não, eu *não* sei. É por isso que estou perguntando". Mas isso acabaria com o clima, então pergunto, animada:

— E a sua mãe? Como ela é?

— Ah. — Matt pensa de novo por um tempo. — Ela... Sabe como é. É difícil explicar.

— Me conta qualquer coisa! — digo, tentando não parecer desesperada. — Qualquer coisa sobre ela. Qualquer detalhe. Bobo ou talvez importante. Me dê uma ideia.

Matt fica um tempo em silêncio, e então diz:

— Ela também é bem alta.

Ela é alta? É só isso que ele vai dizer? Estou começando a imaginar uma família de gigantes. Estava quase perguntando se ele tem irmãos quando Matt diz:

— Chegamos!

Levanto a cabeça, surpresa. E, no instante seguinte, estou paralisada de pavor.

Eu me distraí tanto que nem notei que a paisagem foi mudando conforme íamos andando. Nós não estamos mais em um jardim comunitário fofo. Nem em uma rua bonita. Estamos parados diante do prédio mais horroroso que já vi na vida, para o qual Matt aponta com orgulho.

— Minha casa! — acrescenta ele, só para o caso de restar alguma dúvida. — O que você acha?

O que eu acho *de verdade* é que não acredito que alguém projetou esse prédio. Nem que o construiu. Ele é feito de concreto, com janelas circulares de aparência sinistra e estruturas retangulares estranhas se estendendo por todas as direções. Há três blocos no total, conectados por passarelas de concreto, escadas e estruturas anguladas esquisitas. Quando olho para cima, vejo um rosto distante, lá no topo, olhando pelo vidro da escada, como se estivesse em uma prisão.

Mas, na mesma hora, me sinto culpada por ser tão crítica. É um inferno achar um apartamento em Londres. Matt não tem culpa por não ter encontrado nada melhor.

— Nossa — digo. — Isso é... Quer dizer, é caro morar em Londres, sei que é difícil, então... — Abro um sorriso solidário para ele, que também sorri para mim.

— E eu não sei? Tive sorte de ver o anúncio desse apartamento. Precisei competir com outros três candidatos.

Quase caio dura no meio da rua. *Outros três candidatos?*

— É um ótimo exemplo da arquitetura brutalista da década de 1960 — acrescenta ele com entusiasmo, abrindo a porta principal e me guiando por um corredor com muito concreto.

— Sei — respondo, nada entusiasmada. — É claro! Arquitetura brutalista.

Me desculpe, mas, na minha opinião, nenhum termo que conte com a palavra "brutal" pode ser bom.

Nós subimos até o quarto andar em um elevador que parece ter saído de um thriller violento, então Matt abre uma porta preta que leva a um vestíbulo. O espaço é pintado de cinza fosco e contém um aparador de metal, um banco de couro e, pendurada na parede bem em frente à porta, uma escultura que me faz dar um pulo de medo.

É um rosto sem olhos feito de argila, se projetando de um painel, com o pescoço esticado, como se quisesse gritar comigo ou me devorar. É a coisa mais grotesca e assustadora que eu já vi na vida. Horrorizada, me viro para o outro lado — e dou de cara com uma obra parecida na parede adjacente, com a diferença de que esta tem dez mãos se esticando na minha direção como algo digno de um pesadelo. Quem *faz* essas coisas? Estico os braços para Harold, tentando me sentir reconfortada, e digo:

— Não é... legal, Harold?

Mas Harold solta ganidos tristes para a escultura do rosto, e eu entendo.

— Não precisa ter medo! — digo. — É arte!

Harold lança um olhar desesperado para mim, como se dissesse *"Onde* foi que você me trouxe?", e faço carinho nele, tentando acalmar a nós dois.

— Quer me dar seu casaco? — pergunta Matt, e o entrego a ele, tentando desesperadamente pensar em algo positivo para dizer.

Na minha visão periférica, vejo outra escultura, que parece ser um corvo. Tudo bem, um corvo eu consigo encarar. Vou até ela, pretendendo fazer um elogio, então vejo que, na boca do corvo, há dentes humanos.

Solto um grito, sem conseguir me controlar, depois cubro a boca com a mão.

— O que foi? — Matt desvia o olhar do armário onde guarda nossos casacos, que é tão discreto que passou despercebido por mim. — Tudo bem?

— Sim! — Tento me recompor. — Foi só... uma reação à obra de arte. Uau! É muito... Ela é sua? — Sou tomada pela súbita esperança de que a peça pertença a um dos caras que moram com ele, mas o rosto de Matt se ilumina.

— É. São todas do Arlo Halsan — diz ele, como se eu fosse reconhecer o nome. — Nunca me interessei muito por arte, mas vi o trabalho dele numa galeria e fiquei, tipo, eu *entendo* esse artista. Fiquei impressionado. Tenho outra obra no meu quarto — acrescenta ele, entusiasmado. — É um lobo sem pelos.

Um lobo sem pelos? Um lobo sem pelos vai ficar vendo a gente transar?

— Que ótimo! — digo, meio engasgada. — Um lobo sem pelos? Sensacional!

Matt fecha o armário e abre outra porta que eu também não tinha visto, porque tudo ali é muito uniforme, moderno e monocromático.

— Vou apresentar você para os caras — diz ele, e me guia pela porta.

A primeira coisa que noto é como o espaço é grande. A segunda é que tudo é preto ou cinza. Piso de concreto, paredes pretas, persianas de metal. Há uma área de estar, com sofás de couro preto, três mesas com um monte de computadores, e um saco de boxe pendurado no teto, que está sendo massacrado por um homem grande de short, que permanece de costas para nós.

Em um dos sofás de couro, há um cara de calça jeans e tênis enormes. Ele está de headphones e completamente imerso em um jogo. Eu me inclino para ver a tela — e, cacete, que *gigante*.

— Ava, Nihal. Nihal, Ava — diz Matt, nos apresentando, e Nihal dá um aceno rápido com a mão.

— Oi — diz ele, e abre um sorriso simpático para mim antes de voltar a atenção para o tiroteio na tela.

— E aquele é o Topher — diz Matt, apontando para o cara socando o saco de boxe. — TOPHER!

Topher para de bater, se vira para nos encarar, e eu levo um susto. Enquanto Nihal é magro e tem uma aparência bem convencional, Topher é impressionante. Ele tem um corpo forte, com um rosto...

Bem. Eu não gosto de usar a palavra "feio". Mas ele é feio. Tão feio que quase chega a ser bonito. Seus olhos são fundos. Suas sobrancelhas escuras são grossas demais. Sua pele é ruim. Mesmo assim, por algum motivo, ele é fascinante. Ele irradia personalidade, mesmo parado ali, todo suado, com seu short de academia.

— Oi — diz ele com uma voz grave, e gesticula para as orelhas com as mãos enluvadas. — AirPods.

— É um prazer conhecer você! — digo, meio desanimada, quando ele volta a bater no saco.

Então, alguma coisa no chão chama minha atenção, e não consigo desviar o olhar, em choque. Um *robô* vem até nós, atravessando o piso de concreto. Parece com aqueles que as pessoas usam para aspirar a casa. Mas este carrega latas de cerveja.

Harold o vê no mesmo instante em que eu e começa a latir freneticamente. Eu agarro sua guia antes que ele o ataque, e ficamos observando, curiosos, enquanto o robô desliza até Nihal.

— Harold vai se acostumar com ele — diz Matt.

— Mas o que *é* ele? — pergunto, confusa.

— Um robô. — Matt dá de ombros. — Nós temos alguns. Um pra cerveja, um pra pizza, outro pra batata frita...

— Mas *por quê*? — insisto, ainda mais confusa, e Matt me encara como se não entendesse a pergunta.

— Pra facilitar a nossa vida? — Ele dá de ombros. — Vamos ver o meu quarto, e depois pego uma bebida pra você.

O quarto de Matt tem paredes pretas, piso de concreto cinza e, em cima da cama, a escultura do lobo sem pelos, que faço um esforço enorme para não ficar encarando enquanto arrumo as coisas de Harold. (Por que *sem pelos*?)

Ajeito a cama de Harold com o cobertor e borrifo os óleos essenciais dele em tudo. Quando Matt volta, trazendo uma taça de vinho e uma cerveja, exclamo:

— Tudo pronto pra noite!

— Na minha família, cachorros são proibidos de entrar no quarto — diz Matt, e eu dou uma risada, porque ele tem um senso de humor bem sarcástico.

Então, quando me levanto e vejo sua testa franzida, meu coração se aperta. Aquilo não foi uma piada. Ele está falando sério. Ele está falando *sério*?

— Harold sempre dorme no quarto comigo — explico, tentando esconder minha ansiedade crescente. — Ele vai ficar triste se dormir em outro lugar.

— Tenho certeza de que ele vai ficar bem na cozinha — diz Matt, como se eu não tivesse falado nada. — A gente pode colocar a cama lá, ele vai ficar bem. Não vai, Harold?

Na *cozinha*? Quem obriga um membro amado da família a dormir na *cozinha*?

— Acho que não, na verdade — digo. Tento abrir um sorriso tranquilo, mas tranquilidade é a última coisa que eu sinto. Meu cachorro não é um eletrodoméstico e ele *não* vai dormir na cozinha. — Ele vai sentir a minha falta, vai chorar. Não rola. É só que... você sabe como é. Desculpa.

Desculpa nada, acrescentam meus olhos silenciosamente.

Matt olha para Harold, depois para a cama de cachorro e de volta para mim. Continuo sorrindo, mas meu queixo está tenso, e minhas mãos se fecharam em punhos. Quer dizer, não vou ceder nesse ponto. E acho que Matt está se dando conta disso.

— Tudo bem — diz ele, por fim. — Então...

— Vai dar tudo certo — digo, rápido. — Vai dar tudo certo. Você nem vai *perceber* que ele está aqui.

Não menciono que Harold sempre começa dormindo na própria cama, mas acaba se aconchegando embaixo do edredom comigo em algum momento da noite. Não vamos nos preocupar com isso agora.

— Guardei umas coisas em uma das gavetas do banheiro — digo, em um tom alegre, mudando de assunto. — Do lado esquerdo.

— Tudo bem. — Matt concorda com a cabeça. — A Genevieve sempre usava essa pra... — Ele se interrompe, e um silêncio incômodo se segue, fazendo minha cabeça girar.

Havia uma Genevieve?

É claro que havia uma Genevieve. É claro que ele tem um passado. Nós dois somos adultos; nós dois temos um passado. A pergunta que *interessa* é... o que a gente quer saber sobre o passado um do outro?

Matt lança olhares hesitantes na minha direção, e, agora, respira fundo.

— Genevieve era minha...

— Sim! — eu o interrompo. — Eu entendi. Namorada. Você tem um passado. Nós dois temos.

Matt e Genevieve. Não, não combina. *Matt e Ava* é muito melhor.

— Estou pensando no seguinte — continuo, antes que Matt diga algo problemático, como dizer que ela era ótima de cama. — Nós tivemos sorte. A gente se conheceu em uma bolha mágica, maravilhosa. Não sabíamos nada um sobre o outro. Não tínhamos bagagem emocional. Não tínhamos *nada de bagagem emocional* — repito para dar ênfase. — E, hoje em dia, isso é um presente precioso. Você não acha?

— Pode ser — responde Matt.

— Eu não preciso saber nada sobre a Genevieve — digo, tentando ser enfática nesse ponto. — A Genevieve não me interessa! Estou pouco me lixando pra ela! E você não precisa saber sobre o Russell.

— Russell? — Matt fica tenso. — Quem diabos é Russell?

Ah, certo. Talvez eu não devesse ter mencionado Russell pelo nome.

— Não importa! — Gesticulo para ele deixar isso de lado. — É passado! Bagagem emocional! A gente *não* vai lidar com bagagens emocionais, tá? Esse namoro só permite uma mala de mão. — Eu me aproximo até parar bem na frente de Matt e analiso seu rosto forte, bonito, sincero. — Nós somos nós — murmuro. — Aqui e agora. E é só isso que importa. — Roço os lábios contra os dele. — Combinado?

— Combinado. — Os olhos de Matt se apertam com ternura enquanto ele me fita. — E, sim, a gente teve sorte. — Quando Harold se aproxima de nós, Matt estica a mão na direção dele e faz carinho em sua cabeça. — Quanto a *você* — diz ele para Harold em um tom mandão de brincadeira —, é melhor não roncar.

— Ele não ronca — digo, com segurança.

E é verdade. Ganir enquanto dorme não é roncar, e sim um som completamente diferente.

Estou puxando Matt para outro beijo quando o celular dele toca, e ele o tira do bolso. Então estala a língua com irritação e diz:

— Desculpa. Trabalho. Você se importa? Pode ficar à vontade...

— Sem problema! — digo. — Não precisa ter pressa!

Enquanto ele atende a ligação, vou para a sala e olho ao redor, cheia de expectativa.

Já estou me acostumando com o preto. Mas talvez eu possa sugerir alguns acessórios mais coloridos para dar uma animada. Isso! Tipo uma manta. Ele precisa de algumas mantas e almofadas.

Agora, Topher vestiu um casaco de moletom junto com o short e ocupa uma das mesas, apertando os olhos para a tela.

— Oi, Topher — digo, me aproximando com um sorriso. — A gente não se apresentou direito. Eu sou a Ava, e esse é o Harold. Estamos animados pra conhecer você melhor.

— Ah, tudo bem. — Topher dá uma olhada rápida na minha direção. — É um prazer te conhecer. Mas você não vai gostar de mim. Já vou logo avisando.

— Eu não vou *gostar* de você? — Solto uma risada. — Por que não?

— As pessoas não gostam de mim.

— Sério? — Decido entrar no jogo dele. — Por que não?

— Sinto emoções desagradáveis. Melancolia. Inveja. Raiva. Fico feliz com a desgraça alheia. — Ele digita alguma coisa com uma onda rápida de energia. — Além do mais, sabe como é. Eu sou um babaca.

— Tenho certeza de que você não é.

— Sou. Sou maldoso. Não dou dinheiro pra mendigos na rua.

— Você fundou uma instituição de caridade — observa Nihal, passando por nós a caminho de sua mesa. — O Topher só fala merda — acrescenta ele para mim. — Nunca acredite nele.

— Eu fundei uma instituição de caridade pra conhecer mulheres — diz Topher sem nem pestanejar. — Mulheres adoram caridade. Aposto que você adora caridade, Ava. — Ele me encara com seus olhos fundos. — É claro que sim. "Ai, *caridade*. Eu adoro *caridade*. Vamos transar porque você deu dinheiro pra caralho pra *caridade*."

— Com quem você transou? — pergunta Nihal, curioso.

— Você sabe muito bem com quem eu transei — rebate Topher, depois de uma pequena pausa. — E você sabe que ela partiu meu coração. Então, obrigado por tocar no assunto.

— Ah, ela. — Nihal faz uma careta. — Desculpa. É que já faz um tempo — acrescenta ele, quase sussurrando. — Achei que você podia estar falando de outra pessoa.

Topher levanta a cabeça para ele e o encara com raiva.

— O robô dos lanches precisa ser reabastecido.

— É a sua vez — diz Nihal, hesitante.

— *Porra*. — Topher bate na mesa com um ar shakespeariano de desespero. — Essa é a pior tarefa de casa. A *pior*.

Não sei se ele está brincando ou se é psicótico. Talvez seja as duas coisas.

— A pior tarefa de casa? — eu o desafio. — Abastecer um robô com comida?

— Sim, é claro — diz Topher, pegando o telefone e digitando com a testa franzida. — Quanto mais conveniente e útil é uma máquina, mais me irrito quando tenho que *fazer* alguma coisa por causa dela. Tipo descarregar a lava-louça. É melhor lavar a louça na mão do que ter que tirar tudo lá de dentro, não acha? — De repente, a expressão dele se suaviza. — Nihal, seu mentiroso de merda, é a sua vez. — Ele aponta com o celular para Nihal. — Eu estou anotando. Sua. Vez.

— Não tenho lava-louça — informo.

— Tudo bem. — Topher concorda com a cabeça. — Bom, se você um dia tiver uma, vai amar durante uma semana. Depois disso, vai se acostumar com ela e reclamar sempre que tiver que fazer o mínimo pra que ela continue funcionando. Os seres humanos são uns ingratos de merda. Eu trabalho com a natureza humana — acrescenta ele. — Então falo com propriedade.

— Com a natureza humana? — Eu o encaro, curiosa. — O que você faz da vida?

— Elaboro pesquisas. — Topher gesticula para os três computadores em cima da mesa. — Pesquisas de opinião. Coleto pontos de vista, faço umas contas e digo para políticos e empresas como as pessoas pensam. E não é bom. Os seres humanos são péssimos. Mas você já deve saber disso.

— Os seres humanos não são péssimos! — rebato, indignada. Sei que ele está brincando. (Acho que ele está brincando.) Mas mesmo assim sinto a necessidade de apresentar um ponto de vista mais otimista. — Você não devia sair por aí dizendo que os seres humanos são péssimos. Que coisa deprimente! Você tem que pensar de forma *positiva*!

Topher parece achar muita graça disso.

— Quantos seres humanos você já entrevistou na vida, Ava?

— Eu... quer dizer... — Eu me enrolo. — É óbvio que eu *converso* com as pessoas...

— Eu tenho dados. — Ele dá um tapinha em um dos computadores. — Os seres humanos são fracos, hipócritas, arrogantes, inconsistentes... Eu tenho *vergonha* deles. E me incluo nisso, claro. Nihal, você vai reabastecer a porra do robô ou não?

— Preciso mandar um e-mail — responde Nihal com uma determinação educada. — Já faço isso.

— Com o que você trabalha? — pergunto para Nihal.

— O Nihal manda na Apple, mas é modesto demais pra dizer isso — responde Topher por ele.

— Para de *falar* isso, Topher — diz Nihal, parecendo envergonhado. — Não sou tão importante assim. Sou tipo... Não é que...

— Mas você trabalha na Apple.

Nihal concorda com a cabeça, depois pergunta em um tom educado:

— O que você faz, Ava?

— Escrevo bulas de remédio para um laboratório chamado Brakesons — explico. — Que produz remédios e equipamentos médicos.

— Eu conheço o Brakesons. — Nihal concorda com a cabeça.

— Mas também quero começar a trabalhar com aromaterapia, e estou escrevendo um livro — acrescento —, então... sabe como é. Tenho alguns projetos. Gosto de desafios.

— Legal — diz Nihal, tímido, antes de colocar os headphones de novo e voltar a escrever.

Os dois caras estão distraídos com trabalho, e não sei bem o que fazer agora. Mas, então, em um gesto repentino, Topher empurra a cadeira para trás.

— *Tudo bem* — diz ele. — Vou reabastecer o robô. Nihal, você está me devendo um rim.

Enquanto ele segue para a cozinha, Matt sai do quarto, olhando para o chão.

— Oi! — digo, me sentindo mais aliviada com o retorno dele do que gostaria de admitir. — Está tudo bem?

— Ah. — Matt parece se esforçar para se concentrar em mim. — Está. Você pegou alguma coisa pra beber? Está tudo bem? Os caras foram legais com você?

— Sim! Estou me divertindo muito!

Espero Matt responder a minha pergunta — e então me dou conta de que ele nem me ouviu. Ele parece estressado. Ai, meu Deus, será que aconteceu algum problema no trabalho?

— Quero saber tudo sobre o seu trabalho — digo, animada. — Vamos sentar? Ou... você quer uma massagem?

— Desculpa. — Matt esfrega a testa. — Não, está tudo bem. Só... preciso pensar numas coisas. Me dá dez minutos?

— Não tem problema — digo, tentando soar tranquilizadora e reconfortante. — Estou bem aqui. Vou encontrar alguma coisa pra me distrair.

Quando olho ao redor em busca de algo para fazer, noto um quadro branco, cheio de coisa escrita. Vou até lá para ver o que é — então o encaro, aturdida. No topo, rabiscado em letras de forma, está o título *TABELA DA BABAQUICE*. Embaixo, há uma lista — *Topher, Nihal, Matt* — e cada um deles tem um placar. Nihal está com doze pontos, Matt, com catorze, e Topher com trinta e um.

Nihal me vê olhando para o quadro e baixa os headphones, todo solícito.

— O que é uma Tabela da Babaquice? — pergunto, confusa.

— Se alguém, tipo, é muito babaca ou irritante, ganha um ponto na tabela. O perdedor precisa pagar bebidas para os outros todo mês. Sempre é o Topher — acrescenta ele. — Mas, se a gente não tivesse a tabela, ele seria *bem* pior.

— Espera, Nihal — digo rápido antes que ele recoloque os headphones. — Não consigo imaginar você sendo babaca.

— Ah, eu sou — diz ele, sério.

— Tipo, com quê? — questiono. — Me dá um exemplo.

— Falei pro Topher que o suéter novo dele era feio pra caralho.
— Os olhos de Nihal brilham do outro lado dos óculos. — Ele ficou bem chateado. Foi um suéter caro. Ganhei seis pontos. Mas é feio pra caralho mesmo.

Ele coloca os headphones de novo e volta a digitar. Eu já explorei a sala toda a esta altura, então vou para um banco forrado com couro preto ali perto e dou uma olhada no meu celular. Sarika está procurando um vestido para comprar e mandou umas dezesseis fotos de provadores de lojas para saber nossa opinião, então começo a olhar todas e dizer o que acho.

O preto curto é tudo!!! O de pedrinhas azuis é legal, mas essas mangas são esquisitas. Com qual sapato?

O tempo todo, fico espiando Matt. Ele está de pé, imóvel, lendo alguma coisa no celular, de cara feia. Quando ele finalmente se mexe, penso que irá para a sua mesa. Mas ele segue para outro armário escondido, abre a porta e pega...

O quê? Meu estômago se revira. Não pode ser um...

— Ei, Matt! — digo como quem não quer nada. — O que é isso?

— Um *putter*. — Matt o ergue para me mostrar. — Um taco de golfe. Me ajuda a pensar.

Golfe?

Enquanto observo, perplexa, ele pega algumas bolas e as posiciona em um pedaço de carpete verde que eu não tinha visto antes, porque fica escondido pelos sofás de couro. Ele acerta em uma das bolas, arremessando-a na direção de um buraco falso, a testa franzida em pensamento, então espera enquanto algum mecanismo a joga de volta para ele. Então acerta a bola de novo. E de novo.

— Achei que você gostasse de artes marciais, Matt! — digo, tentando parecer tranquila. — Não de golfe.

— Gosto dos dois — confessa ele, olhando ao redor.

— Dos dois! — Aperto meu copo com mais força. — Que... legal! *Muito* legal. Quer dizer, todos os hobbies são legais.

— A família toda do Matt gosta de golfe — diz Nihal, que, sem fazer barulho, veio até um dos sofás de couro e está abrindo outro jogo de computador. — É tipo uma obsessão de família, né, Matt?

— Não é uma obsessão — responde Matt, dando uma risadinha. — Mas acho que levamos muito a sério, sim. Minha avó foi campeã da liga feminina da Áustria, na época dela, e meu irmão é jogador profissional. Então...

Engasgo com o vinho, depois começo a tossir freneticamente, tentando disfarçar. Como foi que eu fiquei sabendo disso só *agora*?

— Você nunca me contou nada dessas coisas — digo, com um sorriso forçado. — Não é engraçado? A gente passou tanto tempo junto, e você nunca falou sobre golfe! Nunquinha!

— Ah — diz Matt, dando de ombros, despreocupado. — Hum. Acho que o assunto nunca surgiu.

— Você joga? — pergunta Nihal em um tom educado.

— Hum... — Engulo em seco. — Com certeza não...

— *Madame*. — A voz grossa de Topher surge atrás de mim, me interrompendo. — Trouxe um banquete para os seus olhos.

Eu me viro e solto um grito antes de conseguir me controlar. Ele está segurando uma travessa branca com quatro bifes crus, vermelhos, vívidos. Consigo sentir o cheiro nojento de carne. Vejo o sangue escorrendo deles.

— Hoje é a noite de carne — explica Topher. — Que corte você prefere? Vai querer malpassado, né?

— Será que você... Será que você pode tirar isso de perto de mim? — peço com dificuldade, quase vomitando.

— Ah, a Ava é vegetariana — diz Matt, se ajeitando para a sua tacada. — Eu devia ter avisado.

— Vegetariana! — exclama Topher, ficando paralisado. — Tudo bem. — Ele volta a olhar para os bifes. — Então... ao ponto?

Isso era para ser uma piada? Porque o cheiro horroroso da carne ainda está preso no meu nariz, e esses bifes já foram um *animal*.

— Está tudo bem, eu posso comer legumes — digo, desanimada.

— Legumes. — Topher parece pego de surpresa. — Certo. Tá. Legumes. — Ele pensa um pouco. — A gente tem algum legume?

— Nós temos ervilhas — diz Nihal, distraído, olhando para a tela. — Mas estão na geladeira há séculos.

— Se você diz. — Topher vai até Nihal. — Certo, Nihal, qual você quer?

Ele baixa a travessa para Nihal analisar os bifes — e lá vem um borrão marrom e branco, acompanhado pelo som de patas arranhando o chão.

Ai, meu Deus. *Não*.

— Harold! — grito, angustiada, mas ele já está do outro lado da sala, com um bife cru pingando da boca.

— Mas que *diabos*? — Topher olha boquiaberto para a travessa, que agora só contém três bifes. — Esse cachorro roubou um dos meus bifes? Eu nem *vi* que ele estava vindo.

— O quê? — pergunta Matt, baixando o taco e erguendo o olhar, incrédulo.

— Ele veio do nada — explica Topher, em choque. — Ele parece um míssil supersônico.

Todos nós olhamos para Harold, que nos encara com uma rebeldia desafiadora antes de começar a devorar a carne, como se fosse o cachorro mais feliz do mundo.

— Era um filé *dry aged*, produzido a pasto — diz Topher, olhando para Harold. — Eu peguei um empréstimo pra comprar isso.

— Desculpa — digo, desesperada. — Será que eu posso... devolver o dinheiro pra você?

— Bom, um pedaço era seu — diz Topher. — Então, você sabe. Melhor acertar as contas com o Harold.

Quando Harold termina de comer a carne, Nihal começa a rir, e isso é a visão mais fofa do mundo. Seu rosto se aperta como o de um bebê, e seus óculos embaçam.

— Topher, você ficou transtornado — diz ele, alegre. — O Topher nunca fica transtornado — acrescenta ele para mim. — Só isso já valeu o preço do filé.

— Eu *não* fiquei transtornado. — Topher recuperou a compostura.

— Ficou, *sim*... — Nihal é interrompido quando o interfone toca. — Quem será?

— Eu atendo — diz Matt, indo atender. — Deve ser uma entrega. Alô? — Uma resposta crepitante e inaudível se segue, e ele olha para a tela minúscula. — Oi? Alô? Não consigo... — Então sua expressão muda. — Ah. — Ele engole em seco. — Mãe. Pai. Oi.

DEZ

Ai-meu-Deus, ai-meu-Deus! Estou transbordando de animação. E nervosismo. Na verdade, estou um pouco hiperativa. Os pais de Matt estão subindo, e não quero parecer exagerada, mas conhecer os dois é basicamente um dos maiores momentos da minha vida.

Porque vamos *supor* que eu e Matt fiquemos juntos para sempre. Só *supor*. Então... essa é a minha nova família! Eles vão fazer parte da minha vida para sempre! Nós teremos apelidos e piadas internas, e eu provavelmente vou fazer favores para eles, e vamos morrer de rir das travessuras dos meus filhos com Matt...

Merda. Espere um pouco. Aperto a taça de vinho, empacada com meus pensamentos. Será que Matt quer filhos? Nunca perguntei isso.

Fico um pouco atordoada ao me dar conta disso. Como não tocamos nesse assunto? Eu perguntei se ele tinha filhos, e a resposta foi "não". Mas essa pergunta é diferente. Talvez ele não tenha filhos porque fez um voto de não contribuir para superpovoar o mundo. Ou talvez ele seja infértil. (Se for o caso, será que ele adotaria ou ofereceria um lar temporário para uma criança? Porque eu super toparia isso.)

Preciso descobrir isso agora. Ele está perto de mim, lendo alguma coisa no celular, então o agarro pelo braço.

— Matt! — Eu o puxo para fora da sala principal até o vestíbulo assustador e baixo minha voz para um chiado. — Escuta! Preciso saber uma coisa muito importante.

— Ah. — Ele parece preocupado. — O quê?

— Você quer ter filhos?

Matt me encara, boquiaberto.

— Se eu quero o *quê*?

— Filhos! Você quer ter filhos?

— *Filhos?* — Matt parece chocado. Ele olha para a sala como se estivesse com medo de que alguém pudesse ter me escutado e dá alguns passos para longe. — A gente vai mesmo falar disso agora? — sussurra ele. — Porque não é a hora...

— É a hora, *sim*! — rebato, um pouco descontrolada. — É a hora ideal! Porque posso estar prestes a conhecer os avós dos meus futuros filhos! — Gesticulo para a porta. — *Avós!* Isso é importante, Matt!

Matt parece totalmente atordoado. Ele não está acompanhando minha linha de raciocínio? Eu fui bem clara.

— E se você *não* quiser filhos... — Eu me interrompo no meio da frase, porque me sinto paralisada pela importância do dilema que se apresenta aqui e agora.

Eu amo Matt. Eu o *amo* mesmo. Enquanto observo sua expressão perplexa, sinto uma onda de afeição avassaladora por ele. Se ele não quiser filhos, mesmo que sejam adotivos, deve ter seus motivos. Que irei respeitar. E vamos construir outro tipo de vida. Talvez a gente viaje... Ou monte um abrigo para mulas, e as mulas serão nossas filhas...

— Eu quero filhos. — A voz de Matt interrompe meus pensamentos. — No futuro. Você sabe. — Ele dá de ombros, parecendo desconfortável. — Em teoria.

— Ah! — Eu desmorono de alívio. — Ah, você quer! Bom, eu também. Um dia — esclareço, rápido. — Muito lá pra frente. Não *agora*.

Eu rio para mostrar que essa seria uma ideia ridícula ao mesmo tempo em que meu cérebro cria a imagem de Matt segurando bebês gêmeos, um em cada curva de seus braços másculos.

Talvez seja melhor eu não compartilhar esse pensamento com ele por enquanto.

— Tudo bem. — Matt analisa minha expressão, desconfiado. — Então, essa conversa está resolvida?

Abro um sorriso feliz para ele.

— Sim! Só acho melhor colocar os pingos nos is, não acha?

Matt não responde. Vou encarar isso como um sim. Então um *ping* distante soa, e enrijeço. É o elevador chegando! São eles!

— Como os seus pais são? — pergunto para Matt. — Você quase não me contou nada sobre eles! Me dê um resumo, rápido.

— Meus pais? — Ele parece desnorteado. — Eles são... Você vai ver.

Você vai ver? Isso não me ajuda em nada.

— Será que a gente devia preparar alguma coisa para comer?

— Não, não. — Matt balança a cabeça. — Eles vieram só deixar um negócio aqui antes de irem pro teatro. — Ele hesita. — Na verdade, se você não quiser conhecê-los, pode ficar no quarto.

— Você quer dizer *me esconder* no quarto? — Eu o encaro.

— Só se você quiser.

— É claro que eu não quero! — digo, perplexa. — Estou doida pra conhecer os dois!

— Bom, eles não vão ficar muito tempo... ah, chegaram — acrescenta Matt quando a campainha toca.

Ele segue para a porta, e minha cabeça gira. Os primeiros cinco segundos são os mais importantes. Preciso passar uma boa impressão. Vou elogiar a bolsa da mãe dele. Não, os sapatos. Não, a bolsa.

A porta abre para revelar um homem e uma mulher usando casacos elegantes, ambos muito altos. (Matt tinha razão.) Enquanto observo os dois abraçando Matt, meu cérebro freneticamente processa os detalhes. O pai é bonito. A mãe é bastante contida — olhe só como ela o abraça de leve, com as mãos enluvadas. Sapatos caros. Uma bolsa de couro marrom bonita. E o cabelo com luzes louras. Será que eu devia elogiar o cabelo? Não, pessoal demais.

Finalmente, Matt se vira e me chama.

— Mãe, pai, queria que vocês conhecessem a Ava. Ava, esses são meus pais, John e Elsa.

— Oi! — digo com uma voz acelerada e emotiva. — Adorei a sua bolsa e os seus sapatos!

Espere. Isso não saiu como o planejado. Ninguém elogia as duas coisas. É para escolher só uma.

Elsa parece desconcertada e olha para os sapatos.

— Quer dizer... sua bolsa — me corrijo, rápido. — Que bolsa linda. Olha só esse fecho!

Elsa olha para o fecho da bolsa, inexpressiva, então se vira para Matt e diz:

— Quem é essa?

— A Ava — responde Matt com a voz tensa. — Acabei de dizer. Ava.

— Ava. — Elsa estica a mão, que aperto, e, depois de um momento, John faz o mesmo.

Espero Elsa perguntar "Como os pombinhos se conheceram?" ou até ouvir dela "Ora, mas você é uma gracinha", que foi a primeira coisa que a mãe de Russell me disse. (No fim das contas, a mãe de Russell era muito mais legal do que ele.)

Mas, em vez disso, Elsa me encara em silêncio, depois se vira para Matt e fala:

— A Genevieve mandou um beijo.

Sinto um choquinho minúsculo, que disfarço com um sorriso largo. Genevieve mandou um beijo?

Quer dizer, Genevieve pode mandar beijos. É claro que pode. Mas é aquela coisa. Como pode?

— Sei. — A voz de Matt sai engasgada.

— Nós almoçamos juntas — acrescenta a mãe dele, e abro ainda mais meu sorriso. Que *bom* que elas almoçaram juntas. Estou supertranquila com isso. Todo mundo devia ser amigo.

— Que ótimo! — exclamo, só para mostrar que não me sinto ameaçada, e Elsa me encara com um olhar esquisito.

— A gente tinha muito para debater — continua ela para Matt —, mas, primeiro, quero mostrar uma coisa pra você.

Ela tira um livro de capa dura novinho em folha da bolsa. A foto de uma casa de boneca estampa a frente, com o título *Eu e a Casa da Harriet: uma jornada pessoal*. Na mesma hora, enxergo a oportunidade de apoiar o negócio da família.

— Nossa! — exclamo. — Eu adorava a Casa da Harriet!

Elsa lança um olhar levemente interessado na minha direção.

— Você tinha uma Casa da Harriet?

— Bom... não — confesso. — Mas algumas das minhas amigas tinham.

O interesse no rosto de Elsa desaparece na mesma hora, e ela se vira de novo para Matt.

— Acabou de chegar da gráfica. — Ela dá um tapinha na capa brilhante. — Nós queríamos que você desse uma olhada, Matthias.

— Estamos muito satisfeitos — acrescenta John. — Já estamos conversando com a Harrods sobre uma edição exclusiva.

— Certo. — Matt pega o livro. — Ficou bonito.

— Eu adoraria ler — digo, entusiasmada. — Deve ser muito interessante. Quem escreveu?

— A Genevieve — responde Elsa, como se isso fosse óbvio.

Genevieve?

Matt vira o livro, e uma mulher deslumbrante com cerca de 30 anos nos encara da contracapa. Ela tem cabelo louro comprido, um brilho alegre nos olhos azuis e mãos lindas e elegantes nas quais apoia o queixo.

Engulo em seco. Essa é a Genevieve? Então me dou conta de que já a vi antes, em uma foto no site da Casa da Harriet, apesar de não ter reconhecido o nome. Lembro que pensei, na hora, "Ela é bonita".

— Nossa! — Tento soar tranquila e despreocupada. — Que legal. Então a Genevieve trabalha pra vocês?

— A Genevieve é embaixadora da Casa da Harriet — explica John, sério.

— Embaixadora? — repito.

— Ela é uma superfã — murmura Matt para mim. — E ainda coleciona. Foi assim que nos conhecemos, numa convenção da Casa da Harriet. A vida dela basicamente gira em torno disso.

— O trabalho que ela faz pra nós é maravilhoso. Simplesmente *maravilhoso*. — Do jeito que Elsa fala, até parece que Genevieve faz parte das missões de paz da OTAN.

— Matthias, acho que você devia ligar para a Genevieve e lhe dar os parabéns — diz o pai de Matt, firme. — Ela nos ajuda tanto.

Por um momento, Matt não reage. Então, sem erguer o olhar, ele diz:

— Acho que não é necessário.

O rosto de seu pai enrijece, e ele olha para mim.

— Será que você pode nos dar licença por um instante, Eva?

— Ah — digo, surpresa. — Tudo bem. É claro.

— Ava — Matt corrige o pai, parecendo irritado. — É *Ava*.

Bato em retirada para a sala, e a porta se fecha com firmeza. Uma conversa abafada começa, e me viro para o outro lado, dizendo a mim mesma que não bisbilhote. Apesar de eu acabar ouvindo Elsa dizer:

— Matthias, não *acredito* que...

No que será que ela não acredita?

Enfim. Não é da minha conta.

Depois de alguns minutos, a porta abre novamente, e os três entram. Elsa está segurando o livro, exibindo o rosto radiante de

Genevieve, ainda mais luminoso e lindo do que antes. Matt parece estressado e não olha para mim.

— Boa noite! — Escuto a voz de Topher da porta da cozinha, e ele levanta a mão em um cumprimento.

— Boa noite, Topher — diz John, acenando para ele.

— Vocês vão ficar para o jantar?

— Não. Não vão — diz Matt antes que o pai responda. — Na verdade, não está na hora de vocês irem? Vão acabar perdendo a peça.

— Ainda temos muito tempo — responde Elsa. Ela coloca a bolsa sobre um banco baixo e começa a folhear o livro. — Tem uma foto específica que eu queria mostrar pra você — acrescenta ela para Matt. — É maravilhosa, da Genevieve quando era criança. — Ela continua folheando, e diz: — Ah, achei.

Nesse momento, escuto o som forte de algo raspando o chão. Eu me viro e vejo Harold correndo na nossa direção, e entendo na mesma hora, horrorizada, o que vai acontecer. Ele vai pegar a bolsa.

Harold cisma com bolsas. Ele simplesmente odeia. Não é culpa dele — acho que ele deve ter tido algum episódio traumático com uma bolsa quando era filhote e as vê como uma ameaça. Tenho três segundos para reagir antes de ele pegar a bolsa de Elsa e destruí-la.

— Desculpa! — digo, ofegante. — Desculpa, é o meu cachorro, talvez seja melhor você tirar a sua... Rápido!

Eu me jogo em cima da bolsa, desesperada, mas, ao mesmo tempo, Elsa vai na direção dela, tentando protegê-la, e não sei *o que* acontece, mas escuto o som de algo rasgando, e...

Ai, meu Deus.

De alguma forma, quando pulei, acabei derrubando o livro e rasgando a capa. Bem no meio da cara de Genevieve.

— Genevieve! — grita Elsa, histérica, como se eu tivesse a atacado em pessoa, e puxa o livro para longe. — O que você *fez*?

— Mil desculpas. — Engulo em seco, congelada de pavor. — Eu não queria... Harold, não!

Puxo a bolsa do banco antes de Harold fincar os dentes nela. Elsa arfa, tomando outro susto, e a puxa para longe de mim, apertando o livro e a bolsa contra si com um ar protetor.

Por um instante, ninguém fala nada. Um dos olhos de Genevieve me encara, enquanto o outro se balança no pedaço rasgado de papel. E eu sei que é irracional — mas sinto que Genevieve é capaz de me enxergar pelo livro. Ela sabe. Ela *sabe*.

Olho para Matt, e seus lábios estão apertados. Não sei se ele está furioso, ou achando graça, ou qualquer outra coisa.

— Bem — diz Elsa por fim, se recompondo. — Nós precisamos ir. Vou deixar isso aqui.

Ela coloca o livro em uma prateleira alta.

— Foi ótimo conhecer vocês — digo, desanimada. — Desculpa por... Desculpa.

Elsa e John se despedem de mim com um aceno rígido de cabeça, e Matt os acompanha até a porta enquanto eu murcho, completamente desanimada. Esses devem ter sido um dos piores três minutos da minha vida.

— Bom trabalho — diz a voz de Topher atrás de mim, e me viro para vê-lo me observando com um olhar divertido. Ele aponta com a cabeça para o rosto rasgado de Genevieve. — Destruir a ex. Sempre é um bom primeiro passo.

— Foi um acidente — digo, na defensiva, e ele levanta as sobrancelhas.

— Acidentes *não* existem — afirma ele em um tom misterioso. — Gosto de como você e o Harold trabalham em equipe, aliás — acrescenta ele. — Você monta a cena, ele parte para o ataque. Muito inteligente. Boa operação.

Não consigo não achar graça da sugestão de eu e Harold executarmos uma "operação". Mas não vou alimentar a ideia de Topher de que ataquei um livro de propósito. Eu amo livros! Eu resgato livros!

— Eu *jamais* machucaria um livro de propósito — digo, séria. Olho de novo para o rosto brilhante e rasgado de Genevieve e faço uma careta, como se fosse um ferimento de verdade.

— Os cirurgiões plásticos fazem milagres hoje em dia — diz Topher, acompanhando meu olhar, e solto uma risadinha, apesar de tudo.

— Não é só por eu ter estragado o livro. É... você sabe. A primeira vez que vejo os pais de Matt, e acontece isso. A gente pode ter as melhores intenções do mundo, as *melhores* intenções, mas... — Solto um suspiro desanimado.

— Escuta, Ava — diz Topher, com a voz mais séria, e olho para ele, torcendo para ouvir palavras sábias de conselho ou compaixão. — O negócio é o seguinte. — Ele faz uma pausa, franzindo o cenho enquanto pensa. — Você considera macarrão como um legume?

ONZE

Duas horas depois, meus pensamentos estão mais positivos. Nós jantamos (eu comi macarrão com ervilha, e tudo bem) e levamos Harold até um parque próximo para o passeio noturno dele. Agora, estou sentada na cama, lendo as perguntas com as quais minhas amigas me bombardearam no WhatsApp:

Como estão as coisas?????
Como é a casa dele????
Detalhes, por favor!!!

Penso por um instante, depois digito:

É maravilhosa! Ele mora num apartamento ótimo. Bem legal!

Meus olhos vão para o lobo sem pelos, e estremeço. Fiquei pensando sobre as obras de arte esquisitas de Matt e resolvi adotar a seguinte estratégia: simplesmente não vou olhar para elas. Vai ser fácil aprender a transitar pelo apartamento dele desviando o olhar do lobo sem pelos, do corvo assustador e de todo o resto. Claro que vai.

Não faz sentido mencionar as obras bizarras no WhatsApp, só vou parecer pessimista. Então, em vez disso, digito:

Muito industrial. Colegas de apartamento ótimos. E conheci os pais dele!!!

As respostas começam a aparecer no meu telefone imediatamente:

**Os pais dele???!!!!
Nossa, que rápido!!!**

Ergo o olhar e vejo Matt entrando no quarto, então guardo o celular e sorrio para ele.

— Tudo bem? — pergunta ele.

— Sim! Tudo ótimo!

Espero para ver se ele vai continuar a conversa, o que não acontece, e caímos em silêncio.

Já reparei que Matt adora longos períodos de silêncio. Quer dizer, eu também adoro silêncio, é claro. O silêncio é ótimo. É calmo. É algo de que todos precisamos na nossa vida moderna e caótica.

Mas também é bem *silencioso*.

Para preencher o vazio, abro o WhatsApp de novo e leio a última mensagem de Nell:

Como são os pais dele?

Respondo rápido:

Fantásticos!!!

Então fecho o WhatsApp antes que alguém me pergunte mais alguma coisa, e olho para Matt de novo. As palavras estão borbulhando em meu cérebro. E uma das minhas filosofias de vida é a seguinte: faz mal guardar as palavras no cérebro. Quando a gente faz isso, elas azedam. Além do mais, sabe como é, *alguém* precisa falar.

— Então, a Genevieve, hein? — começo, em um tom tranquilo. — Qual é a história de vocês?

— História? — Na mesma hora, Matt fica na defensiva. — Não tem história nenhuma.

— Matt, é claro que tem uma história — digo, tentando esconder minha impaciência. — Todo casal tem uma história. Vocês estavam juntos... e o que aconteceu?

— Ah, certo. Bom... É. Sim. Nós estávamos juntos. — Matt faz uma pausa, como se pensasse na melhor forma de descrever seu relacionamento com Genevieve. Finalmente, ele respira fundo e conclui: — Então a gente terminou.

Sinto uma pontada de frustração. Só isso?

— Deve ter acontecido mais alguma coisa — insisto. — Quem terminou?

— Não lembro — responde ele, parecendo acuado. — Sério. Acho que foi em comum acordo. Já faz dois anos, tive uma namorada depois disso, ela namorou outro cara... Mas, como ela é uma superfã da Casa da Harriet, ainda está... você sabe. Presente.

— Certo. Entendi. — Assimilo essa nova informação. O namoro terminou há dois anos. Ótimo. Mas depois ele teve outra namorada? — Só por curiosidade — digo, como quem não quer nada —, quando você terminou com essa outra namorada? A que veio depois da Genevieve? Na verdade, qual era o nome dela?

— Ava... — Matt respira fundo e se vira para me encarar. — Achei que a gente não fosse fazer isso. E aquele papo de "só uma mala de mão"? O que aconteceu com "vamos continuar na bolha"?

Quero rebater com "A Genevieve destruiu a porcaria da bolha, foi isso que aconteceu!". Mas, em vez disso, sorrio e digo:

— É claro. Você tem razão. Não vamos fazer isso.

— A gente está aqui — diz Matt, segurando minhas mãos e as apertando. — É só isso que importa.

— Exatamente. — Concordo com a cabeça. — Nós estamos juntos. Fim de papo.

— Não precisa se preocupar com a Genevieve — acrescenta Matt para amenizar a situação, e sinto uma pontada de irritação na mesma hora.

Por que ele foi dizer isso? No instante em que você fala para uma pessoa não se preocupar, ela fica preocupada. É uma lei da natureza.

— Não estou *preocupada* — digo, revirando os olhos.

Eu me viro e faço uma complicada posição de ioga para mostrar minha falta de preocupação, e Matt sai do quarto de novo. De repente, escuto um berro de susto. Então Matt aparece na porta de novo, segurando um pano azul esfarrapado.

— Ava — começa ele. — Odeio dizer isso, mas acho que o Harold pegou uma das minhas camisas e... — Ele aponta para a camisa rasgada, e faço uma careta.

— Ai, meu Deus, desculpa. Eu devia ter avisado, o Harold é superimplicante com camisas masculinas. Elas precisam ficar fora de alcance, ou ele as arrebenta.

— Camisas masculinas? — Matt parece chocado.

— Sim. Ele é muito inteligente — acrescento, incapaz de esconder meu orgulho. — Ele sabe diferenciar as minhas roupas das camisas de um homem. Ele acha que está me protegendo. Não é, Harold? — acrescento para ele em um tom amoroso. — Você é meu cão de guarda? Você é um menino muito inteligente?

— Mas... — Matt franze a testa, confuso. — Desculpa, achei que o Harold implicava com bolsas. Agora você está me dizendo que ele implica com camisas?

— São as duas coisas — explico. — É diferente. Ele tem *medo* de bolsas. Ele as ataca por causa de algum trauma que sofreu com elas quando era filhote. Mas, com as camisas, só está marcando território. Ele quer botar banca. Tipo, "Toma essa, camisa! Quem manda aqui sou eu!".

Olho para Harold, que dá uma latida satisfeita para mim, como se dissesse: "Você me entende perfeitamente!"

Matt encara a camisa estraçalhada em silêncio, então olha para a carinha animada de Harold e depois, finalmente, me encara.

— Ava — diz ele. — Você tem certeza de que o Harold sofreu um trauma envolvendo uma bolsa quando era filhote ou inventou essa história pra justificar o comportamento dele?

Na mesma hora, fico indignada por Harold. Isso aqui virou a Inquisição, por acaso?

— Bom, é óbvio que não tenho um relatório detalhado sobre a vida terrível e abusiva que o Harold tinha antes de ser resgatado — digo em um tom meio sarcástico. — É óbvio que não posso voltar no tempo. Mas estou supondo. É claro.

Harold olha de mim para Matt com uma expressão alegre, inteligente, e sei que ele está acompanhando a conversa. Depois de um momento, ele vai até Matt e o encara com olhos esperançosos, pesarosos, seu rabo balançando de leve. A expressão de Matt se suaviza, e, depois de um instante, ele suspira.

— Tudo bem. Deixa pra lá. Ele não fez por maldade.

Ele estica o braço para fazer carinho na cabeça de Harold, e meu coração se derrete de novo. *Justo* quando eu acho que as coisas estão ficando um pouquinho complicadas entre mim e Matt... algo acontece e me mostra que estamos destinados a ficar juntos.

Vou até ele, passo os braços em torno do seu peito largo e firme e o puxo para um beijo demorado e amoroso. Depois de alguns instantes, ele fecha a porta do quarto com um chute. Então, em pouco tempo, nossas roupas estão espalhadas pelo chão, e eu lembro exatamente por que estamos destinados a ficar juntos.

Porém, às cinco da manhã, descobri que eu e a cama de Matt *não* estamos destinados a nada. É a pior cama do mundo. Como Matt consegue dormir nela? Como?

Estou acordada desde o drama com Harold às quatro, que foi quando ele pulou na cama para se aconchegar com a gente, como sempre faz. Não foi *nada* de mais. Só que Matt acordou já falando "Que porra é essa?" e tentou tirar Harold da cama, ainda meio dormindo. Só que Harold subiu de novo, e Matt falou, bem sério: "Vá pra sua cama, Harold!"

Foi então que eu soltei "Mas ele sempre acaba dormindo na cama comigo!". E Matt disse: horrorizado "O quê? Você não me contou *essa* parte".

Quer dizer, olhando para trás, discutir sobre Harold no meio da madrugada, nós dois sonolentos e meio de mal-humorados, não foi o ideal. Tentamos convencer Harold a dormir na cama dele, mas ele ficou choramingando e uivando e não parava de pular de volta na nossa cama, até que Matt finalmente cedeu "Tá. Uma noite na cama. Agora podemos dormir?".

Mas Harold acabou ficando todo agitado, querendo brincar. E não era culpa *dele*. É confuso para ele, estar em um lugar diferente.

Enfim... Ele finalmente dormiu agora. E Matt também. Mas eu estou *bem* acordada. Estou encarando a escuridão, me perguntando como Matt suporta esta cama terrível, má.

O colchão é duro demais — na verdade, me recuso a chamar isso de colchão. Parece mais um pedaço de madeira do que qualquer coisa. O travesseiro é uma pedra. E o lençol de cima é o pedaço de pano mais fino sob o qual já tentei dormir. Sempre que me mexo, ele faz barulho.

Tento me enroscar nele, fechar os olhos e cair no sono... mas não adianta. Isto não é um edredom maravilhoso e fofo no qual você se sente aconchegado e quentinho. Ele é fino demais, novo demais, antipático.

Harold esquenta meus pés, mas o restante do meu corpo está congelando. O problema não é só a roupa de cama, é o quarto também. Faz muito frio aqui dentro. Coloquei o pijama de algodão que eu trouxe — mas estou tremendo de verdade. Tento me aconchegar a Matt, em busca do calor do corpo dele, mas ele murmura alguma coisa dormindo e se vira para o outro lado. E não quero correr o risco de acordá-lo de novo.

Escuto o tique-taque distante de um relógio. Ouço sirenes ao longe vindo das ruas londrinas lá embaixo. Escuto Matt respirando, inspirando... expirando... inspirando... expirando. Não ouso olhar meu celular nem acender a luz para ler um livro. Não ouso nem me mexer. Ficar acordada ao lado de uma pessoa que dorme feliz é uma *agonia*. É *tortura*. Eu tinha me esquecido dessa parte dos relacionamentos.

Na Itália não era assim, penso, mal-humorada. Aquela cama superking do mosteiro foi a mais confortável na qual eu já dormi na vida. A manta era linda. Quando eu e Matt dormíamos juntos, tudo dava certo. Nós dois apagávamos.

Fecho os olhos e tento começar uma meditação para relaxar. *Minha cabeça está pesada... meus ombros estão pesados...* Mas então Matt resmunga alguma coisa dormindo e se vira, puxando a coberta barulhenta e me deixando exposta e com frio — e minha vontade é de gritar de frustração. Certo, já chega, não aguento mais. Vou levantar.

Com cuidado, me movimentando bem devagar, eu me sento na beirada da cama e me levanto. Olho para Matt para me certificar de que ele ainda está dormindo, depois saio de fininho do quarto. Por sorte, o chão não faz barulho, e esse é o único ponto positivo deste lugar.

Vou até a cozinha na ponta dos pés, acendo a luz e ligo a chaleira elétrica para preparar uma xícara de chá reconfortante. É impossível tomar uma xícara de chá no meio da madrugada sem um biscoitinho, mas, quando dou uma olhada nos armários, não consigo encontrar nenhum lanche além de castanhas torradas e sacos de batata frita. Cadê os biscoitos? Todo mundo tem um pacote de biscoito na cozinha. Ninguém não tem biscoito.

Enquanto reviro um armário, depois outro, minha busca se torna mais frenética. Não vou desistir. *Preciso* achar biscoitos. Só quero uma bolachinha, murmuro para mim mesma, furiosa, enquanto olho atrás de frascos de ketchup e latas de feijão cozido. Ou um biscoito de aveia. Um biscoito amanteigado, um biscoito recheado de baunilha, qualquer coisa...

E então, enquanto investigo um armário improvável cheio de água tônica, arfo de alegria. Isso! Uma lata de rosquinhas de chocolate! Não me importa de quem ela é, não me importa quais são as regras da casa, eu vou me sentar com uma xícara de chá e duas rosquinhas de chocolate neste exato momento, e ninguém pode me impedir.

Minha boca já está salivando quando pego a lata. *Preciso* delas. Vou amar Matt muito mais depois que comer duas rosquinhas de chocolate, e talvez ele devesse saber disso. Então abro a tampa, meus dedos trêmulos de animação — e fico paralisada de horror. Mas... *O quê?*

Fico encarando a lata de boca aberta, sem acreditar. Ela está cheia de carregadores de celular embolados um no outro. Não tem chocolate. *Não tem chocolate.*

— Nããão! — solto um lamento, sem conseguir me controlar. — *Nããão!*

Desesperada, jogo os carregadores sobre a bancada, para o caso de eles serem apenas a primeira camada — mas não há nenhum sinal de rosquinhas de chocolate. Nem uma migalha.

E, agora, a raiva começa a fervilhar dentro de mim. Que tipo de pessoa maldosa, doentia, coloca *carregadores de celular* dentro de uma lata que diz *rosquinhas de chocolate*? Isso é brincar com a cabeça dos outros. É abuso psicológico.

— Ava. — A voz de Matt me faz dar um pulo, então ergo o olhar e o vejo parado na porta da cozinha, me observando com olhos sonolentos. Seu cabelo está para cima, seu rosto parece amassado de sono, e ele está com cara de assustado. — O que aconteceu?

— Nada — respondo, minha voz um pouco tensa. — Desculpa se acordei você. É só que... achei que encontraria rosquinhas de chocolate aqui.

— O quê? — pergunta ele, sem entender. Então seus olhos se focam na lata. — Ah. A gente guarda carregadores aí.

— Ah, *é mesmo*? — digo, mas Matt ainda não está completamente acordado e não parece perceber meu tom.

— Por que você está acordada às cinco da manhã? — Ele entra na cozinha com uma expressão ansiosa.

— Não consegui dormir.

— Bem. — Ele esfrega o rosto. — Dizem que, quando você deixa um cachorro dormir na sua cama...

— O problema não é o *Harold*! — exclamo, indignada. — O Harold não tem nada a ver com isso! É o quarto! Está um gelo!

— *Um gelo?* — Ele parece chocado. — O meu quarto?

— Sim, o seu quarto! Parece um iglu! E a sua cama é... — Percebo a expressão preocupada dele e me controlo. — É só... você sabe. Diferente da minha.

— Entendo — diz Matt, digerindo a informação. — Imagino que deva ser mesmo. — Ele se aproxima e passa um braço ao meu redor. — Ava, que tal eu preparar um banho quente pra você? Será que ajuda?

— Sim — admito. — Isso parece maravilhoso. Obrigada.

Levo minha xícara de chá de volta para a cama e me sento, fazendo carinho em Harold, deixando sua presença me acalmar, escutando a água enchendo a banheira.

— Está pronto — diz Matt por fim, e tiro meu pijama, já animada com a ideia.

O banheiro de Matt é bem grande, e sinto o cheiro de alguma essência de banho gostosa, almiscarada.

— Muito obrigada — agradeço a Matt, enquanto entro na água cheirosa e me sento na banheira. Então prendo o ar quando a água morna encontra minha pele. Que porra é *essa?* — Desculpa! — exclamo, abalada. — Isso... Isso não... — Já estou me levantando, com a água pingando de mim. — Está morna! Vou congelar aqui dentro! Desculpa.

— Morna? — Matt me encara, boquiaberto. — Está quente! — Ele enfia a mão na água. — Quente!

Ele está me corrigindo? Sobre a temperatura do meu próprio corpo?

— Não está quente o suficiente para *mim*. — Já escuto a tensão na minha voz de novo. — Eu gosto de *muito* quente.

— Mas... — A mão de Matt continua na água, e ele me encara com um olhar de quem não está acreditando.

Por um instante, ficamos olhando um para o outro, os dois com a respiração pesada. O clima parece quase... de briga. Então, como se percebesse isso, Matt tira a mão da banheira e dá um passo para trás, secando-a em uma toalha.

— Não vamos criar caso por isso — diz ele, hesitante. — Pode temperar a água, Ava, coloca na temperatura que você preferir.

— Tudo bem — digo, igualmente hesitante. — Valeu.

Eu saio da banheira, me enrolo em uma toalha grande, deixo metade da água sair e abro a torneira de água quente. Além do som da água correndo, há só o silêncio. A gente parece gostar de silêncio.

Enquanto mexo a mão de um lado para o outro da água, deixo alguns pensamentos desagradáveis surgirem em minha cabeça. Eu *sei* que Matt é o homem perfeito para mim, eu *sei* que é, mas alguns aspectos da vida dele são... o quê? Não negativos, com certeza não é isso, e sim... *desafiadores*. As obras de arte estranhas. O golfe. A carne. Os pais.

Olho para Matt, e ele parece estar refletindo também. Aposto que os pensamentos dele são parecidos com os meus. Ele deve estar pensando: "Ela acabou se mostrando uma vegetariana com um cachorro que estragou minha camisa. E que não gosta de punk japonês. Será que isso vai dar certo?"

Sinto algo desagradável só de pensar nisso. Faz poucos dias que voltamos para a Inglaterra e já estamos *duvidando* da gente?

Quando desligo a água da banheira, digo, no impulso:

— Matt?

— Sim? — Ele está com um olhar desconfiado, e eu sei que estava pensando a mesma coisa que eu.

— Escuta. Precisamos ser sinceros um com o outro, tá?

— Tá. — Ele concorda com a cabeça.

— As coisas estão... Nós tivemos alguns percalços. Mas a gente consegue passar por isso. A gente vai dar certo. Afinal de contas, nós construímos uma torre de pedras juntos, lembra? Nós pulamos de um penhasco. Nós dois gostamos de sorvete. Nós somos ótimos juntos!

Abro um sorriso esperançoso e encorajador para ele, e seu rosto vacila, como se ele estivesse se lembrando de coisas boas.

— Eu quero que dê certo — diz ele com sinceridade. — Pode acreditar, Ava, eu quero.

Ele quer que dê certo. *Eu* quero que dê certo. Então qual é o problema? Minha cabeça gira de frustração.

— Mas acho que a minha vida deve parecer um país estrangeiro pra você — acrescenta ele, e algo se conecta no meu cérebro.

Um país estrangeiro. É isso. Eu me lembro que cheguei a pensar que Matt era um território maravilhoso, desconhecido e novo, pronto para ser explorado. Bem, agora, estou explorando. E ele também.

— É exatamente isso! — digo, agora animada. — É assim que a gente precisa encarar as coisas!

— Como é? — Matt parece não estar entendendo.

— Nós somos como dois países diferentes — explico. — Vamos chamá-los de Avalândia e Mattlândia. E precisamos nos acostumar à cultura um do outro. Então, por exemplo, na Mattlândia, é completamente aceitável guardar carregadores de celular em uma lata de rosquinhas de chocolate. Já na Avalândia, isso é um crime capital. A gente só precisa *aprender* um sobre o outro — enfatizo. — Aprender e se acostumar com as diferenças. Entendeu?

— Hum. — Matt fica alguns segundos em silêncio, como se estivesse refletindo sobre o assunto. — Na Mattlândia — então diz —, cachorros dormem no chão.

— Certo. — Eu pigarreio. — Bom, nós vamos ter que resolver quando e como seguimos os hábitos um do outro. Podemos... ahn... negociar. — Desenrolo a toalha, torcendo para distraí-lo do assunto. — Mas, enquanto isso, quero que você conheça um dos meus costumes mais importantes. Na Avalândia, é *assim* que um banho deveria ser.

Entro na banheira cheia e suspiro de prazer enquanto minha pele reage à água. Está quente. Está revigorante. É um *banho de banheira de verdade*.

Matt se aproxima e sente a temperatura da água, seus olhos se arregalando.

— Você está falando sério? Isso não é um banho, é um *caldeirão*.

— Pode entrar, se quiser.

Sorrio para ele, e, depois de um momento, ele tira a camisa e a samba-canção. Enquanto ele entra com cuidado na água, seu rosto expressa sofrimento de verdade.

— Não estou entendendo — diz ele. — Não estou entendendo mesmo. Ai! — exclama ele enquanto se senta. — Está *quente*.

— Se você me ama, vai amar a temperatura do meu banho — digo, provocando-o, e faço cócegas no peito dele com meus dedos dos pés. — Você está na Avalândia agora. Divirta-se.

DOZE

Já se passaram quase três semanas, e, tomando banho no banheiro de Matt, reflito sobre as coisas. Não de um jeito *ruim*. Meu Deus, não. Claro que não. Só de um jeito reflexivo.

Fico imaginando Matt — e é quase como se houvesse dois homens na minha cabeça. Há o Holandês, o homem por quem me apaixonei na Itália. Holandês, com seu pijama de linho, seus olhares intensos e aquele ar geral de carpinteiro artístico forte. Então há Matt, que veste um terno todo santo dia, vende Casas da Harriet, volta para casa e dá tacadas em bolas de golfe.

Eles são o mesmo cara. E é isso que tenho dificuldade em aceitar.

Ainda tenho vislumbres de Holandês; ele continua *ali*. Nós começamos a fazer tai chi juntos na maioria das noites antes de dormir, o que foi ideia minha. Falei para Matt que eu gostaria de aprender mais sobre a antiga tradição das artes marciais, só que não queria bater em ninguém. Portanto, o tai chi foi a solução perfeita — e o praticamos usando nossos pijamas de linho do mosteiro. (Também foi ideia minha.) Nós seguimos um vídeo ótimo no YouTube, e Harold às vezes participa — ele tenta, pelo menos —, e é sempre bem divertido.

A gente passa os dez minutos inteiros da aula sorrindo um para o outro e rindo quando erramos. É divertido. Matt relaxa. A gente entra em sincronia. É exatamente como nós *deveríamos* ser.

Então isso é positivo. O sexo continua ótimo. E, certa noite, quando Matt me contou uma longa história de quando um amigo dele aprendeu a esquiar, foi tão engraçado que eu achei que ia morrer de tanto rir. Ele é *engraçado* quando se solta.

Mas a gente não pode passar o tempo todo fazendo tai chi. Nem transando, nem contando histórias engraçadas, nem vagando romanticamente pelas ruas, de mãos dadas, como se nada mais no mundo importasse. (Já fizemos isso duas vezes.) O problema é que também temos de lidar com a vida. Com a vida de verdade.

O lado positivo é que estou mais acostumada com a Mattlândia. Agora, consigo me aproximar do prédio horroroso dele sem fazer careta, algo que encaro como um grande progresso.

Porém. Sendo uma pessoa justa e imparcial — e acredito que sou mesmo —, eu diria que, enquanto a minha vida é bem simples e fácil de entender, a dele é um labirinto tortuoso. Toda vez que você acha que está chegando a algum lugar, dá de cara com uma barreira gigantesca, geralmente na forma da empresa da família. *Meu Deus*, que trabalho inconveniente. Como pode uma multinacional de brinquedos presente em mais de cento e quarenta e três países interferir tanto na vida dele?

Certo, talvez não seja exatamente isso que eu quero dizer. Minha dúvida é: por que Matt precisa trabalhar tanto?

Quanto mais eu descubro sobre a Casa da Harriet, mais fico dividida entre admiração por seu tamanho e frustração pela maneira como os pais de Matt administram tudo. Eles parecem ter uma necessidade patológica de ligar para o filho toda noite. Eles precisam debater toda decisão com ele. Eles o obrigam a ler todos os e-mails que recebem. Eles o obrigam a almoçar com pessoas. Eles o obrigam a usar ternos asfixiantes para seguir a "tradição".

Os dois são muito antiquados, isso não é segredo. Passei um tempo analisando o site da Casa da Harriet, e a regra parece ser que toda frase deve conter a palavra "tradição", com exceção das que contêm o termo "legado". Também se fala muito sobre como a família Warwick "nunca abandonará sua dedicação aos fãs da Casa da Harriet pelo mundo todo".

Quer dizer, eu admiro esse nível de dedicação. Admiro a ética de trabalho impressionante de Matt. Admiro a lealdade da família dele. Eu até admiro a nova boneca "Harriet Guerreira do Meio Ambiente". Vi um modelo outro dia. Estou cheia de admiração!

Acho que sinto falta de algum *entusiasmo* vindo de Matt. Sempre que tento falar sobre a Casa da Harriet, ele me dá respostas curtas, práticas. E eu entendo: ele está cansado e passou o dia inteiro falando disso no trabalho. Mas, mesmo assim... Sua linguagem corporal também chama atenção. A situação toda chama atenção. Digamos que sinto que ele tem vibes contraditórias.

Então esse é um dos desafios. Outro é a quantidade de tempo que Matt passa praticando tacadas em sua máquina de golfe. (Muito.) O terceiro é o fato de ele não demonstrar nenhum interesse em se tornar vegetariano, apesar de todo o meu incentivo e ensino. Com frequência, quando pergunto "O que você almoçou hoje?", torcendo para escutar "Tofu — e estava delicioso!", ele responde "Um hambúrguer", como se fosse óbvio.

E também — essa é mais recente — ele anda meio mal-humorado. Mas, quando pergunto qual é o problema, ele não responde. Fica em silêncio. É como se virasse uma pedra.

Por outro lado, eu nunca sou uma pedra. Meu trabalho não atrapalha a minha vida. Nem tenho obras de arte esquisitas nem mantenho meu apartamento em uma temperatura antissocial. (Eu *sei* que ele diminui o termostato quando acha que não vou perceber.)

Não vou fingir que eu sou perfeita nem nada. Tenho certeza de que ele acha a Avalândia difícil às vezes. Tipo... Matt é muito organizado.

Isso está ficando bem claro para mim. Ele é muito organizado, e eu sou bastante bagunceira. Então, houve um atrito *minúsculo* entre nós quando acabei soterrando o celular dele com meus trabalhos de batique, por exemplo. (Comecei a fazer batique. É maravilhoso! Quero fazer almofadas de batique para vender no Etsy.)

Mas, sinceramente, depois de vasculhar meu cérebro de forma meticulosa, não consigo pensar em nada além disso. Não há mais nada de negativo na minha vida. Tenho uma vida maravilhosa! Moro em um apartamento lindo, aconchegante, quentinho. Preparo comida com ingredientes criativos, como harissa e quiabo. E, quando Matt vai lá para casa, nunca fico no telefone falando de trabalho ou praticando golfe. Eu *converso*. Eu *presto atenção*. Certa noite, resolvi preparar um óleo de aromaterapia personalizado para ele. Pedi a ele que cheirasse várias essências diferentes, anotei suas respostas, expliquei para que cada óleo servia, porque ele não fazia ideia. Tinha uma música tocando, velas aromáticas acesas, Harold latindo, tentando acompanhar o som, e foi simplesmente... tranquilo. Foi maravilhoso.

Por outro lado, ontem à noite, Matt ficou no telefone até tarde. Eu ainda não me acostumei com aquela cama idiota dele, dura e barulhenta, então quase não dormi. E ele tinha aula de kickboxing cedo, então saiu daqui às seis e meia da manhã. Gente civilizada não faz essas coisas. Nada na vida deveria exigir que você tenha um compromisso às seis e meia da manhã.

Quando termino meu banho e me visto, outra coisa me incomoda: Genevieve. Não consigo parar de buscar coisas sobre ela no Google, e sei que isso é um erro, mas ela é muito googável. Está sempre fazendo coisas fofas no Instagram ou anunciando algum produto novo da Casa da Harriet no seu canal no YouTube. Além disso, ouvi Matt falando sobre ela com os pais no telefone. Ele dizia, bem enfático: "Pai, você precisa escutar a *Genevieve*. Ela *entende*." E isso me deixou nervosa.

Eu pretendia perguntar para ele sobre isso depois. Meu plano era dizer "O que a Genevieve tanto sabe?" e dar uma risadinha despreocupada. Mas acabei concluindo que eu poderia parecer paranoica. (Mesmo com a risadinha despreocupada.) Então deixei pra lá.

Porém, ontem, encontrei um vídeo antigo de Genevieve e Matt fazendo uma apresentação em uma conferência de brinquedos, três anos atrás. E fiquei um pouquinho incomodada, porque os dois tinham uma química maravilhosa. Eles estavam relaxados e confiantes, terminavam as frases um do outro, e Genevieve ficava dando tapinhas no joelho de Matt. Eles pareciam um daqueles casais superpoderosos invencíveis, trocando olhares ardentes.

Assisti ao vídeo duas vezes, depois desliguei e me dei uma bronca. Lembrei a mim mesma que o namoro deles tinha acabado. Que diferença faz olhares ardentes antigos quando a chama já se apagou?

Mas então pensei naqueles incêndios florestais terríveis que começam porque alguém *achou* que o fogo tinha sido apagado e foi embora sem prestar atenção... *mas não tinha! A chama continuava viva!*

E essa preocupação insistente ainda não me abandonou. Só que não posso compartilhar nada disso com Matt, é claro. Se eu for tocar no assunto, preciso ser sutil.

Talvez eu possa ser sutil agora.

— Matt — digo, quando ele entra no quarto, ainda com roupa de academia. — Quero conversar.

— Certo. Tudo bem. — Ele começa os alongamentos de panturrilha que faz toda manhã. — O que aconteceu?

— Tudo bem — começo. — Então a gente resolveu que não falaria sobre bagagem emocional, e acho que essa foi a decisão certa. Quer dizer, meu Deus, Matt, não tenho vontade *nenhuma* de saber sobre as suas ex-namoradas. *Nenhuma.* — Gesticulo com a mão, só para mostrar que não quero mesmo saber delas. — É a *última* coisa na qual quero pensar, pode acreditar!

— Ok — concorda Matt, parecendo confuso. — Bom, então não vamos falar delas. Resolvido.

— Mas as coisas não são tão simples assim, não é? — continuo, rápido. — Pra gente se conhecer de verdade, como pessoas completas, precisamos de *contexto*.

— Precisamos?

— Acho que sim — digo, certa disso. — Um pouco de contexto romântico. Só pra ter informações. Pra ter uma noção mais geral.

— Aham — diz Matt, sem parecer nada animado.

— Então eu tive uma ideia nova — continuo.

— Claro que teve — murmura Matt, tão baixo que quase não escuto.

— O quê? — pergunto, estreitando os olhos.

— Nada — diz ele na mesma hora. — Nada. No que você pensou?

— A gente faz como no mosteiro. Podemos fazer uma pergunta sobre ex-namorados. Quer dizer, cinco perguntas — me corrijo, rápido. — Cinco.

— *Cinco?* — Ele parece horrorizado.

Quero dizer "Cinco não é nada, eu tenho cinquenta!". Mas, em vez disso, falo:

— Acho um número razoável. Eu começo! — acrescento antes que ele possa protestar. — Primeira pergunta: seu namoro com a Genevieve era muito sério?

Matt parece não saber o que dizer, como se eu tivesse pedido a ele que explicasse a teoria das cordas em três palavras.

— Depende do que você considera "sério" — responde ele, por fim.

— Bem... ela dormia aqui?

— Às vezes.

De repente, lembro que eu já sabia disso e me xingo por desperdiçar uma pergunta.

— Com que frequência?

— Algumas vezes na semana, acho.

— Eu você... — Eu hesito. — Você dizia que a amava?

— Não lembro — responde Matt depois de uma pausa.

— Você não *lembra*? — pergunto, sem acreditar. — Você não *lembra* se dizia que amava sua namorada?

— Não.

— Tá, tudo bem. Ela...

— Suas perguntas acabaram — Matt me corta, e eu o encaro, confusa.

— Como assim?

— Você fez cinco perguntas. Fim de papo.

Furiosa, faço as contas na minha cabeça. Uma... duas... ah, pelo amor de Deus, isso não é *justo*. *Não* foram cinco perguntas de verdade. Mas eu conheço Matt. Ele é muito literal. O jogo precisa ser seguido à risca; caso contrário, ele nunca vai topar fazer isso de novo.

— Tudo bem. — Levanto as mãos. — Sua vez. Pode me perguntar qualquer coisa.

— Certo. — Matt pensa. — Seu namoro com o Russell era muito sério?

— Ai, meu *Deus*. — Solto o ar enquanto penso na pergunta. — Por onde eu começo? Eu o amava? Eu dizia que sim, mas será que eu sabia o que era o amor? Foi um relacionamento esquisito. Ele começou sendo tão legal, tão bom, tão... sei lá, *atencioso*. Ele adorava o Harold... adorava o meu apartamento... me mandava uns e-mails enormes, tão fofos... Por cinco meses, foi fantástico. Mas, aí, no fim...

Eu me interrompo, porque não quero entrar no mérito de que Russell simplesmente desapareceu, sem falar no tempo que eu levei para me dar conta de que ele estava me ignorando de propósito. Eu inventei todas as desculpas possíveis e imagináveis por ele. E *ainda* não entendo como ele foi de "Você é minha alma gêmea, Ava, tudo em você é tão perfeito que me dá até vontade de chorar..." para alguém que fingiu que eu não existia. (Nem quero me lembrar de quando liguei desesperada para a mãe dele, e que ela ficou tão nervosa quando percebeu que era eu que fingiu ser a empregada polonesa.)

— Ahn. — Matt fica um minuto em silêncio, digerindo as informações. — Ele dormia na sua casa?

— Não — digo depois de uma pausa. — Nunca dormiu. Ele queria, mas vivia enrolado com coisas de trabalho, então... quer dizer, esse teria sido o próximo passo.

— Ahn — repete Matt. Em silêncio, ele tira o restante da roupa de academia, e, enquanto o observo, fico cada vez mais curiosa. Ele parece pensativo e concentrado. No que ele está pensando? O que vai me perguntar? Então ele pega uma toalha. — Tudo bem, vou tomar um banho. Que horas a gente precisa sair pro piquenique?

— *O quê?* — Eu o encaro com curiosidade. — E as suas outras três perguntas?

— Ah, é — diz Matt, como se tivesse esquecido. — Deixa pra outra hora.

Ele desaparece no banheiro, e fico olhando, chocada e um pouco ofendida. Ele tinha mais três perguntas! Como ele pode não estar morrendo de curiosidade para saber mais? Eu ainda tenho um zilhão de perguntas sobre Genevieve.

Incomodada, vou para a sala. Não era para ter acontecido nada de errado hoje. Vou levar Matt para conhecer minhas amigas no piquenique de aniversário de Maud, e tudo devia ser maravilhoso, feliz e perfeito.

Quer dizer, tudo *está* maravilhoso, feliz e perfeito, lembro rápido a mim mesma. Eu só queria que Genevieve não me irritasse.

Então vejo que Nihal e Topher estão tomando o café da manhã na cozinha, e tenho uma ideia. Vou rápido até eles, dando uma espiada por cima do ombro, só para garantir.

— Bom dia, Ava — diz Nihal, todo educado, enquanto serve cereal em uma tigela.

— Bom dia. — Abro um sorriso simpaticíssimo para ele. — Bom dia, Topher. Escutem... — Baixo a voz. — Vocês podem me ajudar rapidinho com uma coisa, mas sem contar pro Matt?

— Não — responde Topher com firmeza. — Próxima pergunta.

— Ah, por favor — insisto. — Não é nada de mais. Eu só quero saber um pouco mais sobre... — Baixo ainda mais a voz. — Sobre a Genevieve. Mas a gente combinou de não falar sobre nossos ex--namorados. Tipo, nunca.

— Bom, foi uma ideia péssima — diz Topher, revirando os olhos.

Eu suspiro.

— Talvez seja mesmo, mas é o que estamos fazendo. Então não posso perguntar pro Matt. Só que eu *preciso* saber... — Paro de falar e esfrego o rosto.

— O quê? — pergunta Topher, parecendo meio curioso, e Nihal fica imóvel, a mão na caixa de leite.

Eu me encolho por dentro, porque já me sinto paranoica e ridícula, mas, por outro lado, *preciso* falar sobre esse assunto com alguém.

— O Matt amava a Genevieve de verdade? — sussurro.

Esse tem sido meu medo mais profundo desde que assisti àquele vídeo: que os dois estivessem perdidamente apaixonados de um jeito que não sou capaz de compreender, nem competir com isso. E que ela vai voltar e fazer alguma mágica para ficar com ele de novo.

— Amava? — repete Topher, inexpressivo.

— Amava? — Nihal franze o rosto.

Depois de um momento, ele volta a servir seu leite, e sinto uma pontada de frustração. Já percebi que os dois fugiram da pergunta.

— Então? — pergunto, meio impaciente.

— Quer dizer, *amar* é... — Topher parece confuso. Então seu rosto se anuvia. — Eu diria que é irrelevante. Se você for começar a investigar as ex-namoradas do Matt, acho que você tem que ficar de olho é a Sarah.

— O quê? — Eu pisco para ele. — Quem é Sarah?

— A namorada que o Matt teve depois da Genevieve. Irracional. Costumava aparecer no trabalho dele sem avisar. *Ela* é o seu problema.

— Problema? — repito, me sentindo ofendida. — Eu não tenho problema nenhum!

— Tem, sim. Senão você não estaria aqui na cozinha, interrogando a gente — diz Topher com uma lógica implacável.

— Mas a Sarah não foi morar na Antuérpia? — questiona Nihal. — E começou a namorar outro cara?

— Isso não significa nada — rebate Topher. — Sabia que ela me ligou uma vez me pedindo pra dar uma olhada no celular do Matt e ver se ele estava recebendo as mensagens dela? Psicopata.

— E a Liz? — sugere Nihal. — Lembra dela?

— Só durou umas duas semanas. — Topher dá de ombros. — Foram umas duas semanas bem intensas... — Do nada ele dá uma risada, lembrando.

Liz? Quantas porcarias de namoradas o Matt já teve?

— Eu não preciso saber de todas as ex do Matt! — digo, tentando soar mais despreocupada do que me sinto. — Eu só queria saber se a Genevieve é...

— Uma ameaça pra você? — arrisca Nihal.

— É.

— Tudo é possível. — Nihal faz cara de quem sente muito. — Eu não acharia certo dizer que é cem por cento impossível.

— Nihal, você é um idiota — diz Topher com desprezo. — A Genevieve não é uma ameaça pra Ava.

— Ela é mais uma ameaça pra Ava do que a Sarah — diz Nihal daquele seu jeito tranquilo, obstinado.

Certo, seria bom parar de ouvir a expressão *ameaça pra Ava*.

— A Genevieve continua em cena — insiste Nihal, contando nos dedos. — E todo mundo ama essa garota. A Casa da Harriet tem um monte de fãs maníacas — acrescenta ele para mim. — É um negócio meio doido.

— É, isso é verdade — concorda Topher, virando-se para mim. — Tem um monte de fãs malucas da Casa da Harriet que praticamente linchariam você por rasgar a cara da Genevieve naquele livro.

— Sério? — pergunto, nervosa.

De repente, imagino uma multidão furiosa de fãs da Casa da Harriet correndo na minha direção com forcados na mão.

— E os pais do Matt idolatram a Genevieve — acrescenta Topher. — Mas você já sabe disso.

— É mesmo — concorda Nihal, sério. — Você devia tentar impressionar os pais do Matt, Ava. Matt valoriza muito a opinião deles.

— Rasgar aquele livro foi... você sabe. — Topher solta uma risada pelo nariz. — Um azar.

Estou completamente exausta desta conversa.

— Quer saber, vocês não estão fazendo com que eu me sinta melhor! — digo com a voz um pouco aguda, e os dois parecem meio confusos.

— Ah. Desculpa — diz Topher, lançando para Nihal um olhar que diz "ih". — Acho que entendemos errado. Você procurou a gente pra se sentir melhor?

— A gente não sabia disso — diz Nihal, todo educado. Achamos que você queria informações.

Desisto. Por que Matt não podia dividir a casa com mulheres?

— Enfim, obrigada de qualquer forma. E, por favor, não contem pro Matt que eu perguntei sobre as ex-namoradas dele — acrescento, lançando um olhar cauteloso para a porta. — Nós estamos tentando ter um namoro sem bagagem emocional.

— Que bobagem — diz Topher na mesma hora. — Isso não existe.

— Só com uma mala de mão então — explico, e Topher solta uma gargalhada zombeteira.

— Impossível. Não dá pra ter nenhum relacionamento só com mala de mão depois dos 30. No mínimo, a gente tem namoros com seis malas pesadas extras e multas por excesso de bagagem.

— Bom, essa é a sua opinião — digo, me sentindo irritada.

— É a opinião de todo mundo — insiste ele. — Nihal, você comeu o cereal todo? Porque, se comeu, vai ganhar dez pontos na tabela, seu babaca.

Meu Deus, ele é cansativo. Ele não para nunca. Como Matt consegue viver com esse cara?

Quando volto para o quarto, as palavras de Topher sobre eu ter rasgado o livro continuam na minha cabeça. Dou uma olhada rápida para a estante e faço uma careta ao ver o livro danificado da Casa da Harriet. Não dá para ver o rasgo, mas sei que ele está lá, e ainda consigo escutar o grito angustiado de Elsa.

Como eu vou recompensar meu começo péssimo com os pais de Matt? Sempre que toco no assunto, Matt diz, vago: "Ah, não tem problema, eles já devem ter esquecido." Mas acho que Topher tem razão. Elsa não parece ser uma mulher que se esquece das coisas. Agora mesmo, ela deve estar enfiando agulhas em uma boneca com a minha cara.

Decido me acalmar assistindo a um tutorial no YouTube de maquiagem que ensina a usar sombra nos olhos. Depois que termino o vídeo, tento três vezes (sem sucesso) fazer o que aprendi e arrumar o cabelo. Já está quase na hora do piquenique, e me sinto mais animada. Quando olho pela janela, vejo o sol brilhando e me empolgo ainda mais.

Vou parar de pensar na bagagem emocional. Vou parar de pensar em Genevieve, ou em Sarah, ou naquela outra que não sei o nome. Vou me concentrar no *momento presente*. Em *nós*.

— Cadê o Matt, Harold? — pergunto, e Harold sai de baixo da cama com o que parece ser um enroladinho de salsicha na boca. Merda. Onde ele arrumou isso?

Na verdade, não quero saber.

— Come logo isso! — oriento, baixinho. — Se livra da prova do crime! Matt, você está pronto? — chamo, com uma voz mais alta.

Pego a bolsa e sigo para a sala e lá encontro Matt focado na tela em cima da mesa de trabalho de Topher.

— Quarenta e dois por cento — diz Matt. — Porra. Inacreditável.

— Não falei? — rebate Topher com calma, tomando um gole de Coca. — Eu sempre falei isso.

— Nihal, quarenta e dois por cento! — grita Matt para o outro lado da sala.

— Nossa — diz Nihal, educadamente tirando o foco do robô de lanches no qual está mexendo para olhar para eles. — O quê?

— A nova pesquisa sobre as intenções de voto — responde Matt, ainda encarando a tela por cima do ombro de Topher.

Matt adora conversar sobre o trabalho de Topher. Na verdade, é uma cena bem comum na Mattlândia: Matt e Topher parados diante das telas, falando sobre porcentagens com tanta empolgação que parece que estão debatendo sobre as Kardashians, enquanto Nihal fica em silêncio mexendo em seu robô. Descobri que foi Nihal quem comprou e customizou os robôs de lanche; porém, agora, ele está mais ambicioso e quer construir um do zero.

— Como está indo? — pergunto, educada, quando meu olhar encontra o de Nihal.

— Ah, muito bem — responde ele, se animando com o meu interesse. — Ele vai ter um braço móvel. Rotação total.

— Que ótimo! — digo, em um tom encorajador. — O que ele vai fazer?

— O que você *quer* que ele faça? — responde Nihal, empolgado. — Se você fosse comprar um robô, Ava, por quais recursos se interessaria?

Não posso falar a verdade — que eu jamais compraria um robô —, então prefiro ser vaga e digo:

— Não sei! Mas vou pensar no assunto.

Acho essa história de ter robôs meio esquisita, na verdade. É quase como ter um bicho de estimação. Mas, se você quer um bicho de estimação, pode ter um cachorro. Um *cachorro*.

— Eles não vão conseguir manter essa vantagem — diz Matt, agora encarando um gráfico específico. — Qual foi o resultado das outras pesquisas?

— Outras pesquisas? — Topher soa extremamente ofendido. — Vai se foder. Outras pesquisas? A nossa pesquisa é a única que conta. — Ele consulta o celular. — Viu? O *Times* já publicou.

A empresa de Topher sempre é citada nos jornais. Na verdade, descobri que ele é bem influente. A equipe dele é enorme, e sua opinião é levada a sério por pessoas muito importantes. Apesar de ser impossível imaginar uma coisa dessas, olhando para ele em sua camisa esfarrapada.

— Você já pensou em entrar pra política, Topher? — questiono, porque fiquei me perguntando isso outro dia. — Você parece tão interessado nessas coisas.

Imediatamente, Matt começa a rir, e escuto Nihal abafar uma risadinha também.

— Topher se candidatou ao parlamento na última eleição — explica Matt. — Como um candidato sem partido. — Ele abre uma foto no celular e ri de novo. — Aqui está.

Matt me entrega o celular, e me deparo com um cartaz de campanha eleitoral. Ele consiste em uma imagem de Topher (em um péssimo ângulo) com um olhar irritado, como se estivesse com raiva de todo mundo. Seu slogan aparece embaixo: *Por uma Grã-Bretanha melhor, mais tesuda*.

Não consigo não rir.

— *Por uma Grã-Bretanha melhor, mais tesuda?* — Eu me viro para Topher. — Esse foi o slogan da sua campanha?

— Quem não quer que a vida seja melhor e mais tesuda? — rebate Topher, na defensiva. — Me aponta uma pessoa.

— Quantos votos você teve? — pergunto, então Topher faz cara feia e não responde. Ele se vira de costas e começa a digitar furiosamente.

— Shh! Não pergunta dos votos — diz Matt em um sussurro fingido, passando um dedo pelo pescoço e fazendo uma careta engraçada para mim.

— Desculpa! Bom, hum... quais eram as suas propostas?

— Elas eram muito variadas e complexas — responde Topher sem parar de digitar. — Eu me inspirei em ideologias políticas de todos os tipos.

— Algumas eram bem confusas — diz Matt, piscando para mim.

— Elas exigiam uma mente aberta — rebate Topher, sério. — O eleitorado não estava pronto.

— Bom, boa sorte da próxima vez — digo em um tom diplomático.

— Eleitorado burro. Matt, a gente precisa ir. Harold, vamos!

Matt pega seu casaco e dá tchau para Topher e Nihal — e estamos saindo quando Nihal grita de repente:

— Ei, pessoal! O contador!

Como se reagisse a algum comando militar de emergência, Matt gira na mesma hora e volta para a mesa de Topher.

— Está carregando — diz Topher, nervoso. — Anda, seu desgraçado... *pronto*.

A sala cai em silêncio, e Matt encara a tela, enquanto Nihal olha para o celular, hipnotizado. Eu me recuso. Nunca vi algo tão idiota. Os três estão obcecados pelo número de usuários de internet no mundo. Existe um contador on-line ao vivo a que você pode assistir. De vez em quando, ele alcança algum número importante, e os três param tudo para observar os números mudando.

Eu estava aqui quando o contador alcançou 4.684 milhões, e recebi uma explicação sobre o que estava acontecendo. Fiquei olhando, completamente perplexa, enquanto testemunhávamos o contador sair de 4.683.999.999 para 4.684.000.000. Os três comemoraram batendo nas mãos uns dos outros. Nihal deu até um grito de alegria.

E, agora, eles estão assistindo com a mesma empolgação. O número de usuários de internet no mundo. Quer dizer, por quê? Que coisa esquisita. Que *aleatório*.

— Isso! — explode Topher quando o número se arredonda em uma fileira de zeros. Ele bate na mão de Matt, depois na de Nihal, que já está postando uma imagem da sua tela no Instagram.

— Eba! — digo, educada. — Muito legal. Certo, podemos ir agora?

— Claro — diz Matt. Então ele parece olhar para mim pela primeira vez. — Nossa, Ava, você está linda!

— Obrigada — digo, ganhando vida enquanto seus olhos passam por mim. — Você também.

Diferentemente de qualquer outro homem com quem já saí, Matt me olha de um jeito que me mostra que ele está me vendo de *verdade* — e não apenas fazendo tudo no automático. Ele se concentra. Ele transmite pequenas mensagens com os olhos, e eu lhe dou as respostas. É como uma deliciosa conversa, em silêncio.

E, quando me perco em seu olhar carinhoso, inabalável, me sinto ridícula. Todas as minhas preocupações sobre Genevieve desaparecem. Essas inseguranças estão na minha *cabeça*, lembro a mim mesma, enquanto esse homem está *aqui*. Comigo. E é isso o que importa.

TREZE

Nós combinamos de nos encontrar para o piquenique no parque mais perto da casa de Maud, e, quando estamos quase chegando, aproveito para orientar Matt em relação às minhas amigas.

— Você vai se acostumar com a Maud — digo, de um jeito encorajador. — Só não se esquece de *não* dizer sim pra ela.

— Não dizer sim? — Matt olha para mim com a testa franzida, confuso. — O que isso quer dizer?

— Ela vai pedir favores — explico. — De um jeito muito fofo. E você vai querer dizer sim pra tudo, mas precisa dizer *não*. Entendeu? Diga *não*. Caso contrário, ela vai explorar você.

— Sei. — Matt parece um pouco assustado com a ideia de conhecer Maud, então trato de seguir em frente.

— A Nell é um pouco... ela é uma figura. Tem opiniões fortes. E a Sarika é muito perfeccionista. Mas eu amo todas elas, e você tem que amá-las também. Elas fazem parte do pacote.

— Ah, não se preocupa, isso está mais do que óbvio — diz Matt com uma expressão irônica, e eu o encaro, confusa.

— Como assim?

— Bom, você passa dia e noite no WhatsApp com as suas amigas, Ava. — Ele levanta as sobrancelhas. — Seria impossível ignorar que elas fazem parte do pacote.

Nós seguimos em silêncio enquanto assimilo o comentário dele. Achei um pouco exagerado. Dia e noite? Sério?

— Você acha *ruim* eu conversar com as minhas amigas pelo WhatsApp? — pergunto, por fim.

Não quero brigar. Mas, por outro lado, precisamos colocar essa questão em pratos limpos, de preferência antes de chegarmos ao piquenique. Porque minhas amigas são minhas amigas, e, se você me ama, você ama todas elas também.

— É claro que não — diz Matt, e um silêncio levemente incômodo se segue. — Mas... — acrescenta ele, e puxo o ar com força.

Eu *sabia* que haveria um "mas", eu *sabia*.

— O quê? — pergunto, irritada, pronta para começar um discurso de seis páginas sobre minhas amigas e nossa conexão, nossa rede de apoio e que eu achei que ele *valorizava* amizades. É como se minhas amigas fossem meus filhotes, e eu fosse uma tigresa pronta para soltar um rugido estrondoso caso ele sequer cogite...

— Talvez não durante o sexo... — diz Matt, e eu o encaro, surpresa.

Durante o sexo? Do que ele está falando? Eu não converso no WhatsApp enquanto faço sexo!

— Eu não faço isso — rebato.

— Faz, sim.

— Eu *jamais* mandaria mensagens enquanto estou transando! Não sou esse tipo de pessoa!

— Na última vez que a gente transou — diz Matt, calmo —, você parou pra mandar uma mensagem.

O quê? Vasculho meu cérebro, tentando lembrar — então, de repente, minhas bochechas ficam vermelhas. *Merda.* Eu fiz isso mesmo. Mas foi rapidinho. Eu precisava desejar boa sorte para Sarika com sua avaliação no trabalho. Achei que ele nem perceberia.

— Certo — digo depois de uma pausa demorada. — Eu me esqueci disso. Desculpa.

— Não tem problema. — Matt dá de ombros. — É só que... acho que algumas coisas precisam ter limite.

Ele está de brincadeira, não?

— Pois é — rebato, sem conseguir me controlar. — É por isso que você liga pros outros pra falar de trabalho às onze da noite. Porque você é cheio dos limites.

Matt parece ter tomado um choque, e sua testa se enruga. Nós continuamos andando em silêncio enquanto respiro fundo e acalmo meus pensamentos.

— Ok — diz Matt, por fim. — Você me pegou. Vou tentar me controlar mais em relação ao trabalho.

— Bom, eu vou desligar meu celular quando a gente for transar — digo, como se isso fosse uma enorme concessão.

Então, quando me escuto, percebo o quanto aquilo parece ridículo. De repente, me visualizo rolando o feed do Twitter no meio do sexo, o que seria horrível. (Especialmente porque tenho um livro chamado *Mindfulness no sexo*, que preciso ler.)

— Vou desligar o celular — repito —, *a menos* que esteja rolando uma fofoca boa com algum famoso. É óbvio. — Dou um sorrisinho para Matt, para mostrar que estou brincando. — Aí, desculpa, mas vou ter que fazer duas coisas ao mesmo tempo. Eu ainda teria uma mão livre...

Matt me encara com um ar de dúvida, como se quisesse ter certeza de que estou brincando — então a expressão dele se suaviza, e ele ri.

— Justo — diz ele. — Então você não vai se importar se eu der uma olhada no placar das partidas de críquete, não é?

— Claro que não.

— Nem se eu assistir a *O poderoso chefão parte II*?

Agora é a minha vez de rir. Aperto a mão de Matt, e ele aperta a minha também; então, de repente, sinto uma onda de alívio, porque olhe só! Nós estamos resolvendo nossas diferenças com empatia e bom humor. No fim das contas, está tudo bem.

— Ava, eu não quero brigar — diz Matt, como se lesse meus pensamentos. — E quero me dar bem com as suas amigas. Sei que elas são importantes pra você.

— São mesmo. — Concordo com a cabeça. — Nós já passamos por muita coisa juntas, nesses anos todos. Sarika tem problemas com a mãe, e Nell... — Eu paro de repente. — Aconteceram... coisas.

Não ouso revelar mais nenhum detalhe por enquanto. Eu amo Nell de paixão, mas ela me dá medo quando fica irritada, mesmo depois desses anos todos de amizade. E ela me dá mais medo ainda quando acha que alguém está invadindo sua privacidade. Ou quando se sente vulnerável. Nem sempre ela é a pessoa mais estável do mundo. (E eu *não* a culpo por isso, mas essa é a verdade.)

Enfim, é melhor não arriscar. Nell vai contar para Matt o que ela quiser contar, no tempo dela.

Estamos quase chegando ao parque, então me dou conta de que quero me certificar de que está tudo bem mesmo entre mim e Matt antes de nos encontrarmos com as meninas. Sinto que preciso provar alguma coisa. Eu quero — não, eu *preciso* que a gente chegue como um casal feliz. Um casal tranquilo. Um casal feliz, tranquilo, completamente compatível.

— Matt — digo, na mesma hora. — Não tem mais nada incomodando você, tem? Sobre nós. Tipo, probleminhas que a gente precisa esclarecer e tal?

Silêncio. Então Matt responde:

— Não, claro que não. — Não consigo ver o rosto dele, porque estamos atravessando a rua, e ele está atento aos carros, mas sua voz parece sincera. Eu acho. — E você? — pergunta ele, o rosto ainda virado para o outro lado. — Algum problema que queira... hum... discutir?

Ele não parece tão empolgado assim com a ideia. E, apesar de *seu quarto congelante* surgir na minha cabeça, não vou tocar nesse assunto agora.

— Não! — exclamo, animada. — Quer dizer... Sabe como é. Coisinhas bobas. Nada que valha... Não. Nada. — Passo um braço em torno dele. — Sério, nada.

O parque está cheio de pessoas fazendo piqueniques e famílias jogando frisbee. Demoro um pouco para encontrar minhas amigas, mas, de repente, tenho um vislumbre do cabelo cor-de-rosa de Nell e exclamo:

— A Sarika e a Nell estão ali!

As duas estão longe demais para me ouvir, mas, parecendo ter poderes psíquicos, elas se viram na nossa direção e acenam na mesmo hora e ficam encarando Matt descaradamente.

— Por que eu sinto que estou sendo julgado? — pergunta Matt com uma risada nervosa.

— Você não está sendo julgado! — digo em um tom tranquilizador. (A verdade é que ele meio que está, sim.)

— Você vai ficar do meu lado, não vai, Harold? — pergunta Matt, e eu acho graça.

— Não precisa se preocupar! De qualquer forma, você já conheceu as minhas amigas, e todo mundo te *adora*.

O celular de Matt vibra, e, ao ver o nome na tela, o rosto dele vira uma pedra por um segundo, o que significa que é alguma coisa de trabalho. Tenho vontade de dizer "Não atende", mas não vou fazer isso, porque já brigamos por isso antes.

— Desculpa — diz ele. — Desculpa. É o meu pai. *Preciso* atender. É sobre... Desculpa. Vai ser rápido.

— Não precisa se preocupar — digo, generosa, porque, na verdade, não seria nada ruim ter um momento a sós com Sarika e Nell.

Enquanto Matt se afasta, falando no celular, atravesso rápido o gramado até elas, sentindo uma onda de euforia. Meu namorado novo maravilhoso e minhas melhores amigas, todos juntos sob o sol. O que poderia ser melhor do que isso?

— Oi! — Esmago Sarika em um abraço apertado, depois Nell.

— Aonde ele foi? — questiona Nell na mesma hora. — Fugiu?

— Telefone. Como você está? — Automaticamente, estudo seu rosto em busca de sinais de dor ou cansaço, mas ela sorri para mim, tranquila.

— Ótima! Cem por cento. — Ela hesita, depois continua: — Acabei de falar pra Sarika que faz três meses que... Bom, desde a última vez que tive sintomas. Três *meses*, Ava. Então... quem sabe? Talvez eu acabe dando minha vaga de deficiente para aquele babaca do Sweetman.

A esperança está estampada em seu rosto — e isso a faz parecer tão vulnerável que sinto até um aperto no peito. Nell não costuma ter esperança. Não desde que ficou doente. Ela descreve sua filosofia de vida como "pessimismo controlado". Se ela começou a pensar assim, deve estar torcendo muito para ter melhorado de vez.

— Nell, que maravilha! — Levanto a mão e bato na dela.

— Eu sei. É legal mesmo. Enfim, chega de falar de mim e da minha saúde chata — acrescenta ela, rápido. — Pergunta pra essa daqui sobre a vida amorosa dela. — Nell cutuca Sarika, que joga o cabelo para trás, parecendo muito satisfeita consigo mesma.

— Enxuguei minha lista pra três caras — conta ela. — Todos muito promissores. Dois trabalham com TI, um é contador, os três estão na faixa salarial certa.

— Três caras com potencial! — exclamo, animada. — Que ótimo! E eles moram a menos de dez minutos do metrô? — pergunto, trocando um olhar com Nell.

— É claro — responde Sarika, parecendo surpresa, e mordo o lábio.

— Que bom! Então você vai conhecer os três?

— Vou acrescentar mais uns filtros antes. Maximizar o processo. Ver quem ganha a corrida. Talvez um deles se destaque de verdade.

— Tipo *Jogos vorazes* — digo, e ela olha para mim com os olhos semicerrados, sem saber se estou brincando ou não.

Para ser bem sincera, eu também não sei se estou brincando. De repente, visualizo esses três pobres coitados, parados em cima de pedestais, esperando a próxima bomba vinda de Sarika, e fico com vontade de rir.

Mas eu não devo rir. É só o jeito de Sarika. Combina com ela.

— Que bom — digo, animada. — Você vai encontrar o cara perfeito, tenho certeza.

— Falando nisso... — Sarika levanta as sobrancelhas de um jeito sarcástico. — Como vai o *seu* cara perfeito?

— Perfeito — respondo com um sorriso feliz. — Quer dizer... mais ou menos.

— Lá vem ele — observa Nell, enquanto Matt vem andando na nossa direção pelo gramado.

Ele guardou o celular, e sua expressão está feliz e animada. Sinto uma onda de orgulho, porque, bom, olhe só para *ele*. Ele poderia morar a dez horas de distância do metrô que ainda assim seria o cara certo para mim.

— Oi — diz ele para Nell e Sarika. — Que bom ver vocês de novo.

Ele aperta a mão de Sarika, depois Nell o puxa para um abraço, e então, sem querer ficar para trás, Sarika lhe dá um beijo.

— Vocês sabiam que são uma inspiração pra todos nós? — pergunta ela, se dirigindo a nós dois. — Vocês se conhecem numa viagem, sem saber nada um sobre o outro, dois completos desconhecidos... E aí estão vocês! O casal perfeito!

— Pois é! — digo, lançando um olhar carinhoso para Matt. — Maravilhoso, né?

— Algumas pessoas investem horas e dinheiro tentando encontrar alguém de um jeito lógico, científico — continua Sarika. — Mas vocês dois se encontraram por acaso. É um milagre do romance!

Ela observa Matt com atenção, esperando uma reação dele... e, de repente, minha ficha cai. Sarika é uma pessoa ótima, generosa — mas, mesmo assim, ela está *louca* para encontrar um problema. Porque nossa história de amor refuta todas as teorias dela sobre como conhecer pessoas, e Sarika está acostumada a ser a mais esperta de nós.

— É, foi um milagre *mesmo* — concordo, puxando Matt mais para perto e passando um braço ao redor de sua cintura. — A Sarika gosta de conhecer caras pela internet — explico a ele. — Ela acredita no poder dos algoritmos. Mas eu, não. Quer dizer, pra ser sincera, você teria se interessado por mim se tivesse visto meu perfil em um site? — Ao dizer essas palavras, me dou conta de que não quero que Matt responda a essa pergunta. — Enfim! — acrescento rápido, no momento em que ele respira fundo. — Talvez sim, talvez não, mas isso não importa! Porque agora nós estamos aqui. E o que nos uniu não foi um *computador*. — Eu me permito abrir um sorriso minúsculo, afrontoso. — Não quero ser guiada por um código escrito por um desconhecido qualquer. Sou guiada pelo meu próprio código interno, meu código natural. Meu *instinto*. — Bato no peito. — Meu instinto dizia que nós seríamos compatíveis, e ele estava certo!

— Então... nenhuma mosca na sopa? — Sarika parece estar brincando, mas sei que ela realmente quer saber. — Nenhuma nuvem no céu?

— Nenhuma — respondo, tentando não parecer presunçosa. — O céu está sempre azul.

— Fantástico — diz ela, sem parecer estar convencida. — Você concorda, Matt?

— Cem por cento — responde Matt na mesma hora, e sinto uma onda de amor por ele. — Eu e a Ava temos muito em comum. Nós dois adoramos... — Ele faz uma pausa, como se pensasse no que dizer. — Nós dois amamos... — Ele para de novo, parecendo empacado.

Sinto uma pontada de irritação. Como ele não consegue pensar em uma coisa que nós dois gostamos? Há tantas! Sexo... e...

— Tai chi! — lembro, de repente. — Nós fazemos tai chi juntos todo dia.

— Sim. — A testa de Matt fica relaxada. — Tai chi. Foi ideia da Ava — acrescenta ele. — Ela tem ótimas ideias. Vive fazendo planos.

— Você também tem ótimas ideias — digo imediatamente, mas ele balança a cabeça.

— Não sou tão criativo quanto você. Eu tive sorte de conhecer a Ava — conclui ele, decidido. — Foi o melhor dia da minha vida.

Diante dessa frase, o rosto de Sarika se derrete em um sorriso sentimental. (Por mais que ela bote banca, no fundo, é um pouco romântica.)

— Que lindo. E como foi que você machucou a cabeça? — pergunta ela, olhando para o curativo na testa de Matt.

— Ah. — Matt abre um sorriso pesaroso e leva a mão até a testa. — Uma pilha de coisas caiu em cima de mim no apartamento da Ava. Aquele lugar está abarrotado de porcarias. Esbarrei numa cômoda, e um monte de palhetas de tinta e pincéis desabou em cima de mim.

— Foi só um cortezinho — digo, na defensiva, e Matt concorda com a cabeça.

— Pelo menos não fui parar na emergência dessa vez — diz ele, e Sarika e Nell arregalam os olhos.

— Na *emergência*? — repete Nell.

— Ah, eu não contei? — digo, evasiva. — Matt sofreu um acidentezinho de nada na primeira vez que foi lá em casa.

— Eu me sentei na "cadeira resgatada" da Ava, e ela desabou — explica Matt, e Nell solta uma gargalhada antes de tapar a boca com a mão.

— Desculpa — diz ela. — Matt, quer beber alguma coisa? Então, a pergunta mais importante — acrescenta ela enquanto serve uma taça de cava para ele. — Você se dá bem com o Harold?

Há uma longa pausa. Dá para perceber que Sarika e Nell estão ansiosas pela resposta de Matt.

— O Harold é uma figura — diz ele. — Uma figuraça.

— Você tem cachorro? — pergunta Sarika.

— Não, mas a minha família tem. — Ele faz outra pausa. — Mas, sabe como é, eles são bem adestrados, então é um pouco diferente.

Vejo os olhos de Nell e Sarika se arregalando.

— O Harold é adestrado! — digo, na defensiva. — Ele senta, ele fica... às vezes...

— O Harold é *adestrado*? — repete Matt e dá uma risada. — Você está de brincadeira? Eu quis dizer adestrado de verdade. Se você visse os cachorros da minha família, entenderia.

— O que eles fazem? Pulam obstáculos? — questiona Nell com ar suspeito, e quero abraçá-la por ficar do meu lado.

— Eles sabem ser companheiros civilizados para os donos — responde Matt em um tom tranquilo, e sinto uma leve irritação, porque ele *sabe* que não gosto da palavra "dono".

— Acho que é uma questão de comunicação, não de adestramento — digo, tentando parecer despreocupada. — E não sou dona do Harold, sou *amiga* dele.

Estico a mão para fazer carinho na cabeça de Harold, mas fico um pouco incomodada quando vejo que ele foi para perto de Matt.

— Adestramento seria bom pra ele — opina Matt, como se eu não tivesse falado nada. — Mas ele é ótimo, o Harold. Não é, garoto? — pergunta ele para Harold em um tom carinhoso. — Não acredito que deixei você dormir na cama. Lugar de cachorro *não* é na cama. — Ele olha para Sarika e Nell. — Enfim, sim. Eu e o Harold fizemos amizade. Principalmente porque nós dois somos os carnívoros da casa — acrescenta ele, animado, e Sarika fica boquiaberta.

— Você é *carnívoro*? — Ela se vira para mim. — Ava, você disse pra gente que tinha encontrado um carpinteiro artístico vegetariano!

— Chamado Jean-Luc — acrescenta Nell com um sorriso maldoso.

— Essa história de Jean-Luc foi um mal-entendido — digo, incomodada. — Qualquer um pode entender errado.

— E sou um capitalista carnívoro — diz Matt, confiante. — Foi mal — acrescenta ele, sem parecer nada arrependido.

— Mas você está *tentando* se tornar vegetariano — digo, ainda me esforçando para soar despreocupada. — Está cogitando a ideia, pelo menos.

— Nada disso. — Matt balança a cabeça, e sinto uma onda de indignação que tento dominar.

Como ele pode ter a cabeça tão fechada? Ele não prestou atenção em *nada* do que eu falei sobre o planeta?

De repente, percebo que Nell e Sarika estão me encarando, e abro meu sorriso apaixonado e eufórico.

— Enfim — digo, rápido —, não é nada de mais.

— Não é nada de mais? — Nell me encara, chocada. — Carne não é *nada de mais* pra você?

— Não — respondo, na defensiva. — Não é. Nós estamos *apaixonados*. — Agarro Matt de novo. — Os detalhes são apenas detalhes.

— Sei — diz Nell, parecendo cética. — Bom, um brinde a isso.

Nós brindamos, então eu digo:

— A Maud já deve estar chegando. Vou arrumar meus miniwraps de legumes.

— Quer ajuda? — pergunta Matt na mesma hora, e lanço um olhar triunfante para minhas amigas, sem conseguir me controlar, como se dissesse "Viram como ele é prestativo?".

— Não precisa — respondo com carinho. — Pode ficar conversando com elas. Vai ser rapidinho.

Abro minha toalha de piquenique ao lado da de Nell, pego meus potinhos de plástico e começo a montar meus pequenos wraps com tiras de legumes e molho de pimenta. Escuto Matt e as meninas conversando, mas estou tão concentrada que mal presto atenção no que estão falando até Sarika exclamar *"Golfe?"* em um tom tão agudo e incrédulo que metade do parque deve ter escutado.

Ah, merda. Como eles chegaram a esse assunto? Agora ela vai falar que não acredita que estou saindo com um cara que gosta de golfe e vai criar caso com *isso*. Eu devia ter avisado ao Matt que não falasse de golfe. Devia ter dito, como quem não quer nada "A propósito, é melhor a gente nunca comentar com ninguém que você joga golfe".

Então caio em mim. Não. Não seja ridícula. Não quero mentir para as minhas amigas. É óbvio que não. Mas é bem irritante que elas sejam tão periciais e saibam tanto sobre mim.

Quando termino os wraps e me levanto, balançando as pernas, a voz de Nell atravessa o ar.

— Não, a Ava não falou de nenhuma escultura.

— Ela contou sobre o seu apartamento — acrescenta Sarika. — Parece bem legal. Mas não falou das esculturas.

— Sério? — diz Matt, parecendo chocado. — Bom, sou colecionador. De um artista específico. Ele é genial. Tenho peças dele em todo canto.

— Que artista? — pergunta Nell.

E Matt responde:

— Arlo Halsan.

Na mesma hora, Nell e Sarika pegam os celulares. Eu sei que elas vão procurar Arlo Halsan no Google, e sinto uma onda súbita de pavor. Por que eles começaram a falar de arte?

— Ava! — exclama Nell em um tom crítico quando vê que me levantei. — Você não contou pra gente que o Matt tem uma coleção de arte! Elas são maravilhosas?

— Ah! Sim! — Eu me obrigo a parecer entusiasmada enquanto me aproximo. — São incríveis.

— Qual é a sua favorita, Ava? — Matt se vira para mim, animado. — Nunca perguntei isso.

Eu o encaro, petrificada.

— É... difícil escolher uma — respondo, por fim. — São todas tão...

— Ai, meu *Deus* — diz Sarika, piscando em choque quando seu celular mostra várias imagens do lobo sem pelos e esculturas perturbadoras de rostos sem olhos. — *Nossa*. — Ela olha para mim com a boca contorcida, e eu a encaro em desespero. — São incríveis mesmo.

— Jesus! — Nell afasta o celular quando as mesmas imagens surgem no aparelho dela. — São muito... — Ela procura uma palavra. — Diferentes.

— Procurem "Corvo 3" — sugere Matt, animado. — Tenho essa no meu hall de entrada. Comprei em um leilão. Foi bem cara, mas... vocês vão ver.

Nós ficamos em silêncio enquanto Sarika e Nell procuram a peça, então Sarika solta um barulho abafado, explosivo, que ela na mesma hora transforma em tosse. Nell encara a tela, parecendo ter perdido a fala, depois ergue o olhar e diz, sendo bem sincera:

— Não sei nem o que dizer.

— Não é? — fala Matt, os olhos brilhando de entusiasmo.

— São *dentes humanos* ali no bico? — Sarika encara a imagem, parecendo assustada.

— O que *você* acha do corvo, Ava? — pergunta Nell de um jeito animado, e eu a xingo mentalmente.

— Bom. — Esfrego o nariz, tentando ganhar tempo. — Eu adoro arte. Então pronto.

Sarika solta outra risada engasgada, e Nell morde o lábio. Então ela parece ter uma ideia repentina.

— Ah, Matt, eu ia trazer umas batatinhas pras crianças, mas acabei esquecendo. Será que você pode ir comprar? Tem um quiosque logo na entrada.

— Claro — concorda Matt, prestativo, recusando a nota de cinco que ela lhe oferece. — Já volto.

Ele se afasta, e as meninas ficam observando-o por um momento até que se viram para mim.

— Golfe? — questiona Sarika em um sussurro histérico. — *Golfe?* O Matt sabe o que você pensa sobre golfe, Ava?

— É óbvio que ele não faz ideia do seu gosto pra arte — diz Nell, soltando uma gargalhada. — Ou você vai me dizer que gosta desses troços esquisitos?

— Parem — digo, irritada. — Isso não importa.

— Você não acha que devia ser um pouco mais sincera com ele? — De repente, Sarika parece séria. Eu sei que ela tem a melhor das intenções, mas não estou no clima de ouvir um sermão sobre relacionamentos.

— Não! — respondo. — Quer dizer, eu sou!

Sem conseguir me controlar, solto um bocejo enorme, e Nell me encara.

— Ava, meu bem, você parece um pouco acabada, sem querer ofender. Você está ficando doente?

— Não. — Eu hesito. — É só que...

— O quê? — pergunta Nell.

— Não consigo dormir no apartamento do Matt — admito. — O quarto dele é congelante. E a cama parece uma tábua.

— Você falou com ele que a cama dele parece uma tábua? — questiona Nell.

— Falei, mas ele diz que acha muito confortável e não entende por que estou reclamando. — Olhando para minhas amigas agora, sinto minha fachada desmoronar um pouco. — Olha, eu e o Matt *combinamos*. De verdade. Mas a gente ainda precisa ajustar algumas coisinhas.

— Ah, Ava. — Sarika passa os braços ao meu redor, rindo. — Você é uma fofa. Tenho certeza de que vocês vão dar um jeito, mas não se ficarem vivendo em negação.

— Não é tão ruim assim a coleção de arte dele ser a pior coisa do mundo. — Nell dá de ombros.

As duas estão sendo tão legais comigo e me dando tanto apoio que, de repente, sinto necessidade de contar tudo.

— Isso não é a pior coisa — confesso. — A pior coisa é que conheci os pais dele, e os dois me odeiam.

(Não consigo admitir que a pior coisa é que fico procurando a ex-namorada dele no Google. Isso não me faz parecer legal.)

— Como eles podem ter odiado você assim tão rápido? — Sarika parece chocada, então conto a ela e Nell tudo sobre o livro e que acabei rasgando o rosto de Genevieve, e as duas caem na gargalhada.

— Que bom que vocês acharam engraçado — digo, desanimada.

— Foi mal — diz Sarika, se recompondo. — É que, sinceramente, Ava, você se mete em cada situação.

— E essa ex-namorada? — pergunta Nell, estreitando os olhos. — Ela é um problema?

— Não sei. São duas ex-namoradas, na verdade. Ou talvez três. Mas é a Genevieve que trabalha pra empresa da família. E os pais dele são apaixonados por ela.

— Bom, os pais dele que se danem — diz Nell, determinada. — Ignora os dois. Se eles não conseguirem ser mais educados, seja superior.

Mas Sarika já está balançando a cabeça.

— Péssima estratégia. Ava, é melhor que eles não fiquem reclamando de você pro Matt, que não fiquem criando um problema. Conquista os pais. Seja simpática ao extremo.

— Por que raios a Ava precisa ser simpática ao extremo? — pergunta Nell, meio agressiva, e Sarika suspira.

— Ela não precisa ser. Só estou sendo prática.

Nell revira os olhos.

— Isso é tão *advogada* — diz ela, e Sarika sorri, porque ela e Nell têm uma versão dessa discussão umas três vezes por ano. (Geralmente, Nell diz para Sarika largar o trabalho e seus chefes de merda e mandar tudo para o inferno. Então Sarika ignora o conselho, continua na empresa e ganha um aumento.)

— Ava, os pais do Matt vão *adorar* você — reforça Sarika, tocando meu braço. — Eles só não te conhecem ainda. Você precisa passar um tempo com os dois. Na próxima vez que o Matt for visitar os pais, vá junto. Faça amizade. E *não* leva o Harold.

— A Sarika tem razão — diz Nell. — Não leva o Harold. Posso ficar com ele.

— Mas...

— Se você levar o Harold, já era — diz Sarika, bruscamente. — Você acha que rasgar o rosto da ex foi ruim? Espera só até ele comer o almoço.

— Ou todos os sapatos — diz Nell.

— Ou o novo travesseiro de penas de ganso que custou uma fortuna.

As duas me encaram com um ar determinado, e cruzo os braços, sem querer admitir que elas têm razão.

— Vamos esperar eu receber um convite primeiro, pode ser?

— Enfim, gostei do Matt — diz Sarika, me dando apoio. — O que ele acha da gente?

— Ah, ele adora vocês — digo no automático, então de repente vejo Matt vindo pelo gramado. Ele está segurando uns dez sacos de batata com Maud do lado, que fala com um ar sério, de um jeito que reconheço. — Ai, meu *Deus* — digo. — A Maud pegou ele.

— Merda — diz Nell.

— Ih — diz Sarika, mordendo o lábio.

— Eu avisei pra ele falar que não — digo. — Eu avisei! Mas olha lá, ele está assentindo!

— Coitadinho — comenta Sarika, rindo. — Ele não tinha chance.

É nítido que Matt está encantado com Maud. Quer dizer, todo mundo fica encantado com Maud, com seu cabelo ruivo maravilhoso, seus olhos brilhantes e aquele jeito que ela tem de fazer você se sentir especial na mesma hora. Ele continua concordando com a cabeça, com ela agarrada ao seu braço, e, conforme os dois se aproximam, escuto Maud dizer em sua voz confiante, penetrante:

— *Muito* obrigada. Você é *demais*, Matt. Então você vai ligar pro depósito, né?

— Hum... tudo bem — concorda ele, parecendo um pouco surpreso.

— Você é um anjo. — Maud pestaneja para ele. — Agora, me conta, você conhece alguém no parlamento? Porque...

— Maud! — Eu a interrompo com uma voz animada. — Feliz aniversário!

— Ah, obrigada! — diz Maud, piscando para mim como se eu a tivesse pegado completamente desprevenida. — Que dia lindo.

— Cadê as crianças? — pergunta Nell, e Maud olha ao redor, perdida.

— Elas *estavam* aqui... Ah, Matt, me lembrei de uma coisa... por um acaso você tem um cortador de grama?

— Não, ele não tem — respondo antes dele. — Matt, posso falar com você? — Eu o arrasto para longe e digo em um sussurro sério: — Eu avisei pra você dizer *não* pra Maud, lembra? A gente falou disso.

— Não vou dizer não quando alguém me pede um favor — diz Matt, franzindo a testa. — Sou um ser humano decente.

— É assim que ela consegue as coisas! — rebato. — Ela faz você se sentir um ser humano decente, faz cara de quem está toda agradecida... e então *bum*. Você foi fisgado. Eu amo a Maud, mas essa é a verdade.

Matt ri e se inclina para me beijar.

— Obrigado pela sua preocupação — diz ele. — Mas eu sei me cuidar.

CATORZE

Quem diria. Como era de se esperar, duas horas depois, Matt parece completamente encurralado. Só *Deus* sabe o que ele aceitou fazer para Maud, mas ela não sai de cima dele, dizendo coisas como "Vou mandar os detalhes por mensagem", e até lhe entregou avisos do correio sobre pacotes que precisam ser retirados na agência. Na última conversa entre os dois, tenho certeza de que ouvi as palavras "pegar passaporte", "ir à escola" e "tão gentil".

Bom, ele vai aprender.

Nós estamos todos jogados sobre as toalhas de piquenique, tentando encontrar a última garrafa de cava. Acabamos encontrando os filhos de Maud pedindo comida do piquenique de outra família, então eles foram trazidos de volta para o nosso grupo. Agora, depois de descobrirem que Matt pratica artes marciais, estão atacando-o com socos de "kung fu".

— Vou te bater! — grita Bertie para Matt pela centésima vez.

— Chega, Bertie, meu amor — diz Maud, erguendo o olhar, distraída. — Matt, desculpa, é que ele adora artes marciais.

— Não tem problema — diz Matt, bem-humorado, apesar de eu notar que ele se contrai quando Bertie se prepara para lhe dar outro chute.

— Achei. — Nell se dirige a ele, desviando o olhar do celular. — *Os problemas básicos da Casa da Harriet: um ponto de vista feminista*. É um blog. Eu sabia que tinha visto. Já leu?

— Não lembro, sinto muito — diz Matt, parecendo ainda mais encurralado.

Ele e Nell passaram a tarde inteira debatendo a Casa da Harriet — bom, Nell ficou falando que a premissa toda é patriarcal e misógina, e Matt ocasionalmente rebatia com "A gente tem uma nova linha de bonecas feministas", mas ela não dava muita bola.

— "Quem engole essa versão capitalista e aproveitadora da infância de meninas?" — lê Nell com a testa franzida de indignação. — "O que esses arquitetos de merda estavam pensando quando criaram um mundo de fantasia tão enganoso?" Você devia ler isso, Matt — acrescenta ela, passando o celular para ele. — É bom.

— Tá — diz Matt, sem se mexer para pegar o aparelho. — Sim. Talvez mais tarde... Ai!

Bertie então acerta um golpe forte no peito dele, e Maud finalmente levanta a voz.

— Bertie! Para de atacar o Matt! Só... Você *não pode*... — Ela toma outro gole de cava, então solta um suspiro pesado. — Ai, meu *Deus*. É o meu *aniversário*.

Eu, Nell e Sarika trocamos olhares, porque isso sempre acontece nos aniversários de Maud. Ela enche a cara, fica rabugenta, começa a falar que está velha e geralmente acaba chorando dentro de um táxi.

— Estou tão velha — diz ela, conforme o esperado. — Tão *velha*. Cadê a outra garrafa?

Ela se levanta e quase perde o equilíbrio em suas anabelas, então percebo que está mais bêbada do que eu imaginava.

— Maud, você não está velha — digo, tentando tranquilizá-la, como sempre faço.

Mas ela me ignora, como sempre faz.

— Como foi que a gente envelheceu tanto? — questiona ela com um floreio dramático, agarrando a última garrafa cheia de cava e tomando um gole no gargalo. — Como? Vocês já se deram conta de que a gente vai desaparecer? — Ela estreita os olhos. — Nós vamos virar mulheres invisíveis, todas nós. Ignoradas e desdenhadas. — Ela toma outro gole da cava e gesticula ao redor para nos incluir. — Essa porcaria de sociedade em que a gente vive é assim. Mas eu *não* vou ser invisível, tá? — Ela solta um grito fervoroso repentino, gesticulando com a garrafa de cava. — Eu me recuso a desaparecer! *Eu não vou ser invisível!*

Mordo o lábio para conter um sorriso, porque Maud não seria invisível nem se tentasse, com seu cabelo vívido esvoaçante e o vestido longo estampado com flores cor-de-rosa e violeta. Sem contar a garrafa de cava que empunha. Na verdade, as pessoas sentadas sobre a toalha de piquenique estendida ao lado se viraram para encará-la.

— Eu existo — proclama ela, ainda mais fervorosa. — Eu existo. Tá bom? *Eu existo.*

Olho para Matt, e ele está encarando Maud com uma expressão assustada.

— Desculpa — murmuro rápido. — Eu devia ter avisado. Maud sempre fica bêbada no aniversário dela e faz um discurso. Ela tem essa mania. Não se preocupa.

— Eu existo! — Agora, a voz de Maud está nas alturas. — EU EXISTO!

— Você pode parar de gritar, por favor? — diz uma voz que vem da toalha de piquenique ao lado, e eu me viro para encarar uma mulher de blusa listrada que olha para Maud com ar reprovador.

— Minha amiga pode gritar se ela quiser — rebate Nell na mesma hora. — É aniversário dela.

— Você está assustando meus filhos — insiste a mulher, gesticulando para dois bebês que parecem ter uns 2 anos e que encaram Maud avidamente. — E é permitido beber no parque?

— Assustando os seus filhos? — rebate Nell, indignada. — Por que seria assustador escutar uma mulher forte e maravilhosa dizer que ela existe? Vou te contar o que é assustador. Nossa sociedade injusta. *Isso* é assustador. Nossos políticos. *Eles* são assustadores. Se os seus filhos quiserem ter medo de alguma coisa, que seja *deles*.

Ela encara a menina de 2 anos, que fita o rosto furioso de Nell por um instante e então começa a chorar.

Enquanto isso, Maud foi cambaleando até a toalha ao lado e se inclina para aproximar o rosto do da outra mulher.

— É meu aniversário — diz ela devagar, articulando muito bem as palavras. — E isso é... *assustador* pra caralho.

— Você está bêbada! — exclama a mulher, se afastando dela e cobrindo as orelhas da filha com as mãos.

— Ah, fala sééério — diz Maud, voltando para nossa toalha. — Você nunca ficou bêbada na vida? Ah, me lembrei de uma coisa. Matt, posso pedir um *favorziiiinho* pra você?

Por instinto, Matt se afasta e se levanta.

— Acho que vou levar o Harold pra dar uma volta — diz ele, evitando olhar para Maud. — Pegar um pouco de ar.

— Kung fu! — Bertie acerta um chute nele, e Matt faz uma careta, então agarra a guia de Harold.

— Sabe o que mais é assustador? — continua Nell, atacada. — O mundo todo negando os fatos. *Isso* é assustador. — Ela se vira para Matt. — E quer saber de uma coisa, Matt...

— Vou levar o Harold pra dar uma volta — diz ele, interrompendo-a na mesma hora. — Já volto — ele se dirige a mim. — Só preciso... de um tempo. Vem, Harold.

Ele anda tão rápido pelo gramado que Harold precisa ir correndo atrás. Quando chega a uns cem metros de distância, ele se vira para nós, depois gira de novo e acelera ainda mais o passo.

— O Matt está bem? — pergunta Sarika, que também o observa.

— *Acho* que sim — digo, pensativa. — Quer dizer, nós podemos ser *um pouquinho* demais, imagino. Quando estamos todas juntas.

— Eu sou uma *mulher*, tá? — Maud voltou a se dirigir aos frequentadores do parque, balançando os braços de um jeito dramático. — Eu tenho alma. E um coração. E libido. Libido *pra dar e vender*.

— O que é libíííido? — pergunta Bertie, interessado, e troco um olhar com Sarika.

— Tá boom — diz ela. — Chega de discursos. Quem trouxe café?

Nós demoramos um pouco para convencer Maud a beber dois espressos, seguidos por uma garrafa de água. Mas conseguimos com uma mistura de bajulação e ameaças — já passamos por isso antes —, e não demora muito para Maud começar a parecer mais animada. Ela abre seus presentes e cai no choro ao ver cada um, nos abraçando. Nós juntamos os embrulhos para reciclá-los, depois Sarika surge com o bolo de aniversário, que é de uma confeitaria maravilhosa, muito cara, perto de sua casa.

— Mas a gente devia esperar o Matt — diz ela, olhando ao redor. — Será que ele foi muito longe?

— Faz tempo que ele saiu — digo, subitamente me dando conta de quanto tempo havia se passado.

Analiso o horizonte e sinto uma onda de ansiedade. Porque Matt levou Harold. E se ele estiver demorando porque alguma coisa aconteceu com Harold?

Alguma coisa ruim. Ai, meu Deus. Por favor. Não.

Já estou me levantando, olhando para o parque cheio, tentando não deixar as imagens apavorantes se acumularem no meu cérebro. Eu devia ter mandado uma mensagem para Matt. Eu devia ter ido com eles. Eu devia...

— Matt!

A voz de Sarika interrompe meus pensamentos frenéticos, e me viro, dando um suspiro — então solto outro suspiro ao me deparar com a cena. Matt se aproxima, o rosto e a camisa cheios de lama. Harold está ao seu lado, ainda na coleira, mas também todo sujo.

— O que *aconteceu*? — Corro até eles. — O Harold está bem?

— O Harold está ótimo — responde Matt em uma voz um pouco estranha.

— Graças a *Deus*. — Eu desabo e cubro meu amado Harold de beijos. Então, com um leve atraso, olho para Matt e pergunto: — Espera. *Você* está bem? — Eu me levanto e analiso a aparência dele. Há um corte em sua bochecha, um galho espetado para fora da sua gola, e ele está todo desgrenhado. — O que aconteceu? — pergunto de novo.

— Tivemos um incidente — responde Matt, resumindo. — Com um dogue alemão.

— Ai, meu *Deus*! — exclamo, horrorizada. Sinto uma onda de fúria por causa desse dogue alemão. Já o imagino, com suas mandíbulas monstruosas e cheias de baba, seu instinto assassino. — Ele atacou o Harold? Você precisa me contar exatamente o que aconteceu...

— O dogue alemão não teve culpa — diz Matt, me interrompendo. — O Harold foi... o Harold.

Ah, certo.

Por um instante, eu hesito. Talvez eu não queira saber exatamente o que aconteceu, no fim das contas. Olho para Harold, que me encara com sua expressão animada e travessa de sempre.

— Harold. — Tento soar brava. — Você sujou o Matt de lama? Você foi malcriado?

— "Malcriado" é pouco — diz Matt, e então respira fundo, como se estivesse se preparando para falar mais, quando seu celular vibra. — Desculpa — diz ele, olhando para o telefone. — Vou atender rapidinho. Já volto.

— Mas *olha* pra esse cachorro — diz Nell enquanto Matt se afasta. — Nem um pouco arrependido. — Ela adota um tom malandro. — "Não fui eu, moça. Não fui eu. O outro cara começou."

— Cala a boca! — digo, ligeiramente indignada. — O Harold não fala assim.

— Fala, *sim* — concorda Sarika, rindo.

— "Um cara honesto que nem eu, moça?" — continua Nell, animada. — "Fazendo baderna no meio de um monte de gente? Eu, que só quero uma vida tranquila? Estou falando, foi o outro cara." — Minha amiga levanta as sobrancelhas bem alto, de um jeito engraçado, e tenho de admitir que ela parece um pouco com Harold no auge dos seus olhares brilhantes de inocência. — Ah, oi, Matt — continua ela.

Ergo o olhar e o vejo voltando. Ele se senta, desabando no chão com um baque, e, por alguns instantes, fica imóvel, olhando para o nada.

— Desculpa pela sua camisa — digo, me sentindo culpada, e ele acorda.

— Ah. Não tem problema. — Ele tira o galho de dentro de sua gola e fica olhando para ele por um instante, distraído, antes de jogá-lo no chão. — Escuta. Ava. Sei que a gente reservou uma mesa pro brunch no dia dez, mas eram meus pais de novo no celular. Eles marcaram uma reunião importante em casa nesse dia. Eu *tentei* pedir pra mudarem a data, mas...

— No fim de semana? — pergunta Nell em um tom imparcial, cuidadoso.

— A gente sempre faz reuniões de família nos fins de semana — explica Matt. — Fora do escritório. É mais íntimo, acho.

— Bom, não precisa se preocupar — digo, sendo bem compreensiva. — O brunch era só uma ideia. Não tem problema, pode ir pra reunião com os seus pais... — Eu me interrompo quando noto Sarika e Nell fazendo cara estranha para mim pelas costas de Matt.

Não acredito que elas estão tentando insinuar...

Eu não posso simplesmente *me convidar para a casa dele*. Posso? Devo?

Agora Sarika está girando os braços loucamente e apontando empolgada para Matt. A qualquer instante, ela vai bater na cabeça dele sem querer.

— E... hum... talvez eu possa ir com você! — acrescento, falando rápido e toda envergonhada. — Pra conhecer os seus pais direito!

— Como assim?

Matt me encara, aparentemente pasmo. Sua expressão não é das mais animadas. Mas, agora que dei a ideia, não vou voltar atrás.

— Eu posso ir com você! — repito, tentando soar confiante. — Não pra reunião, é claro, mas pra tomar um café e tal. Pra conhecer melhor a sua família. Você sabe, fazer amizade.

— Fazer *amizade*! — repete Matt, dando uma risada, o que é estranho, mas não vou pensar nisso agora.

Minha atenção de repente se volta para Nell, que está apontando para Harold e depois passa um dedo pela garganta. Ah, é.

— E não vou levar o Harold — acrescento, rápido. — Ele pode ficar em casa.

— Sério? — Matt parece mais chocado ainda. — A casa dos meus pais fica um pouco longe, Ava. Você vai deixar o Harold sozinho o dia inteiro?

— Ele pode ficar com a Nell. Você não se importa de tomar conta do Harold, né, Nell?

— Claro que não — diz ela. — Boa ideia, Ava.

Matt não diz nada. Ele bebe seu café, os olhos perdidos em pensamentos, enquanto nós três o observamos com curiosidade. Então, como se despertasse de um transe, ele exala.

— Bom, se você quiser ir — diz ele, por fim.

Ele ainda parece um pouco surpreso com a minha ideia. Sinceramente, qual é o problema? São só os pais dele, a casa, os negócios da família e essas coisas. Vai ser divertido! Quer dizer, talvez seja divertido.

Quer dizer, quem sabe?

QUINZE

Otimismo, otimismo, otimismo!

Duas semanas depois, enquanto seguimos pela estrada M4, estou determinada a me manter otimista. O sol brilha no céu, eu estou bonita, e comprei o bolo mais maravilhoso do mundo na confeitaria de Sarika, todo coberto com amêndoas. Ele está guardado no porta-malas, dentro de uma caixa de papelão linda, e fico com água na boca só de pensar nele. Sem dúvida, os pais de Matt vão adorar.

Seja simpática e faça amizade é meu mantra do dia. *Seja simpática e faça amizade*. Está tudo bem.

E quanto às partes negativas... Que partes negativas? Elas não existem.

Bom, tudo bem, talvez existam algumas coisinhas. Probleminhas minúsculos. O sono é o principal, na verdade. Preciso dormir. *Preciiiso dormiiir*. Cheguei ao ponto de repensar essa história de ser mãe. Como as pessoas têm filhos, não dormem e conseguem não *morrer*?

Estou quase desenvolvendo uma fobia da cama de Matt. Juro que ela se torna mais dura e mais parecida com uma tábua a cada noite que dormimos lá. Eu fico deitada, encarando o teto, enquanto Matt cai no sono, e aí apago por um tempo, mas então acordo às três da manhã, sofrendo. Nem Harold consegue fazer eu me sentir aconchegada naquela cama.

Em parte porque ele passou a dormir nos pés de Matt quando ficamos lá.

O que... sabe como é. É fofo. Óbvio.

Admito que fiquei um pouco surpresa na primeira vez em que acordei e me deparei com Harold do outro lado da cama, grudado em Matt, e não em mim. Mas *é claro* que não me senti rejeitada nem nada. Meu querido Harold pode dormir onde quiser.

Porém isso não ajuda minha falta de sono. Agora, estamos alternando as noites no apartamento um do outro, e, de vez em quando, cada um dorme na própria cama. Ontem, tentei sugerir ao Matt que a gente dormisse lá em casa sempre. Não que eu o estivesse convidando para *morar comigo*, não exatamente, é só que... Enfim. Não deu certo. Ele pareceu um pouco chocado e disse que achava que nosso esquema atual estava funcionando por enquanto.

Então o sono é um problema. E acho que surgiram outras questões também. Bobagens minúsculas que eu jamais imaginaria. Tipo, Matt não consegue relaxar no meu apartamento. Ele fica colocando defeito em tudo. Vendo coisas que eu nunca percebi. A parte elétrica é ruim. (De acordo com ele.) Um dos aquecedores precisa ser consertado. (De acordo com ele.)

E sua obsessão com segurança está me deixando louca. Ele continua reclamando da minha linda e pitoresca porta dos fundos, que dá para a escada de incêndio, só porque o batente de madeira está um pouco frouxo. Ele diz que é um convite para ladrões. Da última vez que ele esteve lá em casa, chegou ao ponto de ficar falando sobre as estatísticas de roubos da região. Ele quer que eu troque a porta ou compre seis bilhões de correntes e cadeados, que estragariam *completamente* o visual.

Acabei ficando um pouco irritada com ele e falei: "Olha, Matt, você não entende. O lance dessa porta é que você pode sair quando quiser. Você pode se sentar na escada de incêndio e assistir ao pôr do sol, tocando saxofone, sem precisar abrir doze cadeados antes."

Aí ele me perguntou se eu toco saxofone, mas isso não tem nada a ver. É óbvio que não toco saxofone, era só um *exemplo*.

Enfim. Então fomos fazer compras, e as coisas não deram muito certo. Achei que seria tranquilo. Uma ida ao mercado juntos. Para coisas essenciais. Moleza! Eu observo casais fazendo compras no mercado. Eles colocam as coisas no carrinho com calma. Conversam de forma despreocupada. Eles falam coisas como "A gente precisa de ovos?".

Eles não encaram a lista um do outro com espanto, como se estivessem assistindo a um programa de TV chamado *As compras de mercado mais estranhas da Grã-Bretanha*.

Se houvesse um diagrama de Venn entre "minhas preferências de compras" e "preferências de compras de Matt", acho que as únicas coisas no meio seriam papel higiênico reciclado e sorvete. Só.

Quer dizer, ele compra porcarias. Simples assim. Cereal superprocessado para o café da manhã. Maçãs não orgânicas. Sucos de caixinha. (*Sucos de caixinha.*) Eu precisei tirar tudo do carrinho e trocar por outras coisas. E estava pensando "Que triste, ele não se importa com o que coloca para dentro do corpo...", quando, de repente, ele despertou na seção de vinhos. Coloquei no carrinho minha garrafa de vinho branco de sempre. Aquela com a moça no rótulo (não consigo lembrar o nome). E Matt ficou pálido.

— Não — disse ele, tirando-a de lá. — Não. Não mesmo.

— Qual é o problema? — perguntei, ofendida.

— Não seja mão de vaca com vinho. É melhor não beber nada a tomar essa merda.

— Não estou sendo mão de vaca! — rebati. — Esse vinho é bom!

— *Esse vinho é bom?* — Ele parecia escandalizado. — *Esse vinho é bom?*

Enfim. Tivemos um desentendimentozinho. Ou uma discussão exaltada. No fim das contas, nós discordamos sobre o que é um "vinho bom". E sobre o que classificamos como "produtos essenciais". E sobre os princípios da nutrição. E então veio à tona o fato de que Matt nunca tinha *ouvido* falar de kefir. Quem nunca ouviu falar de kefir?

Então fomos para o açougue, e faço questão de esquecer o que aconteceu lá. Foi muito angustiante. E o açougueiro *não* precisava ter tido uma crise de riso, não foi *nada* engraçado.

Quer dizer, está tudo bem. Nós levamos as compras para casa, fizemos o jantar. Mas não foi... Acho que não foi o que eu imaginava quando ficava admirando Holandês na Itália. Eu estava sob o efeito de um clima otimista e feliz. Eu via nós dois nos beijando romanticamente ao pôr do sol, e não parados no meio de um supermercado, brigando por causa de iogurte orgânico.

Por outro lado, acho que todos os casais brigam por besteiras, não é? Eu me digo isso com firmeza, tentando interromper o jorro de pensamentos. São só umas coisinhas que precisam ser ajustadas. Nós ainda estamos encontrando nosso ritmo.

E houve muitos momentos preciosos e fofos também. Quando Matt trouxe suco de pêssego na outra noite, para fazermos bellini, que tomávamos na Itália. Foi mágico. Ele fez tai chi com Harold nos ombros ontem de manhã, só para eu rir. Outro dia, quando Nihal estava chateado com o trabalho, Matt disse "A Ava vai te animar, ela é melhor do que champanhe". Foi tão carinhoso que me pegou de surpresa.

Diante da lembrança, lanço um olhar amoroso para ele, e Matt pisca para mim antes de voltar a prestar atenção na estrada. Adoro que ele seja um motorista responsável, completamente diferente de Russell, que me deixava com medo de verdade algumas vezes, por ser tão instável.

E é por *isso* que nós somos compatíveis, digo a mim mesma com convicção. Porque nós compartilhamos os mesmos valores. Nós nos preocupamos com a segurança um do outro. Ele toma cuidado quando dirige, e eu lhe dou suplementos de cúrcuma todos os dias. (Ele estava meio cético, mas eu o convenci a tomar.)

Então está tudo bem. Cá estamos nós, nas belas paisagens de Berkshire. Eu amo Matt, ele me ama, e é só disso que precisamos. Amor.

Em uma pequena rotatória, vejo o anúncio do novo Mac da Apple e fico interessada.

— Será que preciso trocar meu computador? — pergunto, pensativa. — Meu Deus, que árvores *lindas* — acrescento, quando nos aproximamos de uma floresta. — Que árvores são essas? — Conforme Matt toma fôlego para responder, percebo que uma das minhas unhas quebrou. — Merda — exclamo. — Minha unha. Ah, falando nisso, o que você achou da ideia que eu tive mais cedo?

— Que ideia? — Matt parece confuso.

— Você sabe! — digo, um pouco impaciente. — Minha ideia de negócios. Sobre o mercado de beleza.

— Ava... — Matt para o carro em um posto de gasolina e me encara. — Eu não consigo te acompanhar, de verdade. A gente está falando sobre o seu computador, sobre as árvores, sobre a sua unha ou sobre uma nova ideia de negócios?

— Sobre tudo, é claro — respondo, surpresa.

Sinceramente, qual é o problema? Não é como se eu tivesse sido pouco óbvia.

— Sei — diz Matt, parecendo encurralado. — Sobre tudo. Entendi. — Ele esfrega o rosto, depois diz: — Preciso abastecer.

— Espera.

Eu o puxo para um abraço, fechando os olhos, enterrando o rosto em seu pescoço e relaxando. Pronto. *Pronto.* Às vezes, só preciso do cheiro dele. Do toque dele. De seu peito forte, das batidas de seu coração, de sua mão acariciando minhas costas. Tudo pelo que me apaixonei na Itália.

Nós nos afastamos, e Matt me encara em silêncio por alguns segundos, então me pergunto no que ele está pensando. Espero que seja algo bem romântico, mas, por fim, ele respira fundo e fala:

— Você ainda pode esperar no bar, se quiser.

Nos últimos dias, Matt não para de falar que vou mudar de ideia de repente e tentar fugir da visita. Ele até descobriu um bar próximo com wi-fi e uma sala de televisão onde eu poderia passar a tarde esperando. Ele finge que é brincadeira, mas sei que, em parte, está falando sério. Como se eu fosse vir até aqui e *não* conhecer os pais dele.

— De jeito nenhum! — digo com firmeza. — Eu vou. E mal posso esperar por isso!

Certo. Nossa. A casa é grande. Tipo, *grande* mesmo.

E feia. Não como o apartamento de Matt é feio — é feiura diferente. Enquanto olho através dos portões de ferro fundido gigantescos, vejo torres, cumeeiras e tijolos estranhos cercando fileiras de janelas medonhas. Tudo dá um ar de imponência gigantesca à casa, que poderia muito bem ser um reformatório vitoriano para delinquentes.

— Desculpa — diz Matt enquanto os portões abrem lentamente. — Eles demoram uma eternidade.

— Não tem problema — digo, me encolhendo no banco. De repente, sinto uma vontade ridícula de fugir. Mas, em vez disso, empino o queixo e digo, determinada: — Que casa incrível!

— É — diz Matt, como se nunca tivesse parado para avaliar na casa. — Também tem escritórios aqui — acrescenta ele depois de uma pausa. — Então...

— Certo. — Concordo com a cabeça.

Matt estaciona o carro com cuidado nos fundos da casa, ao lado de uma Mercedes, e seguimos pelo cascalho barulhento até a porta da cozinha. Eu meio que espero que algum serviçal idoso apareça e exclame "Patrãozinho Matt!". Mas, em vez disso, Matt me guia por uma cozinha ampla, organizada, onde deixo a caixa do bolo sobre uma bancada, e nós seguimos por um corredor gigante. O piso é de azulejos, uma cúpula com vitrais ocupa o teto, e há um monte de expositores de vidro brilhante.

— Nossa! — exclamo. — Parece um... — Eu me interrompo, porque não quero parecer grosseira.

— Um museu — conclui Matt por mim. — Pois é. Fica à vontade, pode olhar se quiser. — Ele gesticula para os expositores.

Eu me aproximo do maior, que abriga uma Casa da Harriet de aparência antiga e um monte de bonecas Harriet, com etiquetas datilografadas informando coisas como *Harriet aeromoça de 1970* e *Harriet ginasta de 1971*.

A maioria dos expositores contém modelos da Casa da Harriet, mas um tem várias louças pintadas com pinceladas cor-de-rosa e verde. Vou dar uma olhada, e Matt me segue.

— Esse é o negócio da família da minha mãe — explica ele. — Ela é metade austríaca.

— Ah, sim — digo, me lembrando da avó que jogava golfe. — Mas ela não tem sotaque.

— Não, ela foi criada na Inglaterra. Mas temos primos austríacos. Eles administram a empresa de louça. Minha mãe faz parte da diretoria — acrescenta ele. — Ela era encarregada das operações no Reino Unido.

— Acho que já vi essas louças. — Encaro os pratos dourados e estampados franzindo a testa. — Na Harrods ou em algum lugar assim?

— É. — Matt dá de ombros. — Deve ter sido. E... você sabe. Uma marca famosa. Foi assim que ela conheceu meu pai, em uma conferência de exportações. Ela foi vender louça, ele foi vender casas de boneca.

— Os pratos são... fantásticos! — digo. E é verdade. Eles são fantasticamente ornamentados e rebuscados. E têm uma pintura abstrata dourada.

Matt não diz nada. Ele não parece gostar muito de louça. Na verdade, ele não parece gostar muito de nada. Desde que chegamos, seus ombros estão encolhidos, e seu rosto parece paralisado.

— Você deve ter muito orgulho! — digo, tentando animá-lo. — Essas bonecas todas... e a louça famosa... que legado! O que é isso...? — Eu me aproximo para olhar uma etiqueta datilografada. — *Prato de salmão usado pela princesa Margaret em 1982*! Nossa! Que...

Não faço ideia do que dizer de um prato de salmão usado pela princesa Margaret em 1982. Eu nem sabia que existia um prato de salmão.

— Hum — diz Matt, encarando o armário de louça sem entusiasmo.

— E isso é o quê? — pergunto em um tom animado, seguindo para o único armário que não parece exalar cor-de-rosa. — São troféus? — Olho para as prateleiras cheias de canecas prateadas, medalhas em caixas e fotos emolduradas.

— São. — Matt parece ainda mais melancólico. — Como eu disse, minha avó foi campeã na liga feminina austríaca, há muito tempo. E meu irmão virou jogador profissional. Acho que somos muito esportivos.

Em silêncio, passo os olhos pelas fotos. Há várias de uma moça com penteado da década de 1960 acertando bolas com um taco de golfe. Há fotos de grupos que parecem ser equipes de esqui, além de uma imagem em preto e branco de um homem em um veleiro. Então há algumas fotos mais recentes de um pré-adolescente e depois com 20 e poucos anos, jogando golfe ou recebendo algum troféu. Ele é bonito e um pouco parecido com Matt, porém mais magro e menos interessante. Seu sorriso é um pouco sem graça demais para o meu gosto. Ele é a versão light de Matt, concluo.

— Esse é o seu irmão? — aponto para uma das fotos.

— Sim, é o Rob. Ele está nos Estados Unidos agora. Tem uma rede de clubes de golfe. Golfe e Lazer Robert Warwick. São um sucesso — acrescenta ele depois de uma pausa.

— Que ótimo — digo, educada.

Procuro uma foto de Matt entre todas as molduras prateadas, mas não encontro. Cadê as fotos de Matt? Deve ter uma. Cadê?

— Matthias! — Uma voz irritadiça soa atrás de nós, e me viro para dar de cara com Elsa. Ela usa um vestido com estampa de folhas, sapatos de salto baixo com uma fivela na frente e batom cor-de-rosa claro com brilho.

O cabelo dela é bonito, penso enquanto a observo dar um beijo em Matt. Preciso admitir isso. É lindo. Ela é esbelta e tem o rosto bem bonito. Na verdade, tudo nela é muito atraente. Tirando a maneira como ela olha para mim, exalando antipatia.

— Olá de novo, Ava — diz ela em um tom imparcial. — Que bom que você veio fazer uma visita. O cachorro ficou em casa hoje?

As sobrancelhas dela se erguem de um jeito sarcástico, e abro um sorriso forçado.

— É, ele não veio.

— Então espero que nossos livros estejam seguros! — Ela solta uma risada, e tento imitá-la, apesar de minhas bochechas queimarem de vergonha.

— Tomara. E, de novo, sinto *muito* pelo livro...

— Não se preocupe com isso. — Ela levanta a mão elegante. — Era apenas uma primeira edição insubstituível.

— Mãe — diz Matt, e Elsa dá outra risada.

— Foi só uma brincadeira! O Matthias está mostrando a casa pra você, pelo visto?

Seja simpática e faça amizade surge na minha cabeça. Rápido. Faça um elogio.

— Matt estava me mostrando esses expositores maravilhosos — digo, efusiva. — São lindos. As casas de boneca são de outro mundo!

— Lembro que você disse que *não* teve uma Casa da Harriet quando era criança? — Elsa me observa com um olhar frio.

Ela vai jogar isso na minha cara para sempre, é?

— Eu queria muito ter uma — digo, com sinceridade. — Mas eram muito caras para os meus pais.

O rosto dela congela por um instante, e imediatamente percebo meu erro. Agora parece que estou insinuando que a empresa dela é má e elitista, e cobra preços abusivos. (Isso, aliás, é verdade. As Casas da Harriet custam um absurdo. Dei uma olhada outro dia. Quinze libras por um "Conjunto de Bolsa e Cachecol da Harriet". *Quinze libras*.)

— Suas louças são *tão* lindas. — Mudo rapidamente de assunto. — Quantos detalhes! As pinturas!

— Você gosta de louça, Ava? — pergunta Elsa. — Faz coleção? — Ela inclina a cabeça, me observando com um olhar penetrante.

Coleção? Acho que ela não está se referindo a louças avulsas da IKEA.

— Quer dizer... sabe como é. Eu tenho pratos — balbucio. — E alguns pires... Nossa, essas *fotos*. — Rápido, passo para o armário dos esportes e gesticulo com admiração para todos os troféus e medalhas. — Quantos campeões na família!

— Sim, nós temos muito orgulho das nossas conquistas — afirma Elsa, seu olhar passando para o expositor.

— Mas não achei nenhuma foto do Matt — acrescento em um tom tranquilo.

— Ah, eu nunca ganhei nada competindo — diz Matt depois de uma pausa minúscula. — Não igual ao Rob.

— O Matthias nunca se profissionalizou — acrescenta Elsa em um tom frio. — Ele nunca teve esse lado competitivo. Já o Robert já era um exímio golfista aos 13 anos. Todos nós sabíamos que ele seria especial, não é, Matthias?

— Claro — concorda Matt, os olhos fixos em um ponto distante.

— Mas o Matt também joga golfe, né? — digo, animada. — Não tem nenhuma foto dele jogando? Nem praticando artes marciais? Caberia uma aqui. — Aponto para um pedaço vazio da prateleira de vidro, e as narinas de Elsa se alargam.

— Acho que você não entendeu — diz ela, seu sorriso duro. — Essa é uma exibição da prática profissional de esportes. São lembranças de *torneios*. Matt nunca competiu a esse nível.

Lembranças de torneios? Vou dar uma porcaria de lembrança para ela...

De repente, percebo que estou fervilhando de raiva. O que não é o sentimento ideal quando você pretende ser simpática e fazer amizade.

— Eu trouxe um bolo — digo, me afastando dos armários. — Está na cozinha, em uma caixa. É de uma confeitaria ótima...

— Que gentileza — diz Elsa com um sorriso distraído. Como tudo o que sai da boca dessa mulher parece ter o sentido oposto? — Matthias, acabei de falar com a Genevieve — continua ela —, e vamos nos falar por Skype durante a reunião da tarde. É muita generosidade da parte dela abrir mão do fim de semana. Não é? — Os olhos antipáticos de Elsa se viram para mim de repente, como se esperassem um comentário meu.

— É! — digo, dando um pulo nervoso. — Muita generosidade.

Matt lança um olhar levemente espantado para mim, e tento sorrir para ele. Mas, de repente, me sinto uma idiota. Por que eu falei isso? Por que estou elogiando a ex-namorada de Matt, que eu nunca nem *conheci*? É a Elsa. Ela lançou um feitiço maldoso sobre mim.

Então fico horrorizada ao me dar conta do que estou pensando. Não. Preciso parar com isso. Elsa é minha futura sogra, e nós vamos nos adorar. Só precisamos encontrar algo de que nós duas gostamos. Nós devemos ter *um monte* de coisas em comum. Tipo, por exemplo...

Ah! Ela está usando brincos, eu também. Já é um começo.

— Certo — diz Matt. — Pois é. Vamos beber alguma coisa?

— *Vamos* — respondo, soando levemente desesperada. — Quer dizer... por que não?

DEZESSEIS

Fala sério. Eu consigo encontrar alguma coisa em comum com Elsa. Com toda a família de Matt. *Eu consigo.*

Uma hora já se passou, e meu sorriso falso faz minhas mandíbulas doerem. Sorri para Elsa. Sorri para John. Sorri para Walter, que me foi apresentado como o diretor financeiro da Casa da Harriet e está sentado do meu lado esquerdo. Sorri para o avô de Matt, Ronald. Até sorri para o nada, para ninguém olhar para mim quando estou distraída e me achar uma rabugenta mal-humorada.

Estamos sentados a uma mesa de jantar muito brilhante, cheia de louça com pinturas abstratas e copos de cristal, e o clima é de silêncio. Esse pessoal não é de falar muito mesmo.

Eu fiz o que pude. Elogiei tudo, desde as colheres até os pães. Mas todas as minhas tentativas de puxar conversa acabaram em silêncio, ou em Elsa, que parece ser a czarina das conversas, interrompendo o assunto. Ela faz isso de duas formas. Balançando a cabeça de um jeito inclinado estranho, que imediatamente faz todo mundo calar a boca. Ou dizendo "Não *acredito* que...", frase que já percebi ser basicamente traduzida como "Cale a boca".

Perguntei a John como os negócios estavam indo, mas Elsa imediatamente se intrometeu: "Não *acredito* que..."

Então John balançou seu guardanapo e disse "Nada de conversar sobre negócios durante o almoço!", dando uma risadinha sem graça.

Matt tentou um "Então, pai, aqueles números nos Estados Unidos não podem estar certos..." e recebeu um olhar sério e uma balançada de cabeça inclinada e feroz de Elsa.

Tudo bem. *Não* falem de negócios na minha frente. Entendi. Mas o que ela está pensando? Que vou sair daqui e mandar imediatamente um e-mail relatando tudo o que ouvi para o editor da seção de casas de boneca do *Financial Times*?

Pelo menos a comida está gostosa. Bom, os legumes estão gostosos. Todo mundo na mesa está comendo frango. Elsa esqueceu que sou vegetariana, então estou devorando uma montanha de cenouras.

— Delicioso! — digo pela nonagésima quinta vez, e Elsa abre um sorriso indiferente para mim.

— O senhor vai participar da reunião? — pergunto, me virando educadamente para Ronald, que acabou de encerrar o assunto sobre o presidente do Banco da Inglaterra com John.

Ronald faz que não com a cabeça.

— Eu já me aposentei, minha querida — responde ele.

— Ah, é verdade — digo, tentando pensar em alguma coisa para dizer sobre aposentadoria. — Deve ser... divertido?

— Não tão divertido assim — diz ele. — Não recentemente.

Ronald parece tão desanimado que meu coração se aperta. Ele é o primeiro membro da família de Matt que me mostrou um lado humano.

— Por que não? — pergunto em um tom gentil. — O senhor não tem nenhum hobby legal? Golfe?

— Ah... — Ele solta um suspiro demorado, forte, parecendo um balão se esvaziando. — É, tem o golfe... — Seus olhos azuis se tornam distantes, como se golfe fosse algo irrelevante em sua vida.

— A verdade, minha querida, é que me meti em uma confusão recentemente...

— Confusão? — Eu o encaro.

— Uma coisa muito ruim. Muito vergonhosa... Só de pensar que um homem com tanta educação quanto eu... que já foi diretor *financeiro*... — Ele para de falar, seus olhos embaçados. — É a sensação de ter sido burro, sabe. A sensação de ser um velho bobo. Um velho bobo e burro.

— Tenho certeza de que o senhor não é um velho bobo! — digo, horrorizada. — O que aconte... — Eu me interrompo, sem graça, porque não quero parecer intrometida. — A confusão já foi resolvida?

— Foi, mas foi algo que me marcou, sabe? — confessa ele com a voz trêmula. — Me marcou. Eu acordo de manhã e penso... "Ronald, seu velho bobo."

Quando ele encontra meu olhar, seus olhos estão cheios de lágrimas. Nunca vi um rosto tão triste. Não aguento.

— Eu não sei o que aconteceu — digo, meus olhos também se enchendo de lágrimas de empatia. — Mas sei que o senhor *não* é bobo.

— Vou contar o que aconteceu — diz Ronald. — Vou contar. — Para meu horror, uma lágrima escorre do olho dele e cai na toalha de mesa. — Foi um golpe, sabe...

— Francamente, Ronald! — interrompe a voz de Elsa, rápida e irritada, fazendo nós dois darmos um pulo. — Eu não *acredito* que...

— Ah. — Ronald lança um olhar culpado para ela. — Eu só estava contando para a... Emma aqui... sobre...

— Eu não *acredito* — repete Elsa em um tom de quem põe fim na conversa — que a Ava esteja interessada nesse tipo de assunto. *Ava* — diz ela de novo, enfática.

— Ava. — Ronald parece horrorizado. — *Ava*, não Emma. Desculpa.

— Não tem problema! — digo. — E *estou* interessada, sim. Não sei o que aconteceu, mas...

— Foi um incidente infeliz. — A boca de Elsa se aperta ainda mais, como se ela a tivesse fechado com um zíper.

— Pai, aconteceu, acabou, você precisa esquecer isso — diz John, parecendo levemente robótico, como se já tivesse dito essas palavras muitas vezes.

— Mas aquilo devia ser proibido — diz Ronald, angustiado. — Ninguém devia poder fazer uma coisa dessas!

Elsa e John se olham.

— Ora, Ronald — começa ela. — Não vamos ficar remoendo as coisas. Como John disse, é melhor esquecer.

Ela se levanta para tirar os pratos, e imediatamente me levanto para ajudar.

Quando entro na cozinha com dois pratos de legumes, vejo a caixa da confeitaria ainda em cima da bancada, e pergunto em um tom prestativo:

— Que tal eu abrir o bolo?

— Ah, melhor não — diz Elsa, olhando inexpressiva para a caixa. — Bem, vou fazer um café. Você é esportista, Ava? — acrescenta ela enquanto enche a chaleira, e tusso, tentando ganhar tempo.

Eu não sou *nada* esportista. Mas este lugar é um museu de esportes.

— Gosto de ioga — respondo, por fim. — E comecei a fazer tai chi com o Matt.

— Não entendo muito de ioga — diz Elsa, pensativa. — Mas creio que seja um esporte desafiador.

— É — concordo, hesitante. — Mas não sei se chamaria de esporte, está mais para um...

— Você participa de competições? — Ela me interrompe, e eu a encaro, perplexa.

Competições de *ioga*?

— Ioga não é muito... — começo. — Existem competições?

— Aqui está. — Elsa desvia o olhar do celular, no qual digitava, distraída. — Encontrei campeonatos de ioga em Londres. Você devia treinar e competir. Vou mandar o link para o Matthias. — Ela me encara com um olhar duro. — Imagino que você queira praticar no nível mais elevado possível.

— Hum... — Engulo em seco. — Não é bem por isso que eu faço ioga, mas... pode ser! — acrescento, quando a vejo que a testa dela está franzida. — Sim! Boa ideia! — Enquanto observo Elsa fazendo o café, pergunto com uma voz tímida: — Desculpa por perguntar, mas o que foi que aconteceu com o Ronald?

Há uma pausa, e então Elsa diz:

— Um incidente infeliz. — Ela abre um sorriso nada amistoso para mim. — Nós não tocamos nesse assunto. Você se importa em levar a bandeja com as xícaras?

Obedientemente, eu a sigo, e, quando me sento à mesa, um dobermann elegante aparece na porta. Ai, meu Deus. Que cachorro lindo.

— Mouser! — cumprimenta Matt, sorrindo. — Um dos cachorros do meu pai — explica ele para mim, e abro um sorriso para ele, aliviada.

Finalmente! Algo com que consigo me identificar! Quero conhecer Mouse e fazer carinho nele — só que ele parece congelado no lugar.

— Por que ele não entra? — pergunto, intrigada.

— Ele não pode entrar aqui — responde Matt.

— Ele não pode entrar na sala de jantar? — digo, embasbacada.

— Ele tem zonas específicas — explica Matt, e tento esconder meu horror.

Zonas específicas? Que coisa sinistra. Parece algo saído de uma nave espacial em um filme de distopia. Abro um sorriso cheio de compaixão para Mouse, que continua parado na porta. O cachorro solta um único latido, e John imediatamente franze a testa.

— Ora, Mouse — diz ele. — Comporte-se. Deita.

Na mesma hora, Mouse se deita no chão. Não tiro os olhos dele, levemente impressionada. Nunca vi um cachorro como esse. É como se ele fosse um robô.

— Por que ele se chama Mouse? — pergunto. — Porque gosta de caçar ratos?

— Não, é *Mauser*. Em homenagem às espingardas — explica Matt, e quase deixo minha xícara cair tamanho é o choque.

Espingardas? Eles batizaram o cachorro em homenagem a uma *arma*?

— O Mauser está em boa forma — diz Walter, que quase não falou nada durante boa parte do almoço.

— A Ava tem um cachorro — conta Matt a Walter, que olha para mim com um interesse visível.

— Ah, é?

— Tenho um beagle — conto, animada. — Eu o adotei em um canil. Ele foi encontrado no acostamento de uma estrada. — Como sempre, quando começo a falar sobre Harold, minha voz se enche de amor. — Ele... quer ver uma foto?

— Não, obrigado — responde Walter na mesma hora, enquanto John afasta a cadeira para trás.

— Matthias, Walter, acho que devemos começar.

— Claro — diz Matt, terminando sua xícara de café. — Você vai ficar bem, Ava?

— Vou encontrar alguma coisa pra distrair a Ava — garante a mãe dele antes de eu conseguir responder. — Pode ir, Matthias. Já encontro vocês.

— Foi um prazer conhecer você — diz Walter para mim, e me forço a abrir um sorriso.

— Você também!

John sai a passos largos da sala, junto com Walter e Matt. Mauser os acompanha, andando praticamente no mesmo ritmo, e, enquanto os observo se afastando, me dou conta de que estou mentalmente cantarolando a música-tema de Darth Vader. Ai, meu Deus, tomara que ninguém mais consiga escutar.

— Ronald, seu massagista já está chegando — acrescenta Elsa, e Ronald se levanta.

— Foi um prazer imenso conhecer você, Ava — diz ele, e me dá um apertão de leve no braço antes de sair da sala.

— Ava — começa Elsa com um sorriso frio —, infelizmente, acho que a nossa reunião vai demorar. Mas você pode usar a piscina. É coberta — acrescenta ela. — O complexo fica lá fora.

Fico boquiaberta. *Piscina*? Não esperava que houvesse uma piscina.

— Que maravilha! — digo. — Mas... eu não trouxe maiô.

— Nós temos maiôs extras para as visitas no complexo — diz ela. — Pegue o que quiser.

— Obrigada!

Sorrio para Elsa, e toda minha antipatia desaparece. Aqui estamos nós. *Esse* é nosso ponto em comum. Natação! Posso não ser muito esportista, mas sou capaz de aproveitar uma piscina como ninguém. Vou passar a tarde inteira boiando na água, relaxando, e então podemos comer o bolo da confeitaria na hora do chá, já que não o comemos no almoço.

— Ah, é melhor eu avisar — acrescenta Elsa ao chegar à porta. — Minha tia Sigrid e minha prima Greta, da Áustria, estão vindo nos visitar com alguns amigos. Talvez você encontre com eles lá. São todos muito simpáticos.

— Ótimo! — digo, animada. — Acho que vou dar uma volta pelo jardim primeiro.

— Fique à vontade — diz Elsa, acenando para as portas duplas, parecendo quase amigável.

Não acredito. Esta visita sofreu uma reviravolta para melhor!

O jardim é enorme e complicado, com trechos murados, pomares e partes gramadas que parecem com outras partes gramadas. Ao tentar encontrar o caminho de volta, minha atenção é sugada por uma discussão entre Sarika e Maud no WhatsApp sobre sérum de vitamina

C, e me acomodo em um banco para participar. Então demoro um pouco para seguir para o complexo da piscina, que é uma construção de madeira com fachada de vidro.

A piscina é maravilhosa, toda azul e resplandecente, parecendo algo de um hotel chique. Há várias espreguiçadeiras, e saunas a vapor e seca. Não consigo me controlar e solto um gritinho animado ao olhar ao redor. Por que Matt não me contou sobre este lugar? Isso é *tão* típico dele.

Então escuto vozes. Vou até uma cortina, seguindo o som, e vejo um grupo de mulheres trocando de roupa e conversando alto em alemão. Três parecem ter 40 e poucos anos, e uma é mais velha. Elas me encaram, surpresas quando me veem, e aceno para as quatro, meio tímida.

— Oi — digo. — Estou com o Matt. Ava.

— Olá! — responde, toda animada, uma mulher de porte atlético, com cabelo curto e encaracolado. — Eu sou a Greta, prima da Elsa. Essas são Heike, Inge e Sigrid — ela indica a mulher mais velha. — Minha mãe. Viemos com nossos maridos, que estão vindo para cá daqui a pouco. Estamos fazendo uma viagem rápida pelo Reino Unido. De carro.

— Vamos passar uns dias aqui e seguir para Stratford — acrescenta Heike. — Nunca fui a Stratford. — Ela coloca uma touca de natação com um estalo. — Pronta para nadar — avisa ela, animada.

— Vamos lá.

— Vocês todas falam inglês muito bem — digo, admirada.

— Não, não — diz Heike, sendo modesta. — Nós nos esforçamos, mas ainda carecemos de instrução.

Ela está de brincadeira, não?

— Eu jamais conseguiria dizer "carecemos de instrução" em alemão — digo, sendo sincera. — Impossível. Então vocês venceram.

Todas as mulheres riem, trocando olhares satisfeitos umas com as outras, e sinto a animação subindo pelo meu corpo. Elas são *legais*!

— A piscina é maravilhosa — digo, começando a tirar a roupa.

— Sim! — concorda Greta com empolgação. — Estamos animadas para nadar. Vemos você lá.

Quando elas vão para a piscina, eu pego um maiô em uma cesta com uma etiquetada na qual se lê "Visitas". Enquanto o visto, sorrio para mim mesma, porque isso não é nem de *perto* o que eu esperava que poderia acontecer hoje. Uma maravilhosa tarde preguiçosa na piscina com parentes distantes de Matt! A gente pode tomar sol nas espreguiçadeiras. Ou talvez ficar sentadas na beira da piscina, com os pés na água, batendo papo. Talvez elas me contem o que aconteceu com Ronald.

Mas, quando chego à piscina, ninguém está deitado nas espreguiçadeiras nem com os pés na água. As quatro estão nadando rápido. Tipo, de verdade. Crawl. Nado costas. A piscina inteira parece ocupada por uma equipe em treinamento para os Jogos Olímpicos. Até Sigrid executa um nado de peito que parece profissional, e ela deve ter uns 70 anos, no mínimo. Quem *são* essas pessoas? Enquanto fico parada ali, embasbacada, Greta chega à borda da piscina e sorri para mim.

— Está delicioso! — diz ela. — Entra!

— Certo. — Eu hesito. — Vocês todas... nadam muito bem.

— Nós nos conhecemos na equipe de natação — conta Greta, animada. — Apesar da nossa técnica não ser mais como era antes!

Conforme ela fala, Heike vem a toda até a beira da piscina, dá uma cambalhota embaixo da água e segue na direção oposta.

— Você nada? — pergunta Greta em um tom educado.

— Bom. — Engulo em seco. — Assim, eu não afundo...

— Aproveita! — diz ela, então se impulsiona para longe em um crawl habilidoso.

Hesitante, desço a escada para entrar na água, que está mais fria do que eu esperava, e dou algumas braçadas lentas. Então preciso sair correndo da frente de Inge, cujos braços parecem êmbolos atravessando a piscina. Ai, meu Deus, não dá para boiar com essa gente indo de um lado para o outro. Parece que estou em uma autoestrada. Talvez seja melhor deixar a piscina pra lá por enquanto, decido. Posso tentar fazer a sauna. Algo mais relaxante.

— Vou pra sauna a vapor! — aviso, quando Greta para na beirada da piscina, e ela assente, animada.

Pego uma toalha e sigo, com todo o cuidado, pelo piso de azulejos até a sauna, e, quando entro, já sinto meus músculos liberando a tensão. Agora, sim. *Isso* que é vida.

Fecho os olhos e deixo o vapor me engolir. Minha cabeça gira com todos os momentos estranhos do dia, desde o prato de salmão usado pela princesa Margaret em 1982 até o pobre e choroso Ronald. Depois de uns minutos, quase caio no sono. Mas meu queixo se empina quando escuto vozes de novo. São Greta e as outras mulheres. Dá para perceber que elas saíram da piscina, e escuto algumas vozes masculinas retumbantes, que devem ser dos maridos. É melhor eu ir dar oi.

Cheguei à conclusão de que ser simpática com Greta é uma boa estratégia. Com o grupo todo, na verdade. Elas parecem muito legais (bem mais legais que Elsa), e essa é uma ótima maneira de conhecer a família. Porém, quando saio da sauna a vapor, a área da piscina está vazia. Para onde foi todo mundo? Olho ao redor, então noto dois pares de chinelos na frente da porta da sauna seca.

É claro! Bom, melhor ainda. Que lugar melhor para fazer amizade com os outros do que uma sauna?

Eu me enrolo em uma toalha e abro a porta da sauna com cuidado, sendo tomada imediatamente por um bafo quente. Dou um passo para dentro e fico imóvel, horrorizada, sem saber o que fazer.

Todo mundo está aqui. Todas as mulheres, pelo menos. Elas estão sentadas sobre as toalhas, me olhando com sorrisos simpáticos — e peladas. Completamente peladas. Como vieram ao mundo. Só consigo ver seios, barrigas e... Ai, meu *Deus*.

O que eu faço agora? O quê? Será que eu também devia ficar pelada?

— Fecha a porta! — diz Greta, gesticulando para mim, e, antes que eu me dê conta do que estou fazendo, obedeço.

— Senta! — acrescenta Heike, chegando para o lado no banco. Os seios cheios de veias balançando com o movimento.

Não. *Não* olhe para os seios dela. Nem para...

Ai, meu Deus, pare. *Não* olhe. Rápido, viro a cabeça para fugir de Heike e acabo encarando os mamilos pálidos de Inge, que estão na altura dos meus olhos. Apavorada, afasto o olhar de novo e encontro uma floresta de pelos pubianos.

Não. Nããããoo.

Certo. Calma. Em resumo, não é seguro olhar para nenhum lado. Então vou encarar a porta. Sim. O suor já escorre pelo meu rosto, e não tem nada a ver com o calor da sauna; é estresse puro.

Será que devo ir embora? Mas e se elas acharem falta de educação?

— Senta na toalha, Ava — diz Greta, e a coloco cuidadosamente sobre as ripas de madeira.

Quando me sento, vejo que Sigrid me observa.

— Por que você está de roupa? — pergunta ela em um tom educado. — Você tem vergonha do seu púbis?

Se eu...?

O quê?

— Não! — respondo, com a voz um pouco estridente. — Quer dizer... Eu não acho que... Caramba. Eu nunca... Está bem quente aqui dentro...

Meu discurso enrolado é interrompido quando a porta da sauna se abre. Três homens entram, todos com toalhas enroladas na cintura e sorrisos largos.

— Henrik! — exclama Greta. — Essa jovem está com o Matt, o nome dela é Ava.

— Olá, Ava! — diz Henrik, animado.

Sei que essa é minha deixa para responder, mas não consigo falar nada. Estou paralisada de pavor. Os homens estão distraídos, desenrolando suas toalhas, revelando peitos peludos, coxas, e... Eles não vão... eles não vão... *Certamente*, eles não vão...

Ai, meu Deus. Eles vão, sim. Os três.

Olhe para a *porta*, Ava. Olhe para a *porta*.

Minha cabeça está virada para a frente, toda dura. Meu olhar está grudado nas ripas de madeira. Tento esquecer o vislumbre que tive de Henrik e de seu...

Quer dizer, só como uma observação, não é de se admirar que Greta seja tão animada...

Não. *Não*. Pare de pensar, Ava. Pare de olhar. Só... pare.

Eu me dou conta de que estou agarrando a toalha com tanta força que meus tendões estão se destacando nas mãos — e Greta parece perceber.

— Ava, você está se sentindo bem? — pergunta ela, parecendo preocupada. — Está calor demais para você? Se não estiver acostumada com saunas, é melhor não exagerar.

— Eu estou bem! É só que... Acho que não estou acostumada com... — Paro de falar e respiro fundo. É melhor ser sincera. — Na Inglaterra, a gente não costuma... geralmente, nós usamos roupas de banho.

Os olhos de Greta se arregalam na mesma hora, entendendo.

— É claro! — exclama ela. — É *claro*. — Ela fala alguma coisa em alemão para os outros, e todos começam a exclamar também, inclusive os homens. — Queira nos perdoar! — pede Greta, em um tom animado. — Pobre Ava. Você deve estar achando tudo muito estranho. Sabe, para nós, é normal. Imagina, Henrik! Ela entrou na sauna achando que ia nos encontrar com roupas de banho. Mas deu de cara com um monte de gente pelada!

Os braços dela se agitam para indicar a sauna, e, antes que eu consiga me controlar, acompanho o movimento com o olhar, e...

Meu Deeeus. Eu vi coisas demais. Coisas que não vou conseguir desver.

— Que confusão — diz Henrik em um tom brincalhão. — Muito engraçado.

— A gente vai se matar de rir disso! — Greta concorda com a cabeça, depois se vira para mim, seus seios se sacudindo. — É essa a expressão certa, "matar de rir"?

— Eu... acho que sim — digo, me controlando para não olhar para os mamilos dela. — Ou "morrer de rir" seria mais... ah! — Solto um gritinho de surpresa quando Henrik se levanta, se balançando todo.

— A Elsa e o John estão vindo pra cá, aliás — diz ele, como quem não quer nada para Greta. — A sauna vai ficar lotada!

Quando suas palavras invadem minha mente, fico paralisada. Elsa e John estão...

O quê?

Levo um instante para compreender de fato a gravidade da situação. Meus possíveis futuros sogros? Na sauna? *Pelados?*

Eu já estou de pé, agarrada à minha toalha, com o coração disparado e rios de suor escorrendo pela minha cara.

— Foi maravilhoso ver vocês todos — balbucio. — Quer dizer, conhecer vocês todos. Quer dizer... Mas acho que já fiz sauna o suficiente por hoje. Então... hum... divirtam-se!

Quando empurro a porta para sair, minhas pernas estão tremendo. Preciso me trocar o mais rápido possível. Não posso ver Elsa nem John pelados de jeito nenhum. Essa é minha prioridade.

Tomo um banho rápido e largo o maiô molhado no que parece ser uma cesta de roupas para lavar. Então me visto de qualquer jeito e saio correndo do complexo da piscina em um estado de leve pânico. Conforme corro pelo quintal, vejo Matt vindo da casa, e acelero o passo até alcançá-lo.

— Você se divertiu? — pergunta ele. — A gente terminou mais cedo do que eu imagi...

— Ai, meu Deus. Ai, meu *Deus*, Matt. Você devia ter me avisado!

— Do quê? — Ele parece confuso.

— Da sauna! — digo, meio sussurrando, meio guinchando. — A sua família estava lá! Todo mundo pelado!

— Ah, é. — O rosto dele relaxa, compreendendo. — Pois é.

Espero Matt dizer mais alguma coisa — mas parece que é só isso. Ele não vai falar mais nada mesmo?

Tudo bem, eu definitivamente não sou uma pessoa carente, mas, na minha opinião, "Ah, é. Pois é" não é uma resposta suficiente para este momento.

— Pelados — repito para dar ênfase. — Eles estavam *pelados*. Todos eles. Sabe quando você vai falar pra muita gente e dizem "É só imaginar todo mundo nu que você fica confiante?" Bom, é mentira! Não funciona!

— É só um costume austríaco. — Matt dá de ombros.

— Mas não é o meu costume! Eu fiquei nervosa! Fiquei, tipo, "Meu Deus, estou olhando pra...". Você não quer saber pro *que* eu olhei — concluo, séria. — Você não quer saber.

Matt ri, e eu o encaro com raiva. Ele está achando graça?

— Você não me avisou de propósito? — pergunto em um tom acusatório.

— Não! — Ele parece chocado. — Ava, eu não sabia que teria mais gente lá. Não pensei que você faria sauna... na verdade, eu esqueci. Estou tão acostumado com isso que até esqueço. E, sério — acrescenta ele enquanto seus pais se aproximam pelo caminho do jardim —, não é nada de mais, né?

— *O quê?* — exclamo.

Mas então paro. Elsa e John estão a uma distância que conseguem nos ouvir, e ela fala comigo:

— Oi, Ava. A piscina estava boa?

— Estava maravilhosa, obrigada — respondo com um sorrio educado. — Vocês têm uma ótima piscina!

Mas, conforme ela começa a me explicar sobre o jardim, minha cabeça fica remoendo as coisas. A indignação corre solta pelo meu corpo. *"Não é nada de mais, né?"* Ele está falando sério mesmo?

DEZESSETE

Quando entramos no carro, uma hora depois, estou prestes a explodir. Estou prestes a explodir de verdade. Argumentos se acumulam na minha cabeça como aviões esperando para aterrissar. Primeiro, Matt não me avisa sobre a sauna com todo mundo pelado. Depois, ele dá a entender que estou exagerando. E aí, durante o chá, ele diz para os pais que Harold precisa ser adestrado, apesar de saber que eu *não* gosto quando ele fala isso.

Então, enquanto ainda estou remoendo isso, os pais dele começam uma palestra de meia hora sobre a oitava maravilha do mundo que é Genevieve. Eu sei que Genevieve já foi capa de três revistas. E que vai gravar um documentário. E que tem duas assistentes para cuidar de todas as cartas de fãs que recebe.

E, tudo bem, sim, Matt tentou mudar de assunto. Mas talvez ele *não tenha tentado o suficiente.*

E, ai, meu Deus, que história foi *aquela* com o bolo?

Quando entro no carro e aceno para os pais de Matt, já estou bufando.

— *Muito* obrigada! — grito pela janela. — Eu me diverti *muito*. Foi *maravilhoso*!

— Então — diz Matt enquanto engata a ré no carro para manobrar. — O que você achou?

Até essa pergunta me irrita. O que ele *pensa* que eu achei?

— Ah, que bom que eu vou conseguir tirar dez na minha prova sobre "Genevieve, a mulher-maravilha" — digo, ainda sorrindo docilmente para os pais dele pela janela, e Matt, suspira.

— Eu sei. Desculpa. Meus pais são... Eles não esquecem isso.

Ele passa a primeira, e seguimos em frente espalhando alguns cascalhos com as rodas. Conforme passamos pelos portões, nós dois soltamos o ar.

— Mas, tirando isso, foi tudo bem? — pergunta ele após alguns segundos.

Sei que ele quer que eu diga que tudo foi as mil maravilhas. E sei que eu deveria dizer isso. Mas não consigo. Estou me sentindo irritada e mal-humorada.

— Tirando a Genevieve, a sauna com todo mundo pelado e a hora que você ofendeu o Harold, foi fantástico — digo, incapaz de suavizar o sarcasmo em minha voz.

— A hora que eu ofendi o Harold? — Matt parece chocado. — Como eu ofendi o Harold?

— Você disse que ele precisa ser adestrado.

— Ele precisa mesmo ser adestrado — rebate Matt, e sinto uma onda de raiva.

— Não precisa, não! E por que eles não abriram o meu bolo?

— O quê? — Matt parece confuso. — Que bolo?

Que bolo?

— Eu gastei uma fortuna na confeitaria comprando aquele bolo, e eles o deixaram na cozinha!

— Ah.

— Aí eles serviram biscoitos no chá, e fiquei pensando "Mas e o *bolo*? Por que não estamos comendo o *bolo*?"

Matt lança um olhar cauteloso para mim.

— Eles devem estar guardando para depois. Acho que você está exagerando.

— Talvez — digo, ressentida. — Mas não era para menos. — De repente, sinto o cansaço bater, e esfrego o rosto. — Matt, escuta. Você *precisa* se mudar lá pra casa. Não consigo dormir nada na sua.

— Me mudar pra sua casa? — Matt parece chocado. — O quê? Não. Desculpa, mas não.

— Mas o meu apartamento é melhor. É mais confortável, mais aconchegante.

— Mais *aconchegante*? — repete Matt, sem acreditar. — Ava, seu apartamento é um perigo! Com uma porrada de... pregos saindo das coisas, tralhas caindo do nada, e você *nunca* fecha os potes direito...

Eu o encaro, chocada. *Potes?* De onde surgiu isso? *Potes?* Abro a boca para me defender, mas Matt continua como se estivesse botando tudo para fora.

— Aquelas porcarias de "plantas resgatadas" por todo canto... é impossível dormir na sua "cama resgatada"...

— Pelo menos o meu apartamento tem personalidade! — rebato.
— Pelo menos não é uma caixa de concreto e pedra.

— Personalidade? — Matt solta uma risada curta, incrédula. — O lugar está caindo aos pedaços! *Essa* é a personalidade do seu apartamento! *Livros de resgate?* Livros de resgate não existem, Ava. Ficar acumulando lixo não é um gesto nobre.

— Lixo? — Eu o encaro, indignada.

— Sim, lixo! Adivinha por que ninguém quer comprar *Um guia ilustrado da couve-flor*, publicado em 1963? Não é porque aquela porcaria é uma joia negligenciada que precisa ser salva. É porque é um *livro de merda*.

Por um instante, fico tão chocada que não consigo falar. Nem sei por onde começar. E, aliás, eu *não* tenho um livro chamado *Um guia ilustrado da couve-flor*.

— Então é isso, você odeia o meu apartamento? — Tento soar calma.

— Eu não odeio. — Matt liga a seta para a esquerda e muda de pista. — Acho que não é seguro.

— Não vem com isso de novo. Você está obcecado!

— Eu prefiro viver sem medo de me machucar a todo instante! — diz Matt com uma veemência repentina. — É só isso que eu quero. Sempre que piso na sua casa, me machuco com alguma coisa, ou uma droga de uma iúca resgatada cai em cima de mim, ou uma camisa minha é retalhada pelo Harold. Já tive que comprar seis camisas desde que a gente começou a namorar, sabia?

— *Seis?* — Por um instante, hesito. Eu não tinha me dado conta disso. Meu palpite seriam... três.

— Eu te amo. — De repente, Matt parece cansado. — Mas, às vezes, sinto que a sua vida me odeia. Eu me sinto atacado. As suas amigas... Nossa... Você sabia que a Nell me manda matérias esculhambando a Casa da Harriet todo dia? "Por que a Casa da Harriet é machista?" "Por que todas as feministas deveriam boicotar a Casa da Harriet?" Pelo amor de Deus, é uma empresa de casas de boneca. Podemos não ser perfeitos, mas não somos *maus*.

Sinto uma leve apreensão, porque eu também não tinha me dado conta disso — mas Nell é assim mesmo.

— Isso mostra que ela respeita você — digo, na defensiva. — A Nell só briga com gente que ela gosta e respeita. É um elogio. E pelo menos ela interage! Pelo menos ela não te ignora. Seu pai passou o almoço inteiro sem me dirigir a palavra! Nada! — Sei que minha voz está ficando estridente, mas não consigo parar. — E o meu apartamento pode não ser perfeito, mas pelo menos é de bom gosto! Pelo menos eu não tenho robôs por todo canto!

— Qual é o problema com os robôs? — questiona Matt.

— Eles são ridículos! É coisa de gente imatura! Que tipo de pessoa precisa que um *robô* traga lanches? E quanto às suas obras de *arte*...

Eu paro de repente, porque não queria falar das obras de arte. Gotas de chuva atingem o carro, e, por um momento, nós dois ficamos em silêncio.

— Qual é o problema das minhas obras de arte? — pergunta Matt em um tom calmo, e, por alguns instantes, fico em silêncio.

O que eu digo? Será melhor dar para trás?

Não. Nell e Sarika têm razão. Preciso ser sincera. Chega de ficar negando as coisas.

— Sinto muito, Matt — digo, olhando pela janela. — Mas acho as suas esculturas assustadoras e... e esquisitas.

— "Esquisitas" — repete ele, sua voz magoada e mordaz. — Um dos maiores e mais aclamados artistas do nosso tempo faz trabalhos "esquisitos".

— Ele pode ser ótimo. Mas suas obras continuam sendo estranhas.

— A Genevieve gostava — diz Matt em um tom maldoso, e eu arfo por dentro.

Ai, meu Deus. Então é *isso* que a gente vai fazer agora?

— Bom, o Russell gostava da minha cama resgatada — digo, igualmente irritada — e adorava minhas janelas bambas. *Além disso*, achava o Harold perfeito do jeito que ele é. Então pronto.

Matt para em um sinal vermelho, e um longo silêncio se segue. Tenho a sensação de que estamos estabelecendo novos limites.

— Achei que o Russell não dormisse na sua casa? — diz ele por fim, sem mexer a cabeça.

— Não. Ele não dormia.

— Se ele nunca dormiu na sua cama resgatada, como gostava dela?

— Ele cochilou algumas vezes lá — digo, cheia de compostura. — E achava muito confortável.

— É meio estranho ele nunca ter dormido lá — insiste Matt.

— Ele não podia, por causa do trabalho...

— Porra nenhuma. Não existe isso de "não poder" dormir na casa da outra pessoa em cinco meses de namoro. Não conheço esse cara, mas imagino que o motivo para ele não ter nenhuma opinião sobre a sua vida era porque ele estava pouco se lixando. Ele não se importava, então dizia o que você queria escutar. Ele te enganou, Ava. A diferença é que eu não estou te engando. Eu me *importo* com você. E estou sendo sincero.

Eu o encaro, magoada. Eu nunca devia ter falado nada sobre Russell para Matt.

— É mesmo? — Finalmente, encontro palavras para rebater. — É isso o que você acha?

— É. É isso.

— Bom, então deixa *eu* te fazer uma pergunta. Como você sabe que a Genevieve gostava das suas esculturas?

— Ela dizia que adorava... — Matt se interrompe quando se dá conta do que estou tentando fazer. — Ela demonstrava interesse pelo assunto — acrescenta ele, sério. — Nós íamos a exposições juntos. Ela gostava de verdade.

— Ela enganou você, Matt! — Solto uma risada zombeteira. — Eu já entrei no Instagram da Genevieve, já vi o estilo dela... E, pode acreditar, ela *não* gostava de verdade das suas esculturas. Ninguém gosta! As minhas amigas...

— Ah, voltamos para as suas amigas — diz Matt em um rugido magoado, irritado. — É claro. O coral grego. Porra, será que você consegue passar cinco minutos da sua vida sem pedir a opinião delas?

— Cinco minutos? — Balanço a cabeça. — Você exagera *tudo*.

— Você é viciada em WhatsApp — diz Matt. — Isso não é exagero.

— Bom, prefiro ser viciada em WhatsApp do que em um site com... um contador idiota! — digo, soando estridente. — Pelo amor de Deus, o número de usuários de internet no mundo?

— Qual é o problema disso?

— É estranho!

— Então tudo na minha vida é "estranho" — diz Matt, as mãos apertando o volante. — De novo, a Genevieve não achava estranho.

— Bom, o Russell adorava as minhas amigas! — rebato, furiosa. — E quer saber de mais uma coisa? Ele era vegetariano. Enquanto você nem *tenta* parar de comer carne...

— Eu nunca falei que viraria vegetariano.

— Não estou dizendo que você falou isso, mas você podia se esforçar...

— Por quê? — rebate Matt, e quase grito de frustração. Como ele pode perguntar uma coisa dessas?

— Porque você *deveria*! Porque você disse que tentaria! Porque estudos científicos mostram...

— Ava, quero deixar bem claro agora — diz Matt, sendo direto — que nunca serei vegetariano. Comer menos carne, sim; comprar de produtores responsáveis, sim; parar completamente, nunca. *Nunca* — repete ele, e eu arfo. — Eu *gosto* de carne.

Sinto como se ele tivesse me dado um tapa. Por alguns instantes, não consigo nem respirar.

— Tudo bem — digo, por fim. — Então... é isso?

— Não sei. — O rosto de Matt fica tenso. — É isso, Ava? Esse é um dos itens da sua lista de critérios?

— Não! — digo, chocada. — Eu não acredito em listas de critérios.

— Porque você podia ter me avisado na Itália — continua Matt, incansável. — Só vou dizer isso. Você podia ter me avisado que ser vegetariano era um requisito.

— Bom, eu podia dizer a mesma coisa! — rebato. — O fato de eu ser vegetariana é inaceitável pra você? Porque, do mesmo jeito, você podia ter *me* avisado.

— Não seja ridícula — diz Matt, irritado. — Você sabe que não é.

Por alguns minutos, ficamos em silêncio, e a chuva começa a golpear com força o teto do carro. A mágoa crepita ao redor de nós como raios em uma tempestade. Não aguento isso. Como foi que ficamos assim? *Por que* ficamos assim?

Nós fomos tão felizes, visitando as colinas apulianas. Se eu fechar os olhos, consigo voltar para lá, com as oliveiras nos cercando, uma grinalda na minha cabeça, cheia de amor e otimismo.

Então abro os olhos e estou de volta à realidade, com a chuva e a tristeza.

— Então você se arrepende do que disse na Itália? — pergunto, dando de ombros de um jeito despreocupado.

— O que eu disse na Itália?

Matt aperta os olhos observando uma placa eletrônica que avisa sobre um engarrafamento na estrada, e meu rosto arde — porque como ele pode ter esquecido? Não foi tão *importante* assim para ele?

— Ah, desculpa, você esqueceu. — Mágoa e sarcasmo transbordam da minha voz. — É óbvio que não era muito importante pra você. *Achei* que você tinha dito "Amo esta mulher pra sempre", mas talvez tenha sido "Me passa o azeite?".

— É claro que eu não me arrependo de ter falado isso — responde Matt, indignado. — E é claro que foi importante pra mim. Eu não sabia ao que você estava se referindo. Eu disse um monte de coisas na Itália. Você sempre espera que eu leia a sua mente...

— Não espero, não!

Há outro silêncio, então Matt respira fundo.

— Escuta, Ava, a gente precisa conversar. De verdade. É só que... A gente pode sair pra beber alguma coisa e tal?

Antes que eu consiga responder, meu celular vibra com uma mensagem nova no WhatsApp, então automaticamente olho para a tela, e um sorriso incrédulo e amargurado surge no rosto de Matt.

— Lá vamos nós de novo. Pode conversar com as suas amigas. Prioridades. Não se preocupa, Ava, eu sei qual é o meu lugar.

Meu rosto cora de novo, porque foi um reflexo instantâneo. Se eu estivesse prestando atenção no que fazia, não teria olhado para o celular. Mas a mensagem está aberta na tela agora, e...

Ai, meu Deus.

Meu coração quase pula pela boca quando assimilo as palavras de Sarika. Por um instante, não consigo reagir. Mas, por fim, levanto a cabeça e digo:

— Preciso ir pra casa da Nell. Você pode me deixar lá, por favor?

— *O quê?* — Matt solta uma risada incrédula. — Essa é a sua resposta? Eu te chamo para sair, estou tentando melhorar as coisas, estou tentando resolver o problema de alguma forma... e você me diz que quer ir pra casa da *Nell?* Ava, você me acusa de não me importar, mas...

Ele continua falando, porém mal escuto suas palavras. Minha mente está dividida. Não posso contar a ele, nunca conto para as pessoas sobre Nell sem a permissão dela, mas nesse caso é diferente, ele devia saber, ele *precisa* saber...

— A Nell está doente — interrompo Matt.

— *Doente?* — Seu tom indignado desaparece, e ele me lança um olhar incerto. — O que você... Aconteceu alguma coisa?

— Eu não ia te contar até... Quer dizer, ela prefere contar pras pessoas ela mesma, mas... Enfim. — Respiro fundo. — A Nell tem lúpus. Então. É... esse é o problema. É por isso que preciso ir pra lá.

— *Lúpus?* — Matt vira a cabeça para me encarar por um instante antes de voltar a olhar para a estrada. — Mas... merda. Eu não fazia ideia. Quer dizer, ela não parece... Eu nunca poderia imaginar.

— Eu sei. É por isso que é tão difícil. As crises vêm de repente. Ela estava em uma fase muito boa, então...

— Lúpus. — Matt ainda parece um pouco em choque. — Eu nunca... Quer dizer, é uma doença séria, né?

— É. Quer dizer, pode ser. Depende. — Eu bufo de frustração.

Sei que pareço ríspida. Talvez até irritada. Mas não estou com raiva de Matt, estou com raiva da porcaria do lúpus. Da doença. Dessa *merda* toda.

— Tá — diz Matt depois de uma pausa demorada. — Entendi.

Ele estica a mão, segura a minha e a aperta com força. Eu aperto a dele também, com mais força do que pretendia, e me dou conta de que não quero soltá-lo. Então ficamos assim, agarrados à mão um do outro, até ele precisar passar a marcha e me soltar.

— Como eu posso ajudar?

— A Sarika disse que é uma das crises ruins. A gente tenta ficar com ela, e é a minha vez. Então só me deixa lá. Obrigada.

Pelos minutos seguintes, nós dois ficamos em silêncio, então Matt diz:

— Me conta como é. Espera. Não, não precisa perder seu tempo. Posso procurar no Google. Tanto faz.

— Não tem problema — digo, amargurada. — Tem um milhão de sintomas; então, se você procurar no Google, vai só ficar confuso. É uma doença autoimune. Várias coisas podem acontecer. A Nell já teve vários problemas diferentes. Nas juntas... no coração. Uns dois anos atrás, ela precisou operar o intestino. Não é nada divertido.

— Ela não devia ir pro hospital? — Matt parece assustado.

— Talvez precise. Mas ela detesta, prefere ficar em casa. Quando as crises acontecem, a gente tenta dar apoio. Sabe, distraí-la, fazer companhia pra ela, pegar as coisas quando ela precisar, esse tipo de coisa.

O silêncio toma conta do carro, e sinto Matt assimilar tudo. Por fim, ele se arrisca:

— Parece cansativo.

— Sim. — Eu viro a cabeça, me sentindo grata, porque ele encontrou a palavra certa. — É cansativo mesmo. E ela parecia tão melhor. — Não consigo controlar minha frustração. — Sabe... fazia meses que ela não tinha uma crise. Nós todas achamos... A gente estava torcendo pra... É tão injusto... — Quando me lembro de Nell no parque, parecendo tão atipicamente otimista, minha voz falha de repente. — *Merda*.

— Ava, você pode ficar triste — diz Matt em um tom gentil.

— Não. — Eu balanço a cabeça. — Não posso ficar nervosa. É uma regra da Nell.

Minha voz está mais calma. Quando olho para ele, só consigo sentir afeição. Todos os nossos problemas estressantes, irritantes, desapareceram. Tudo parecia tão absurdamente importante enquanto a gente gritava um com o outro, dois minutos atrás — mas, agora, não consigo nem lembrar por que fiquei estressada. Na verdade, estou com vergonha. Eu e Matt não estamos sofrendo, não estamos doentes, não estamos passando por dificuldades. Nós temos sorte. A gente vai dar um jeito.

Enquanto coloco o endereço de Nell no GPS de Matt, ele pergunta baixinho:

— Há quanto tempo ela está doente?

— Tem cinco anos que ela foi diagnosticada. Ela já tinha crises antes, mas ninguém sabia o que era.

Fico em silêncio por um instante, me lembrando daqueles anos terríveis, complicados, quando Nell vivia doente e ninguém conseguia descobrir qual era o problema. Era tão estranho ver Nell, tão falante e agitada, ficar cansada. Mas ela passava dias na cama, incapaz de se mexer, sentindo dor, enquanto o médico só falava sobre ansiedade, vírus e síndrome da fadiga crônica. Ela alternava entre sentir raiva e desespero. Nós todas nos sentíamos assim.

Quando ela foi diagnosticada, foi quase um alívio saber qual era o problema, mas assustador também. Porque foi algo concreto. *É* algo concreto.

— E vocês todas cuidam dela? — Sinto que Matt está tentando entender como as coisas funcionam.

— A gente não cuida dela. Nós só, sei lá, ficamos com ela. E não somos só nós — acrescento, rápido. — A mãe dela vem sempre, apesar de elas terem uma relação meio instável. E tem o irmão e a cunhada dela também, mas eles moram em Hastings, então...

— Sei. E tem algum cara? Ou uma namorada? — acrescenta ele. rápido.

— Tiveram alguns caras desde que ela foi diagnosticada. Mas nenhum durou muito. Eles acabam desistindo quando ela começa a cancelar as coisas. — Dou de ombros. — Quer dizer, é difícil.

— Imagino que seja.

— Não falei nada antes porque ela... — Eu hesito. — Ela odeia que as pessoas saibam antes de ser inevitável. Mas, agora, você precisa saber. Quer dizer, você acabaria descobrindo em algum momento. — Faço uma pausa, encarando os limpadores de para-brisa, então acrescento: — Isso faz parte da vida da Nell, e da minha também.

— Entendo perfeitamente.

Ele concorda com a cabeça, e passamos o restante do caminho em silêncio. Não é um silêncio ruim, tóxico, e sim tranquilo. É difícil dizer se a gente conseguiu resolver as coisas, mas pelo menos nós estamos dando uma trégua. Quando paramos diante do prédio de Nell, Matt pergunta:

— Posso entrar?

Mas faço que não com a cabeça.

— É melhor não. A Nell não gosta de se expor.

— Mas eu quero fazer alguma coisa. — Ele parece preocupado. — Ava, eu quero ajudar...

— Você já ajudou. Você me trouxe até aqui. Sério. — Olho para ele de um jeito tranquilizador. — Eu posso cuidar das coisas agora.

— Tudo bem. — Ele desliga o motor, esfrega o rosto por alguns segundos, depois se vira para mim. — Bom, escuta. Antes de você ir... a gente pode sair pra beber alguma coisa? Ou jantar? Vamos sair pra jantar. Um *encontro* — acrescenta ele, como se finalmente tivesse encontrado a palavra adequada. — A gente nunca teve um encontro de verdade. Isso é ridículo.

— É verdade, né? — Eu sorrio. — A menos que pular no mar conte como um encontro.

Quando digo essas palavras, a imagem daquele dia tão distante surge em minha mente, e sinto uma pontada repentina, visceral, de saudade. Tudo parecia tão simples naquela praia. O sol brilhando, o sal do mar no meu cabelo e um cara gatíssimo, perfeito. Nada para fazer além de tomar sol e beijá-lo. Nenhum compromisso. Nada de vida problemática, chata e confusa para atrapalhar.

E eu sei que aquela não era a realidade, eu entendo.

Mas a realidade às vezes é difícil. A realidade é bem *difícil*.

— Falando em pular no mar... — Matt interrompe meus pensamentos. Ergo o olhar, me perguntando aonde ele quer chegar com aquilo. Então, para minha surpresa, ele abre a porta do carro e sai.

— Espera aqui — acrescenta ele.

Escuto Matt abrindo o porta-malas e depois mexer em alguma coisa. Então o porta-malas fecha de novo, e ele volta para o carro com um grande pacote.

— Isso é pra você — diz ele, colocando-o no meu colo. — Um presente. Eu não sabia quando seria a hora certa de te dar, então... Enfim. Cuidado, é pesado.

Ele não está brincando: seja lá o que for isto, é bem pesado.

— O que é? — pergunto, surpresa.

— Abre. Você vai ver.

Lanço um olhar confuso para ele, tiro as camadas de papel pardo, depois de plástico bolha, e finalmente de papel de seda, para revelar...

— Ai, meu Deus — arfo. De repente, minha garganta fica seca. Não acredito.

Estou segurando a torre de pedrinhas. A que fizemos na praia, na Itália. De alguma forma, ela foi colada e montada sobre uma base de madeira, e é a coisa mais linda que eu já vi na vida. Enquanto meus olhos percorrem as pedras, volto para aquele momento, sob a sombra salpicada da oliveira, dominada pela luz do sol e pelo romance.

— Já entendi que a gente não tem o mesmo gosto pra arte — diz Matt, meio amargurado. — Então não sei se você vai gostar. *Eu* gostei...

— Eu amei. — Engulo em seco, com os olhos marejados. — Eu amei de verdade, Matt. É perfeito. E somos nós, é uma lembrança de nós... Como você fez *isso*? — Viro a cabeça para ele, sem acreditar. — Como essa torre veio parar aqui?

— Eu voltei lá — confessa Matt, parecendo muito orgulhoso de si. — Na manhã seguinte, quando a gente estava escrevendo as cenas. Aluguei um carro e fui até a praia.

— Você disse que ia escrever no seu quarto!

— Pois é. — Ele sorri. — Foi uma mentira inocente. Quando cheguei à praia, a torre ainda estava lá. Eu numerei as pedras com um lápis, trouxe tudo pra cá, encontrei um escultor pela internet... Não foi nada de mais.

— Foi, *sim* — digo, acariciando a superfície lisa das pedras. — Isso é incrível. Muito obrigada *mesmo*... — Minha voz falha de repente. — Matt, nem sei o que dizer. Desculpa por eu ter gritado. Não sei o que deu em mim.

É surreal. Um instante atrás, a gente estava berrando um com o outro — e, agora, estou quase chorando, porque ninguém nunca fez nada tão lindo para mim quanto isso.

— Desculpa também — diz Matt com a voz rouca. — E eu também queria te agradecer por uma coisa. Outro dia, quando você me fez cheirar aqueles óleos de aromaterapia... Confesso que eu tinha lá minhas dúvidas. Achei que fosse uma besteira. Mas aquele óleo que você fez pra eu usar no trabalho...

— Você gostou? — Olho para ele, empolgada.

— Eu passo nas têmporas quando estou no escritório, como você me orientou. Esfrego nas têmporas. E é bom. Faz diferença. — Ele dá de ombros. — Eu fico mais relaxado.

— Fico *tão* feliz!

Acaricio a torre de pedrinhas de novo, e Matt estica a mão para tocá-la também. Nossos dedos se encostam, e trocamos um sorriso um pouco hesitante.

— Nunca achei que eu seria o tipo de cara que usaria óleos de aromaterapia — diz Matt de repente, como se precisasse se esforçar para falar. — Nem que traria um monte de pedras da Itália. Eu jamais teria pensado nisso se você não tivesse falado que queria a torre. Mas estou feliz por ter feito as duas coisas. Então... — Ele hesita, como se estivesse pensando nas palavras. — Obrigado por me fazer expandir meus horizontes, acho.

— Bom, obrigada por realizar meu desejo — digo, pressionando os dedos com força contra as pedrinhas. — É um superpoder.

— Eu não tenho superpoderes — diz Matt depois de uma pausa. — Nem de longe. Mas... quero levar você pra sair.

O rosto dele está completamente focado no meu, seus olhos escuros são sinceros. Esse homem bom, complicado, que pode até não ser vegetariano nem perfeito... nem se encaixar em todos os aspectos da minha vida, mas é atencioso em um grau que eu jamais poderia imaginar. E ainda é gatíssimo. Ele não tem culpa de gostar de obras de arte esquisitas.

— Vou adorar sair com você — digo, e toco de leve sua mão. — Vou adorar.

Entro no quarto de Nell na ponta dos pés e a vejo deitada em uma posição encolhida e curvada que já conheço, e mordo o lábio.

Uma vez, Nell me disse: "A dor é a companheira de cama menos romântica do mundo. *Desgraçada.*" Alguns minutos depois, ela continuou com uma voz fraca: "É como se um babaca estivesse batendo nas minhas juntas com um martelo." Desde então, é assim que eu vejo as coisas. Já vi a dor tirar toda a cor de seu rosto. Já vi a dor diminuí-la, levando-a para um lugar particular, só ela e sua torturadora, até os remédios fazerem efeito. Quando fazem.

— Oi — digo baixinho, e ela vira a cabeça de leve. — Como vai a desgraçada? Você já tomou alguma coisa?

— Aham. Está melhorando — diz Nell, sua voz enfraquecida pelo esforço que é falar.

Sei que ela está mal porque nem tenta ler nada. Noto que suas mãos estão inchadas. Isso acontece com frequência. As mãos dela ficam manchadas; os dedos se tornam dormentes. É comum que ela não consiga usar o iPad, e até mexer no controle remoto é uma dificuldade.

Mas não falo de nada disso. Nós temos um vocabulário, todas nós, baseado na aversão de Nell a dar detalhes sobre sua doença, mesmo quando ela não consegue se mexer. Os médicos ficam um pouco incomodados com isso, mas nós quatro estamos acostumadas. Sei que "Está melhorando" significa que ela não quer falar sobre o assunto.

— Que ótimo. — Eu me sento na cama e pego meu celular. — Então, tenho um livro novo. — Dou um ar superdramático à minha voz. — *Um beijo do zumbi*.

Minha forma de distrair Nell é ler livros para ela, e o gênero mais recente que encontramos é terror. Alguns são horríveis — *A noiva ensanguentada* foi especialmente traumático —, mas Nell diz que é disso que ela gosta.

— Excelente. — A voz de Nell é abafada pelo edredom. — Espera, calma. Como foi com os pais do Matt?

— Ah. — Penso na visita aos pais de Matt. — Foi tudo bem. Meio estranho. Sabe como é...

— Mas foi bom?

— Foi bom, tirando a sauna com todo mundo pelado. Vamos lá, capítulo um. — Respiro fundo. Mas então, pelo canto de olho, noto que o edredom começou a tremer. — Nell. Ai, meu Deus...

Sinto um frio na barriga quando baixo o celular e me levanto. *Por favor*, não me diga que ela está chorando. Não aguento ver Nell, tão maravilhosa e forte, arrasada. Além do mais, se ela chorar, eu vou chorar também... e aí ela vai gritar comigo...

Mas, quando dou uma espiada temerosa por entre as dobras da coberta, vejo que ela não está chorando, e sim rindo.

— Vamos fazer uma pausa em *Um beijo do zumbi* — pede ela no intervalo entre gargalhadas doloridas, virando o rosto para mim. — Ava, você não pode soltar isso assim, não. Mas que porra de sauna com todo mundo pelado foi essa?

DEZOITO

Quatro noites depois, eu e Matt temos nosso encontro. Escolhemos um restaurante vegetariano em Covent Garden, e resolvi que era melhor virmos cada um da sua casa, como faríamos se fosse um primeiro encontro de verdade. Chego na hora certinha, mas, mesmo assim, Matt já está sentado à mesa, e sinto uma onda enorme de amor quando o vejo. Isso é tão típico dele, chegar mais cedo.

Ele se levanta para me cumprimentar e me dá um beijo na bochecha. O garçom puxa a cadeira para mim, e eu e Matt sorrimos um para o outro, quase com nervosismo.

— Você está linda — elogia ele, indicando meu vestido.

— Você também. — Aponto com a cabeça para sua camisa azul.

— Ah, valeu. É nova. — Ele parece prestes a acrescentar alguma coisa, mas então muda de ideia.

— O que foi?

— Nada. — Ele balança rápido a cabeça. — O que você quer beber?

Por que ele está mudando de assunto?

— Ai, meu *Deus* — digo, quando a ficha cai. — Você teve que comprar uma camisa nova porque o Harold estragou a antiga. Desculpa.

Mordo o lábio, e na mesma hora Matt balança a cabeça de novo.

— Não! Não era isso que eu ia... Eu precisava de umas roupas novas de qualquer forma. Como está a Nell?

— Melhor. — Sorrio para ele. — Quer dizer, não *boa*, mas, você sabe... Melhorando.

— Que ótimo. O cardápio parece bom — acrescenta ele, cheio de entusiasmo, e sinto outra onda de amor.

Ele não reclamou sobre Harold ter estragado sua camisa e ainda fez um comentário positivo sobre comida vegetariana. Ele está se esforçando de verdade. Preciso retribuir.

— Você pode me ensinar a jogar golfe? — pergunto, em um impulso, e Matt parece um pouco surpreso.

— Você quer aprender a jogar golfe?

— Hum... — Jogo o cabelo para trás, tentando ganhar tempo. Talvez "querer" seja exagero. Mas tenho muito interesse em me conectar com Matt, e também seria bom para mim superar meu preconceito. Além do mais, talvez eu tenha um talento natural para a coisa. Quem sabe? — Sim! — respondo, determinada. — O golfe pode ser nosso novo hobby conjunto! Posso até comprar meias xadrez.

— Meias xadrez não são obrigatórias. — Ele sorri. — Mas, sim, se você quiser aprender, posso ensinar. — Então seu celular vibra com uma ligação, e Matt se retrai ligeiramente ao ver o número. — Desculpa. É o meu pai. Eu *avisei* que ia sair pra jantar, mas... — Ele respira fundo. — Vou só mandar uma mensagem rápida pra lembrar que estou ocupado.

Enquanto Matt manda a mensagem, o garçom vem à nossa mesa para pegar nossos pedidos de bebidas. Então, quando estamos sozinhos de novo, respiro fundo, porque preciso falar algumas coisas importantes.

— Matt — começo. — Acho que a gente precisa conversar. Posso ser franca?

— Franca? — Matt parece assustado.

— Sincera — elaboro. — Verdadeira. Honesta. Talvez objetiva. — Penso por um instante, depois volto atrás. — Não, não objetiva. Mas as outras coisas.

Matt parece ainda mais desconfiado.

— Acho que sim — diz ele por fim.

— Tudo bem. Então, o negócio é o seguinte. Já faz seis semanas, mais ou menos.

— Do quê? — Matt parece não entender, e sinto uma leve onda de impaciência, que tento controlar. Mas, sinceramente. Do que ele *acha* que eu estou falando?

— Que estamos juntos — digo, pacientemente. — Que nós estamos juntos.

— Certo. — Matt pensa sobre isso por um instante, depois arrisca: — Achei que fosse mais tempo.

— Bom, faz seis semanas. Nós tivemos seis semanas, tanto pra eu me acostumar com a Mattlândia como pra você se acostumar com a Avalândia. E acho que você concorda que nosso progresso tem sido... — Faço uma pausa para escolher a palavra certa. — Complicado.

Matt solta o ar, como se estivesse esperando algo muito pior do que "complicado".

— É verdade. — Ele concorda com a cabeça.

— Às vezes, está tudo maravilhoso entre a gente. Mas, de repente... — Faço outra pausa, tentando não falar de coisas antigas, dolorosas. — Mas quer saber? Isso é normal, porque seis semanas não são nada! Eu entendi tudo agora! Estou lendo um livro genial.

Tiro da bolsa o livro que passei os últimos dias lendo. Eu o comprei depois de uma busca rápida no Google, e, de verdade, ele deixou tudo muito mais nítido pra mim! As páginas estão todas destacadas com marca texto e Post-its nos trechos que achei úteis, e estou louca para que Matt o leia.

— *Em uma terra estranha* — diz Matt, lendo o título. — *Como se aclimatar a um novo país.*

— Olha! — digo, folheando as páginas com entusiasmo e mostrando os títulos dos capítulos para Matt. — *Capítulo 1: Então você se apaixonou por um novo país! Capítulo 2: O choque dos primeiros dias. Capítulo 3: Como se acostumar com novos costumes estranhos.* Viu só? Ele podia estar falando da gente!

— Certo. — Matt parece confuso. — Mas não é um livro sobre relacionamentos.

— Ele fala sobre ser um expatriado em um país estrangeiro — explico. — Bem, nós *somos* expatriados em países estrangeiros. A Mattlândia e a Avalândia! É a mesma coisa!

Quando folheio mais as páginas, chego ao *Capítulo 7: Quando o encanto se acaba*. Mas logo viro a página, porque essa parte não é relevante para nós.

— Enfim — continuo, confiante —, tudo nesse livro fez sentido pra mim. E, agora, chegamos numa fase chamada *choque cultural*. A gente precisa se ajustar. E talvez nós estejamos subestimando como isso dá trabalho. Escuta só... — Folheio as páginas até encontrar o Post-it que procuro e leio em voz alta: *Até as menores diferenças entre culturas podem ser incômodas, desde a linguagem corporal até as escolhas alimentares. É possível que você se pegue perguntando: "Por quê?"*

— Uma cerveja... — interrompe o garçom. — E um coquetel fermentado com kombucha e uma dose extra de grama de trigo?

— Fantástico! — Sorrio para ele. — Obrigada!

Quando o garçom se afasta, Matt olha em silêncio da sua garrafa de Budweiser para minha bebida verde, cheia de espuma, decorada com um broto de feijão.

— É — diz ele por fim. — Acho que me identifiquei com essa parte.

— Bom, o livro diz que não podemos esperar resultados instantâneos. São necessários seis meses pra se aclimatar. No mínimo. Saúde. — Levanto meu copo para um brinde.

— Saúde. Seis *meses*? — acrescenta ele depois de tomar um gole da cerveja.

— No mínimo — concordo com a cabeça. — O livro também diz que precisamos manter a mente aberta, sermos curiosos, adotar os costumes diferentes da nova nação... O que mais... — Abro o livro de novo e o folheio. — *Pesquise sobre seu novo país com antecedência...* não, não era isso...

— Nós pulamos essa parte! — diz Matt com uma risadinha.

— Achei. — Começo a ler em voz alta de novo: — *Quanto mais você explorar e se inserir na sua nova cultura, mais rápido se adaptará.* Viu só? — Eu me inclino para a frente, animada. — *Explorar e se inserir.*

— Sei. — De novo, Matt parece desconfiado. — O que exatamente isso significa?

— Você sabe! Explorar os detalhes da vida um do outro. Posso explorar o seu bairro... você pode explorar o meu. Posso explorar golfe... você pode explorar... hum... astrologia, talvez.

O rosto de Matt se agita com uma emoção impossível de interpretar.

— Certo — diz ele, e toma outro gole de cerveja.

— Mas a questão é que não podemos julgar um ao outro — acrescento, séria. — Escuta: *Você pode estranhar alguns elementos da nova cultura. Talvez até os ache desagradáveis. Mas tente não se prender aos seus hábitos e preconceitos. Tenha mais compaixão e empatia.* — Ergo o olhar, radiante. — Não é inspirador? *Compaixão e empatia.*

— Sr. Warwick? — O garçom se aproxima da mesa com ar hesitante. — Desculpe interromper, mas há uma pessoa no nosso telefone fixo querendo falar com o senhor.

— No telefone de vocês? — Matt parece chocado.

— É outro Sr. Warwick.

— Meu pai? — Matt parece chocado. — Ele deve ter perguntado pra minha assistente onde eu vinha jantar e pegou o número.

— Talvez seja uma emergência — digo, assustada de repente. — Talvez alguma coisa tenha acontecido com o seu avô.

— Tá, é melhor eu ir ver o que aconteceu. Desculpa.

Matt empurra a cadeira para trás e joga o guardanapo em cima da mesa. Enquanto ele se afasta, aproveito a oportunidade para responder em uma conversa no WhatsApp sobre se Maud deve pintar o cabelo ou não, mas enfio o celular na bolsa quando Matt retorna, parecendo um pouco revoltado.

— O que houve?

— Nada. Meu pai queria saber minha opinião sobre uma coisa. — Ele se senta e toma um gole da cerveja.

— Mas ele sabia que você estava ocupado.

— Aham — assente Matt, sucinto. E abre o cardápio como se estivesse encerrando a conversa.

Ele parece ao mesmo tempo irritado e sem vontade nenhuma de falar sobre o assunto, e essa é a *pior* combinação possível. Quando abro meu cardápio, estou fumegando. Sei que é uma grande empresa de família, uma marca mundialmente famosa, blá-blá-blá, que seja, mas os pais de Matt agem como se fossem donos dele. Nesta semana, por duas vezes, Geoff apareceu para buscá-lo, sem nenhum aviso, exatamente como aconteceu no aeroporto. Geoff não é motorista particular de Matt, como eu achei no início. Ele trabalha para os pais dele e faz tudo o que mandam.

Quando Matt questionou as aparições surpresa de Geoff, sua mãe ficou na defensiva e disse que estavam tentando "facilitar a vida dele". (Dava para ouvir Elsa falando pelo celular.) Mas, para mim, parece um gesto controlador. Igual a esse monte de telefonemas e as aparições inesperadas. Cadê os limites?

— É meio esquisito — tento de novo. — Ligar para um restaurante atrás de você, só pra pedir a sua opinião.

— Aham — repete Matt, sem olhar para mim. — Bom, eles são assim mesmo.

Por um tempo, ficamos em silêncio, e meu cérebro está fervilhando. Aqui estamos nós então. Isso é um choque cultural. Esta sou eu, encarando um aspecto desagradável da Mattlândia, pensando *"Por* quê?". Mas Matt parece aceitar a situação. É simplesmente assim que as pessoas se comportam no mundo dele? Será que estou presa aos meus hábitos? Será que devo tentar compreender em vez de criticar?

Sim!, decido. Eu preciso me inserir na cultura e aprender, com compaixão e empatia.

— Matt — anuncio, decidida. — Quero conhecer o seu escritório.

— Meu escritório? — Matt parece pego de surpresa.

— É claro! Eu te amo, mas não sei quase nada sobre o que você faz! Quero conhecer o seu trabalho, observar você em ação, conhecer esse seu lado. *Entender* você.

— Você pode ir à Exposição — diz Matt com relutância. — Seria mais interessante do que ir ao escritório. É daqui a três semanas. A gente aluga um centro de convenções, fãs da Casa da Harriet do mundo todo participam, temos apresentações... É divertido.

Ele diz "É divertido" em um tom tão desanimado que quase rio. Mas isso não seria demonstrar compaixão nem empatia.

— Ótimo! — digo. — Meu primeiro passo vai ser ir à Exposição. E, em troca, você pode perguntar qualquer coisa sobre o meu trabalho. — Gesticulo com a mão ao redor da mesa. — *Qualquer coisa*. Você deve ter um milhão de perguntas!

— Hum... claro — diz Matt. — Me deu um branco agora — acrescenta ele rápido ao me ver esperando. — Mas eu pergunto quando me lembrar de alguma coisa.

— Tá, tudo bem, tive outra ideia — insisto, cheia de energia. — Podemos juntar nossos amigos. Vamos dar uma festa pra eles, pra todo mundo se conhecer.

— Talvez. — Matt parece receoso. Sinceramente. Ele podia pelo menos tentar *entrar na onda*.

— E você? — pergunto em um tom incentivador. — Você tem alguma ideia pra ajudar a gente a se aclimatar um ao outro?

— Ava... — Matt toma um gole demorado da cerveja, parecendo incomodado. (A culpa é do *pai* dele, não minha.) — Sei lá. Tudo isso me parece meio exagerado. Será que a gente não pode só... você sabe. Deixar as coisas acontecerem?

— Não! Nós precisamos ser proativos! — Abro o livro e encontro uma citação em destaque. — *Não fuja do choque cultural, mas se jogue corajosamente rumo a ele. Só assim você terá chance de ser bem-sucedido.*

Cutuco as palavras com um dedo, depois fecho o livro com força e tomo um longo gole do meu drinque. O simples fato de pronunciar essas palavras já me encheu de determinação. Vou me jogar corajosamente rumo ao trabalho de Matt. E rumo aos pais dele. E rumo ao golfe. Vamos torcer para todo mundo estar preparado para mim.

Nenhum de nós quer sobremesa; então, quando saímos do restaurante, a noite continua clara, agradável. O clima é de um calor quase italiano, há pessoas do lado de fora dos pubs e grupos aglomerados pela praça, assistindo à apresentação de um artista de rua. Conforme vamos nos aproximando, atraídos pelos gritos e sons de surpresa da multidão, escuto o celular de Matt vibrar em seu bolso e vejo aquele olhar pétreo surgir em seu rosto.

— Não pense no seu celular — digo no tom mais tranquilo possível. — A gente está em Covent Garden, numa noite linda. Vamos nos divertir. Nos *divertir*. Lembra como é isso?

Minhas palavras parecem provocar Matt, porque ele diz, na defensiva:

— Eu sou divertido!

— É claro que é — recuo de imediato. — Eu só quis dizer... você sabe... vamos relaxar. Aproveitar.

— Quem quer ser voluntário? — A voz alta do artista abafa o som da multidão. — Preciso de um voluntário corajoso, talvez até *imprudente*... Ninguém? — acrescenta ele quando uma risadinha nervosa soa pelo grupo. — Vocês são todos covardes?

— Eu! — grita Matt de repente, levantando a mão. — Eu topo!

— *O quê?* — arfo.

— A gente só vive uma vez — diz ele, e pisca para mim antes de ir se juntar ao artista.

Fico observando, embasbacada, enquanto os dois conversam em tom animado. Ser voluntária em uma coisa dessas, para mim, é o *oposto* de diversão.

— Senhoras e senhores, nosso voluntário muito corajoso... Matt! — grita o artista, e a multidão explode.

Quando Matt sorri para mim, tenho de rir. Eu odiaria aquilo — mas ele parece feliz da vida ali, parado ao lado de um cara com short cor-de-rosa neon e um headset, que fala para a plateia bater palmas e faz piadas sobre saúde e segurança.

Eu não estava prestando atenção no que ele estava fazendo antes, então não sei sobre o que é a apresentação. Alguma coisa a ver com acrobacias? Ou comédia? Estou preparada para algo bem vergonhoso, talvez envolvendo chapéus. Mas, então, quando o artista começa a dar instruções para Matt e pegar o equipamento, suas intenções ficam claras — e meu sorriso congela. É sério isso? Esse cara realmente pretende fazer malabarismo com tochas pegando fogo por cima do corpo deitado de Matt? E Matt está *concordando* com isso?

Ele não só está concordando, como ri de tudo que o cara fala. Ele participa das piadas sobre um possível testamento e acha graça do comentário sobre os preparativos para seu enterro. Ele está sentado no chão e acena para todo mundo. E a multidão bate palmas e grita.

Eu fico assistindo, petrificada, enquanto o artista acende as tochas. Ele não estava brincando: aquilo é fogo de verdade. Sinto meu estômago se revirando; não consigo nem olhar. Mas não consigo não olhar também. No fim, chego ao meio-termo, observando a cena entre os dedos, prendendo a respiração. Ai, meu Deus...

A preparação parece levar uma eternidade. Mas, por fim, depois de uma enxurrada interminável de piadinhas, o ato em si ocorre — um turbilhão de tochas girando, pegando fogo, ao som de aplausos. E, assim que acaba, tudo parece óbvio: *é claro* que o artista jamais deixaria uma tocha acesa cair em cima de Matt e queimá-lo. Mas, mesmo assim, me sinto tão aliviada que chego a perder a força.

— Senhoras e senhores, uma salva de palmas pro Matt! — berra o artista, e, finalmente encontrando minha voz, grito e comemoro o mais alto possível.

Quando Matt se junta a mim na plateia, ele está corado e sorrindo de um jeito que não vejo há semanas.

— Maravilhoso! — digo, dando um abraço nele, meu coração ainda disparado de adrenalina. — Foi incrível!

— Não consegui resistir. — Ele sorri para mim. — Agora é a sua vez.

— Não! — Eu me retraio, horrorizada de verdade. — Nunca!

— Na próxima, ele vai fazer malabarismo com uma serra elétrica, se você quiser ir... — diz Matt, sério, então ri da minha cara.

De algum jeito, ele parece transformado por aquela única experiência. Há um brilho em seus olhos e uma animação em sua voz. Ele parece brincalhão, e não sério. De repente, me dou conta de que ganhei meu Holandês divertido e despreocupado de volta. E eu não tinha percebido o quanto sentia falta dele.

— Ei, olha, *gelato*! — exclamo, de repente vendo uma barraquinha na lateral da praça. — Sorvete italiano de verdade. Vamos comprar um *nocciola* pra você como recompensa.

— E vamos comprar um *stracciatella* pra você — diz Matt, animado, e seguimos de braços dados naquela direção.

Enquanto andamos, minha cabeça gira. Será que Matt percebe o quanto sua personalidade muda? Será que ele percebe que é muito menos alegre em Londres do que era na Itália? Quero tocar no assunto — mas como posso falar uma coisa dessas? Não dá para dizer "Às vezes, você se transforma numa pedra". Preciso explicar de um jeito *positivo*.

— É muito legal quando você relaxa e para de pensar no trabalho — arrisco, quando entramos na fila do sorvete.

— Aham. — Matt concorda com a cabeça, tranquilo.

— Posso ser sincera, Matt? — insisto. — Acho que você devia tentar se desligar mais. Esquecer os problemas.

— Acho que o trabalho deixa todo mundo um pouco desanimado — diz Matt depois de uma pausa. — Desculpa se sou meio antissocial às vezes.

Sinto uma pontada de frustração dentro de mim. Minha vontade é de rebater com "O problema vai muito além de você ser antissocial", mas, ao mesmo tempo, não quero estragar o clima. A noite está linda e quente, nós tivemos um jantar fantástico e agora vamos comprar sorvete. O rosto de Matt está radiante e animado; ele parece bem feliz. Não vou dar um banho de água fria nele.

Quando ele me entrega um cone de *stracciatella*, suspiro, contente.

— Só pra você saber, sorvete é um negócio muitíssimo importante na Avalândia.

— Na Mattlândia também — diz ele com um sorriso. — Na verdade, nós temos o Dia Nacional do Sorvete. Três vezes ao ano.

— Que maravilha! — exclamo, admirada. — Precisamos levar essa tradição pra Avalândia. Espera, eu pago — digo, mais séria, quando ele pega a carteira. — Você pagou o jantar.

Entrego o dinheiro, então nós seguimos para um muro próximo e nos apoiamos ali, lambendo nossos sorvetes e observando as pessoas passarem. Há música tocando em um bar próximo e escutamos as gargalhadas da plateia do artista. O céu acima de nós é de um azul cada vez mais escuro, e há pisca-piscas por toda a praça. É uma visão encantadora.

— Falando em dinheiro — diz Matt. — Eu estava querendo te perguntar uma coisa, Ava. Você recebeu o pagamento daquele trabalho freelance?

Demoro um pouco para entender do que ele está falando, mas então lembro. Alguns meses atrás, escrevi um panfleto para uma farmácia independente próxima — semanas depois, me dei conta de que não tinha mandado a fatura para eles. Matt estava comigo quando a enviei e deve ter ficado com isso na cabeça.

— Não — respondo vagamente. — Mas não tem problema. Faz pouco tempo.

— Já passou mais de um mês. E eles deviam ter pagado antes, de toda forma. Você devia ir atrás disso.

— Eu vou. — Dou de ombros. — Eles devem estar resolvendo.

— Faça ameaças, se precisar — acrescenta Matt.

— *Ameaças?* — Dou uma risada chocada. — Nem todo mundo é lutador de caratê!

— Você não precisa ser lutadora pra fazer isso. É que prestou um bom serviço e eles deviam pagar o que devem, porque é o certo. Às vezes, acho que você é muito... — Matt se interrompe, balançando a cabeça. — Não. Desculpa. Hora errada, lugar errado. Esquece.

— Esquece o quê? — pergunto, curiosa. — O que você acha? Fala.

— Não importa. A gente devia só aproveitar a noite. — Ele estica os braços, indicando ao redor. — É tão bonito aqui. Eu gostei muito do nosso jantar.

Ele acha mesmo que vou ficar sentada aqui, sem saber o final daquela frase?

— Matt, tarde demais! — rebato. — Eu quero saber! Fala logo o que você ia dizer ou vou ficar enchendo o saco.

Segue-se um silêncio, pontuado por outro estrondo de risadas da praça. Viro a cabeça e vejo que o artista de rua agora está confrontando um policial, enquanto a plateia ri. Opa. O que será que aconteceu?

Então Matt suspira, o que chama minha atenção.

— Você foi franca comigo agora há pouco, Ava. Pode ser a minha vez de ser franco com você? — Ele segura minhas mãos como se isso fosse suavizar suas palavras. — Às vezes, só às vezes, você é otimista demais em relação às pessoas. E sobre situações.

Fico boquiaberta. Otimista demais? E isso é um problema?

— Ser otimista é *bom* — rebato. — Todo mundo sabe disso!

— Nada em excesso é bom — insiste Matt. — Eu adoro o fato de você enxergar o melhor em tudo, Ava. De verdade. É uma das suas qualidades mais fofas. Só que todo mundo precisa lidar com a realidade de vez em quando. Senão... você corre o risco de se machucar.

Sinto uma pontada de ressentimento. Eu sei lidar com a realidade, muito obrigada. E, ok, sim, às vezes eu prefiro ignorar um pouco esse lado. Mas só porque a realidade nem sempre condiz com a maneira como a vida *deveria* ser.

Pelo canto do olho, vejo o artista guardando suas coisas com movimentos duros, irritados. Ali. *Aquilo* ali é a realidade, em toda sua merda. Não são os momentos emocionantes de glória e os gritos de alegria, e sim um policial botando ordem nas coisas.

Mordo um pedaço do meu cone e olho para Matt.

— A realidade é *difícil* — digo, quase como se isso fosse culpa dele.

— É. — Matt concorda com a cabeça.

Ele não faz piada, como Russell faria. Nem me diz que sou idiota. Nem tenta me distrair. Ele está pronto para esperar pacientemente comigo e com meus pensamentos. Já notei que ele é bom nisso.

— Vou cobrar a fatura — digo, depois de um tempo.

Sem falar nada, Matt aperta minha mão, e sinto uma onda de calor por dentro. Não a onda quente da primeira atração, mas talvez de um amor mais estável. De um amor sólido. Do amor que vem ao conhecer a pessoa por dentro, além de por fora.

Eu amo este homem por ele ser quem é e apesar da pessoa que ele é. Tudo ao mesmo tempo. E espero que ele me ame da mesma forma.

DEZENOVE

Resolvemos dar a festa uma semana depois, e, até lá, meu entusiasmo por explorar a vida de Matt já diminuiu um pouquinho.

Eu tentei me jogar corajosamente rumo ao golfe. *Não* deu certo. Na verdade, fiquei bem animada no começo. Eu me preparei para lidar com qualquer pessoa sem noção. Estava pronta para seguir as regras, para espairecer no bar do clube, conversando casualmente sobre pares 4 e birdies.

Mas nada disso aconteceu, porque a gente não chegou nem perto de um clube de golfe. No fim das contas, meu grande desafio do dia não foram as pessoas nem as regras, nem mesmo a roupa, e sim acertar a bola. Algo que se mostrou *impossível*.

Matt me levou para uma área de treino, me entregou um balde cheio de bolas e um taco, e me deu uma aula rápida. Ele disse que eu provavelmente erraria as primeiras tacadas, mas, depois disso, pegaria o jeito.

Eu não peguei o jeito. Mirei com muito cuidado em cada uma daquelas bolas malditas e errei todas. Todas! Será que preciso fazer um exame de vista? Ou um exame de *braços*?

Foi *tão* vergonhoso. Ainda mais porque dois outros jogadores notaram meu fracasso e começaram a ficar olhando. Então um deles reconheceu que Matt era irmão de Rob Warwick e chamou um amigo. Todos eles acharam a situação *hilária*. Quando cheguei à última bola do balde, dava para ouvir os três apostando. A essa altura, eu estava com a cara vermelha feito um tomate, ofegante e muito determinada a acertar a última bola que dei uma tacada mais empolgada do que o normal. O que significa que eu não apenas errei, como enterrei o taco na grama, quase deslocando o ombro.

Admito que tenho mais respeito pelos jogadores de golfe agora. Porque o que eles fazem — acertar a bola ao longo do campo, sem errar nunca — parece uma proeza que vai além da capacidade humana para mim.

No caminho para casa, Matt perguntou se eu gostaria de tentar de novo. Eu respondi que talvez fosse melhor a gente só continuar com o tai chi por enquanto. E deixamos por isso mesmo.

Então o golfe foi meio que uma furada. E aí, naquela noite, nós brigamos porque Matt resolveu "arrumar" meu apartamento e jogou anotações essenciais para o meu livro fora. Tipo, *essenciais*.

— Eram Post-its velhos — disse ele quando eu reclamei. — Fazia semanas que você nem olhava pra eles.

— Mas eu ia olhar! — rebati, furiosa. — Eles eram *importantíssimos* pro meu romance!

Fiquei bem irritada, devo admitir. As anotações eram sobre a infância de Clara em Lancashire, e eu tinha bolado uma história brilhante sobre uma calandra que *nunca* vou lembrar.

— Pra ser sincero, achei que você tivesse desistido do livro — disse ele, dando de ombros, e eu o encarei em choque.

— Desistido? Matt, esse é um trabalho que *leva tempo*.

— Aham. — Ele me analisou com um ar desconfiado. — Mas você nunca escreve nada.

— Caso você tenha esquecido, eu tenho um emprego, Matt — disse, em um tom irritado.

— Certo. — Ele assentiu. — Você passou a semana toda falando sobre o *outro* livro que quer escrever. Acho que confundi as coisas. Desculpa.

Inicialmente, não entendi sobre o que ele estava falando. Outro livro? Então a ficha caiu. Ele não tem culpa se não consegue acompanhar minha carreira eclética.

— Não é um livro, é um *podcast* — expliquei, com toda paciência. — É completamente diferente.

Na verdade, estou bem animada com a minha ideia para o podcast. Quero impulsionar conversas sobre artesanato, inspirada na minha loja de batique no Etsy. Vou entrevistar outros artesãos para conversarmos sobre como nossos projetos melhoram nossas vidas. Só preciso comprar o equipamento e escolher um nome.

— Falando nisso — digo, olhando ao redor —, cadê o meu batique?

— Você está falando daquele pedaço de pano mastigado embaixo do sofá? — questionou Matt, e comecei a fervilhar de raiva de novo, porque para que usar esses termos pejorativos?

(Ele estava embaixo do sofá. E, para ser justa, Harold tinha comido um pedaço do pano, mas dava para consertar.)

(Também: preciso arrumar tempo para fazer batique, porque os materiais foram bem caros e eu pretendia vender cinco almofadas, mas ainda não fiz nenhuma.)

Enfim. Deixa pra lá. O golfe é um detalhe insignificante. E todo mundo tem suas briguinhas. A gente também teve momentos maravilhosos. Tipo hoje de manhã, quando nós tentamos movimentos de tai chi mais avançados e fizemos tudo certo! Então Topher nos mandou um vídeo com gravações escondidas que ele fez da gente praticando tai chi em dias diferentes, com "Eye of the Tiger" tocando ao fundo. É bem engraçado. Na verdade, não consigo parar de assistir.

Porém a parte mais legal é que hoje vamos dar nossa festa! Resolvemos fazer no apartamento de Matt, e, enquanto ando de um lado para o outro enchendo tigelas de batatas fritas, me sinto muito empolgada.

— Nihal — digo, vendo-o se sentar à sua mesa e colocar os headphones. — Você sabe que a festa vai começar daqui a, tipo, cinco minutos?

— Claro. — Ele concorda com a cabeça, apertando os olhos para a tela. — Já vou. Pode deixar.

Enquanto ele começa a digitar, vou correndo pegar um quadro que trouxe para alegrar o apartamento. É o mesmo pôster que tenho em casa, com a moldura de pétalas de seda e a mensagem *Você pode cortar todas as flores, mas não impedirá a chegada da primavera.*

Eu o coloco do lado da Tabela da Babaquice, que, para ser sincera, é horrorosa. Principalmente porque alguém escreveu *Vá se foder, Topher* na base, em caneta verde. Eu me afasto para admirar meu novo acréscimo e percebo que Nihal está lendo a frase.

— O que você acha? — pergunto. — Esse pôster não é maravilhoso? As pétalas na moldura são de seda mesmo.

— Não entendi — diz ele, encarando o quadro. — Você define "primavera" como a estação em que a vegetação começa a nascer?

Sinto uma pontada de frustração. De novo, não.

— Bom — digo com um sorriso tranquilo. — Não acho que seja...

— Porque, em termos de flora, se você realmente removesse o ecossistema do planeta inteiro...

— Eu sei! — interrompo-o antes que ele mencione abelhas mortas. — Eu sei que a polinização existe. Não é pra ser uma frase *literal*, só uma coisa bonita e inspiradora pra pendurar na parede. Você tem que admitir que é melhor do que a Tabela da Babaquice — acrescento, sem conseguir resistir.

— Eu gosto da Tabela da Babaquice — diz Nihal.

— É impossível gostar de olhar pra isso — insisto. — Não tem como você *gostar* de verdade de olhar pra Tabela da Babaquice.

— Eu gosto — diz Nihal. — Acho relaxante.

Ele me encara com tranquilidade, e eu observo seu rosto doce e inteligente, com um misto de frustração e afeto. Eu me apeguei bastante a Nihal, apesar de ele ser *ainda mais* literal do que Matt.

— Bom, a festa já vai começar — digo. — Minhas amigas devem estar chegando.

— Sim, pode deixar — diz ele, voltando a se concentrar no trabalho. — Vai ser legal conhecer suas amigas — acrescenta, educado.

Volto para a cozinha e olho ao redor. Cadê o Matt? Ele não se deu conta de que somos anfitriões de um evento? Sei que estou um pouco agitada, mas é impossível não ficar meio nervosa com essa reuniãozinha. Nossos dois mundos vão se misturar — e se eles forem tipo água e óleo? E se todo mundo brigar?

Acabo encontrando Matt no banheiro. Ele está apoiado na pia, com o celular grudado na orelha, parecendo estressado. Nem preciso perguntar quem é. Ou qual é o assunto. Nossos olhares se encontram e aponto para o relógio. E ele faz uma careta para mim.

— Tá, pai, escuta... Aham. Eu sei. Sim, eu sei. A gente conversa mais tarde. Tchau. — Finalmente, ele desliga. — Desculpa — diz ele em um tom pesado. — Eu só estava...

Ele exala e fecha os olhos. Ai, meu Deus. Ele está se transformando em uma pedra diante dos meus olhos.

— O que aconteceu? — pergunto, porque estou tentando entender o máximo possível sobre o trabalho de Matt lhe dando apoio e sendo compreensiva. — Alguma coisa com o parque temático japonês de novo?

A Casa da Harriet começou a construir um novo parque temático no Japão, e todo dia surge um problema novo. Só de ouvir as conversas de Matt, aprendi mais sobre as leis trabalhistas japonesas do que eu achava ser possível, sem mencionar as armadilhas normais de um empreendimento enorme. (Minha lição é: jamais construa nada.) Houve uma breve saga sobre drenar a água de um trecho do terreno, e tive algumas ideias úteis sobre isso, mas essa parte parece ter sido resolvida.

— Meus pais querem que eu vá pra lá — diz Matt em um tom inexpressivo, e, por um momento louco, eu penso "Vá para onde?", mas então me dou conta do que ele está dizendo.

— Bom, acho que faz sentido — digo, depois de uma pausa. — Você *devia* dar um pulo lá.

Mas Matt balança a cabeça.

— Até acabar. Por seis meses, pra terminar a obra. Só que, na prática, vai ser um ano, talvez mais.

— Um *ano*? — Eu o encaro. — Um ano no Japão?

— Até que faz sentido. — Matt esfrega a cabeça, cansado. — A gente precisa de alguém lá. O cara que eles contrataram não sabia o que estava fazendo.

— Mas por que precisa ser você? — pergunto, horrorizada. — E o restante do seu trabalho?

— Eles querem que eu continue supervisionando tudo enquanto estiver no Japão. Estão com medo do projeto dar errado. Querem alguém da família lá.

— O que você disse? — Eu o encaro, apavorada.

— Falei que não vou. Vamos ter que encontrar outra pessoa.

— *Existe* outra pessoa?

Matt não responde, e sinto um aperto no estômago. Sei que estou tentando ser compreensiva em relação ao mundo dele, mas minha empatia está acabando.

— Matt, me diz uma coisa — falo, num impulso. — Você é feliz fazendo o que faz?

— Claro que eu sou — responde ele, sem nem pestanejar. Ele olha no relógio. — É melhor a gente ir.

— Não, espera. — Seguro seu braço. — Estou falando sério. Às vezes sinto que você tem duas personalidades. Às vezes, você é animado, divertido, sorridente. Tipo na semana passada, em Covent Garden.

Aquilo foi maravilhoso! Mas, em outros momentos, na maioria das vezes, na verdade, pra ser sincera... — Mordo o lábio. — Você parece ser outra pessoa.

— Ava, do que você está falando? — rebate ele, meio irritado. — Eu sou o mesmo cara.

— Não é, não! O cara que eu conheci na Itália era descontraído, relaxado. Mas, agora que voltamos, você é...

— Um chato emburrado.

— Não! — digo rápido. — Não um chato emburrado, mas...

— Não tem problema. — Ele curva os ombros. — Eu sei que sou um chato emburrado. Bom, sinto muito te decepcionar, Ava. As férias foram uma exceção. O Holandês era de mentira. Quando o sol está brilhando, todo mundo consegue ser legal. — Ele gesticula para si mesmo. — Mas a realidade é que eu sou esse aqui mesmo.

Ele parece tão conformado que não aguento.

— Você não é assim — rebato com veemência. — Eu *sei* que não. Se você é um chato emburrado, é porque está infeliz. Talvez existam coisas na sua vida que deveriam mudar.

— Eu sei que você tem seus problemas com a minha vida, Ava — diz Matt, franzindo o rosto. — Você já deixou isso bem claro.

— Eu *adoraria* a sua vida se você estivesse feliz com ela! — explodo, frustrada. — Mas quando te vejo tão fechado, tão sério... Eu só estou trazendo os fatos à tona, Matt — acrescento, me lembrando do que ele disse na Itália. — Só estou falando do que vejo na minha frente.

Matt não diz nada, então coloco uma mão hesitante em seu ombro.

— Quero que você seja sua *melhor* versão — digo em um tom amoroso.

Mas, se eu achei que isso o animaria, estava enganada. Ele se retrai.

— "Ser minha melhor versão" — repete ele com desdém. — Que ideia exaustiva. Acontece, Ava, que estou satisfeito com a minha vida medíocre e decepcionante. Então, sinto muito.

Eu devia encerrar a conversa por aqui. Mas não consigo resistir a fazer mais uma tentativa, torcendo para que, de alguma forma, eu encontre o botão mágico que fará com que Matt me escute.

— Matt, *por que* você trabalha na Casa da Harriet? — pergunto em um tom gentil. — É porque você adora o que faz lá?

Matt ergue o olhar e vejo que está com a testa franzida, como se não tivesse entendido a pergunta.

— Alguém precisa trabalhar lá — responde ele. — Desde que eu assumi o negócio, os lucros vêm aumentando a cada ano. A gente expandiu para mais dez países. A comunicação melhorou. Havia um monte de problemas, e eu resolvi tudo — conclui ele, como se tivesse coberto todas as questões.

— Certo. — Concordo com a cabeça. — Que ótimo. Mas nada disso tem a ver com você, tem? Nada disso tem a ver com a sua felicidade. Com seu senso de *realização*.

— Puta merda. — Matt parece prestes a perder a calma. — A gente está falando de trabalho. De *negócios*.

— Da sua vida!

— Pois é, Ava. Da *minha* vida.

Ele resmunga isso como um aviso, e sinto um choque. Se eu continuar insistindo, vamos acabar tendo uma briga monumental, bem na hora que minhas amigas estão chegando.

— Tudo bem. — Sorrio, tentando esconder minha mágoa. — Bom, vou terminar de arrumar as coisas.

Quando saio do banheiro, meu estômago está embrulhado de nervosismo, e me vejo procurando Topher. (Um sinal de que estou mesmo desesperada.) Eu o encontro em seu quarto, fazendo abdominais em cima de um tapete de ioga, com seu short de academia preto de sempre e uma camisa do avesso.

Nem vou mencionar o fato de que ele deveria estar em uma festa daqui a dois minutos. Quero ir direto ao ponto.

— Os pais do Matt querem que ele passe um ano no Japão — digo, me sentando na cama de Topher.

— Faz sentido — responde ele no intervalo entre as abdominais.

— Ele não quer ir, mas parece que não há outra opção.

— Só porque eles são uns babacas mãos de vaca — diz Topher entre arfadas. — É claro que não existe outra opção, não do nível do Matt. Ele se dedica demais àquela empresa. Você precisa de alguém pra supervisionar uma obra no Japão? Bom, adivinha só? Contrata um funcionário. Contrata a porra de um *funcionário*.

Detecto raiva de verdade na voz de Topher e o encaro, surpresa.

— Você acha que o Matt gosta do trabalho dele? — pergunto, hesitante.

— Claro que não — responde Topher em um tom tão ríspido que pisco.

— De *nada*?

— Ah, ele teve sucessos, como todo mundo. Ele sente orgulho da empresa da família. Mas uma felicidade geral, profunda, que traz satisfação? Não.

— Ele diz que fez os lucros aumentarem.

— É, que seja. — Topher se senta no tapete e me encara com um olhar questionador. — Você precisa entender que aquilo não é um trabalho pro Matt. É uma resposta.

— Uma resposta pro quê? — pergunto, confusa.

— Pro pesadelo de ser irmão do Rob Warwick. — Topher se vira e começa a fazer flexões. — Matt passou a vida inteira sendo o irmão mais velho do campeão de golfe. Ele sempre se sentiu diminuído.

Minha mente volta para aquele armário de vidro cheio de prêmios esportivos e fotos. Nunca consegui tocar nesse assunto com Matt. Parece algo delicado demais. Doloroso demais.

— Como é o Rob? — pergunto, curiosa. — Vocês se conhecem?

— A gente se encontrou algumas vezes — conta Topher, ofegante. — Ele é bem sem sal. Meio falso. Genial no golfe, isso é verdade. — Ele

se senta no tapete de novo e pega uma toalha para secar o pescoço.
— Quando o Matt finalmente entrou pra Casa da Harriet, virou o salvador da família. Recebeu elogios. Ele ainda recebe elogios, aprovação, se destaca do Rob... E não consegue abrir mão disso, mesmo que não perceba. Você sabia que, no começo, ele disse que ia ficar só dois anos na Casa da Harriet? — acrescenta Topher, olhando para cima. — Ele queria resolver os problemas da empresa e depois fazer algo de que gostasse mais.

— Sério? — Eu encaro Topher.

— Faz seis anos isso. — Topher dá de ombros. — Ele se acomodou. Os elogios diminuem a cada ano, os pais não o valorizam... mas ele continua lá. Eu mesmo já ofereci emprego pra ele — acrescenta Topher. — Mas não dá pra competir.

— *Você* ofereceu um emprego pra ele? — Eu o encaro.

— Uma sociedade, na verdade. Várias vezes. Seria bom ter alguém que entende de negócios como ele. O Matt é muito bom, se interessa pelo que a gente faz, então...

Enquanto ele fala, visualizo Matt, sentado com Topher à mesa, os dois em uma discussão animada, empolgada. Tudo que Matt mais gosta é se sentar com Topher, tarde da noite, e discutir os últimos números. É *óbvio* que eles deviam trabalhar juntos.

— Ele recusou todas as vezes, é claro — acrescenta Topher, e sua voz é despreocupada, mas noto um quê de mágoa.

Meu Deus, os pais de Matt causam mais problemas do que eu imaginava. Tenho tantas perguntas para Topher, mas, neste exato momento, a campainha toca, e sinto uma onda de animação misturada com pânico. Alguém chegou!

— Eu atendo! — grita Matt do lado de fora do quarto, e me viro para Topher.

— Você vem pra festa?

Topher solta um suspiro desanimado.

— *Sério?*

— Sim! Sério!

— Eu sou muito antissocial — diz Topher, como se tentasse me dissuadir. — Já expliquei, as pessoas não gostam de mim.

— Eu gosto de você.

— Você namora o Matt, tem um péssimo gosto.

— Você pode vir mesmo assim? — pergunto, com toda a paciência, e Topher revira os olhos.

— *Tá*. Você me mata com esse seu charme feminino.

— Eu não usei nenhum charme feminino.

— Entrar no meu quarto e me chamar pessoalmente é usar charme feminino — diz Topher como se isso fosse óbvio. — Matt e Nihal mandariam uma mensagem. Bom, nesse caso, acho que eles não chegariam nem a me convidar, porque sabem que eu não gosto de pessoas.

— A gente se fala lá fora — digo com firmeza, e saio correndo.

Encontro Matt diante da porta, e, um instante depois, Nell, Maud e Sarika saem juntas do elevador, todas arrumadas para a festa, de salto, me cumprimentando com exclamações.

— Chegamos!

— Já estava na hora!

— Matt! Olha só o seu apartamento!

Enquanto trocamos beijos e nos abraçamos no hall de entrada, sinto cheiro de álcool, e Maud está especialmente risonha. Elas devem ter ido tomar um drinque antes. (Eu meio que gostaria de ter ido também.)

— Adivinha? — anuncia Maud, animada. — O carinha novo da Sarika está vindo. O primeiro encontro deles vai ser *na sua festa*.

— Sério? — Eu encaro Sarika.

A grande novidade de ontem no WhatsApp foi o anúncio de Sarika de que finalmente reduziu sua lista a um homem, que preenche todos os seus critérios, e que ela o convidaria para sair. Mas eu nunca imaginei que a gente fosse conhecê-lo tão rápido.

— Não tem problema, né, Ava? — acrescenta Sarika. — Elas me obrigaram a mandar uma mensagem pra ele no pub, e nunca achei que ele aceitaria...

— Claro que não tem problema! — digo. — Achei ótimo! Como é mesmo o nome dele?

— Sam — responde Sarika, falando de um jeito carinhoso e abrindo a foto de um cara asiático no celular. — Ele cresceu em Hong Kong, mas depois estudou na Harvard Business School e agora veio pra Londres. Ele pedala, toca percussão e *todas* as suas preferências de comida batem com as minhas. Todas! — diz ela, arregalando os olhos. — Nós somos cem por cento compatíveis.

— Onde ele mora? — pergunto, sendo capciosa, e Nell engasga com uma risada.

— A cinco minutos da estação Golders Green — responde Sarika, erguendo o queixo. — Vai, pode fazer piada, mas eu conheço esse cara. Sei quais podcasts ele escuta, e sei o que ele colocaria em uma cápsula do tempo pra mandar pra Lua. E concordo com cada uma das escolhas dele.

— Bom, que ótimo. — Dou um abraço nela. — Não vejo a hora de conhecer esse cara.

Coloco os casacos e as bolsas delas sobre o banco de couro, e Matt abre o armário de casacos em silêncio para pendurar tudo.

Ah, é. Sim. Por algum motivo, nunca penso em guardar as coisas no armário de casacos. Na verdade, até esqueço que ele existe.

— *Uau* — diz Sarika, notando a escultura com as mãos esticadas. — Isso é... Ao vivo, é ainda mais... impactante. — Vejo que ela está tentando dominar sua repulsa e abro um sorriso grato para minha amiga.

Nós tivemos uma conversinha pelo WhatsApp ontem, e expliquei que Matt é muito sensível quando se trata de suas obras de arte. As três disseram que entendiam e juraram de pés juntos que fariam comentários positivos. Mas, agora que estamos aqui, vejo que elas estão com dificuldade. Maud olhou duas vezes para a peça quando entrou, e já vi Nell soltar uma ou duas risadas abafadas.

— Com certeza é impactante — comenta Maud. — Mas arte é assim mesmo, ela *deve* ser impactante — acrescenta ela, rápido.

— Claro — concorda Nell, indo até o rosto sem olhos e virando-se de costas de repente. — Quer dizer, o corvo é... — Ela parece não conseguir encontrar palavras. — E o *espaço* é fantástico.

Ao mesmo tempo, todas se agarram ao tópico espaço.

— O espaço. — Maud concorda fervorosamente com a cabeça. — Olha só esse espaço!

— Que espaço maravilhoso! — reforça Sarika.

— Bem, fiquem à vontade — digo, guiando minhas amigas para a sala de estar, onde sirvo champanhe para todos.

Estamos levantando as taças para brindar quando Nihal se aproxima, tímido. Ele está com o cabelo lambido, colocou uma gravata e parece ter 12 anos.

— Tudo bem? — cumprimenta ele, trocando apertos de mão formais com as meninas. — Eu sou o Nihal.

— Nihal! — Maud se concentra nele, os olhos brilhando de interesse. — Você é o expert em computadores!

— Sou — responde ele. Logo depois ele parece pensar melhor na resposta. — "Expert" é um termo meio vago. Depende da sua definição de...

— Você deve ser *muito* inteligente — diz Maud em um tom ofegante, piscando para ele.

Nihal parece pego de surpresa.

— Entender de computadores não exige tanta inteligência assim — explica ele, educadamente. — É só uma questão de aplicar...

— Bom, eu acho algo extraordinário — interrompe-o Maud, efusiva. — Simplesmente extraordinário. Admiro muito as suas capacidades. Tão *úteis*.

— Ava — murmura Sarika no meu ouvido. — Você avisou ao Nihal sobre a Maud?

— Ai, meu Deus. — Olho para ela, nervosa. — Não.

— Então avisa logo! — sussurra ela, agitada.

— Como? Vou acabar com o clima da festa!

— Não tem jeito! O coitadinho está indefeso!

Ela me empurra — mas é tarde demais.

— Nihal — diz Maud daquele seu jeito supercharmoso. — *Será* que você podia dar um pulo lá em casa pra dar uma olhada no meu laptop? Não sei qual é o problema dele, e você é *tão* esperto, com certeza vai conseguir resolver.

Ela lança seu sorriso mais encantador para ele, e Nihal pisca algumas vezes.

— Maud — diz ele com toda a calma —, você é amiga da Ava e parece ser uma pessoa muito legal, então é claro que eu adoraria ajudar. Mas acho que esse pedido é meio indelicado, levando em consideração que a gente acabou de se conhecer. Então, infelizmente, tenho que recusar por enquanto. Me perdoa. — Ele abre um sorriso doce e implacável para ela.

A boca de Maud está levemente aberta, e suas bochechas coram.

— Ah — diz ela por fim. — Ah. É claro. Eu... desculpa!

Ela toma um gole demorado do champanhe, e sinto Sarika rindo do meu lado.

— Retiro o que eu disse, ele é um gênio — murmura ela. — O que foi que você falou que ele faz mesmo, manda na Apple?

— Perdão pelo meu atraso. — Uma voz familiar, seca e rouca interrompe a conversa, e todas viramos a cabeça.

Eu já me acostumei com o porte imenso, poderoso e feio de Topher. Mas, olhando para ele sob o ponto de vista das minhas amigas, que o veem pela primeira vez, percebo novamente como seu visual é diferente, com o rosto carnudo e cheio de crateras, as sobrancelhas grossas. É nítido que ele tirou a camisa e a vestiu do lado certo, como uma tentativa de se arrumar para a festa, mas continua com o short preto de academia e tênis. Quando ele se aproxima, encara Maud, Nell e Sarika com um olhar fixo.

— Olá, amigas da Ava — diz ele.

— Essas são Nell, Maud e Sarika — digo, apontando para cada uma. — Esse é o Topher.

— Vocês também são vegetarianas? — pergunta Topher, e os olhos de Nell se estreitam perigosamente na mesma hora.

— E se a gente respondesse que sim? — rebate ela em seu tom mais briguento.

Topher levanta as sobrancelhas escuras.

— Você quer saber a verdade?

— É claro que eu quero saber a verdade. — Nell o encara, empinando o queixo, mais agressiva do que nunca, e sinto um leve desconforto. Eles *já* vão começar a brigar.

— Faz diferença? — intervenho em um tom animado. — Então, enfim... vocês viram aquela notícia sobre o pônei Shetland?

Nell e Topher me ignoram. Na verdade, todo mundo me ignora.

— É claro que eu quero saber a verdade — repete Nell, e um brilho de divertimento passa pelo rosto de Topher.

— Tudo bem. — Ele dá de ombros. — A verdade é que a resposta não faria diferença, e eu pensaria "Já gastei um assunto inútil pra puxar papo, o que posso perguntar agora?". Não sou sociável — acrescenta ele, aceitando uma taça de champanhe que Matt lhe oferece. — Sem querer ofender.

Surge lentamente uma expressão de aprovação no rosto de Nell. Dá para ver que não era isso que ela esperava.

— Eu também não sou sociável — confessa ela com um sorrisinho minúsculo. — Sem querer ofender.

— Hum. — Topher parece cético. — Quando digo que não sou sociável, quero dizer que eu não teria problema nenhum em passar uma semana sem ver ninguém além desses caras. — Ele aponta para Matt e Nihal.

— Às vezes, eu passo um mês sem botar o pé fora de casa — conta Nell, e Topher a analisa com mais interesse.

— Você odeia pessoas?

— Eu odeio várias pessoas, parando pra pensar. — Nell assente. — As pessoas são uma merda.

— *Sim*. Concordo. — Topher faz um brinde com ela.

— E eu tenho lúpus — acrescenta ela em um tom despreocupado.

— Ah. — Enquanto Topher digere a informação, seu rosto permanece impassível, mas noto que seus olhos fundos analisam intensamente o rosto de Nell. — Que chato.

— Pois é.

Estou chocada, e sei que as outras pessoas também estão. Nell *nunca* conta para as pessoas que tem lúpus assim que as conhece. O que está acontecendo aqui?

— Não sei nada sobre lúpus — diz Topher após um tempo. — Imagino que seja bem desagradável.

— Alguns momentos são complicados — concorda Nell.

— Nihal, por que *caralhos* você ainda não descobriu uma cura pro lúpus? — Topher gira para encarar Nihal em um tom subitamente acusatório.

— Porque eu não trabalho com estudos de medicina, entre outros motivos — responde Nihal, pacientemente.

— Isso não é desculpa. — Topher se vira de volta para Nell. — Desculpa. É tudo culpa do meu amigo. Ele é um babaca preguiçoso. — Ele faz uma pausa, depois acrescenta: — Então, aqui vai uma pergunta importante. Você pode afogar suas mágoas na tequila?

VINTE

Todo mundo fica bêbado bem rápido. Não é só a tequila, mas o clima levemente esquisito de meninos e meninas: minhas amigas e os amigos de Matt se conhecendo. É como se estivéssemos numa festinha da escola.

Depois de quarenta minutos, Maud sobe em uma cadeira e começa seu discurso bêbado de sempre sobre se recusar a ser uma mulher invisível. Topher e Nell estão no meio de uma fervorosa discussão. Nihal mostra seu robô para Sarika. Enquanto isso, eu e Matt tentamos salvar o cachecol dele da boca de Harold.

— Você está tão, *tão* errado — escuto Nell dizer com veemência para Topher. — Essa é a *pior* teoria.

— Entre quantas teorias? — rebate Topher.

— Entre todas as teorias! — responde ela. — Todas. As. Teorias.

— Do que raios eles estão falando agora? — murmura Matt para mim.

— Não faço ideia. — Aquecimento global? Economia? Como fazer rocambole?

— Harold, seu *desgraçado* — exclama Matt, irritado, quando Harold escapa triunfantemente, ainda com o cachecol na boca. — Tá, já chega. Ele vai entrar na Tabela da Babaquice.

— O quê? — Eu o encaro, meio achando graça, meio indignada. — Não!

— Vai, sim — reforça Matt, determinado.

Ele marcha até a tabela e acrescenta "Harold" na lista, fazendo um risco grosso ao lado do nome.

— Que injustiça! — Tento puxar a caneta da mão dele. — O Harold não é babaca.

— Ele é *muito* babaca! — se mete Topher. — Admite, Ava. Ele não faz outra coisa além de bolar planos e tentar passar a perna na gente. Ele é tipo a versão canina dos vilões de James Bond.

— E ele nunca se arrepende — completa Nihal.

— Correto — diz Topher, como se estivesse apresentando um caso perante um tribunal. — Ele não demonstra nenhum remorso e sabe *muito* bem o que faz... — Quando Harold reaparece sem o cachecol, todo feliz, saltitante e inocente, os olhos de Topher se estreitam para ele. — Qual é o seu plano diabólico pra conquistar o mundo, cão? *Nem* tenta fingir que você não tem um.

— Atenção, pessoal! — exclama Sarika de repente, afastando o olhar do celular. — O Sam chegou.

— Sam! — grita Maud, balançando as mãos, de tão animada, como se Sam fizesse parte de uma boy band e ela tivesse 14 anos. — O Sam chegou! Eba!

— Ai, meu Deus — diz Sarika, olhando para ela como se nunca a tivesse visto antes. — Maud, você bebeu muito?

— Pouca coisa — responde Maud na mesma hora. — Menos que... ele. — Ela aponta para Topher.

Sarika é a pessoa mais sóbria na festa, e, enquanto analisa todos nós, vejo o nervosismo em seu rosto. Quer dizer, *foi* um pouco ambicioso da parte dela marcar um primeiro encontro junto com todos nós.

— O Sam é feminista? — questiona Maud, ainda gritando de cima da cadeira. — Porque, se não for, *se* não for, então...

— Sim, é claro que ele é feminista, porra — responde Sarika, impaciente. — Maud desce dessa cadeira. E não peça favor nenhum pro Sam. E *não* sejam esquisitos — acrescenta ela, lançando um olhar avaliador para a sala. — Isso vale pra todo mundo. Sejam legais. Sejam... vocês sabem. Normais.

— Normais! — Nell solta uma gargalhada.

— Tá, então *finjam* ser normais. Vou descer. Já volto. — Ela lança outro olhar ameaçador para nós. — Bato na porta quando voltar.

Quando Sarika desaparece, todos trocamos olhares como se fôssemos crianças que fizeram besteira.

— Precisamos reabastecer os suprimentos — diz Topher por fim. — E depois vocês precisam contar pra gente quem é esse sujeito. — Ele vai até a cozinha e volta com uma garrafa cheia de tequila. — Certo, desembuchem — diz ele, enchendo meu copo. — Quem é Sam?

— Só sabemos que ele é o cara perfeito pra Sarika — explico. — Os dois se conheceram pela internet.

— Depois do processo de seleção mais assustador do mundo — acrescenta Nell.

— Nossa, sim. — Concordo com a cabeça. — Terrível! Tipo... — Olho ao redor. — Tipo, pior do que uma prova pra ser diplomata.

— Deve ser mais fácil entrar pra NASA do que conseguir um encontro com a Sarika — afirma Maud.

— Mas o Sam conseguiu — digo. — Ele venceu todos os outros. Ele se enquadra em todos os requisitos dela. Todos!

Acho que a gente devia dar uma salva de palmas para esse cara e lhe entregar um troféu quando ele entrar no apartamento, só por sobreviver ao processo.

— Quais eram os requisitos dela? — pergunta Topher.

— Ah, tinha um milhão — respondo. — Cada vez ela acrescentava mais. Ele não podia ser muito alto, nem dançarino, nem trabalhar

numa plataforma de petróleo... nem ser vegetariano... O que mais?
— Olho para as meninas.

— Ele tinha que ter as mesmas opiniões que ela sobre o meio ambiente, redes sociais, Ed Sheeran e Marmite — diz Nell, franzindo a testa. — Ah, e tinha um requisito sobre lavagem de cabelo. Ela é obcecada por cabelo limpo.

— E morar a no mínimo dez minutos de uma estação de metrô — acrescenta Maud com uma gargalhada.

— Sim! — exclamo. — Essa era uma das mais importantes. Ela está cansada de caras que moram no meio do nada.

— Nossa — diz Nihal, digerindo a informação. — Dez minutos do metrô, Ed Sheeran, Marmite. Ela é bem... exigente.

— Não é uma questão de ser exigente — digo, automaticamente defendendo minha amiga. — Só realista. De acordo com a teoria dela, quanto mais coisas você tiver resolvido antes, mais chances tem de dar certo.

— Você acha que ela tem razão? — pergunta Topher quando batem à porta.

— Sei lá — digo, dando uma risada. — Acho que vamos descobrir agora.

Enquanto Matt vai abrir a porta, todos nós ficamos completamente inquietos, encarando a entrada como se fôssemos um comitê de boas-vindas. Harold se junta a nós e late duas vezes, como se tentasse deixar claro que sua opinião também é importante.

— Então, pessoal... esse é o Sam! — diz Sarika, guiando para dentro um cara com o cabelo mais limpo e brilhante que já vi na vida.

Ele tem um rosto simpático — bem mais bonito do que na foto que ela nos mostrou — e abre um sorriso afável para todo mundo.

— Oi — diz ele, levantando a mão para nos cumprimentar. — Eu sou o Sam.

— Matt — diz Matt, apertando sua mão.

— Eu sou a Maud — diz Maud, jogando o cabelo para trás e abrindo um sorriso encantador para ele. — Você é contador, né, Sam? Mas *que* coincidência. Porque...

— É uma coincidência porque não precisamos de nenhum trabalho de contabilidade por ora — interrompe-a Nell com firmeza. — Nenhum. Não é, Maud? Oi, eu sou a Nell.

— Nihal — diz Nihal, tímido.

— Oi, Sam — cumprimenta-o Topher. — É um prazer te conhecer. A gente estava falando sobre Marmite. Obra do demônio, né?

— Que disso! — diz Sam, seus olhos brilhando com bom humor. — Eu adoro Marmite.

— Vocês *gostam de Marmite*? — Topher olha para ele e para Sarika com desaprovação. — Bom, ainda bem que os dois se encontraram. Não deve ter mais ninguém que gosta disso no mundo. Vocês me irritam.

— Toma uma tequila! — acrescento rápido para Sam, que parece um pouco desconcertado com Topher, como era de se esperar. — Eu sou a Ava.

— Claro — diz ele, então observa o apartamento ao redor. — Adorei as esculturas, aliás. Ah, que robô maneiro — acrescenta ele, vendo a criação de Nihal. — E preciso dizer... que cachorro *maravilhoso*.

Meia hora depois, a verdade é óbvia: Sam é perfeito. Ele é totalmente perfeito. Sarika é a rainha de escolher homens, e o restante de nós deveria desistir de tentar.

Ele é engraçado, inteligente, obviamente está a fim de Sarika, e tem opiniões interessantes, mas aceitáveis. Seu entusiasmo por percussão é cativante, e ele está em forma, porque escalou o Everest. (Ou uma parte do Everest. Sei lá.)

Nós chegamos à fase tranquila, sentada, da festa. A qualquer momento, alguém vai sugerir que a gente peça comida indiana ou pizza. Maud está interrogando Matt sobre a Casa da Harriet, porque — isso é tão típico de Maud — ela se deu conta do que é a Casa da

Harriet cinco minutos atrás, depois de distraidamente pegar o livro de Genevieve.

— Ah, *essas* casas! — exclamou ela, surpresa. — *Essas* bonecas! Eu conheço! Elas são muito famosas!

— Maudie, do que você *achou* que a gente estava falando esse tempo todo? — perguntou Nell.

E Maud respondeu, despreocupada:

— Ah, eu não fazia ideia. Nunca sei o nome das coisas.

Agora, ela está sentada ao lado de Matt, perguntando coisas como "Então quem escolhe as cortinas?" e "Como vocês decidem a cor do cabelo das bonecas?", enquanto Matt responde pacientemente tudo. Mordo o lábio.

— Ei, Ava. — A voz de Nell sussurra ao meu ouvido. — O Sam é incrível, não acha?

Ela se acomodou ao meu lado sem que eu percebesse e aponta com a cabeça onde Sam e Sarika estão sentados juntos no sofá, conversando baixinho.

— Ele é *maravilhoso* — murmuro. — Aposto que sabe cozinhar.

— É claro que ele sabe cozinhar! — diz Nell, revirando os olhos. — Você está falando sério? A Sarika colocou uns dez requisitos de culinária. Se o cara não soubesse fazer risoto... — Ela passa um dedo pela garganta. — Já era.

— Risoto! — exclamo, arregalando os olhos. — Que impressionante.

— A Sarika é dessas — diz Nell. — Ela sabe o que quer. Um cara que sabe fazer risoto.

Nós duas nos viramos para analisar o casal feliz de novo, e noto que Sam se aproximou ainda mais de Sarika. *Aposto que ele sabe quem é Ottolenghi*, me pego pensando — então trato de afastar o pensamento. Isso é irrelevante. Eu e Matt temos um relacionamento diferente. Menos combinadinho. Mais...

Bom... Mais não combinadinho.

— Quer dizer, nós fomos noivos, mas por pouco tempo... — A voz de Matt atravessa a sala, e enrijeço. O quê? Noivos? Do que ele está falando?

— Noivos! — exclama Maud, interessada. — A Ava não contou pra gente que você já tinha sido noivo.

— Bom — diz Matt, se remexendo na poltrona, desconfortável. — Foi só... Quer dizer, "noivos" talvez seja um exagero...

Não paro de piscar, tentando assimilar essa bomba. Noivo? Ele foi *noivo* de alguém? De repente, me lembro de ter perguntado a Matt se o namoro dele com Genevieve era sério e a resposta foi: "Depende do que você considera 'sério'."

Como ele pode ter respondido isso? Ficar noivo é uma coisa séria!

Certo, preciso falar com ele. Agora.

— Ah, Matt! — digo, já de pé. — Eu não te falei sobre... aquela coisa que você me perguntou. Aquela coisa muito importante e particular que precisamos discutir...

Quando Matt vira a cabeça, eu lanço meu olhar mais intimidante, e ele fica pálido.

— Sei. — Ele engole em seco. — Aquela coisa.

— Então, vamos agora? — Abro um sorriso ameaçador para ele. — Pra resolver logo? — Já estou puxando seu braço, com força, e ele se levanta com relutância. — Só vai levar um segundo — acrescento por cima do meu ombro para Maud. — É só uma coisa...

— Particular — acrescenta ela. — Aham. Entendi.

Espero até entrarmos no quarto e a porta fechar. Então me viro para Matt.

— *Noivo?*

— Só por vinte e quatro horas — explica ele, rápido. — Menos de vinte e quatro horas.

— Da Genevieve?

— É.

— E você não me *contou*?

Matt me encara, confuso.

— Não! Por que eu contaria? A gente ficou de não lidar com bagagens emocionais, lembra?

— Mas a gente lidou com *algumas* bagagens! — Estou quase explodindo. — A questão é o contexto! Você devia ter me contado quando a gente fez aquelas cinco perguntas extras. *Naquela* hora.

— Mas você não perguntou se eu já tinha sido noivo — argumenta Matt, parecendo desnorteado, e controlo minha vontade de gritar.

— Tá. — Tento falar com calma. — Vamos começar de novo. Então, você foi noivo da Genevieve?

— Não! — Matt leva um punho fechado à cabeça. — Quer dizer, sim, em teoria. Ela me pediu em casamento e foi muito difícil recusar. Então, por algumas horas, sim, nós fomos noivos. Até eu terminar com ela. Mas foi só isso. É sério, foi só isso *mesmo*. O namoro acabou.

— Certo.

Ainda estou ofegante, pronta para uma briga, mas não consigo pensar no meu próximo passo. Porque não parece uma situação *tão* horrível quanto eu imaginava. (Genevieve no altar e Matt fugindo, ainda agarrado à sua cartola.)

— Nunca comprei uma aliança pra ela, nós nunca planejamos um casamento... — Ele balança a cabeça. — Foi uma besteira.

— Alguém ficou sabendo?

— Algumas pessoas. Meus pais. Os pais dela. Os seguidores dela nas redes sociais.

— Algumas pessoas? — Eu o encaro. — Ela tem *milhares* de seguidores!

— Ninguém se lembra mais disso agora — acrescenta ele, sem me convencer. — Foi tipo... fogo de palha.

Ele parece tão nervoso que começo a ceder. Qualquer um pode passar vinte e quatro horas noivo por engano.

— Tudo bem, então. Desculpa por eu ter exagerado. É só que... — Hesito, respirando fundo. — É meio difícil, sabe? A Genevieve não é uma ex normal, que some de cena. Ela continua por perto... seus pais adoram ela... é óbvio que vocês dois tinham uma química absurda...

— Por que você acha isso?

Matt me encara, e eu fico vermelha. Essa parte meio que escapuliu.

— Eu assisti a um vídeo na internet — confesso, sentindo meu estômago se revirar de um jeito familiar com a lembrança. — Você estava apresentando uma nova linha náutica com a Genevieve. E vocês dois estavam *maravilhosos* juntos. Tinham uma dinâmica tão animada. Acho que fiquei me sentindo... — Paro de falar, sem saber como continuar.

Matt está me encarando, perplexo. Então seu rosto se anuvia.

— A apresentação em Birmingham.

— Isso. A que vocês ficam terminando as frases um do outro. Pareciam felizes de verdade — digo, só para deixar claro.

— Eu *estava* feliz — diz Matt, devagar. — Você tem razão. Mas eu estava feliz *profissionalmente*. Você não sabe o que estava acontecendo. O clima no trabalho estava muito pesado. Tínhamos perdido uma pessoa importante da equipe. Todo mundo vivia discutindo a respeito dos rumos que a gente devia tomar. Aí a Genevieve apareceu, e ela conhecia os fãs, entendia a marca. E nós concordamos sobre um monte de coisas na mesma hora. Coisas de *negócios* — explica ele, rápido. — A contratação dela foi ótima e me deixou muito aliviado. Acho que foi por isso que eu parecia feliz. Parece que isso faz tanto tempo — acrescenta ele, retorcendo a boca de um jeito amargurado.

Tenho um flashback de Topher dizendo que Matt tinha se "acomodado" no trabalho. Mas já falei demais sobre esse assunto por hoje.

— Mas vocês não deviam combinar só no sentido profissional — eu o questiono. — Você também era a fim dela. E ela era a fim de você.

— Bom — diz Matt, parecendo desconfortável. — Talvez. Mas a gente ainda nem estava junto na época daquele vídeo. Éramos apenas dois colegas de trabalho que pensavam parecido.

— Então como a relação de trabalho se transformou em romance? — insisto. — Você a convidou pra sair? Ou foi ela? Como aconteceu?

— Ava. — Matt me encara com seriedade. — A gente precisa fazer isso?

Abro a boca para dizer "Sim!", mas então a fecho, porque não sei se essa é a resposta certa.

— Eu estou com *você* — continua ele. — Eu amo *você*. Nós estamos dando uma festa. — Ele gesticula com os braços. — A gente não devia ficar aqui, remoendo o passado, a gente devia estar se divertindo. Está tudo bem, e Genevieve é só uma sombra do passado. *Quem* liga pra ela?

Ele me puxa para um beijo intenso, demorado, e sinto a magia de Matt me dominando de novo. Ele tem razão. Quais são as minhas prioridades? Por um instante, quase esqueci que estamos dando uma festa.

— Tudo bem — digo por fim, sorrindo para ele. — Você tem razão. Quem liga pra Genevieve?

— Exatamente. — Matt me dá um abraço apertado, depois me solta. — Vamos voltar?

Enquanto voltamos para a sala, sussurro para Matt:

— O Sam é perfeito pra Sarika, né?

— Parece ser. — Matt concorda com a cabeça. — Bom pra ela!

Nós dois nos sentamos com o restante do pessoal de novo, e Maud me lança um olhar que indaga "Está tudo bem?". Concordo com a cabeça discretamente e começo a prestar atenção na conversa.

— Vou fazer uma visita amanhã — diz Sam. — Eu estava falando da minha colega de trabalho — acrescenta ele para mim, explicando. — Ela teve um bebê há algumas semanas. Ele se chama Stanley.

— Stanley! — exclama Nell.

— Pois é. — Sam sorri. — Ótimo nome, não é? Acabei de combinar uma visita. Estou ansioso. Passei, tipo, uma hora tentando escolher um presente. — Ele revira os olhos, se lamentando. — Pensei, tipo,

"Vou ser criativo. Não vou comprar um urso de pelúcia fofo". Mas, no fim das contas, o que eu comprei? Um urso de pelúcia fofo.

— Você quer ter filhos, Sam? — pergunta Nell, provocando.

Há uma pausa minúscula, tensa — então Sam ri, olha rápido para Sarika e responde:

— Um dia. Com a pessoa certa.

Ai, meu Deus. Logo quando eu penso que não tem como ele ficar mais perfeito — ele fica!

— Vamos pedir alguma coisa pra comer? Talvez... pizza? — pergunta Maud, olhando vagamente ao redor como se a comida pudesse surgir do nada.

Enquanto isso, Sam se vira para Sarika e a toca de leve no braço.

— Você quer... A gente podia ir a algum lugar?

— Claro. — Ela abre um sorriso feliz para ele. — Eu adoraria. Só vou dar um pulo no banheiro.

Enquanto ela se afasta, Nell se vira para Sam de novo.

— É bem legal da sua parte ir visitar sua colega de trabalho.

— Bom, ela também é minha vizinha — explica Sam. — Nós dois moramos perto do Queenwell Park. Conhece?

— Achei que você morava a cinco minutos da estação de Golders Green? — diz Nell, franzindo a testa.

— Eu morava — explica Sam, assentindo. — Mas acabei de me mudar. Na semana passada.

— Você mora muito longe do metrô agora? — pergunta Nihal, que acompanha a conversa com interesse.

— Não sei — responde Sam, tranquilo. — Talvez a uma meia hora de distância... Mas, sabem como é, vale a pena pelo espaço maior e pelo verde.

Ao meu lado, Nell se engasga com a bebida, e Maud vira rápido a cabeça. Ele mora *a meia hora de uma estação de metrô?*

— A Sarika sabe que você se mudou? — pergunta Nihal com uma voz levemente engasgada.

— Não sei — diz Sam. — Agora já não sei se cheguei a comentar isso com ela.

Quando olho ao redor, vejo expressões idênticas, todos nós estamos aflitos de preocupação. Sam *não pode* morar a meia hora do metrô. Ele *não pode* ser eliminado agora.

— Sam, acho que você devia diminuir o tempo do seu trajeto até o metrô — diz Maud, séria. — Pro seu próprio bem. Essa devia ser sua maior prioridade.

— Concordo — acrescenta Nell.

— Eu não me incomodo de andar — diz Sam, dando de ombros. — Não é um problema.

— É um problema, *sim*! — contradiz Nell com veemência, e ele olha para ela surpreso. — É um problema maior do que você imagina.

— Será que você não consegue andar mais rápido? — sugiro. — Em que rua você mora?

— Na Fenland Street — responde Sam, parecendo um pouco confuso, e Topher, Nihal e Maud pegam o celular no mesmo instante.

— Eu conheço essa área — diz Nell, abrindo um mapa. — Qual é o caminho que você faz?

— Desço a colina — responde Sam. — É basicamente seguir reto, na verdade.

— Não — diz ela com firmeza. — Vai pela Launceston Road. Isso vai diminuir uns cinco minutos.

— Você pega um atalho pelo shopping? — sugere Topher, apertando os olhos para a tela. — Porque isso também vai diminuir o tempo. Você vai correndo?

— Correndo? — Sam parece assustado.

— Você devia correr. — Topher bate no peito dele. — Pra sua saúde.

— Que tal um skate? — sugere Nihal.

— Isso! — exclama Topher. — Genial, Nihal. Vai de skate — explica ele para Sam. — Você vai chegar rapidinho.

— De *skate*? — repete Sam, olhando para nossos rostos com um ar embasbacado. — Escuta, gente, agradeço as sugestões, mas...

— Se você for de skate e pegar a Launceston Road, acho que consegue chegar em casa em dez minutos — diz Nell, decidida.

— Eu diria oito minutos com o skate — sugere Matt. — Você pode instalar um motor nele.

— Melhor ainda — diz Nell. — Entendeu? — Ela se vira para Sam, que parece completamente atordoado. — Você mora a oito minutos do metrô. Não esquece, Sam. *Oito minutos.*

O olhar dela encontra o meu e ela morde o lábio, e tenho a sensação horrível de que vou cair na gargalhada, mas então Sarika aparece e pergunta, animada:

— Podemos ir, Sam? *Aaargh!* — De repente, ela grita, horrorizada. — Harold! Que *porra* é essa?

— O que foi? — Eu me levanto com um pulo, nervosa. — Ah, não!

Quando vejo Harold, meu estômago se embrulha de terror. Um braço peludo mutilado está saindo de sua boca. Parece muito com o braço de um urso de pelúcia fofo. Atrás dele, vejo uma cabeça peluda caída no chão, com dois olhos vítreos me lançando olhares repreensivos. *Merda.*

— Ai, meu Deus. — Levo as mãos à cabeça. — Sam, me *perdoa*, ele deve ter pegado o seu urso...

— Esse cachorro *maldito*! — exclama Sarika, tentando agarrar Harold, que foge, todo feliz.

— Harold! — chamo. — Solta! Solta!

— Está tudo bem — diz Sam em uma voz que deixa claro que não está nada bem.

— Bem-vindo ao meu mundo — diz Sarika, amargurada.

— *Agora* você aceita que ele é um babaca? — pergunta Topher para mim, mas eu o ignoro.

— Vem aqui, seu cachorro feio! — Nell se levanta.

— Alguém tem um petisco? — pergunta Maud, tentando ajudar.

Segundos depois, todos nós estamos perseguindo Harold enquanto ele corre pelo apartamento, ocasionalmente soltando um pedaço do urso mutilado, latindo para nós e depois pegando outro pedaço.

— A gente precisa de uma *estratégia* — diz Matt pela terceira vez. — Temos que cercar ele... *parado* aí, Harold!

Quando o telefone fixo toca, ele vira a cabeça rápido e diz:

— Alguém pode atender?

Nós nos aproximamos de Harold, que agora abocanha a cabeça do urso e nos encara com um ar desafiador.

— A gente tem que ir chegando perto devagar... — orienta Matt, baixinho. — Então, quando eu disser "agora", a gente ataca... Agora!

Todos nós voamos na direção da cabeça do urso, então Maud consegue agarrá-la e começa a lutar com Harold.

— Solta! — exclama ela, ofegante. — Solta!

— Solta! — reforço.

— Cachorro maldito! — diz Topher, e Harold solta o urso para latir para ele.

— Peguei! — exclama Maud, levantando a cabeça decepada e mastigada bem alto enquanto os latidos de Harold ficam cada vez mais frenéticos.

— Matt, é pra você. — Sam tenta se fazer ouvir por cima da barulheira. — É uma mulher chamada Genevieve...

VINTE E UM

Quer dizer, não tem problema. Genevieve pode ligar para Matt. Na verdade, Genevieve *precisa* ligar para ele, de vez em quando. Os dois trabalham na mesma empresa e são obrigados a estar em contato. Eu entendo isso. Mas não sei por que Genevieve precisa ligar *tanto*.

Para uma "sombra do passado", ela até que anda bem presente. Faz duas semanas desde a festa na casa de Matt, e toda noite ela liga. Matt responde de forma sucinta, irritada, monossilábica, mas, mesmo assim, os telefonemas parecem durar uma eternidade. Sempre que pergunto sobre eles (de um jeito despreocupado), Matt diz: "Nós vamos fazer uma apresentação juntos na Exposição. Precisamos conversar."

Depois, ele fica todo emburrado. E passa horas dando tacadas em sua bola de golfe — algo que já percebi que não faz por diversão. É uma forma de aliviar o estresse.

Fico lembrando a mim mesma que as coisas estão indo bem, no geral. A festa foi um sucesso absoluto e só terminou às duas da manhã, com todo mundo bêbado, jurando amizade eterna. Só que ainda me sinto incomodada. Quanto mais observo Matt, mais vejo que Topher tem razão: ele se acomodou. Mas também entendo que ele se sinta dividido. Até eu me sinto dividida, e a empresa nem é da minha família.

Quer dizer, é um legado incrível. Sempre que vejo uma Casa da Harriet na televisão, sinto uma onda de orgulho por ele. Mas, ao mesmo tempo, é impossível não me ressentir da empresa. No dia seguinte à festa, Matt teve uma conversa com os pais por telefone, trancado no quarto, e explicou que não iria para o Japão, mas, desde então, ele anda menos comunicativo do que o normal.

Não toquei no assunto, porque Matt andava preocupado demais com a Exposição. Mas, por fim, graças a Deus, o Dia da Casa da Harriet chegou. O evento de Matt é ao meio-dia, estamos no táxi a caminho do centro de convenções, e então tudo vai acabar. Genevieve não vai ter mais desculpa para ligar todas as noites, e, talvez, eu e Matt possamos finalmente ter uma boa conversa. Enquanto isso, estou me esforçando ao máximo para manter a cabeça aberta.

Quando o táxi nos deixa no centro de convenções, vejo duas meninas vindo na nossa direção pela calçada e não consigo controlar minha cara de surpresa.

— Olha! — Cutuco Matt. — Elas estão vestidas que nem a Harriet.

— Ah. É. — Ele ergue o olhar sem muito interesse enquanto as duas se aproximam. — Elas fazem isso.

Quando as meninas estão mais perto, noto que usam perucas ruivas. E sapatos e vestidos turquesa, que elas mesmas devem ter feito. Quanto tempo elas gastaram com essas roupas?

— Aqui está sua credencial VIP. — Matt me entrega uma credencial, e eu o encaro, levemente surpresa. Nunca tive uma credencial VIP na vida.

— VIP, hein? — digo. — Você vai me deixar mimada assim.

Matt ri e me dá um beijo, que é interrompido por uma voz próxima, que diz:

— Matt? — Uma das meninas parou perto de nós e encara Matt com os olhos arregalados. — Você é o Matt Warwick?

— Sim, sou. — Matt sorri para ela, parecendo desconfortável. — Bem-vinda ao Mundo da Harriet. Divirta-se.

— Essa é a Genevieve? — pergunta a outra menina, apontando para mim, toda animada.

— Não — responde a primeira menina. — Eles terminaram. E a Genevieve é loura. Você não sabe de *nada*?

— Então quem é essa?

— Sei lá. — A menina se vira para mim com um ar hostil. — Quem é você?

— Eu sou a Ava — respondo, meio desorientada.

— A gente precisa ir, meninas — diz Matt, apressado. — Aproveitem seu dia no Mundo da Harriet. Depois a gente se fala.

— Espera, posso tirar uma selfie? — pergunta a garota, e fico boquiaberta. Uma selfie? Com *Matt*?

Fico olhando enquanto ele posa com cada uma das meninas, sem graça, e então me puxa para o centro de convenções por uma entrada lateral. Já estou abrindo a boca para começar a interrogar Matt, mas, quando entramos no espaço enorme, minhas perguntas desaparecem. Porque... Ai, meu *Deus*.

Eu tinha imaginado como seria a Exposição, é claro. Mas não pensei no *tamanho*. Para todo canto que olho, há bonecas gigantes, cenários no estilo das casas. Ou estandes cheios de produtos. Ou Harriets de verdade, andando de um lado para o outro. É tudo meio assustador, se quer saber.

— Por aqui — diz Matt, me puxando para longe dos estandes.

Mas não consigo parar de virar a cabeça para olhar todas as atrações: palquinhos com apresentadores já com a corda toda, barracas de algodão-doce e pôneis de tamanho real em um cenário de estábulo.

— Vocês fazem *pôneis de tamanho real*? — pergunto, sem acreditar, e Matt olha para eles como se nunca os tivesse visto antes.

— Ah. É. Quer dizer, a gente os exibe em algumas Exposições pelo mundo, então vale a pena ter fabricação própria. Acho que eles são populares...

Ele fala de um jeito tão impassível que quase fico com vontade de rir. Para todo canto que olho, vejo expressões alegres, animadas — menos no rosto dele.

Enquanto olho ao redor, noto que alguns visitantes estão com o livro de Genevieve. Ai, meu Deus, ela já deve ter chegado, não é? É bem provável que a gente dê de cara com ela a qualquer momento.

— Matt. — Puxo seu braço, então ele para. — Preciso que você me responda umas coisas. O que foi *aquilo*, lá fora? Com as meninas.

— Ah — diz ele, depois de uma pausa. — Aquilo.

— Sim, aquilo! Por que elas estavam falando sobre você e a Genevieve terem terminado? Como elas sabem disso?

— Certo — começa Matt com relutância. — Bom, algumas superfãs se interessam pela empresa. Pela história. Pela família. Essas coisas todas. Elas adoram saber de todos os detalhes. E ficaram... Bom. — Ele hesita. — Apegadas a mim e a Genevieve. Como um casal.

— *Apegadas?* Como assim, porque viam vocês juntos nas redes sociais?

— Acho que sim — responde ele, parecendo um pouco perturbado. — Elas seguiam a gente, conversavam nos fóruns... Pra algumas pessoas, esse é um hobby sério. Elas investigam tudo. Quer dizer, era mais uma coisa da Genevieve do que minha — acrescenta ele, no instante em que seu celular toca. — Oi, pai. Sim, acabamos de chegar.

Enquanto Matt conversa com o pai, pego meu celular e faço uma busca bem específica no Google: *Matt Genevieve fofoca término Casa da Harriet*.

Já procurei Matt no Google antes (várias vezes). Mas é óbvio que não usei os termos de busca certos, porque *nunca* li sobre nada disso. Existe um fórum chamado "Fofocas da Casa da Harriet". Encaro a tela sem acreditar, então clico em uma thread antiga com o título Genevieve e Matt... o que aconteceu com eles?

Imediatamente, sou recebida por gritos virtuais de desespero.

POR QUE ELES TERMINARAM?????? LL
Pois é. Eles eram tão fofos!!!
O casal MAIS fofo.
Quem terminou, o Matt ou a Genevieve?
O Matt é gay, era tudo fachada, minha melhor amiga trabalha lá e me contou.
Quem vai no evento Harriet Revela de Manchester? Porque estou com vontade de boicotar agora. Que triste.
Acho que ninguém tem nada com a vida deles.
A gente tem. Eu *sigo* a Genevieve.

Pisco olhando para alguns trechos de conversa, então fecho a janela rápido. Minha cabeça está girando. Nem sei como processar uma coisa dessas.

Matt encerra o telefonema e fala para mim:

— Bom, vamos pra Sala Verde. — Então ele olha para mim de novo. — Ava? O que foi?

— Ah, nada! — respondo, tentando manter a calma. — Só estou me perguntando agora, Matt, por que você não me contou que essa gente toda ficou arrasada quando você e a Genevieve terminaram.

— Certo. — Matt parece querer fugir.

— Pelo visto, vocês eram o "casal mais fofo", não?

— Ava, para de ficar lendo essas páginas de fofoca — diz Matt, suspirando. — É só um monte de bobagens de um nicho muito específico na internet. Algumas fãs obsessivas achavam que podiam se meter na nossa vida... ah, oi. Genevieve. — O rosto dele se aperta em um sorriso péssimo, falso. — Que bom ver você.

Merda. Ela está *aqui*?

Eu me viro e dou de cara com a personificação do cor-de-rosa, com nuvens de cabelo louro, escovado, acompanhada de dois caras de calça jeans e headsets. Eu a reconheço do livro, mas ela é ainda mais bonita pessoalmente. Ela está linda, tenho que admitir, toda pequenininha, com seu terninho de calça perfeitamente ajustado e saltos fúcsia altíssimos.

— Você deve ser a Ava! — exclama ela, como se me conhecer fosse o melhor momento de sua vida. — Que bom que você pôde vir!

— Você também — digo, em um tom desanimado, enquanto trocamos um aperto de mão, e o rosto dela se enruga de alegria, como se eu tivesse dito algo hilário.

— Não teria evento sem mim, não é?... É *claro* que eu vim — acrescenta ela em um tom charmoso para uma garotinha parada ali perto com um moletom da Casa da Harriet. — Só um autógrafo, ou você quer uma selfie? — Ela faz uma pose perfeita com a menina fascinada, depois se vira para Matt e diz: — Vamos pra Sala Verde?

— Genevieve! — grita uma garota ali perto. — Tira uma selfie comigo?

— Desculpa, gente — diz Genevieve em um tom pesaroso. — Já volto!

Enquanto os dois homens de calça jeans nos acompanham em silêncio pela multidão, percebo que eles são tipo seguranças. Noto que Genevieve também está com um headset e anda com a cabeça inclinada para baixo como se fosse uma estrela de cinema. No caminho, alguém grita "Genevieve!" a cada trinta segundos ou tenta puxá-la. É como se ela fosse a Beyoncé da Casa da Harriet. Não sei se rio ou se fico impressionada.

A Sala Verde é uma área separada do centro de convenções, com sofás e uma estação de comida, e está cheia de gente de terno. Reconheço os pais de Matt, e Walter, em uma conversa séria do outro lado da sala, mas todas as outras pessoas são desconhecidas para mim. Acho que são os executivos da Casa da Harriet. Matt é sugado por uma conversa na mesma hora, e todo mundo cumprimenta Genevieve com empolgação, mas ela parece preferir ficar comigo.

— Vou pegar um café pra você, Ava — diz ela em um tom bondoso, me guiando pela multidão. — Imagino que você esteja meio desnorteada! Eu me lembro da minha primeira Exposição da Casa da Harriet. Achei que tivesse morrido e chegado ao paraíso. Eu tinha 6 anos — acrescenta ela com uma risada. — Sou fã das antigas.

— Há quanto tempo você é embaixadora? — pergunto, tentando ser educada.

— Faz cinco anos que comecei o canal no YouTube. — Ela abre um sorriso saudoso. — Mas só virei embaixadora em tempo integral há três. Foi um sucesso surreal — acrescenta ela, satisfeita. — Matt deve ter contado.

— Na verdade, não — digo, e os olhos de Genevieve brilham com uma leve irritação.

— Bom, foi. Uma coisa eu posso contar... — Ela se inclina para a frente, como se compartilhasse um segredo incrível. — Minha comissão *explodiu*. Tem umas pessoas muito famosas que fazem coleção. Muito famosas *mesmo*. — Ela me entrega uma xícara de café. — Você ficaria *impressionada* se eu contasse quem são. É óbvio que não posso fazer isso. Vamos dizer apenas que são pessoas conhecidas. E que elas têm jatinhos particulares. — Ela joga o cabelo para trás e admira seu reflexo na parte de trás da colher de chá. — Uma das celebridades... eu ajudo com a coleção dela... quer dizer, você *morreria* se soubesse quem é.

— Nossa — digo, tentando parecer impressionada na medida certa.

Na mesma hora, os olhos de Genevieve se estreitam, como se ela desconfiasse de que não acredito no que está falando.

— Posso mostrar o que ela escreveu — diz ela. — Não posso mostrar o nome, mas você pode ver como é a nossa relação. Não sou só uma consultora da Casa da Harriet pra ela, nós somos *amigas*.

Genevieve pega o celular e abre uma página, depois a mostra para mim, cobrindo o nome no topo firmemente com um dedão esmaltado. Há uma mensagem, que diz: *Valeu, querida.*

— Viu? — pergunta Genevieve, triunfante. — Não posso relevar a identidade dela, mas é uma *supercelebridade*.

É nítido que ela espera uma reação minha. O que eu deveria fazer, ajoelhar e beijar o celular?

— Que incrível — digo, sendo educada. — Que legal pra você, conhecer gente famosa.

— Bom. — Genevieve solta uma risada autodepreciativa. — De certa forma, *eu* sou famosa. Um pouquinho mas sou.

Ela dá outra risada e alisa o cabelo. É óbvio que, na verdade, ela quer dizer "sou famosa de um jeito fenomenal, gigantesco".

Já cansei dessa conversa, e olho ao redor para ver se encontro Matt por perto. Mas, para meu horror, Genevieve pega meu braço como se fôssemos melhores amigas.

— Você é a que tem o cachorro, né? — pergunta ela em um tom íntimo, como se Matt tivesse dez namoradas, todas com um bicho de estimação diferente. — Fiquei sabendo que ele rasgou a minha cara em mil pedacinhos. — Ela solta uma risada aguda. — *Tão* engraçado.

— Foi um acidente — digo, e Genevieve abre um sorriso bondoso para mim.

— Por favor. Ava. Não precisa se sentir ameaçada. Você não tem motivo pra se sentir ameaçada! Falei isso pra última namorada do Matt também. Disse: "Escuta, eu sou próxima da família, eu *entendo* a família, Matt ficou mais tempo comigo do que com qualquer outra namorada... mas, no fim das contas, o que isso significa? Que eu ainda estou em cena? Não! Ele tem a vida dele. Ele está por aí, se divertindo, antes de... — Ela dá de ombros, despreocupada. — Você sabe.

As palavras pairam pela minha mente, e tento destrinchá-las, mas ela é uma presença tão cor-de-rosa e tóxica que é difícil.

— Não sei, não — digo, por fim.

— Ai, meu Deus. — Genevieve baixa sua xícara de café, piscando inocentemente. — Eu não quis dizer que ele vai acabar voltando pra *mim*. Não foi isso que eu quis dizer. Quem sou eu para achar isso? Já saí de cena! Quer um biscoito?

— Não, obrigada — respondo, tentando desesperadamente encontrar Matt.

— Mas os pais dele ainda mantêm contato. Os dois são uns fofos, né? — continua Genevieve em um tom reflexivo. — Na verdade, eles ficam me contando sobre a vida amorosa do Matt, o que é *hilário*. A garota que ele namorou depois de mim. A que ele conheceu fazendo artes marciais. Aquela era doidinha. — Ela abre um sorriso conspiratório para mim. — A Elsa foi bem direta no telefone comigo, "Genevieve, o que eu vou fazer?". E eu falei "Elsa, meu amor, relaxa, é só um casinho... ele não vai *casar* com ela". E, então, é claro, o namoro terminou de um jeito bem feio. — Ela sorri com doçura. — Imagino que o Matt tenha contado.

Os olhos dela me analisam como se estivessem buscando um ponto fraco. Como se já suspeitassem que eu sei menos sobre o passado de Matt do que ela. Bom, ela pode ir se danar, porque quem foi que transou com ele ontem à noite mesmo?

— Na verdade, nós não falamos do passado — digo, em uma voz agradável. — Nós preferimos pensar no nosso futuro maravilhoso juntos. Aliás, o Matt se interessa *tão* pouco pelas ex-namoradas que nunca tocamos no assunto. Por exemplo, estou tentando me lembrar de quantas vezes ele tocou no seu nome, Genevieve. — Franzo a testa, pensativa. — Ah, é. Nenhuma.

— Bom. — O sorriso de Genevieve congela. — Se eu puder ajudar com alguma coisa, é só me avisar. Ah, Matt, aí está você.

— Oi. — Quando Matt se junta a nós, seu olhar vai de Genevieve para mim, e depois para ela de novo, e noto que ele parece desconfortável. — Então... vocês estavam conversando. Que ótimo.

— Pois é, que ótimo, né? — digo. — Ótimo *mesmo*. Mas vou deixar vocês se prepararem pro evento agora — acrescento, aproveitando a oportunidade para fugir. — Divirtam-se!

Quando saio da Sala Verde, minha respiração está ofegante. O que foi aquilo? Ela é a pessoa mais metida e narcisista que já conheci na *vida*.

— Espera. Ava. — Matt surge do meu lado, desviando de dois homens usando maquiagem pesada, perucas da Harriet e vestidos de festa cheios de lantejoulas. — Desculpa. Desculpa. Eu sei que ela é...

— Matt! — Um cara mais novo, em um terno bem-ajustado, nos interrompe e bate com o punho fechado no de Matt, alegre. — Que bom ver você.

— Oi, Mike — diz Matt, se animando. — Eu não sabia que você vinha. Esse é o Mike — acrescenta ele para mim. — É o gerente de marketing dos Estados Unidos. Mike, Ava.

— Oi — digo, abrindo um sorriso educado.

— Eu tinha umas reuniões em Londres de toda forma — diz Mike. — Então resolvi dar um pulo na Exposição... — Ele olha ao redor, para a aglomeração de pessoas. — Tem bastante gente. Alguma notícia sobre o lançamento do filme da Harriet?

Filme? Matt não me conta *nada*.

— Nada por enquanto — responde Matt. — Mas você vai ser o primeiro a saber.

— Claro. — Mike assente, tranquilo, depois acrescenta em um tom mais baixo: — Fiquei sabendo que você vai passar um tempo no Japão... Pelo que eu entendi, estão precisando mesmo de você por lá. As coisas estão um caos. O pessoal lá ficou aliviado quando recebeu a notícia.

Meus olhos voam para Matt, esperando que ele explique que não vai para o Japão, mas seu rosto está congelado.

— Certo — diz ele por fim, evitando meu olhar. — Bom, a situação é complexa.

Complexa? O que ela tem de complexa?

— Com certeza. — Mike olha para o relógio. — Ah, preciso ir. Adorei encontrar você! E foi um prazer conhecer você, Ava.

Ele vai embora com um aceno animado, e me viro para Matt, determinada a não exagerar.

— Acho que ele entendeu tudo errado! — digo com uma risada.

— Hum — diz Matt.

Espero por mais alguma coisa, mas nada vem, e enrijeço. O que está acontecendo?

— Matt, achei que você tivesse conversado com os seus pais — digo, tentando me manter o mais calma possível. — Achei que você tinha avisado que não ia pro Japão.

— Eu avisei — falou Matt, evitando olhar para mim. — Eu disse pra eles... Eu disse que não era o ideal.

— *Que não era o ideal?* — repito, indignada. — Mas você disse que não ia? Você recusou a proposta?

— Eu deixei bem claro o que penso — explica Matt depois de outra pausa. — Mas é um problema delicado, é complicado, ainda não encontramos uma solução... — Ele faz uma careta e esfrega rápido o rosto com o punho. — Escuta, Ava, não vamos fazer isso agora.

— Você *quer* ir? — pergunto, sentindo a tristeza tomar conta de mim.

— Não, é claro que não — rebate Matt, irritado. — Você sabe que não.

— Bom, então você tem que resolver essa história! — exclamo, agitada. — Quanto mais tempo eles ficarem achando que você vai, mais difícil vai ser dar pra trás. Você não consegue entender isso?

— Eu sei. — Matt parece arrasado. — Eu vou falar. Mas não é tão simples. Na minha família... conversar é... é difícil. As coisas podem dar errado.

Ele olha para mim como se esperasse que eu compreendesse. E eu quero compreender, mas não consigo. Mais uma vez, sinto como se jamais fosse entender como Matt funciona.

— Como *conversar* pode dar errado? — pergunto, desamparada.
— Como *falar a verdade* pode dar errado?

Matt suspira.

— Vem aqui.

Ele estica o braço para mim e me puxa para um abraço apertado. Mas reparo que não tive resposta para nenhuma das minhas perguntas.

VINTE E DOIS

Acaba que as jujubas da Casa da Harriet são deliciosas. Meia hora depois, já estou no terceiro pacote, aliviando meu estresse com elas enquanto passeio pelos estandes, vendo todas as bonecas, casas, roupas e a maquiagem.

Nell tem razão: é uma marca extremamente misógina e retrógrada, inadequada para feministas nos dias de hoje. Por outro lado, entendo por que é viciante. Há tantos acessórios. Tantos mundos. Tantas *roupas*.

Quando chego à Área dos Animais, fico enlouquecida com o display com os cachorros de brinquedo que Harriet e suas várias amigas tiveram ao longo dos anos. Porque cachorros de brinquedo são bem diferentes de bonecas. Eles são nobres. Eles são lindos. Qualquer um iria querer um cachorro de brinquedo. E estou perguntando o preço do beagle como quem não quer nada quando uma música alegre soa pelos alto-falantes, acompanhada pela voz animada de uma mulher:

— Nosso evento principal começa em três minutos! A família Warwick e a embaixadora da Casa da Harriet, Genevieve Hammond, estarão no palco principal em três minutos! Venham ao auditório assistir à grande revelação do dia, a anúncios de novidades e para um bate-papo com Genevieve!

Ao meu redor, vejo as pessoas correndo para os fundos do centro de convenções. Eu quase me esqueci do evento principal.

— Já volto — digo para o dono do estande, apressada, e aperto o passo até o auditório, junto com todo mundo.

Quando chego, mostro minha credencial VIP e sou conduzida a uma seção especial na frente. O lugar está bem cheio, mas avisto uma cadeira vazia no final da terceira fileira e me sento, tentando não chamar muita atenção, bem na hora em que as luzes diminuem e uma música ritmada começa.

— Senhoras e senhores — diz uma voz sussurrada, meio desincorporada —, bem-vindos à Exposição da Casa da Harriet de Londres deste ano!

Imediatamente, gritos e aplausos irrompem pelo salão, e, com uma leve relutância, bato palmas também.

— Agora, vamos receber no palco nossa anfitriã... Genevieve Hammond!

No mesmo instante, os gritos surgem. A música aumenta até um volume ensurdecedor, luzes dançam pelo auditório, e, como se fosse uma estrela do rock, Genevieve vem andando pelo palco.

— Olá, Londres! — grita ela para a plateia, com o cabelo brilhando sob as luzes. Não consigo conter uma risada irônica. Olá, Londres? Sério?

Mas a plateia inteira a ama. As pessoas gritam, pegam os celulares, tentam tirar selfies com Genevieve ao fundo.

— Tenho tanta coisa pra contar pra vocês hoje... — diz ela, sorrindo para todo mundo. — Novidades, coisas engraçadas, a grande revelação que todo mundo quer saber... — Ela sobe e desce as sobrancelhas, de forma provocante, e algumas meninas gritam. — Mas, primeiro, quero receber no palco as pessoas que começaram isso tudo... a família que nós amamos... nossos convidados especiais... John, Elsa e Matt Warwick!

A música soa de novo, e, no instante seguinte, Matt e os pais surgem no palco. Elsa está usando um terno roxo e uma blusa de babados, e parece bem feliz por estar ali, apesar de um pouco tímida. John parece conformado, e Matt fica com os ombros curvados, como se mal pudesse esperar para que aquela tortura acabasse.

— Sr. e Sra. Warwick, Matthias... — começa Genevieve, efusiva. — É uma *honra* receber vocês aqui. Enquanto eu escrevia meu livro, *Eu e a Casa da Harriet: uma jornada pessoal*, que vou autografar mais tarde, no valor com desconto da Exposição... Não quero ver ninguém pedindo o dinheiro de volta, por favor, e só deixem avaliações de cinco estrelas na internet... — Ela respira fundo e abre outro sorriso charmoso para a plateia. — Enquanto estava escrevendo o livro, tive o privilégio de passar um tempo com a família Warwick e aprender sobre seu legado. — Ela pisca para a multidão, séria. — Tudo começou em 1927, quando Gertrude Warwick construiu uma casa de boneca de madeira para a filha. E, agora, a magia da Casa da Harriet se espalhou por todos os cantos do mundo. Vocês devem se orgulhar muito da sua história.

Ela entrega o microfone para John e espera, sorrindo.

— Sentimos muito orgulho, sim — diz John, todo duro.

— Orgulho demais — reforça Elsa, tirando o microfone dele. — E, é claro, temos muito orgulho de *você*, Genevieve, por ter escrito esse livro maravilhoso.

Ela puxa uma rodada de aplausos, fazendo Genevieve abrir um sorriso afetado.

— Bom, vocês todos me ajudaram — diz Genevieve, fazendo cara de acanhada. — Principalmente o Matt, é claro. Senhoras e senhores, esse homem é um herói.

— Não sou, não — diz Matt com um sorriso apertado.

— É verdade! — Genevieve arregala os olhos. — Ele me ajudou tanto com a minha pesquisa. E... essa parte não é segredo pra ninguém... — Ela baixa a voz para um sussurro emocionado, olhando para os rostos ao redor para fazer o máximo de contato visual possível. — Ele me ajudou tanto no aspecto... *pessoal*. A Casa da Harriet se trata de amor e coração. — Ela encara a multidão, séria. — E esse homem é puro amor e coração.

O quê? Fico olhando para ela, furiosa. Ela não tem o direito de dizer que Matt é puro amor e coração. Só quem pode dizer isso sou *eu*.

Genevieve pega a mão de Matt e a levanta, e um grito de alegria irrompe da plateia.

— Voltem a namorar! — grita uma voz no fundo do salão, e Genevieve aperta os olhos, como se não conseguisse escutar.

— O quê? O que estão falando? — pergunta ela para Matt com uma risada.

— Voltem a namorar! — A voz fala mais alto.

— A gente te ama, Matt! — berra uma menina a um metro de mim.

— Vocês são perfeitos juntos! — grita histericamente outra garota. — Genevieve e Matt pra sempre!

— Escuta, a gente não veio aqui pra... — começa Matt, mas Genevieve fala por cima dele. (Juro que o microfone dela parece estar em um volume mais alto do que os outros.)

— Isso seria maravilhoso de tantas formas. — O rosto dela fica um pouco triste. — Porque nós *tínhamos* algo mágico e muito especial quando estávamos juntos. Mas não era pra ser. Não é, Matt? Não importa o que todo mundo pensa. — Ela gesticula para a plateia com um sorriso triste, melancólico.

Meu rosto inteiro pega fogo. *O que* ela está dizendo? Isso não é nada apropriado. Na verdade, por que estou sentada aqui escutando essas coisas? De repente, eu me levanto, pego minha bolsa e sigo para o canto do auditório.

— Ah, não! — cantarola Genevieve de repente, em uma voz charmosa. — *Mil* perdões. Senhoras e senhores, acho que deixamos a nova namorada do Matt chateada. Ava, não precisa ficar com vergonha, você faz parte da família da Casa da Harriet agora!

Ela gesticula na minha direção, e, para meu horror, um spot de luz me encontra. Imediatamente, a plateia inteira se vira. Matt pode até falar que isso tudo é "besteira da internet", mas essas pessoas não estão no computador. Elas estão bem aqui, me encarando e tirando até fotos.

— Ela nem é tão bonita assim, né? — murmura uma garota na minha frente, falando com a amiga, e eu encaro, indignada.

— Oi — digo. — Desculpem, preciso ir. Aproveitem o show!

Sigo para a porta, com pensamentos homicidas girando pela minha cabeça. Só digo uma coisa: é melhor que exista um bar da Casa da Harriet, e acho bom que ele sirva vodca da Casa da Harriet, de preferência em doses duplas.

E não é que existe mesmo um Bar da Harriet? E está praticamente vazio... talvez porque a maioria dos visitantes esteja no auditório. Não tem vodca, mas eles servem "Bellinis de chiclete", e peço dois, um atrás do outro, sentada em um banco diante do balcão. Eu sei que não devia me deixar abalar por causa de Genevieve. Nem por causa das superfãs. Nem por causa da história do Japão. Mas não consigo me controlar: estou uma pilha de nervos.

Sempre que descubro uma nova camada da vida de Matt, é algo mais tóxico, mais complicado. E ele não parece nem *enxergar* isso. É como se ele nem se *desse conta* disso. É como se ele andasse com antolhos, tipo um cavalo puxando uma carroça pesada, e o trabalho dele é a carroça... Não, a *família* dele é a carroça...

De repente, percebo que estou resmungando para mim mesma, feito uma louca. Ergo o olhar, torcendo para que ninguém tenha reparado, e vejo um rosto que reconheço. É o avô de Matt. Como é mesmo o nome dele? Ah, sim, Ronald. Ele está sentado na outra extremidade do bar, usando um terno listrado, tomando uma taça de vinho, e sua figura é tão incompatível com o banco felpudo cor-de-rosa que não consigo deixar de abrir um sorriso. O olhar dele encontra o meu, obviamente se perguntando se me conhece.

— Sou a Ava — digo, mudando de banco para me sentar perto dele e estendendo a mão. — Estou com o Matt. Nós nos conhecemos na casa dos Warwicks.

— Ava! — Os olhos dele se iluminam. — Sim, eu lembro. Está gostando da exposição, minha querida?

— Mais ou menos. Por que o senhor não está no evento principal? Todo mundo está lá no palco agora. Matt, os pais dele, Genevieve...

— Eu sei. — Um leve tremor passa por seu rosto. — Tenho certeza de que está sendo muito divertido. Mas a plateia me incomoda. É muito grito.

— É, é mesmo. Imagino que o senhor venha às exposições desde sempre, não? — acrescento, porque de repente me dou conta de que a Casa da Harriet também foi a vida dele.

— Bom. — Ronald parece pensar um pouco antes de responder. — A gente não fazia a exposição na minha época. Era tudo diferente. Menos... *agitado*. Eu sempre venho dar uma olhada no que está acontecendo. — Ele gesticula vagamente para a multidão. — Mas prefiro ficar aqui. — Ele levanta sua taça para mim em um brinde, e eu o acompanho. — E você? — pergunta ele, educadamente. — Não quis assistir ao Matthias no palco?

— Eu estava assistindo, mas... — Paro de falar e dou uma murchada. Não estou muito a fim de discutir sobre Genevieve e suas superfãs.

— Outra rodada? — pergunta ele, notando meu copo vazio, e sinaliza com a cabeça para o barman.

— Afogando nossas mágoas — digo, tentando fazer piada, mas meu comentário acaba soando mais sincero do que eu pretendia.

— Pois é. — Ronald sorri, mas ele também parece bem desanimado, e suas mãos tremem ligeiramente enquanto levantam a taça.

Por trás de seu comportamento gentil, esse senhor idoso parece tão frágil. Eu me lembro de Elsa fazendo com que ele se calasse várias vezes durante o almoço. E de Matt me dizendo que, em sua família, conversar "não é tão simples".

De repente, sinto uma onda de impaciência. Qual *é* o problema dos Warwicks? As coisas *deviam* ser conversadas. As coisas deviam ser ditas em alto e bom som, não guardadas, apodrecendo.

— Posso fazer uma pergunta? — digo, me virando para Ronald. — O senhor começou a me contar uma história no dia em que nos conhecemos. Alguma coisa ruim aconteceu. Mas nos interromperam antes que o senhor terminasse. Bom, a gente tem bastante tempo livre agora. E eu queria saber... só se o senhor quiser... pode me contar a história?

Dizer que Ronald parece surpreso seria pouco.

— Você não vai querer saber dos meus problemas — diz ele na mesma hora, afastando o olhar.

— Eu quero, sim — insisto. — Sério. Nós estamos à toa, né? E, naquele dia, parecia que o senhor queria conversar com alguém. Bom, eu estou aqui. Pronta pra escutar.

Ele leva uma boa meia hora, repetindo e explicando muita coisa, mas finalmente tira sua história triste do peito. E é uma história triste *mesmo*. É uma história desesperadora. Do tipo que faz você ter vontade de bater em alguém, com força.

Algumas pessoas o enganaram, fingindo ser do consultório de seu médico e pedindo fotos íntimas dele, "para sua ficha". Apesar de achar estranho, ele fez o que estavam pedindo — sem consultar nenhum outro membro da família, mas sentindo orgulho por conseguir usar o iPhone sozinho.

Quando ele me diz que os golpistas então exigiram cinquenta mil libras, fico enlouquecida de raiva. Essas pessoas são más. Que tipo de gente pensaria em fazer uma coisa dessas? A família acabou chamando a polícia, ele teve de mostrar as fotos para os próprios filhos, e dá para entender por que ficou morrendo de vergonha. Por que ele ainda está morrendo de vergonha.

— É a *humilhação*, sabe? — Ele sorri, mas seus olhos azul-claros brilham. — Todo mundo diz que preciso seguir em frente. Mas, todas as manhãs, quando me olho no espelho, penso: "Seu velho bobo idiota."

— Quanto tempo faz isso? — pergunto.

— Um ano mais ou menos — responde ele, e sinto uma pontada. Faz *um ano* que ele está triste assim?

— O senhor conversou com um terapeuta?

— Terapeuta? — Ele parece chocado. — Ah, não.

— Mas conversou com alguém sobre isso? Tipo... o John?

— Nós não... — Ele se interrompe e depois recomeça, os olhos fixos no bar: — Meu filho sente vergonha por eu ter sido tão tolo. E com razão.

— Tenho certeza de que ele não sente vergonha! — digo rápido, apesar de eu não ter certeza nenhuma.

A vergonha que pairava na mesa do almoço na casa dos pais de Matt agora faz mais sentido. Entendi por que a família não queria que Ronald contasse a história para mim. Talvez achassem que poderia não ser apropriado. Consigo ouvir a voz de Elsa dizendo "Eu não *acredito* que..."

Mas cadê a compaixão deles? *Cadê* a compaixão deles?

— Ronald, se você quiser conversar com alguém, pode me ligar — digo, em um impulso. — Eu adoro conversar. Quanto mais a gente conversa, melhor. Posso anotar meu número no seu celular?

— Que bondade a sua — diz Ronald, observando enquanto digito o número. — Você é uma menina muito boa.

— Nem tanto — digo, me perguntando se devia explicar a ele que "menina" não é o termo correto hoje em dia, mas então decido não fazer isso. — Achei que eles já teriam terminado a essa altura — acrescento, olhando para meu relógio. — É melhor eu procurar do Matt. O senhor vai ao almoço?

— Daqui a pouco — diz ele. — Acho que vou ficar aqui mais um tempinho. — Devolvo o celular para ele e Ronald dá um tapinha no aparelho. — Obrigado. E você é, *sim*, uma menina muito boa. Matthias vai sentir sua falta quando estiver no Japão.

Japão? *De novo?*

Continuo sorrindo, mas meu estômago se revira. Eu tinha razão. A história saiu de controle. Matt precisa colocar aquele assunto em pratos limpos de uma vez por todas.

— Se ele for — digo em um tom despreocupado.

— Ele vai se mudar pra lá, não vai? — diz Ronald, parecendo surpreso. — Precisam dele lá. Já ouvi todo o planejamento.

— Acho que não tem nada certo ainda. Acho que nada foi confirmado.

— Ah. — Ronald concorda com a cabeça com um ar educado, como se não quisesse me contradizer. — Entendi. Bom, aproveite o almoço.

O almoço é servido em uma sala no andar de cima. O espaço é arejado e claro, cheio de arranjos florais e mesas cobertas com toalhas brancas. Cada uma tem uma Casa da Harriet em miniatura, e há cartões com os nomes dos convidados. Uma garçonete passa com uma bandeja de bebidas, e, quando entro, pego uma taça de vinho, mas não bebo. Estou ocupada demais procurando Matt.

— Ava! — Uma voz animada me chama às minhas costas. Quando giro, dou de cara com Genevieve se aproximando. Suas bochechas estão coradas e ela tem um brilho no olhar. Ela parece enérgica, o que não me surpreende. — *Desculpa* por ter colocado você naquela situação! — Ela joga o cabelo para trás. — Precisei improvisar! O show precisa continuar!

— Sem problemas. — Abro um sorrisinho. — Bom trabalho. O evento foi ótimo. Parabéns.

— Bom, fica fácil quando eu trabalho com o Matt — diz Genevieve, modestamente. — A gente se entende bem no palco. A gente tem química. Todo mundo fala isso. — Ela suspira de alegria e olha ao redor do salão, que está cada vez mais cheio. — Eles não são maravilhosos?

Não faço ideia do que ela está falando. Dos arranjos de flores? Das cadeiras?

— A família do Matt — explica ela, apontando para Elsa e John, que estão a alguns metros de distância, então a encaro, chocada. A família do Matt? Maravilhosa?

— Claro — respondo, e tomo um gole do vinho.

— O Matt é um querido, é claro, mas a família dele é ainda mais incrível. A Elsa e o John são como segundos pais para mim — acrescenta ela em um tom sincero. — Eles são tão sábios. E tão divertidos!

Sei que ela deve estar exagerando para me irritar. Mas, mesmo assim, não consigo conter uma pontada de tristeza. Porque era exatamente assim que eu queria me sentir em relação aos pais de Matt. Eu *queria* amá-los. Eu *queria* me aproximar deles, ter piadas internas. Estava tão otimista. Mas, sinceramente, não consigo nem imaginar Elsa tendo piadas internas com ninguém.

— Não conheço os dois tão bem quanto você — rebato. — Ainda não.

— Bom, eles são uns fofos. A Elsa me deu isso, olha!

Ela me mostra o relógio novinho em seu pulso. Ele é de couro cor-de-rosa claro e tem uma estampa florida. A filha de 4 anos de idade de Maud, Romy, ficaria encantada. Enquanto o observo, um pensamento repentino surge em minha mente, então ergo o olhar.

— O Matt me disse que você adora a coleção de arte dele, Genevieve — digo, como quem não quer nada. — As peças do Arlo Halsan — acrescento, só para deixar explícito. — No apartamento dele.

— Ah, adoro mesmo. — Ela concorda com a cabeça veementemente. — Amo o trabalho dele!

Rá. Rá! Peguei no pulo. Isso é *mentira*. Uma pessoa que gosta de um relógio cor-de-rosa cheio de margaridas não pode achar uma escultura grotesca de um lobo sem pelos linda. É impossível.

— E o que exatamente chama a sua atenção nas obras? — insisto, sem tentar esconder meu ceticismo, mas Genevieve parece não notar. Ela toma um gole de sua bebida, pensando.

— Adoro que sejam obras que me chocam, mas depois me fazem pensar — diz ela por fim. — Adoro que sejam grotescas, mas lindas. Adoro o conceito por trás de cada uma. Mas acho que você precisa ler a autobiografia do Arlo Halsan pra entender *de verdade* o que ele tenta fazer — acrescenta ela. — *Sonhos de monstros*. Já leu?

Tenho uma percepção horrível, terrível, quando escuto sua resposta. Ela gosta mesmo das obras. De verdade! Olhando para seu rosto bonito, perfeito, sinto um desânimo profundo brotar dentro de mim. Não quero me comparar com Genevieve. Mas, ai, meu Deus. Aqui está ela, *exalando* compatibilidade com a Mattlândia. Ela adora as obras de arte de Matt, os pais dele e a empresa da família dele. É bem capaz de adorar cachorros adestrados também, e bifes malpassados todas as noites. E eu não gosto de nada disso.

— E as saunas com todo mundo pelado? — pergunto, parecendo mais agressiva do que pretendia. — Você se acostumou com isso?

— Ah, eu *adoro* ficar pelada na sauna! — exclama Genevieve, sendo sincera. — É tão libertador. Acho que é uma tradição maravilhosa. Fico tão feliz por Elsa e John terem me apresentado a isso.

O que eu esperava? É claro que ela adora fazer sauna nua. Imagino que ela tenha peitos que desafiam a gravidade e morra do orgulho de seu púbis, que deve ter até o próprio perfil no Instagram.

— Então, você vai pro Japão com o Matt? — A voz animada de Genevieve interrompe meus pensamentos. — Estou procurando um apartamento pra alugar, mas não sei nem por *onde* começar.

— *Você* vai pro Japão? — Eu a encaro, sem entender nada.

— O Matt não contou? — Ela olha para mim. — Estou escrevendo um livro sobre o fenômeno da Casa da Harriet no Japão. Vou fazer minha pesquisa em Tóquio. Vou usar um escritório no prédio da Casa da Harriet. Ah! — Ela se anima como se tivesse acabado de ter uma ideia. — Nós podemos sair juntos! Se você for com o Matt. Mas talvez você não consiga, por causa do trabalho, Ava. Ou por causa do seu cachorro.

Ela inclina a cabeça com ar de pena e um olhar malicioso, então tudo faz sentido. Eu a encaro com raiva, tentando transmitir as palavras que surgem na minha cabeça. *Entendi. Você está planejando o grande retorno de Matt e Genevieve no Japão, não é?*

— Aham — diz Genevieve em um tom meigo, como se tivesse escutado cada palavra.

Minha mão aperta a taça de vinho com mais força. Como Matt não me contou isso?

— Matt! — exclama Genevieve, e o vejo se aproximando quando me viro.

— Matt! — chamo em um tom mais alto, e o agarro pelo braço. — O show foi sensacional... muito bom... podemos conversar rapidinho?

Sem nem olhar para Genevieve, eu o puxo para longe, para um canto mais tranquilo na lateral do salão.

— Ava, desculpa — diz ele na mesma hora. — A Genevieve não devia ter falado de você, jamais deviam ter apontado o holofote pra você daquele jeito...

— Não tem problema. — Dou um aceno de mão indicando que não tem problema. — Mas, escuta, Matt. Todo mundo está achando que você vai pro Japão. Você precisa dizer a verdade.

— Eu sei — diz ele depois de uma rápida pausa. — Vou fazer isso.

— Mas não é melhor fazer isso o quanto antes?

— Está tudo bem — diz ele, e sinto uma onda de irritação.

— Quem disse que está tudo bem? Você sabia que Genevieve está planejando passear com você por Tóquio? Até o seu avô acha que você vai!

— Bom, eles não sabem de nada — diz Matt.

— Então fala isso pra eles!

— Canapé? — Uma garçonete nos interrompe, mostrando uma bandeja. — Temos mini-Yorkshire pudding com carne ou rolinhos de peixe apimentados.

— Não, obrigada — digo, enquanto Matt pega um rolinho. — Sou vegetariana.

— *Vegetariana?* — A garçonete me encara com nervosismo. — Não fomos avisados que teríamos um convidado vegetariano. Não sei se...

Matt suspira.

— Desculpa, Ava. Vou falar com a minha mãe.

— Não, não — digo, na mesma hora. — Não tem problema. Eu como legumes.

— Certo. — A garçonete parece ainda mais nervosa. — É só que os legumes foram cozidos no caldo de frango e finalizados com molho de vitela.

Mas é claro que foram. Imagino que os profiteroles sejam acompanhados por torta de carne.

— Por favor, não precisa se preocupar — digo. — Posso comer... tem alguma salsinha decorativa? Posso comer isso.

A garçonete se afasta, ainda tensa, e Matt diz:

— Desculpa, a culpa é minha. Eu devia ter lembrado aos meus pais que você é vegetariana.

— Está tudo bem — digo, no automático. Mas, no fundo, sinto que nada está bem. Sinto... o que, exatamente?

Mágoa, percebo de repente. Estou magoada com os comentários maldosos de Genevieve, com a indiferença dos pais de Matt em relação a mim e por Matt se recusar a lidar com a situação do Japão. Estou magoada até pelo que aconteceu com Ronald.

Enquanto me dou conta desses sentimentos, um por um, os pais de Matt se aproximam com os rostos corados.

— Tudo foi maravilhoso! — exclama Elsa para Matt, me ignorando completamente. — A plateia adorou você, Matthias! E Genevieve é uma estrela! Esse novo projeto dela será fenomenal. Os fãs japoneses são *muito* apaixonados... — Ela balança a cabeça, pensativa. — Bom, você vai ver com seus próprios olhos, Matthias, quando estiver lá...

— O Matt não vai pro Japão. — Minha boca solta as palavras antes que eu consiga me controlar.

Por um segundo, ninguém se mexe. Elsa parece aturdida, e sinto uma mistura de nervosismo com júbilo.

— Pois é! — continuo, tentando fazer parecer que estou apenas puxando papo, e não jogando uma bomba. — A gente estava conversando sobre isso, e o Matt disse que não quer ir. Não foi, Matt?

Matt fica em silêncio, e meu estômago vai parar nos pés.

— Pelo menos eu fiquei com essa impressão... — Olho desesperada para Matt, mas ele não ousa olhar para mim.

— É, pois é — diz Elsa com o rosto tenso. — Nós conversamos sobre isso em outra hora. Tenha um bom almoço. — Ela abre um sorriso fraco para mim e vai embora, acompanhada por John, e me viro para Matt, agoniada.

— Por que você não concordou comigo?

— Por que você não ficou quieta? — rebate ele em um sussurro furioso. — Jesus, Ava, a gente vai almoçar agora! Preciso ser diplomático! Isso é a empresa da minha família!

— Parece mais a prisão da sua família! — revido. E sei que eu ia esperar até mais tarde, mas não consigo controlar minhas palavras. — Matt, você tem tanto medo de magoar seus pais, mas eles não têm medo de magoar *você*! Eles acham que você tem que fazer tudo o que mandam! Sei que você aceitou esse emprego por vários motivos, pelo legado... por causa do seu irmão...

— Do meu irmão? — O rosto de Matt se contrai, e vejo a mágoa em seus olhos. Ai, meu Deus. Eu sabia. Esse é um assunto doloroso. — O que o meu *irmão* tem a ver com isso?

— Sei lá. — Recuo rápido. — Não. Nada. Eu não... — Pigarreio, tentando me recompor. — Escuta, Matt — digo, agora mais calma. — Desculpa por eu ter falado sobre o Japão. Mas *alguém* precisava dizer alguma coisa, né?

Eu o encaro em desespero, desejando que ele fale alguma coisa, que se acalme. Que nós sejamos nós. Mas Matt nem olha para mim. Ele parece... agoniado. E, ao olhar para ele, uma sensação horrível toma conta de mim. Como não percebi isso antes? Ai, meu Deus, como fui burra...

— Matt... — Engulo em seco, quase incapaz de falar. — Você *vai* pro Japão?

— Não! — responde ele na mesma hora, mas seu rosto diz outra coisa.

— Você vai?

— Eu... o plano não é esse.

— Você *vai*? — De repente, minha voz está trêmula. — Matt?

Meus pensamentos estão a toda, estou em pânico, porque... como eu pude ser tão cega? Como ele pôde tomar decisões importantes sem nem pensar em mim? Nós não somos parceiros? A gente não é um casal?

Abro a boca para falar, mas descubro que não tenho palavras. Não consigo mais. Eu só quero ir para casa e abraçar meu cachorro.

— Não estou com fome — digo. — Por favor, você pode pedir desculpas pra sua mãe por mim? Acho que vou embora.

— Ava... — Ele parece desesperado. — Por favor, não vai...

Nesse momento, alguém bate com um garfo em uma taça, e Matt automaticamente olha ao redor para ver quem é, e aproveito para escapulir, quase correndo para fora do salão. Em trinta segundos, estou na escada que dá na área principal do centro de convenções, não ouso nem imaginar que ele possa vir atrás de mim. Nem tenho esperança.

VINTE E TRÊS

Tudo bem, eu tinha esperança. Porque eu sempre tenho esperança. Essa é a minha Alice otimista interior.

Porém, ao mesmo tempo, a Rainha de Copas não para de resmungar, maldosa: "Deixa de ser idiota, ele não vem atrás de você." E é claro que ela tem razão. Chego ao fim da escada sem ninguém tocar no meu ombro. Atravesso o centro de convenções sem ouvir nenhuma voz nervosa me chamar. Saio para a rua sem ouvir passos frenéticos e a voz de Matt gritando "Espera! Ava!".

É só quando estou no ônibus de volta para o norte de Londres, jogada no meu banco e olhando pela janela, completamente desolada, que as mensagens de texto começam a chegar.

Desculpa.
Vou embora assim que puder.
A gente precisa conversar.
Você está aí? Cadê você?

Enquanto leio as mensagens de Matt, uma atrás da outra, sinto a angústia dele. Acho que ele nunca me mandou tantas mensagens de uma vez. E não consigo evitar, acabo amolecendo. Depois de pensar por um instante, digito a resposta:

Tudo bem, vou pra sua casa. A gente conversa lá.

Sigo para o prédio dele, entro com a minha chave e faço uma torrada para compensar o almoço que perdi. Escuto uma música vindo do quarto de Topher, mas a porta está fechada, o que me deixa feliz. Então fico vagando pelo apartamento, com os punhos cerrados, com a cabeça tomada de pensamentos sombrios, inquietantes.

Eu disse "A gente conversa", mas o que isso significa? Por onde começamos? Se Matt não me conta algo tão importante quanto uma mudança para o Japão, que chance nós temos? Ele não quer um futuro juntos? O que ele acha que está *acontecendo*?

Eu poderia superar o fato de que ele come carne, concluo, em um turbilhão de pensamentos. Posso tentar ser mais organizada. Posso encontrar outro hobby conjunto para nós, fazer amizade com os pais dele, aprender a jogar golfe... A gente poderia passar por cima desses obstáculos. Mas *se mudar para o Japão*? Sem nem *tocar no assunto* comigo?

As mensagens dele não param de chegar, mas não estou com cabeça para elas, então desligo o celular. Quanto mais penso, mais estressada fico. Agora, nesse exato momento, parece que a Mattlândia e a Avalândia estão em lados completamente opostos do mundo. Como se fossem diferentes em um grau absurdo. E Matt acabou de disparar um míssil no meu espaço aéreo.

É isso. De repente entendo. Foi exatamente isso que aconteceu. Ele me atacou com um míssil de cruzeiro enorme. E, agora, me vem com "Qual é o problema?". Então o meu dilema é o seguinte: devo lançar meus mísseis nucleares? A gente entrou em guerra?

Calma. Eu tenho mísseis nucleares?

Não tenho muita certeza nesse ponto, porque sou pacifista por natureza, mas, por outro lado, preciso fazer alguma coisa. Preciso revidar *de alguma maneira...*

A campainha toca, e meu queixo se empina, na defensiva. Por que ele tocou a campainha? Isso é uma forma de se impor? Vou até a porta e a escancaro, pronta para fazer algum comentário mesquinho, incisivo — mas minhas palavras desaparecem, e pisco, chocada.

Há uma garota parada diante de mim. (Não, não uma garota. Uma mulher. Eu devia me referir a ela do jeito correto até nos meus pensamentos. Uma pessoa do sexo feminino, digamos.) Há uma mulher parada em silêncio no corredor, me encarando com as sobrancelhas erguidas, questionadoras. E eu a conheço. Não conheço? Ela tem um cabelo castanho-dourado, esvoaçante, e dentes muito brancos, e parece *tão* familiar, mas não sei de onde a conheço...

— Um cara lá embaixo me deixou entrar — diz ela, e sua voz traz uma lembrança instantânea, abrangente. É a Lírica. Do retiro de escrita.

Lírica? *Aqui?*

— Oi, Ária — diz ela no tom levemente agressivo de que me lembro da Itália. — Fiquei sabendo que vocês dois se pegaram. Mas não achei que fosse durar.

Meu queixo está no chão. Minha mente está girando. Que conversa é essa? Lírica parece compreender tudo perfeitamente, enquanto eu não estou entendendo nada.

— Qual é o seu nome de verdade? — acrescenta ela. — Alguém me falou, mas esqueci.

O que está acontecendo? Será que estou morrendo e todo mundo que já passou pela minha vida em algum momento está aparecendo na minha frente, começando com as pessoas mais aleatórias do mundo? Porque não consigo imaginar nenhum outro motivo para que Lírica esteja parada na porta de Matt. Ela só passou uma tarde no curso. Eu tinha até me esquecido que ela existia.

— Eu tive que vir a Londres — diz ela, como se entendesse que preciso de uma explicação. — Resolvi dar um pulo aqui.

— Você... — Engulo em seco. — Você conhece o Matt?

— Se eu conheço o Matt? — Ela me encara, sem acreditar. — *Se eu conheço o Matt?* Ai, meu Deus. — Um sorriso de prazer surge no rosto dela. — Ele não te *contou*? Que engraçado. Nós na-mo-ra-mos. Nós éramos um ca-sal.

Ela pronuncia as palavras em um tom lento, de propósito, como se eu tivesse um QI baixo, e me retraio ao mesmo tempo em que meu cérebro tenta entender o que está acontecendo.

— Você se chama Sarah? — pergunto, quando a ficha finalmente cai.

— Se eu me chamo Sarah? — Ela solta uma risada rouca. — Sim, *espertona*. Eu sou a Sarah. Eu e Matt estávamos juntos. Na-mo-ran--do — acrescenta ela, saboreando a palavra.

De repente, tenho uma visão indesejada dela se enroscado em Matt, nua, e fecho os olhos, tentando bloquear aquilo. Porque as coisas já estão uma grande bosta sem isso.

— Aquele retiro era uma segunda chance pra gente — continua Sarah, nitidamente se divertindo com sua história. — Mas, aí, brigando o tempo todo, e eu pensei "Foda-se então".

Estou me sentindo meio tonta. Eles eram um casal. Aquele tempo todo no mosteiro, sentados em nossos pijamas, achando que ninguém se conhecia... eles eram um *casal*? E Matt não me falou *nada*?

— Quer dizer, eu sabia *disso* — digo, me esforçando para recuperar alguma vantagem. — Eu sabia *disso*.

— Não sabia, não. — Os olhos dela zombam de mim, cheios de pena. — Enfim, já que estava em Londres resolvi dar um pulo aqui. Pra contar pro Matt que estou noiva.

Ela acena a mão com aliança para mim, seus olhos brilhando de triunfo. Eu mal registro que é um anel com uma tira de pedras amarelas, que acho meio feio. (Isso não faz diferença nenhuma, mas não dá para controlar nosso cérebro.)

— Parabéns — digo, anestesiada.

— É, valeu. A gente se conheceu na Antuérpia. Ele é holandês. Holandês *de verdade*. Não tipo "Pode me chamar de Holandês". — Ela dá uma risadinha com um leve toque de irritação. — Falando nisso... que horas o Matt volta?

— Não sei. Ele deve demorar um pouco. Horas, na verdade. — Dou um passo para a frente, tentando forçar Lírica a voltar para o corredor. Porque acabou de me ocorrer que quero muito, *muito*, que ela saia daqui. — Acho que você devia ir embora — acrescento, só para deixar claro. — Tenho coisas pra fazer. Então. Tchau.

Ela dá um passo para trás, depois faz uma pausa, seus olhos passando por mim como se vissem graça em alguma coisa.

— Tudo bem. Já estou indo. — Ela dá de ombros. — Avisa ao Matt que estive aqui?

— Ah, sim — digo com um sorriso levemente selvagem. — Pode deixar.

Quando a porta se fecha, escuto um zumbido aumentando em meus ouvidos. Acho que estou enlouquecendo. Eu sabia que Lírica estava a fim de Matt na época do retiro. Dava para ver pela forma como ela o encarava, fixamente. Mas como eu poderia imaginar que ela era a fim dele *porque era sua namorada*?

Para todos os lugares que olho, sou pega de surpresa. Quando acho que entendi quem Matt é, quando acho que entendi seu jeito e sua vida... alguma coisa esquisita aparece. Conversas misteriosas. Decisões secretas. Namoradas que ele nunca mencionou. Por que ele nunca me contou? Estou com vontade de gritar. Por que raios ele *nunca me contou*?

Sem saber direito o que estou fazendo, pego o taco de golfe dele, que está apoiado na parede. Essa porcaria de taco, o símbolo de sua tristeza. Eu o levanto bem alto e bato no banco de couro. É uma sensação tão boa que começo a bater sem parar, colocando para fora toda minha frustração, meu choque, minha raiva, até meus músculos começarem a doer, até eu ficar ofegante, até...

PAF!!!

Não sei o que eu percebo primeiro: o som de algo se espatifando ou que o taco escapuliu das minhas mãos quando o impulsionei para trás. Por um instante, fico tão surpresa que não consigo nem imaginar a destruição que causei atrás de mim. Um vaso quebrado? Mas não tem vaso nenhum no hall de entrada. Só tem...

Só tem...

Ai, meu Deus.

Não.

Ofegante, quase sem ousar me mexer, eu lentamente me viro para encarar o que fiz — e a imagem é tão horrível que acho que minhas pernas vão ceder.

Eu não fiz isso.

Por favor, *por favor*, me diz que eu não fiz isso...

Mas eu fiz. Está acontecendo um pesadelo, bem diante dos meus olhos. Destruí o corvo. A escultura preciosa e amada de Matt. Apenas um fragmento permanece na parede; o restante foi pulverizado. Há um pedaço quebrado de asa e um dente humano perto do meu pé, e pulo para trás com um grito, em parte enojada, em parte horrorizada comigo mesma, em parte pura angústia.

Será que dá para consertar? Mas, assim que a ideia surge na minha cabeça, sei que é ridícula. Enquanto pego o taco e analiso os cacos pretos espalhados pelo chão, me sinto bem enjoada. Eu não queria, eu não queria...

Então meu estômago se embrulha quando escuto o som da chave na fechadura. A porta da entrada está abrindo, mas não consigo me mexer. Estou paralisada, agarrada ao taco, como uma assassina na cena do crime.

— Ava — começa Matt, mas então ele fica imóvel.

Seus olhos se arregalam e escurecem ao analisar a carnificina. Escuto um som baixinho de sofrimento sair de sua garganta, quase como um gemido.

— Desculpa — arfo. — Matt, me desculpa.

Devagar, seus olhos horrorizados passam para o taco na minha mão.

— Jesus. — Ele esfrega o rosto. — Você... foi você que fez isso?

— Fiz — admito com uma voz baixíssima.

— Mas como? O que você estava *fazendo*?

— Eu estava... com raiva — começo em um tom fraco. — Matt, me desculpa mesmo...

— Você ficou com raiva? — A voz de Matt aumenta, ele está perplexo. — Aí resolveu destruir uma obra de *arte*?

— Meu Deus! Não! — exclamo no mesmo tom horrorizado, me dando conta de que passei uma impressão completamente errada. — Eu não mirei na obra de arte, eu estava batendo no *banco*! Eu só... não sei como aconteceu... — Paro de falar, arrasada, mas ele não diz nada. Acho que nem prestou atenção no que eu falei.

— Eu sei que você não gostava das obras — diz ele, quase como se pensasse alto. — Mas...

— Não! — digo, desesperada. — Me escuta, por favor! Foi um acidente! Eu estava nervosa! Porque cheguei aqui da Exposição e a campainha tocou, e adivinha quem era? Sua ex-namorada, a Sarah. Ou eu devia chamá-la de *Lírica*? Eu não fazia a menor ideia de quem ela era, e me senti uma grande idiota...

— *Sarah?* — De repente, Matt parece arrasado. — A Sarah esteve *aqui*?

— Vocês não se encontraram? Ela acabou de sair.

— Não. A gente não se encontrou. — Parecendo abalado, ele afunda no banco de couro que eu estava surrando cinco minutos atrás. — Sarah. — Ele fecha os olhos. — Achei que ela tivesse desaparecido. Se mudado pra Antuérpia.

— Ela está noiva. Resumindo, veio até aqui jogar isso na sua cara.

Do nada, sinto meus olhos ficarem marejados, e pisco algumas vezes. Sei que ele tem mais direito de reclamar do que eu agora. Mas eu também não tenho o direito de ficar revoltada? Só um pouquinho?

— Noiva. — Ele levanta levemente a cabeça. — Bom, mas que coisa.

— Então você foi com ela pra Itália. — Eu afasto o olhar, deixando meus ombros caírem. — Você estava transando com ela antes de começar a transar comigo?

— Não! — Matt levanta a cabeça, parecendo estarrecido. — Meu Deus, não! Foi isso que ela falou? A gente nem estava mais junto naquela época. Ela foi atrás de mim! Ela simplesmente apareceu do nada no curso de artes marciais. Eu nem tinha dito que ia pra lá. Até agora não sei como ela descobriu. Ela queria reatar, e eu ficava repetindo que não tinha volta... — De repente, os olhos dele brilham com uma lembrança. — Lembra quando eu fiz o monólogo sobre querer fugir de alguém? Que uma pessoa não me deixava em paz? Era *ela*! Aquilo foi pra *ela*!

Eu me lembro de Matt golpeando o ar, furioso, incapaz de colocar sua frustração em palavras. Quer dizer, faz sentido.

— Mas por que você não me *contou*? — pergunto, me sentindo um disco arranhado. — Por que você não me *contou* nada disso?

— Porque a gente combinou de não falar sobre nenhum ex! — rebate Matt, indignado. — Lembra? E, depois, quando voltamos pra casa, não tive mais notícias dela... e você reagiu tão mal a Genevieve... — Matt esfrega o rosto. — A Sarah tinha sumido. Achei que ela tivesse sumido.

— Bom, só que ela não sumiu, né? — digo, devagar. — Porque bagagens emocionais nunca somem. Não dá pra fingir que isso acontece. Elas sempre dão as caras.

Parece que há algo se rasgando dentro de mim. É como se todos os meus pensamentos estivessem se destroçando, deixando claro o quanto sempre foram frágeis. Eu estava errada. Eu estava errada sobre tudo.

— Meu Deus, como eu sou idiota — digo, perdendo a esperança.

— Não é, não — diz Matt, mas parece que ele está dizendo no automático, e não porque de fato acredita nisso.

— Sou, sim. Achei que a gente pudesse ter um relacionamento sem bagagem emocional. Achei que seria tudo tranquilo, leve, maravilhoso. Mas o Topher tem razão, isso é impossível. Quando eu olho pra você, Matt, vejo bagagens emocionais por todo canto. — Espero até ele levantar a cabeça, e então gesticulo com os braços. — Bagagens pesadas, enormes, complicadas, em todos os lugares, tudo bagunçado, transbordando de porcarias. O Japão... Genevieve... seus pais... A Lírica... E você não *assume* nada disso — acrescento, cada vez mais nervosa. — Você nem *olha* pra essas coisas. Você simplesmente fica aí batendo nessas bolas de golfe, torcendo pra que tudo se resolva sozinho. Mas isso não vai acontecer! Você precisa dar um jeito na sua vida, Matt. Você precisa dar um jeito na sua própria vida.

Ficamos em silêncio por alguns segundos. Matt me encara fixamente, com a respiração ofegante, o rosto impassível.

— É mesmo? — diz ele por fim, a voz ameaçadora. — É mesmo? Você acha que eu sou o único que precisa dar um jeito na vida? Você quer ouvir sobre as *suas* bagagens, Ava?

— Como assim? — pergunto, chocada.

— Você tem tanta merda nas suas bagagens que nem sei por onde começar. — Ele enumera nos dedos. — Livro. Curso de aromaterapia. Móveis resgatados. A porra do... *batique*. Um cachorro que não obedece. Janelas que não fecham. Contas não pagas misturadas com, sei lá... horóscopos. A sua vida é uma bagunça. A sua vida é uma bagunça completa!

A minha vida é o *quê*? De alguma forma, através do choque, meu cérebro consegue elaborar uma resposta.

— Eu tenho uma carreira eclética — digo no meu tom mais dilacerante. — Talvez seja difícil pra você compreender isso, Matt. Mas não dá pra eu esperar que você me entenda, porque a sua mente é muito fechada.

— Bom, na minha opinião, Ava, a sua mente é aberta *demais*! — explode ele. — Ela é aberta pra toda porcaria de lixo que existe por aí! Você faz planos novos a cada semana. Mas você quer mesmo cumprir algum desses objetivos que diz ter? Então se *concentra*. Se concentra em uma coisa. Termina o curso de aromaterapia, encontre clientes e *seja* isso. Você seria ótima. Ou faça o podcast. Ou escreva o seu livro. Escolhe uma coisa e vai até o fim. Para de ficar falando que tudo é impossível, para de ficar inventando desculpas intermináveis, para de enrolar... e simplesmente faz!

O sangue está pulsando nas minhas bochechas enquanto o encaro. Eu não fico inventando desculpas. Fico?

Fico?

— Você nunca... — Faço uma pausa, tentando manter minha voz estável. — Você nunca falou nada disso antes.

— Não. Enfim. Desculpa.

Ele não soa nada arrependido. Ele soa prático. Como se estivesse falando verdades. Como se finalmente estivesse falando o que pensa, e não o que acha que eu quero escutar.

— Você passou esse tempo todo pensando isso de mim? — pergunto, sentindo minha cabeça esquentar. — Que eu sou uma irresponsável?

— Não acho que você seja irresponsável — diz Matt. — Mas sempre penso que é uma pena. Você podia ir longe, sabia?

O último pedaço da escultura cai da parede com um baque, e nós dois pulamos de susto, depois encaramos o fragmento, espatifado no chão.

— Foi um acidente — repito, mas minha voz está desamparada. Nem eu sei se acredito em mim mesma.

— Acidentes não *existem* — comenta Topher, entrando no hall em cima de um patinete infantil, mas parando de repente ao ver o estrago. Ele olha rápido de mim para Matt, e dá para ver que entendeu exatamente o que aconteceu. — Quer dizer, existem, sim — corrige ele. — Alguns acidentes são só acidentes. Eles não têm outro significado.

— Hum — resmunga Matt.

Não consigo nem falar nada.

Topher olha de mim para Matt, depois volta para mim, sua expressão subitamente assustada.

— Não terminem, gente — pede ele, baixinho. Ele nunca soou tão sincero. — Não é o caso de término. Não importa o que aconteceu.

Não movo um músculo em resposta, nem Matt. Meus olhos estão fixos nos dele. A gente poderia estar em um ringue de artes marciais.

Sem dizer mais nada, Topher sai do hall, andando para trás em seu patinete, e, alguns instantes depois, escuto a porta do quarto dele se fechando. Matt e eu continuamos nos encarando.

— É o caso de término? — pergunta Matt por fim, sua voz inexpressiva. — Porque eu não sei mais quais são as porras das regras.

— Eu não *tenho* regras — digo, me sentindo instantaneamente irritada.

— Você não tem regras? — Ele me encara com uma incredulidade mordaz. — Ava, você *só* tem regras. Nossa! "A gente não vai contar nada um pro outro. Agora, vamos contar só uma coisa. Agora, cinco perguntas." Eu não consigo acompanhar. Nunca sei em que pé estão as coisas.

— *Você* não sabe em que pé estão as coisas? — Então sou tomada pela fúria. — *Você* não sabe?

Estou lutando contra dois fortes impulsos. Um impulso de fazer as pazes e um impulso de machucá-lo da mesma forma que ele me machucou. Acho que o impulso de machucar está mais forte.

— Eu achei que nada seria inaceitável pra mim. — As palavras jorram da minha boca de repente, magoadas. — Eu nunca fui de ter pré-requisitos. Mas quer saber de uma coisa? Se eu visse um perfil na internet que dissesse "Aliás, vou mentir pra minha namorada e planejar uma mudança pro Japão sem nem tocar no assunto", isso seria inaceitável. Desculpa ser franca — acrescento em um tom irritado. — Mas a verdade é essa.

Os olhos de Matt analisam lentamente o hall, passando por sua escultura destruída e voltando para mim.

— Bom — rebate ele, inexpressivo. — Se eu lesse "Vou arrebentar uma obra de arte sua com um taco de golfe", também acharia isso inaceitável. Eu clicaria em outra pessoa, assim.

Ele estala os dedos, e o som é tão desdenhoso que meu coração se aperta. Mas consigo manter meu rosto impassível.

— Tudo bem. — De algum jeito, consigo dar de ombros. — Bom, acho que sabemos a verdade agora. A gente nunca combinou.

— Pois é.

Eu quero chorar. Minha garganta está tão apertada que chega a doer. Mas prefiro morrer a me debulhar em lágrimas. Com cuidado, coloco o taco de golfe em cima do banco de couro.

— Desculpa pela escultura — digo, minha voz completamente rouca.

— Sem problema — diz Matt de um jeito quase formal.

— Vou pegar as minhas coisas. — Olho para o chão. — E limpar essa bagunça, claro.

— Não precisa.

— Não, eu faço questão.

O hall é tomado por um silêncio repentino, então analiso as pontas arranhadas dos meus sapatos em um atordoamento estranho, surreal. Minha vida acabou de ser destruída, mas, de alguma forma, continuo de pé. Então isso já é um lado positivo.

— Então o que... a gente está terminando? — pergunta Matt, sua voz pesada e ríspida. — Ou "dando um tempo"? Ou o quê?

— Você vai morar no Japão, Matt — digo, me sentindo subitamente esgotada. — Você vai passar um ano do outro lado do mundo. Que diferença faz a palavra que usarmos?

Matt respira fundo, se preparando para responder, mas parece mudar de ideia. De repente, seu celular toca, e ele encara a tela com irritação. Um segundo depois, a cara dele é de espanto.

— Oi — atende ele, parecendo confuso. — Aqui é o Matt. — Ele fica escutando por alguns instantes, depois faz uma careta. — Merda. *Merda.* Isso... tá. Ela está aqui. — Ele passa o celular para mim, parecendo nervoso. — Elas não conseguiram te ligar. É a Maud. A Nell foi pro hospital com dores no peito. Elas acham que você deve ir pra lá. Agora.

— Ai, meu Deus. Ai, meu *Deus*...

Meu coração dispara, em pânico, faço menção de pegar o celular, mas Matt segura meu braço.

— Deixa eu te levar — diz ele. — Por favor. Eu vou com você. Mesmo que a gente não esteja junto... — Ele se interrompe. — Ainda posso...

Seu rosto está tão sério, é tão sincero, é exatamente o rosto que eu queria amar... e eu não aguento. Não consigo ficar perto dele. Não consigo nem olhar para ele. É doloroso demais. Preciso ir embora. Agora.

— Por favor, não precisa se preocupar, Matt — digo, me virando para o outro lado, cada palavra parecendo uma agulha em minha garganta. — O problema não é mais seu. — Quando chego à porta, olho para ele pela última vez, sentindo meu coração implodir de tristeza. — Isso não tem nada a ver com a sua vida.

VINTE E QUATRO

Sete meses depois

Uma faixa de luz do sol da tarde invade minha mesa enquanto digito as últimas palavras. Os dias estão ficando mais longos, o clima, mais quente, e as flores da primavera se espalham pelos bosques de oliveiras. A primavera na Apúlia é encantadora. Pensando bem — todas as estações são encantadoras.

Para ser justa, alguns dias de inverno foram congelantes. E houve épocas de chuva. Quando o aguaceiro caía lá fora, eu me enrolava em cobertores, nunca tirava minhas botas forradas com lã de carneiro e, todas as noites, me encolhia em frente à lareira. Mas, ainda assim, continuou sendo mágico. E valeu a pena. Tudo valeu a pena para chegar a este momento.

Fim, digito bem devagar e sinto um nó de tensão se soltar dentro de mim. Esfrego os olhos e me inclino para trás na cadeira, me sentindo meio que anestesiada. Oitenta e quatro mil palavras. Seis meses. Muitas, muitas horas. Mas consegui. Terminei o primeiro rascunho. Um primeiro rascunho que precisa ser revisado, editado e aprimorado... mas mesmo assim.

— Terminei, Harold! — digo, e ele late em comemoração.

Olho ao redor do quarto — da cela de monge, para ser mais exata — que é meu lar desde que cheguei, em outubro. Farida estava me esperando na porta do mosteiro para me dar as boas-vindas com um abraço apertado e palavras de incentivo. Desde então, ela cuidou de mim o tempo todo, com comida, carinho e inspiração, sem mencionar alguns discursos motivacionais empolgantes sempre que me desanimei.

Não sou a única participante a ter voltado para o que Farida chama de "retiro de escrita autodirigido prolongado". Tinha um cara aqui antes do Natal, escrevendo a atualização do seu livro-texto de antropologia, em um quarto do outro lado do pátio. Mas nós não conversamos. Nem comemos juntos. Nem nos comunicamos, na verdade. Nós simplesmente seguimos com nossas vidas.

Nunca me senti tão imersa em alguma coisa na vida. Passei sete dias da semana pensando, escrevendo, andando por aí simplesmente olhando para o céu. Descobri que é possível passar um bom tempo olhando para o céu. Sou a primeira hóspede a permanecer no mosteiro durante o Natal, e acho que Farida ficou surpresa quando pedi para ficar aqui.

— Você não tem...? — começou ela, delicada, e fiz que não com a cabeça.

— Não tenho família, mesmo. E, sim, minhas amigas iam adorar me ver, mas acho que elas ficariam mais felizes se eu continuasse aqui, seguisse em frente e concluísse o que quero concluir.

Então ela segurou minha mão e disse que eu seria muito bem-vinda, e que o Natal seria tranquilo, porém recompensador.

Foi depois que Nell recebeu alta do hospital e já estava em casa, sã e salva, que finalmente encarei a pergunta que não saía da minha alma. Ela ainda estava frágil e ranzinza sobre precisar de muito repouso, mas nenhuma de nós dava atenção aos seus surtos de raiva. Foi um alívio tão grande quando a crise foi diagnosticada *não* como um ataque cardíaco fatal (certo, talvez esse fosse só o meu medo), e sim como uma inflamação do coração com um nome complicado e um plano de tratamento.

Passamos por sete dias bem longos, durante os quais tive que digerir não apenas a situação de Nell, mas também toda a situação com Matt. Com o sentimento de que minha vida tinha acabado. Toda a situação do buraco negro do desespero. Na verdade, hospital é um ótimo lugar para quando você não consegue fazer nada além de se debulhar em lágrimas. As pessoas deixam você em paz ou conduzem você delicadamente até uma cadeira.

(Tirando aquele capelão do hospital que veio conversar comigo em tons bondosos. Ele entendeu tudo errado, achou que eu estava triste por ter ficado viúva de um homem chamado Matt e começou a rezar por sua alma. Foi bem desconfortável, e graças a Deus que Maud apareceu na hora certa e começou a perguntar se ele conhecia alguém no Vaticano, porque ela estava precisando de um *favorzinho*.)

Enfim, Nell tinha voltado para casa, e, certa noite, era minha vez de ficar com ela. Nós estávamos assistindo à televisão no sofá com Harold quando respirei fundo e perguntei:

— Nell, você me acha irresponsável?

— Irresponsável? Não — respondeu Nell sem pestanejar. — Você é a amiga mais confiável do mundo, na verdade.

— Não, não foi isso que eu quis dizer. Você acha que sou irresponsável com a minha carreira? Ou com, tipo, as coisas que eu pretendo fazer?

Dessa vez, o silêncio tomou conta enquanto Nell fazia carinho em Harold e pensava na resposta.

— Assim, você é dispersa — disse ela por fim. — Você é inconstante. Muda de ideia. Mas é por isso que a gente te ama. Você sempre tem uma nova ideia e se empolga *muito* com todas elas.

— Mas eu nunca termino nada — argumentei, e Nell se apoiou no cotovelo para me encarar.

— Que história é essa? Ava, não fica se martirizando, não! Você é assim, querida. Está tudo bem! Essa é você!

— Mas não é assim que eu quero ser — falei com uma veemência repentina que até eu mesma fiquei surpresa. — Quero terminar alguma coisa, Nell. Terminar de verdade. Eu comecei um livro, fui pra Itália, bolei um plano. Mas me distraí. Como sempre.

O silêncio toma conta de novo, porque nós duas sabemos o que me distraiu na Itália, e não vamos tocar nesse assunto.

— Quero terminar alguma coisa — repeti, com a cabeça ereta, a mandíbula trincada. — Quero fazer alguma coisa. Só pra variar.

— Entendi — disse Nell, com toda a calma. — Bom, que ótimo. E como você vai resolver isso?

— Ainda não sei.

Mas uma ideia já começava a se formar em minha mente.

Na noite seguinte, depois de jantar, eu me sentei à mesa da cozinha. Fiz umas contas. Pesquisei passaportes de animais de estimação. E pensei. Fiquei umas três horas pensando, até minhas pernas começarem a doer, meus ombros ficarem tensos, meu chá de camomila esfriar e Harold chorar para sair. Mas, a essa altura, eu sabia. Enquanto passeava com ele pela rua fria à meia-noite, eu estava sorrindo, empolgada até, porque tinha um plano. Não um planinho qualquer, mas um plano enorme, ambicioso, drástico, emocionante.

E, quando contei para minhas amigas sobre ele, elas entraram na onda, ficaram mais animadas ainda do que eu. Quer dizer, parecia até que a ideia tinha sido de Maud, pela forma como ela reagiu.

— Ava, minha querida, é claro que você tem que ir! — exclamou ela. — É claro que deve ir. E não precisa se preocupar com nada. Você me fez *tantos* favores nesses anos todos, chegou minha vez de retribuir. Vou cuidar do seu apartamento, molhar suas plantas, reformar aqueles móveis que fico adiando, manter tudo arrumado, esse tipo de coisa.

Adoro brincar de casinha com as coisas dos outros — acrescentou ela com um sorriso beatífico.

— Maud! — exclamei, levemente chocada com seu altruísmo. — Você não precisa fazer nada disso.

— *Querida*. — Ela me deu um abraço carinhoso. — "De cada qual, segundo sua capacidade; a cada qual, segundo suas necessidades." Ouvi isso outro dia. Não é genial?

— Foi Karl Marx quem disse isso — comenta Sarika em um tom desanimado.

— Maud, você *não* é comunista — disse Nell, indignada. — *Não* começa a fingir que você é comunista.

— Eu não sou nada! — Maud piscou para ela. — Você sabe disso, Nell, meu amor. Sou só a fundadora do grupo de apoio pra Ava escrever seu livro.

— O mais importante é que não vamos encher o seu saco, Ava — disse Sarika, trazendo a conversa de volta aos trilhos. — Nós estamos aqui sempre que você precisar, mas, se for melhor ignorar a gente, também não tem problema.

— Não precisa ter pressa. — Maud concordou com a cabeça. — Você tem que focar no trabalho. Não ligue pra mais nada. Vai ser ótimo! Mas *não* conheça ninguém — acrescentou ela, séria. — Caso contrário, você não vai terminar nunca.

— Isso não vai acontecer. — Revirei os olhos. — Impossível.

Impulsionada pelo apoio delas, negociei uma licença não remunerada no Brakesons. Na verdade, eu pretendia pedir demissão. Foi a chefe do departamento que me ofereceu a licença e disse que isso seria interessante para a nova iniciativa de Flexibilidade e Bem-estar da Equipe, e ela ainda perguntou se eu poderia escrever um texto de quinhentas palavras para a página deles na internet.

Então estava tudo resolvido. Eu não podia mudar de ideia, nem se quisesse. Mas a verdade é que nunca hesitei. Às vezes, a vida simplesmente precisa de uma reviravolta.

Olho para a tela, para a história que passei tantos meses contando. Não é sobre Clara ou Chester. Cansei deles. Afinal, o que aqueles dois sabem sobre a vida de qualquer forma... com seus espartilhos e carroças de feno?

A história é sobre Harold. E sobre mim. É a história do nosso relacionamento, desde o primeiro momento em que o vi e senti um amor instantâneo, imenso. Eu não sabia o quanto tinha para falar sobre Harold até começar a escrever, e, aí, não consegui mais parar. Dava para escrever uns seis livros sobre ele. Algumas partes são engraçadas, porque Harold já fez coisas muito absurdas (na verdade, fico até com vergonha), mas também é triste. Porque a vida é assim. E não dá para falar de cachorros sem falar da vida. Escrevi sobre meus pais. E sobre minha infância. E sobre... coisas.

Matt também aparece, apesar de eu ter mudado o nome dele para Tom. E o que escrevi sobre ele também é doloroso, em alguns trechos. Mas é a realidade.

A realidade é difícil. Não há como fugir disso, foi uma lição que acabei aprendendo.

Sentindo que estou perdendo o foco, Harold dá um latido para mim, e inclino a cabeça para encarar meu menino precioso. Harold, sempre destemido, sempre inabalável, olhando para cima como quem diz "E agora?".

— Ava? — Uma voz suave vem da minha porta, que está aberta.

— Oi! — giro na cadeira. — Entra!

Um instante depois, Farida está no quarto, usando um conjunto elegante de calça preta boca de sino e uma bata bordada.

— Como vão as coisas? — pergunta ela com um toque de ansiedade na voz.

— Terminei! — exclamo, toda animada.

— Ah, minha querida Ava! — O rosto dela se enruga em um sorriso alegre.

— É só um primeiro rascunho. Mas digitei "Fim". Então já é alguma coisa.

— Digitar "Fim" é tudo — afirma Farida. — Especialmente na primeira vez. É uma resposta para uma pergunta que você deve ter feito a vida toda, mesmo que no subconsciente.

— Sim. — Concordo com a cabeça, esfregando o rosto, me sentindo exausta de repente. — Nem acredito. Nunca acreditei...

— Eu acreditei. — Farida abre um sorriso sábio para mim. — Vamos beber alguma coisa. A gente precisa comemorar! A Felicity vai ficar toda feliz! Nós estamos na antessala.

— Já vou — digo, e a observo se afastar, com seus chinelos de couro totalmente silenciosos contra o chão de pedra. Ela foi uma mentora incrível. Tanto Farida quanto Felicity, sua namorada.

Quando meus pensamentos passam para Felicity, sorrio pela milésima vez. Ainda me lembro daquele momento extraordinário, quando cheguei, em outubro, e estava bebendo meu chá de erva-doce de boas-vindas, torcendo para ter feito a coisa certa. Farida disse, como quem não quer nada: "Quero que você conheça a Felicity, minha namorada." Então uma mulher conhecida, com cabelo grisalho, apareceu, e quase caí para trás.

Porque era a Escriba! A namorada de Farida é a Escriba! Ou Felicity, como eu a chamo agora. Acabou que, durante o retiro, quando todo mundo estava prestando atenção em mim e no Holandês, o romance *de verdade* que se desenrolava era entre Farida e Felicity. E o delas durou. Todo mês, Felicity passa duas semanas aqui, e é nítido que as duas estão apaixonadas, de um jeito discreto e elegante.

É claro que eu tinha um milhão de perguntas para elas — e foi aí que fiquei ainda mais boquiaberta.

— Não sou dona de casa — confessou Felicity naquela noite, enquanto tomávamos vinho e comíamos torradas com pasta de favas. — Sou agente literária. Mas não dava pra contar isso pro grupo. Eu ia receber uma montanha de manuscritos. A dinâmica iria por água abaixo. — Ela balança a cabeça. — Então contei uma mentirinha inocente.

— Agente literária? — Eu a encarei. — Então, como assim, você estava procurando escritores? Era tudo mentira?

— Não! — exclamou ela, corando ligeiramente. — Eu *estou* tentando escrever no meu tempo livre. Bom, mais ou menos. Mas o motivo *verdadeiro* pra eu ter vindo pro retiro foi que conheci a Farida num festival literário em Milão. E não consegui parar de pensar nela. — Ela olhou para Farida com carinho. — Então agendei uma semana no retiro. Só pra ver no que dava. Só pra... dar uma chance.

— Ainda bem — diz Farida, enfática.

Então ela pegou a mão de Felicity, e eu fiquei um pouco emotiva. Porque elas são a prova de que tudo pode dar certo. Pode *mesmo*.

Penteio o cabelo, escovo os dentes, passo gloss e perfume, e jogo um xale bordado por cima das minhas roupas. (O estilo de Farida é meio contagiante.) Então sigo com Harold pelo pátio e chego à antessala, que é uma salinha de estar cheia de livros, bem aconchegante com sua lareira enorme, suas mantas pesadas e velas gordas que Farida acende todas as noites.

Felicity está sentada em uma poltrona baixa, olhando para o fogo, mas levanta com um pulo quando me escuta entrar.

— Ava! Fiquei sabendo que você terminou! Parabéns! — Ela me dá um abraço, e Harold late, satisfeito.

— Não sei se ficou bom — digo, quando ela me solta. — Mas terminei. Era isso que eu queria, terminar alguma coisa.

Quando digo as palavras, sinto um impulso repentino, quase doloroso, de contar isso para Matt. *Viu? Eu terminei. Eu terminei alguma coisa.*

Mas Matt é coisa do passado. Então tento não pensar nele.

— Mal posso esperar pra ler mais sobre a história do Harold. — Os olhos de Felicity dançam de alegria ao encontrarem os meus. — Ava, você sabe que eu adorei os primeiros dez capítulos, não sabe? Posso ler o restante?

— Você está procurando trabalho, meu amor? — pergunta Farida em um tom animado, entrando na sala com uma tigela de barro cheia de azeitonas. — A Felicity é *mesmo* a melhor agente — acrescenta ela com carinho.

— Sou uma entre muitos — corrige-a Felicity. — Estou só pedindo pra ela cogitar meus serviços. A Ava deve administrar a carreira dela do jeito que achar melhor.

— Eu não *tenho* uma carreira! — rebato, sorrindo para as duas, embora me sentindo um pouco perturbada. Acabei de digitar "Fim", meus olhos ainda estão vermelhos de ficar encarando a tela e uma agente literária quer ler o que eu escrevi?

— Eu tenho instinto — diz Felicity, e dá um tapinha no meu braço. — Mas, hoje, vamos só comemorar a sua conquista. Relaxa!

Farida serve uma taça de vinho tinto para mim, e levantamos nossas taças, enquanto Harold se acomoda em seu lugar favorito diante da lareira. Passei tantos meses com essas duas que elas parecem minhas amigas de longa data. Elas foram o meu mundo enquanto o restante da minha vida permaneceu nas sombras, distante. Troquei mensagens no WhatsApp com Nell, Maud e Sarika, mas não com a mesma intensidade de antes. Não todo dia. Não a cada minuto.

Não que eu tenha passado os últimos seis meses pensando só em uma coisa. É claro que outras ideias surgiram na minha cabeça. (Importar cerâmica italiana! Aprender sobre afrescos!) Mas eu disse para mim mesma: *Agora, não*. Isso é algo que eu nunca tinha feito antes. E, em vez de passar o dia todo conversando no WhatsApp, determinei regras rígidas sobre redes sociais. Acho que posso chamá-las de minha própria lista de critérios pessoais.

Sinto que sou uma pessoa diferente agora. Uma pessoa mais forte. Uma pessoa com autocontrole.

— Ah! — A exclamação de Felicity interrompe meus pensamentos, e ela afasta o olhar do celular. — Ah, que coisa maravilhosa! Ava, você viu?

— O quê?

— Acabei de receber um e-mail do Aaron. Lembra do Aaron? O Kirk? Acho que você deve ter recebido também, seu nome está na lista.

Pego o celular para olhar. O wi-fi está funcionando (esta sala é um dos poucos lugares com sinal), e lá está, tenho um e-mail novo. Ele foi enviado por Aaron Chambers, e é um convite para o lançamento da sua *graphic novel*, uma autopublicação, intitulada *Emril anuncia*. Vai ser em um pub na Leicester Square, e ele acrescentou uma mensagem:

Espero encontrar todo mundo do retiro. Eu não teria feito nada sem vocês!!!

— Que bom pro Kirk! — diz Farida. — Vocês foram mesmo um dos meus grupos mais promissores.

— Você vai? — A pergunta de Felicity é para mim, e olho para ela por cima da minha taça de vinho.

Se eu vou? Como eu posso ir? Estou na Itália. Estou escrevendo um livro. Eu não "vou" mais às coisas.

Mas então a ficha cai, como se fosse pela primeira vez. Eu terminei o que vim fazer aqui. Eu digitei "Fim". Esse era meu objetivo, e está feito. O que eu faço agora? Eu não pensei no futuro, nunca fiz planos, estava concentrada demais na minha tarefa. Sinto uma pontadinha de pânico, que tento suprimir tomando um gole de vinho.

— Ava, querida, você pode ficar aqui o tempo que precisar — diz Farida, lendo meus pensamentos. — É maravilhoso ter você com a gente. Não precisa tomar nenhuma decisão agora.

— Obrigada, Farida — digo, me sentindo grata, e, por um instante, me permito imaginar uma existência iluminada pelo sol, em que nunca saio da proteção destas paredes, e continuo comendo azeitonas, bebendo vinho e brincando com Harold até eu ter 90 anos e ser fluente em italiano.

Mas, na mesma hora, sei que essa não seria a escolha certa para mim. Seria uma fuga. Passei esses meses todos entocada. Eu tinha um único propósito. Bloqueei toda a bagunça e as dificuldades da vida real, de verdade. Agora, preciso voltar. Reencontrar meu lugar no mundo. Interagir com pessoas e enfrentar desafios. Lidar com trabalho, compras, ônibus e o cesto de roupa suja.

Além do mais, sinceramente, não posso bancar uma estada eterna aqui. Farida cobra tarifas de baixa temporada no inverno, mas isso não significa que estou aqui de graça. Mesmo com meu desconto de ex-aluna do retiro, os seis meses comeram boa parte das minhas economias. Está na hora de ir para casa.

E, se eu for à festa de lançamento de Kirk, talvez encontre Matt.

Quando deixo esse pensamento inesperado sobre Matt surgir em meu cérebro, meu estômago se revira por reflexo, então respiro fundo, tentando permanecer calma. Espero ansiosamente pelo momento em que meu estômago vai *parar* de se revirar sempre que penso em Matt. Mas esse momento ainda não chegou. Por outro lado, consigo ficar horas sem pensar nele agora. Agora.

No começo, é claro, era impossível, e eu vivia pensando, o que foi que eu *fiz*? Por que vim justamente pra *cá*?

Eu vagava desesperadamente pelo mosteiro, procurando por lugares seguros, livres de Matt, mas havia lembranças dele por todo canto. Em cada pátio, em cada curva, em cada porta, eu via sombras do Holandês. Sombras da Ária. Sombras de nós, rindo, de braços dados; um casal livre de bagagens emocionais, em pijamas de linho iguais, seguindo rumo à felicidade inquestionável.

Na segunda noite, vomitei toda a história do nosso término para Farida e Felicity, pensando que me sentiria melhor. Foi uma noite em que nos conectamos muito, e fico feliz por ter feito isso, mas não resolveu meu problema.

No fim das contas, foi tipo um exorcismo. Eu andei pelo mosteiro todo, com as mãos nos bolsos, o queixo empinando, resmungando

"Vamos *lá*". Incentivando todas as cenas dolorosas a passarem pela minha cabeça. E isso funcionou, de certa forma. Quanto mais eu me obrigava a pensar nele, mais a dor se abrandava. Eu voltei a rir e a enxergar apenas um pátio, e não uma cena do nosso romance.

Mas a sombra de Matt não me abandonou completamente. Eu continuava remoendo as lembranças toda vez que ia dormir. Pensando "O que deu errado?" "*Precisava* ter dado errado?" "*Será* que a gente podia ter resolvido tudo?" Tentei refazer os passos até nosso término. Tentei reencenar todas as nossas conversas, com desfechos diferentes. Fiquei um pouco doida. Porque verdade seja dita: nós terminamos. E Matt não veio atrás de mim, não bateu à porta do mosteiro. Nem me mandou nenhuma mensagem de texto.

Na verdade, a última vez que vi um membro da família Warwick ao vivo foi quando fiz uma entrega rápida na casa dos pais de Matt em Berkshire, pouco antes de vir para a Itália. Toquei a campainha e, quando a porta abriu, nem acreditei na minha sorte, porque dei de cara com a própria Elsa.

— Ah, olá — falei rápido, antes que ela conseguisse dizer qualquer coisa. — Eu trouxe um presente pra você. — Enfiei a mão na minha bolsa e tirei uma foto emoldurada de Matt empunhando um taco de golfe, que peguei no Facebook. — Isso é pra você... — Peguei outra foto emoldurada, dele em um torneio de artes marciais. — E isso é pra você...

Fui tirando uma atrás da outra, até que oito fotos emolduradas de Matt estivessem empilhadas em seus braços. Elsa me encarou por cima delas, parecendo totalmente atordoada.

— Percebi que vocês não tinham nenhuma — expliquei em um tom educado. — Imagino que seu filho tenha percebido também.

Então me virei de costas e fui embora.

Achei que isso seria uma forma simples de encerrar as coisas. E foi, no começo. Nas primeiras semanas que passei aqui, consegui não pesquisar nada sobre Matt na internet. Então cedi. Não consegui evitar. Resolvi dar uma olhadinha rápida, achando que encontraria fotos dele no Japão, com Genevieve. Mas, para o meu choque, me deparei com uma notícia em uma revista de negócios: *Matthias Warwick deixa Casa da Harriet*. A matéria dizia que ele seguia para "novos desafios" e depois repassava suas conquistas e a história da família, que pulei, por estar muito chocada. Ele não só se recusou a ir para o Japão, como pediu demissão! Ele pediu demissão da Casa da Harriet!

É claro que eu fiquei louca para saber de tudo. Eu queria descobrir como ele tinha chegado a essa decisão, como os pais dele reagiram, como ele estava se sentindo, se tinha ido trabalhar com Topher ou se resolveu fazer outra coisa... Mas eu não sou Sarah. Não sou maníaca. Além do mais, se eu começasse a fuxicar, *jamais* terminaria meu livro.

Então, de alguma forma, consegui me manter firme. Não me perdi pela internet, não tentei entrar em contato com ele nem mandei uma mensagem para Topher com um pretexto qualquer. Aceitei que a gente nunca mais iria se ver e que eu nunca saberia as respostas. Caso encerrado.

Mas, agora, o caso está aberto de novo, só uma frestinha, mas está. Se eu for ao pub na Leicester Square, Matt pode estar lá. Só de pensar em encontrar com ele de novo, fico meio enjoada de tanto nervosismo, meio tonta de empolgação.

E se ele já estiver com outra pessoa?, instantaneamente questiona a Rainha de Copas dentro da minha cabeça. Porque ele deve estar. Você não acha que ele continua solteiro, né? Um cara daqueles não fica no mercado por muito tempo. Não *mesmo*.

Com Genevieve?

Não, não com Genevieve, mas com alguma mulher linda, maravilhosa, que adora punk japonês e que segurou sua mão quando ele pediu demissão da Casa da Harriet, e já está esperando um filho dele.

(De repente, tenho vontade de bater nela.)

(Não. Nada disso. Isso seria um crime passional, e não sou uma pessoa violenta, e essa mulher não existe.)

Bom, responde a Alice otimista em minha cabeça, e *se* ele estiver com outra pessoa? Então posso finalmente colocar um ponto-final nessa história. Exatamente. Na verdade, sob todos os aspectos, seria um erro *não* ir. Sim. Eu devia ir.

Eu acordo de meus devaneios e percebo que Farida e Felicity estão silenciosamente me observando processar meus pensamentos daquele jeito paciente delas.

— Acho que eu vou — digo, tentando parecer descolada. — Vou no negócio do Kirk. Preciso voltar pra Inglaterra de qualquer forma, resolver minha vida. Seria bom dar uma força pra ele. E reencontrar o grupo. E... — Pigarreio. — Enfim. Acho que eu vou.

— Acho que é uma ótima ideia — diz Farida, e Felicity concorda com a cabeça, seu rosto enrugado de empatia.

Nenhuma das duas toca no assunto de novo, mas sei que elas estão pensando naquilo que sou incapaz de colocar em palavras. Matt pode aparecer por lá. Talvez ele apareça por lá.

VINTE E CINCO

Ele não está aqui.

Apoiada no balcão do pub, inalando o cheiro de cerveja, agarrada a uma taça de vinho horrível e escutando o discurso interminável de Aaron sobre sua *graphic novel*, os últimos vestígios do meu sorriso vão se apagando. Minhas bochechas murcham. Eu parei de ficar virando a cabeça para a porta, como um cachorro esperançoso. Se fosse para ele vir, já estaria aqui. Acabou.

É claro, todo mundo esperava nos ver chegando de mãos dadas, ou até casados. Todo mundo quis saber o que aconteceu. Eu enfrentei as perguntas com comentários cuidadosamente elaborados, positivos:

"Estou bem! Muito bem! Bem demais!"

"*Sim, eu e o Holandês terminamos. Não era pra ser, mas tudo bem. Sim, pois é, uma pena. Essas coisas acontecem.*"

"*Acabei de voltar do mosteiro, dá pra acreditar? Cheguei ontem. Sim, lá é lindo no inverno. Farida mandou lembranças...*"

"*Não, faz tempo que não vejo o Holandês.*"

"*Não, não havia outra pessoa, só... Enfim! Chega de falar sobre mim.*"

Mas o tempo todo a decepção estava dentro de mim, pesada e quente, me afundando. Eu tive esperança. Eu tive tanta esperança. Nem sei exatamente de quê. Só... de algo bom. Sim, de algo bom.

Porque o negócio é o seguinte. Você pode cortar todas as flores, mas não impedirá a chegada da primavera. Não me importa o que digam, *não* impedirá. Ela surge. Ela não se deixa vencer. Ela passa o tempo todo lá, no subterrâneo, dormente, esperando. Assim que vi aquele e-mail de Kirk, senti uma margarida desabrochar, mostrando sua carinha como se dissesse "Nunca se sabe..."

Não foi excesso de otimismo. Não foi uma fantasia, uma ilusão. Só foi um... *talvez*. Todo mundo pode se agarrar a um *talvez*, não pode? E esse *talvez* me incentivou a fazer as malas, a me despedir de Farida e Felicity, a pegar o voo de volta para casa, a escolher uma roupa, a me maquiar e a vir até aqui hoje. Esperança. Só uma margaridinha de esperança.

Mas, agora, um vento frio bate, e a margarida fica meio agitada. Na verdade, acho que vou embora. Eu já conversei com todo mundo do grupo, combinamos que vamos nos encontrar de novo, e, de certa forma, foi muito legal revê-los. Mas não é a mesma coisa. Como poderia ser? Na Apúlia, nós éramos um monte de pessoas livres de pijamas de linho. Neste pub em Londres, Richard é um chato de japona, e Eithne só sabe falar dos netos. Anna não parou de tagarelar um minuto sobre sua carreira incrível e pareceu contente quando contei que eu e Matt havíamos terminado. Todo mundo está um pouco mais pálido e emburrado do que era na Itália. Eu também, imagino.

Dando uma desculpa genérica e vaga para Eithne, saio do pub para a rua chuvosa, então respiro fundo, tentando me livrar de todos os sentimentos que foram se acumulando na última semana. E observando um ônibus que passa, me perguntando se deveria pegar uma condução para casa, quando meu celular vibra com uma chamada no FaceTime. É Ronald, querendo conversar, e abro um sorriso irônico. Justo agora.

Ronald é o único membro da família Warwick com quem mantive contato. A gente se fala umas duas vezes por mês, talvez mais. Ele me ligou assim que cheguei à Apúlia, e tivemos uma conversa boa, tranquila. Ele queria saber sobre a Itália e fez comentários sobre a minha experiência lá. Então começou a me contar sobre aquele golpe terrível de novo, e, apesar de ele estar repetindo algo que eu já sabia, escutei e fui compreensiva. Senti que ele precisava desabafar, por nunca conseguir fazer isso em casa. Nós não falamos sobre Matt. Quando ele fez menção de tocar no assunto, falei: "Na verdade, eu prefiro não falar sobre o Matt." E nunca mais falamos dele. Nem de ninguém da família. Mas sempre batemos papo. E é legal.

Só que não agora. Não é o melhor momento. Recuso a chamada e mando uma mensagem curta sugerindo que a gente converse outro dia. Então começo a andar rápido, tentando me distanciar do pub. Preciso me afastar disso tudo, tanto literal quanto mentalmente. Chega. Hora de me reerguer. Bola pra frente.

Quando a expressão "bola pra frente" surge em minha cabeça, penso em Sarika, e, de repente, meu coração se aperta. Porque é *lá* que eu deveria estar. Com as minhas amigas. Com a minha turma. Nem contei para elas que voltei. Não sei por quê. Acho que eu estava torcendo para...

Margarida idiota.

Mais decidida do que nunca, eu me viro na direção do metrô. Vou aparecer na casa de Nell e fazer uma surpresa. Eu devia ter pensado nisso antes.

Demoro meia hora para chegar à rua de Nell, parando para comprar flores no caminho. Enquanto sigo pela calçada rumo ao prédio dela, a ficha do que estou fazendo cai e começo a ficar animada. Animadíssima, até. Porque faz meses! E eu terminei meu livro! E senti tanta saudade das minhas amigas. *Tanta*. E elas nem fazem ideia de que eu voltei!

Preciso agradecer especialmente a Maud, porque o meu apartamento está fantástico. Tão arrumado! Ela reformou a estante *e* as cadeiras da cozinha *e* a cômoda, que agora é azul, com papel de parede dentro das gavetas. Ficou lindo. Ficou tudo lindo. Com certeza valeu a pena esperar.

As árvores dos dois lados da casa de Nell estão todas floridas, iluminadas pela luz dos postes, e a visão me faz abrir um sorriso irônico. Aqui estamos. A primavera. Impossível de impedir.

Mas quando paro diante do prédio dela começo a ficar nervosa. Não, não *nervosa*, e sim... Será que eu devia mandar uma mensagem pelo menos, em vez de simplesmente aparecer?

Paro em um canto, me sento em um mourão entre dois carros estacionados e coloco minhas flores no chão para pegar o celular. Mas não consigo pensar em uma mensagem que não pareça brega. E também: será que eu devia contar para as outras que voltei? Na verdade, acho que eu devia ter pensado um pouco mais no que estou fazendo.

Estou prestes a abrir o WhatsApp quando a visão de um carro se aproximando chama minha atenção. É um Fiat azul-marinho que reconheço, porque pertence ao vizinho de Nell, John Sweetman. E ele está parando na vaga de pessoas com deficiência. De novo. Quando vejo seu rosto calmo, de óculos, pelo para-brisa, manobrando como se não estivesse fazendo nada de errado, sinto raiva. Ainda isso? Quer dizer, sério, *ainda isso*?

Você passa seis meses transformadores fora e então volta, cheia de energia positiva... e acontece isso. Algumas coisas nunca mudam. Meio desanimada, enfio o celular de volta no bolso e estou prestes a me levantar para confrontá-lo quando uma voz quebra o silêncio:

— Ei!

É uma voz grave, furiosa, masculina. Uma voz que eu... reconheço?

Devo estar sonhando. Devo estar tendo alucinações. Mas... não estou. Um instante depois, ele aparece, indo na direção de John Sweetman como um touro enfurecido, e solto um som de surpresa sem querer.

Matt?

— Tira a porra do carro daí — diz ele, e bate na janela de John Sweetman. — Nem *sonhe* em parar aí. Nem *sonhe* com isso. Minha amiga precisa dessa vaga. *Sai agora daí.*

Não escuto o que John Sweetman responde, se é que ele fala alguma coisa. Acho que não estou funcionando direito. Minha mão foi parar na boca, e não consigo respirar. Quer dizer... *Matt?*

— Sai agora daí! — Matt soa prestes a explodir. Ele parece bem ameaçador, todo alto, forte e com a testa franzida. Como se estivesse pronto para acabar com um oponente no ringue de luta. Se eu fosse John Sweetman, estaria apavorada.

Conforme o esperado, um instante depois, o motor de John Sweetman liga. Matt se afasta, saindo do caminho, esperando o carro se afastar. Então ele se vira e chama alguém com um movimento da mão, então outro carro se aproxima. O carro de Nell. O que... *O que está acontecendo?*

O carro de Nell manobra na vaga de pessoas com deficiência, e, no instante seguinte, a porta abre e Topher salta dele, depois ele se inclina para dentro do carro de novo.

— Tudo bem, cuidado... com cuidado... — escuto Topher dizer.

Um braço se enrosca no pescoço dele, e Matt vai ajudá-lo. Então, por um momento, minha visão é bloqueada pelas costas dos dois, mas aí Topher se empertiga e de repente vejo que ele está carregando Nell nos braços.

Nell?

Sinto um calafrio quando vejo seu rosto. Ela está tão pálida. O que aconteceu? Mas ela sorri para Topher, e ele ajusta o braço ao redor dela, como se já tivesse feito isso um milhão de vezes. Nesse meio-tempo, Matt tirou uma bolsa do porta-malas e bateu a porta. Eu devia dizer alguma coisa, devia me mexer, devia anunciar minha presença... mas não consigo. Estou hipnotizada, e, de alguma forma, meus olhos estão molhados. Na verdade, estão tão molhados que minha visão embaçou.

Enquanto isso, John Sweetman estacionou em outro lugar e vem andando na direção do prédio com passos lentos, relutantes. Matt se vira para ele.

— Pede desculpa pra minha amiga — diz ele, ríspido, e John Sweetman visivelmente engole em seco.

Ele observa Nell nos braços de Topher, Matt está segurando a bolsa e a bengala dela, e sua expressão corajosa começa a se dissipar.

— Eu não fazia ideia — começa ele. — Eu não fazia ideia de que a moça... Eu não sabia. Eu... desculpa.

— Acho bom — diz Topher, seus olhos escuros apertados de desprezo. — Dá licença, por favor.

Matt já abriu a porta com a chave — ele tem uma chave? — e a segura aberta para Topher e Nell, e, um instante depois, os três desapareceram.

Respiro fundo e seco os olhos. O mourão em que estou sentada é muito desconfortável, e minhas pernas estão doendo, e eu devia me levantar. Mas não consigo, não enquanto meus pensamentos estão girando sem parar em minha mente, confusos.

Então escuto outro som que me faz piscar em choque de novo.

— Chegamos! — É a voz característica e retumbante de Maud. — Aham, pegamos tudo. Sim, o Nihal achou o xarope de flor de sabugueiro. *Tão* esperto. Até logo!

Enquanto observo, desnorteada, ela surge andando no meu campo de visão, em uma conversa empolgada com Nihal, que está ao seu lado. Os dois carregam sacolas de compras abarrotadas e parecem velhos amigos.

— Eu sei que vocês todos acreditam nisso. E eu *respeito* suas crenças, Nihal. Mas acho que não faz sentido nenhum — diz Maud para ele. — Como uma coisa pode mudar se for medida? E o que significa quantum, de toda forma?

— Vou tentar explicar — responde Nihal do seu jeito tranquilo. — Você sabe o que é um elétron, Maud?

— Não — responde ela, enfática. — Isso faz diferença?

Enquanto ela fala, os dois entram no prédio e desaparecem. Solto o ar devagar, meus pensamentos ainda mais confusos do que antes. É impossível. É surreal. O que está *acontecendo*?

Então, de repente, não consigo mais ficar sentada aqui, uma expectadora da minha própria vida. Com as pernas trêmulas, eu me levanto e vou até a porta de Nell. As chaves estão na minha bolsa, como sempre. Entro na portaria, depois vou até o apartamento. Meu estômago está tenso de tão nervosa que estou. Nunca me senti tão nervosa antes por ver minhas amigas.

Minha mão chega a tremer quando coloco a chave na fechadura, mas a viro, entro e escuto uma gargalhada que vem da sala de estar.

— Não acredito! — escuto Sarika exclamar, e sinto outro choque. *Todo mundo* está aqui? — Ok, o Sam vai chegar em meia hora. Vou só pegar mais vinho... — Ela surge no hall e me vê, e, por um instante, acho que ela vai desmaiar. — Ava? — sussurra ela. — Ava? Ava! — De repente, a voz dela se transforma em um grito. — A Ava *voltou*!

Então estou em um pandemônio. O hall de Nell não é grande, mas, em dez segundos, está lotado de gente. Sarika é a primeira a me abraçar, e logo depois Maud está me apertando. Eu me desvencilho delas e vejo Nell parada ali, apoiada na bengala, seu rosto mais feliz do que nunca, e nos jogamos nos braços uma da outra enquanto Nihal diz, tímido:

— Bem-vinda de volta.

E Topher acrescenta:

— Ótima entrada, Ava. Excelente.

E aí só resta Matt. Afastado da confusão, a alguns metros de distância. Seus olhos estão tensos e questionadores. Mas não sei qual é a pergunta. Não sei.

Minha garganta se fechou, e mal consigo encontrar seu olhar, mas digo:

— Oi.

— Oi. — Ele dá um passo em minha direção e estica a mão para tocar a minha, rápido. — Oi.

— Eu não... — Giro para encarar todo mundo. — Não estou entendendo. Não estou *entendendo* nada.

— Pobre Ava. — Sarika ri. — Vem, meu amor. Vamos beber alguma coisa. A gente explica.

Claro que é tudo muito simples. Eu e Matt terminamos, mas nossos amigos, não. Nossas *vidas* não se separaram.

Todos estamos reunidos na sala de estar de Nell com bebidas e comida. Então vou tomando meu vinho enquanto escuto todo mundo falar ao mesmo tempo, e tento juntar os pedaços da história.

— Então, quando vocês terminaram — começa Sarika —, a gente pensou "Ah, não", porque todo mundo *se gostava*. Mas não nos falamos logo de cara. Tirando a Nell e o Topher, que mantiveram contato o tempo todo.

— A gente tinha umas discussões pra terminar — diz Nell, lançando um olhar emburrado de brincadeira para Topher.

— Ainda temos. — Topher concorda com a cabeça.

— Mas a gente só foi se encontrar *mesmo* quando... — Maud hesita, lançando um olhar rápido para mim. — Quando a Nell foi internada de novo.

— *Internada?* — exclamo, sentindo um pavor me dominar. — O que aconteceu? Vocês não me contaram nada.

— A gente não podia — justifica Maud, rápido. — Ava, eu queria. De verdade. É que a Nell achava que você ia acabar voltando. Então nós tivemos que ficar quietas.

— Se vocês tivessem aberto o bico, eu teria matado as duas — rosna Nell.

— Eu sei — diz Maud, pesarosa. — Teria mesmo. Meus filhos ficariam sem mãe. Então não contamos nada.

— Não me contaram o quê? — Olho de um rosto para o outro. — O quê?

— Foi só outra cirurgia. No intestino. Nada de mais. *Nada de mais* — repete Nell com firmeza quando respiro fundo para pedir mais detalhes.

— Enfim, os meninos foram ótimos. Topher passou a noite toda lá... Não consegui me livrar dele — diz Nell, revirando os olhos. — Me pentelhando na porcaria do hospital o tempo todo.

— Eu estava jogando pôquer on-line, então já ia ficar acordado de qualquer forma — diz Topher, dando de ombros. — E quem não gostaria de escutar a Nell xingando enfermeiras? — Ele toca a mão dela com um olhar tão carinhoso que pisco, surpresa. Ele...? Os dois estão...?

— E aí, quando a Nell saiu do hospital, o Nihal foi *brilhante* — diz Maud, abrindo um sorriso estonteante para ele. — Ele devia ganhar o prêmio Nobel. Ele disse: "Nell, querida, o que falta na sua vida são robôs!"

— *Robôs?* — repito, pasma.

— Eu vi uma possível utilidade para o uso de robótica — explica Nihal com seu jeito contido de sempre. — Sugeri várias formas de facilitar a rotina da Nell.

— Olha!

Maud se mexe na poltrona, apontando para algo às suas costas — e, pela primeira vez, vejo o braço robótico ao lado de Nell, montado sobre um suporte e segurando um iPad com uma caneta enorme presa.

— Mudou a minha vida — diz Nell, e Nihal fica todo tímido na mesma hora.

— Eles estão pela casa inteira — conta Maud, tão orgulhosa que parece que foi ela que montou os robôs. — Tem um no quarto da Nell, um na cozinha... Ah, olha! Lá vem outro!

Um robô se aproxima de nós pelo piso de madeira, igualzinho ao robô de lanches, só que trazendo os remédios de Nell. É algo tão simples e brilhante que perco a fala. Porque me lembro do que eu disse para Matt sobre a nerdice de Nihal — mas, agora, só sinto vergonha. Ele é um *gênio*.

— O que eu quero *mesmo* criar é um sistema de controle ocular — diz Nihal, pensativo, analisando Nell por cima de seu copo de cerveja.

— O que é isso? — pergunta Maud, animada. — É um braço biônico?

— Você não vai me transformar numa porra de um ciborgue — rosna Nell.

— Ah, vai, um braço biônico vai ser legal — diz Maud. — Vai, Nell.

— É, vai, Nell — diz Sarika. — Não seja estraga-prazeres.

Ela pisca para mim, e sinto uma onda de pura felicidade. Eu estava com *tanta* saudade delas.

— Então você continua com o Sam? — pergunto a ela.

— Vou me mudar pro apartamento dele na semana que vem — conta Sarika, e um sorriso se espalha pelo seu rosto.

— Que ótimo! E onde é mesmo que ele mora? — pergunto, toda inocente, sem conseguir resistir. — É bem perto do metrô, né?

— É perto — diz Sarika, desviando o olhar do meu. — É... quer dizer, eu ando rápido. E, às vezes, vou de bicicleta. Então. São dez minutos, no máximo.

— Dez minutos *se você estiver de moto* — diz Nell com ironia, e Maud explode em uma gargalhada.

— Tá, fica a quilômetros de distância — confessa Sarika, finalmente cedendo. — É longe pra cacete do metrô. Mas não me importo. Só quero ficar com ele!

Ela parece tão feliz que sinto uma pontadinha de melancolia no peito. Olha aí, de novo. As coisas podem dar certo. Você só precisa acreditar.

— E, agora, o que todo mundo quer saber, Ava — diz Nell. — Quase morri de curiosidade mas consegui não perguntar... e o livro?

Faço silêncio por um instante e então respondo, triunfante:

— Terminei!

Há uma explosão de gritos, e Maud bate na minha mão, seu rosto iluminado de alegria.

— E uma agente gostou dele — acrescento, ainda sem acreditar nisso. — Ela... ela quer me representar.

Felicity leu o restante do livro enquanto eu arrumava minhas coisas para vir embora. Ela disse que não faria promessas, mas que achava que a história de Harold poderia chegar às livrarias. Meu amado Harold, em um livro de verdade!

Nell se estica para a frente para segurar minha mão com a sua cheia de pintas, os olhos brilhando.

— Viu? — diz ela, com a voz um pouco embargada. — *Viu?* Eu sabia que você ia conseguir.

Ela sorri, e eu sorrio para minha amiga, e sei que nós duas estamos nos lembrando da conversa que tivemos nesta casa, meses atrás.

Então, enquanto estamos sentadas ali, de mãos dadas, analiso a expressão de Nell, à procura de pistas. Porque eu preciso saber. Aquela faísca, o carinho entre ela e Topher é... É isso mesmo? De verdade?

— Nell — digo baixinho. — Me conta uma coisa. Você e o Topher... estão namorando?

— Não — responde ela imediatamente, puxando a mão como se estivesse protestando. — Jesus! Não.

— Sim, estamos — diz Topher, escutando nossa conversa.

— Não estamos, não.

— Bom, eu acho que estamos. Sarika, eu e a Nell não estamos namorando?

— Eu não vou me meter — responde Sarika, levantando as mãos.

— É claro que estão — afirma Maud, com veemência. — Vocês formam um casal lindo!

— Maud, você está doida — diz Nell, mas ela cora ligeiramente e lança um olhar rápido para Topher.

— Valeu pelo apoio, Maud — diz Topher, sério. — Vou me lembrar disso. — Ele se vira para me encarar, seu rosto enrugado de divertimento. — A resposta para a sua pergunta é que estamos negociando, acho. Mais vinho?

Faço que não com a cabeça e tomo um gole, sorrindo para os dois, só absorvendo o clima, a sensação de estar em casa de novo, com as minhas amigas... Tudo seguiu em frente, mas de um jeito bom.

— Como vai o Harold? — pergunta uma voz grave atrás de mim, me fazendo dar um pulo.

Eu me viro e dou de cara com Matt, sentado a alguns metros de distância, segurando uma taça de vinho com as duas mãos. Ele não participou da conversa barulhenta nem disse muita coisa desde que cheguei.

Quer dizer, eu entendo. É esquisito. E um pouco doloroso. Mas nós dois estamos aqui e não podemos ignorar um ao outro.

— Ele está muito bem, obrigada.

— Que bom. — Matt concorda com a cabeça. — Manda um oi pra ele por mim. E parabéns pelo livro.

— Eu terminei — digo, porque quero ouvir as palavras em voz alta de novo, na frente dele. — Eu terminei alguma coisa. — Engulo em seco. — Terminei.

— Sim. — Os olhos dele expressam carinho. — É fantástico.

— E você saiu da Casa da Harriet? — acrescento, tentando puxar conversa.

Imediatamente, a expressão de Matt se torna ilegível.

— Ah — diz ele depois de uma pausa. — Você ficou sabendo disso.

— Fiquei. Li na internet. Mas não sei o que você está fazendo agora.

— Trabalhando com o Topher. — O rosto dele se alarga em um sorriso. — Somos sócios, na verdade.

— Ah, *Matt*!

— Pois é. É bem legal.

Ele parece tão animado que não consigo me controlar e me inclino para a frente para lhe dar um abraço impulsivo — e então me afasto instantaneamente, morrendo de vergonha.

— Nossa. Desculpa. Eu não queria. *Nossa...* — Minhas bochechas estão queimando, e levanto minha taça de vinho para um gole rápido. — Enfim, então você está bem? Você parece bem...

— Ava. — Matt me interrompe e espera eu levantar a cabeça. — Ava. Será que a gente pode... sei lá, sair pra jantar?

O rosto dele está sério, mas esperançoso, e eu o encaro, minha cabeça fervilhando de pensamentos. Ele também tinha esperança? Esse tempo todo, ele tinha esperança?

— Eu adoraria — respondo, por fim. — Sim. Eu adoraria.

VINTE E SEIS

Nós dois estamos pisando em ovos. Estamos tão cautelosos que acho que não vamos conseguir nem falar direito. Quer dizer, a gente mal se olha.

Matt reservou uma mesa em um restaurante italiano vegetariano, e começamos com uma conversa forçada sobre o cardápio. Depois passamos para comida italiana, no geral. Então nos lembramos das comidas do mosteiro.

— O massa com ervas. Era tão gostosa.
— O caldo com favas.
— E o pão toda manhã. Tão fresco.
— É. O *pão*.

Mas não dá para compartilhar memórias sobre comida para sempre. Por fim, o papo morre, e nós dois bebemos nosso vinho, trocando aquele tipo de sorriso educado que você abre quando não tem a menor ideia do que dizer.

Respiro fundo, então congelo, porque meu cérebro meio que fica paralisado. Só consigo pensar nos assuntos nos quais *não* devo tocar.

— Eu sei quem é o Ottolenghi agora — revela Matt, rompendo o silêncio, e lhe dou dez pontos pela coragem, porque isso foi ousado. Foi direto na ferida.

— Que ótimo. — Sorrio para ele. — Você é um novo homem.

— Até comprei harissa — acrescenta ele, e eu rio.

— E gostou?

— Não muito — admite ele, e rio de novo, com vontade desta vez. — Mas você tem razão, eu sou um novo homem — afirma ele, mais sério. — Eu como tofu de vez em quando.

— Mentira. — Eu o encaro, boquiaberta. — *Tofu?*

— Verdade. Eu provei, e, sei lá, é aceitável. É proteína. É normal. Acho que eu poderia ser... flexitariano, talvez? Semivegetariano? Isso existe de verdade — pergunta ele, meio na defensiva.

— Nossa. — Esfrego o rosto, tentando assimilar esse novo Matt desconhecido. *Tofu? Flexitariano?* Quando foi que ele aprendeu essa palavra? — Isso é... diferente.

— Bom, muita coisa mudou desde a última vez que a gente se viu. — Ele dá de ombros. — Muita.

— Emprego novo — digo, erguendo minha taça em sua direção. — Parabéns de novo.

— É. Emprego novo. Um ótimo emprego novo — acrescenta ele, enfático. — Está dando mais certo do que a gente imaginava.

O trabalho de Matt era um dos assuntos que eu com certeza evitaria. Mas, agora que estamos falando disso, não consigo resistir à pergunta que passou tantos meses me enchendo de curiosidade.

— Mas deve ter sido uma decisão difícil — digo, hesitante. — Como os seus pais reagiram quando você contou pra eles?

— Meu pai entendeu — responde Matt depois de uma pausa rápida. — Já minha mãe, nem tanto. Ela fala que está tudo bem agora, mas, na época... — Ele faz uma careta. — Quer dizer, ela nem desconfiava de que havia um problema. Ela achava que eu ia pro Japão. Não que eu pediria demissão. Ela perdeu um pouco a cabeça. Me mandou uma carta enorme, falando da minha "traição". Foi pesado.

— Nossa. — Agora só consigo imaginar uma carta enorme, pesada e escrita à mão por Elsa. — Mas seu pai não ficou irritado?

— *Ficou* — responde Matt. — Mas, ao mesmo tempo, entendeu. Ele passou a vida inteira no mundo da Casa da Harriet. Desde muito novo. Ele nunca tentou fugir dali, mas acho que entende por que eu quis fazer isso. Enquanto minha mãe... — Matt suspira. — Ela é mais apegada à Casa da Harriet do que o meu pai, por mais estranho que seja. Talvez seja porque só entrou na empresa mais tarde. É quase como se ela tivesse sido convertida pra uma religião. Ela é mais carola do que todo mundo. Mas acho que agora aceitou.

— E quem assumiu o seu cargo?

— Ah, uma mulher muito boa chamada Cathy — responde Matt, seu rosto se iluminando. — Ela já trabalhava com a gente. Mas só está na empresa faz três anos. Antes, estava na Mattel. Ela é inteligente. Ambiciosa. O trabalho é muito mais a cara dela do que a minha. Ela está no Japão agora, na verdade, com a... — Ele se interrompe, e aposto um zilhão de libras comigo mesma que estava prestes a dizer "Genevieve", mas se controlou. — Está todo mundo lá — corrige-se ele, tomando um gole de vinho. — Então. Ficou tudo bem.

— Percebi que você ainda se refere à Casa da Harriet como "a gente" — comento, levantando as sobrancelhas, e Matt concorda com a cabeça.

— Pois é. Olha, a empresa é da minha família. Ainda faço parte da diretoria, ainda me importo com o que acontece lá... Só não queria fazer daquilo a minha vida. Percebi que eu estava preso em... sei lá. — Ele balança a cabeça. — Em uma zona de conforto. Uma zona de conforto deprimente, tóxica. Do pior tipo.

— Bom, fico feliz por você ter saído disso — digo, baixinho. — Fico feliz.

— Eu também. — Ele bufa, como se tivesse sido uma batalha. Mas me dou conta de que, no fim das contas, a luta o deixou mais forte. Ele parece mais confiante, mais feliz, mais orgulhoso de si mesmo. Seu rosto está radiante. Ele não parece em nada com uma pedra. — E preciso agradecer a você por isso — acrescenta ele.

— Ah. — Balanço a cabeça, sem graça. — Não. Sério. Não.

— *Sim* — insiste ele. — Antes, eu sentia que não tinha escolha. De alguma forma, você me fez enxergar as coisas de um jeito diferente. Então, aqui estou eu. Um cara completamente novo. "Sendo minha melhor versão" — acrescenta ele, curvando a boca, e eu fico vermelha na mesma hora.

Sei que ele está tentando ser legal. Mas é doloroso ouvir essa frase. Ela me leva de volta às nossas brigas intermináveis e às pessoas que nós éramos. Matt, emburrado e teimoso. Eu, reclamona e dona da verdade. (Percebo isso agora.)

Acho que nós dois não estávamos em nossas melhores fases.

— Matt, eu falei um monte de coisas — desabafo, me sentindo culpada. — Eu falei um monte de coisas quando a gente estava junto. E algumas foram... — Olho para ele. — Desculpa. Mas preciso agradecer a você também, porque *você* me fez ver a vida de um jeito diferente. Eu jamais teria escrito meu livro se você não tivesse falado que não termino as coisas.

— Ai, meu Deus. — Matt faz uma cara feia ao se lembrar disso. — Ava, isso foi imperdoável, eu nunca devia ter dito...

— Devia, sim! — eu o interrompo. — Era verdade! Mas agora não é mais. Eu alcancei meu objetivo e foi... sei lá. — Gesticulo vagamente com as mãos. — Foi transformador. Eu também me sinto uma nova pessoa. Nós dois mudamos. Você parece diferente. Mais feliz.

— Estou mais feliz em muitos sentidos — concorda ele, mas rapidamente acrescenta, em um tom mais baixo: — Mas não em todos. Não em todos os sentidos. — Seus olhos escuros encontram os meus, e sinto um frio na barriga.

— Certo. — Engulo em seco. — Bom... eu também.

— Eu não tentei entrar em contato enquanto você estava na Itália porque — diz ele, desviando o olhar, sem parar de dobrar o guardanapo — a gente combinou que ia deixar você escrever em paz. Se eu mandasse uma mensagem, poderia te atrapalhar. Mas... eu queria. Eu pensei em você.

— Eu também pensei em você — digo, minha voz subitamente vacilante. — O tempo todo.

Os olhos dele voltam a encontrar os meus com uma expressão inconfundível, e meu coração acelera. Ele está...? A gente vai...? Será que podemos...?

Então Matt afasta o olhar, quebrando a tensão do momento.

— Eu trouxe uma coisa pra você — diz ele, pegando uma sacola de plástico que notei mais cedo.

— Eu trouxe uma coisa pra *você* — digo também, animada, e enfio a mão dentro da minha bolsa.

Coloco uma pedra solitária em cima da mesa, grande e lisa — e instantaneamente me sinto uma boba, porque que tipo de pessoa traz uma pedra para um restaurante? Mas o olhar de Matt se torna carinhoso.

— Ela é da...?

Concordo com a cabeça.

— Nossa. — Ele fecha a mão ao redor da pedra. — Você trouxe lá da Itália.

— Voltei àquela praia. Àquela mesma oliveira. Fiquei sentada lá pensando sobre... as coisas. Então vi essa pedra e pensei que, se um dia eu encontrasse você de novo... — Faço uma pausa, ficando um pouco vermelha. — Enfim. Aqui está. Uma lembrança.

— Obrigado. Adorei. O meu não é tão especial, mas aqui vai... — Matt hesita, então tira um livro de capa dura desmantelado da sacola de plástico.

— *Encadernação de livros para amadores, 1903.* — Leio em voz alta.

— Chamou minha atenção quando passei por um brechó beneficente — explica Matt, parecendo envergonhado. — Pensei... preciso resgatar esse livro. Pela Ava.

Ele resgatou um livro. Por mim. Estou tão emocionada que nem consigo falar. Sem falar nada, viro as páginas antigas, gastas, com os olhos marejados.

— Não foi o primeiro — confessa ele, me observando virar as páginas. — Tenho alguns. Eu olho para eles e penso "Bom, se eu não comprar..."

— "Então ninguém mais vai" — completo, encontrando minha voz.

— Exatamente.

Nossos olhares se encontram de novo, e me sinto sem ar. Todos os meus impulsos me incentivam a me jogar nele, quase chorando de alívio pela possibilidade de termos outra chance. Mas, ao mesmo tempo, fico cautelosa. Não quero magoá-lo. Não quero que ele me magoe. Será que estamos prontos *mesmo* para ter um relacionamento sem magoar um ao outro?

— Com licença? — A tensão entre nós é interrompida quando o garçom se aproxima da mesa com um sorriso estranho no rosto, segurando dois envelopes grandes de papel pardo. — Me pediram que entregasse isso a vocês.

— Pra *gente*? — pergunta Matt, surpreso.

— Deixaram com o gerente hoje mais cedo.

— Quem deixou? — pergunto, pasma, e o garçom vira os envelopes para vermos a frente.

Um diz: *Para Ava, de seus amigos*. E o outro: *Para Matt, de seus amigos*.

— Nossa — digo, pegando o meu. — Bom... obrigada.

Esperamos até o garçom sair, então trocamos olhares.

— Você sabia disso? — pergunta Matt.

— Não! Nem fazia ideia. Vamos ver o que são?

Nós dois rasgamos nossos envelopes, e eu tiro um fichário vermelho de dentro do meu. Na frente, em letras de forma bonitas, alguém escreveu com uma caneta hidrográfica:

MATTLÂNDIA
GUIA DE VIAGEM

Olho para o de Matt — e o dele é igual, mas azul, com o título:

AVALÂNDIA
GUIA DE VIAGEM

— Ai, meu Deus — diz Matt, balançando a cabeça com um sorriso descrente. Ele abre seu fichário e dá uma olhada na primeira página. — Não *acredito*.
— O quê?
— Isso é genial. — Ele lê em voz alta: — *A Avalândia pode ser contraditória, imprevisível e inconstante. Mesmo assim, é sempre alegre, esperançosa e colorida. Consulte a página 7 para "O senso de cores da Ava".*
— Quem escreveu isso? — exijo saber, meio indignada, meio com vontade de rir.
— Sei lá. A Maud? A Nell? — Ele vira o fichário para me mostrar a folha, mas não dá para reconhecer de quem é a letra.
— Bom, escuta isso. — Leio da primeira folha do meu, que é intitulada "Introdução à Mattlândia": — *Ao abordar o Matt pela primeira vez, você pode ter a impressão de que ele não está escutando nada do que sai da sua boca. Ele vai parecer imóvel. Mas, conforme você for se acostumando com seu comportamento, vai entender que ele consegue escutar e reage no seu próprio tempo. Consulte a página 4: "Como o Matt se comunica."* — Bato na página, toda feliz. — A pessoa que escreveu isso conhece você.
— Que incrível! — Matt folheia o fichário, sem acreditar. — Olha, um índice. *Comida... Tradições... Vida selvagem... Trajes tradicionais...*

— Você também tem um — digo, rindo. — *Cultura... Tecnologia... Habitat... História...*

— Rá! — Matt solta uma gargalhada. — *Os trajes tradicionais da Avalândia podem parecer estranhos à primeira vista. Não se assuste. Com o tempo, seu olhar se ajustará à variação de cores e estilos.*

— O quê? — digo, fingindo estar indignada. — Tá, vou encontrar essa parte no seu. — Vou até a página em questão e leio em voz alta: — *Trajes nacionais da Mattlândia. Consistem em calça e blusa azul. Nenhuma outra cor é aceitável. Tentativas de aumentar a variedade dos trajes tradicionais fracassaram até o momento.* — Começo a rir. — É verdade. É verdade mesmo!

— Não é, não! — Matt olha para sua camisa azul. — Azul é uma cor bonita — diz ele na defensiva.

— *A Mattlândia apresenta temperaturas abaixo de zero* — leio em voz alta. — *Visitantes devem usar roupas adequadas.*

— *Turistas da Avalândia devem se preparar para as estranhas tradições musicais da nação* — rebate ele. — *Cogite comprar tampões de ouvido.*

— Que absurdo! — exclamo, revoltada. — Ah, achei os idiomas. *Línguas faladas fluentemente na Mattlândia incluem inglês, "futebol" e "lógica".*

— *Os idiomas da Avalândia incluem inglês, "aromaterapia" e "Harold"* — rebate Matt. — Ei, eu também sei falar "Harold".

— *Uma viagem à Mattlândia não está completa sem que você tenha experimentado sorvete.*

— Isso aí! — diz Matt, assentindo para seu fichário. — *Uma viagem à Avalândia não está completa sem que você tenha experimentado sorvete.*

Sorrimos um para o outro, depois passo aleatoriamente para outro trecho.

— *A sabedoria é algo que permeia a Mattlândia, assim como uma corrente forte, valiosa: a capacidade de escutar.* Sim — concordo com a cabeça, sentindo uma onda repentina de afeto por Matt. — É, isso é verdade. Você sabe escutar.

— A Avalândia é transformadora para o cansaço da alma — lê Matt. — *O ar fresco, otimista, é um famoso tônico, embora possa causar tonteira àqueles que não estão acostumados com sua potência.* — Matt abre um sorrisinho para mim. — Você me deixava tonto. Ainda deixa.

— *Erupções vulcânicas raras de espontaneidade e diversão dão à Mattlândia possibilidades empolgantes escondidas por trás de sua aparência calma* — leio. — Tudo verdade!

— *As altitudes e os extremos da Avalândia podem ser desafiadores, mas viajantes descobrirão que suas paisagens e seus prazeres fazem o esforço valer a pena.* — Matt olha para mim. — Paisagens — repete ele devagar. — E prazeres. É uma descrição muito boa.

Tenho a impressão de que sei o que ele está querendo dizer com paisagens. E prazeres. Na verdade, seu olhar é tão intenso que me sinto um pouco corada, então olho para baixo.

— Ah, olha isso. Tem uma conclusão — digo, ao virar para a última página. — *Na Mattlândia, você encontra um lugar estável, cheio de verdade, integridade e honra. A Mattlândia é uma descoberta rara...* — Faço uma pausa, com a garganta subitamente apertada, porque isso é a mais pura verdade. — *A Mattlândia é uma descoberta rara para o viajante criterioso, decepcionado com locais diferentes, mais superficiais, e recompensará a perseverança de forma sem precedentes.*

— Nossa — diz Matt, um pouco abalado. — Bom, o seu diz o seguinte... — Ele vai para o fim do fichário e começa a ler: — *A Avalândia é um Shangri-La. Um reino de mágica, esperança, imaginação e, acima de tudo, amor. É um lugar...* — Ele hesita, sua voz rouca. — *É um lugar do qual poucos querem ir embora.*

De repente, meus olhos estão quentes, porque... quem escreveu isso? Matt olha para mim, seu rosto exalando amor.

— Eu não poderia concordar mais — diz ele baixinho.

— Eu também — digo, me sentindo envergonhada. — Quer dizer... estou falando do que o seu dizia sobre você. Eu também concordo.

— Estou vendo que não colocaram o nome do autor. — Matt aponta com a cabeça para o fichário.

— Foram todos eles.

— Babacas. — Ele ri. — O nome de todo mundo vai pra tabela.

— Será que eles estão tentando nos dizer alguma coisa? — pergunto, e tento fazer parecer que é uma piada, mas meus olhos voltam a ficar marejados. Porque... isso é real? Isso é real mesmo?

— Sim — diz Matt, como se lesse minha mente, e estica a mão para alcançar o outro lado da mesa e pegar a minha.

Eu deixo que ele a segure por alguns instantes, sentindo parte da tensão no meu corpo começar a se esvair. Mas, então, puxo meus dedos de volta. Porque, para que a gente tenha *alguma* chance, preciso ser sincera. Nós dois precisamos.

— Matt... estou nervosa — digo, encarando a mesa. — Não quero estar. Mas estou.

— É claro — diz Matt, sério. — Eu também estou. Mas a gente pode ir devagar.

— Com cuidado. — Concordo com a cabeça. — Sem pressa.

— Nada impulsivo.

— Nós sabemos que somos diferentes. E vamos tentar lidar com isso. — Olho bem fundo nos olhos dele. — Vamos *respeitar* um ao outro. Não consigo amar tudo na sua vida, e você não consegue amar tudo na minha. E... você sabe. Está tudo bem.

— Combinado. — Matt assente. — Está tudo bem.

No caminho de volta para o meu apartamento, conversamos sobre assuntos aleatórios. Não sei como Matt está se sentindo, mas meu coração martela de nervosismo no peito. É como se fosse um primeiro encontro, só que pela segunda vez. O que torna tudo *bem* mais difícil.

Na primeira vez, eu não tinha nada a perder. Tudo o que eu via era uma paisagem maravilhosa, convidativa, que eu estava louca para explorar. Agora, sigo o mesmo caminho — porém ciente das armadilhas, dos buracos e dos penhascos perigosos. Não sigo apressada, confiante, mas vou andando na ponta dos pés. Pronta para bater em retirada a qualquer momento.

— Eu li a autobiografia do Arlo Halsan — digo, me lembrando disso de repente.

— Leu? — Matt parece chocado.

— Foi indicação da... de alguém — digo, sem querer pronunciar o nome que começa com G. — E achei fantástico. Ai, meu Deus, a infância dele... Tão *triste*.

Odeio admitir que Genevieve podia estar certa sobre alguma coisa, mas você de fato olha para as obras dele de um jeito diferente depois que descobre o que está por trás delas. Especialmente em relação ao lobo sem pelos. Nunca me ocorreu que ele podia representar um cachorro imaginário conjurado pelos traumas de Arlo Halsan na infância.

— Mas achei que você não... — começa Matt. Então ele fica quieto, e entendo que também está com medo do terreno diante de nós. Andamos em silêncio por um tempo, e, quando chegamos ao meu prédio, Matt diz de repente: — Não comentei sobre o meu avô. Ele me contou que vocês têm conversado. Você é uma boa pessoa, Ava.

— Tem sido ótimo. — Sorrio. — Eu gosto do seu avô. De todo mundo da sua família... — Fico quieta, porque acho que quase caí em um buraco. — Enfim. Ele é legal.

— Bom, ele também gosta de você.

O olhar de Matt passa silenciosamente para a luz da entrada, que *ainda* está sem lâmpada, e sei o que ele está pensando.

— Vou trocar — digo, na mesma hora. — Eu estava viajando.

— Eu não ia falar nada. — Matt levanta as mãos.

Sinto um leve desânimo quando abro a porta, porque ainda estamos pisando em ovos. Ainda não estamos sendo espontâneos um com o outro. Mas, talvez, tudo melhore. A gente só precisa continuar conversando.

— Então... adivinha só? A Maud finalmente reformou todos os meus móveis resgatados! — conto a ele, enquanto subimos para o meu apartamento. — Espera até você ver o armário da cozinha. Está azul. Ficou *lindo*. E sem pregos pra fora.

— Que bom. Quero ver. E estou *doido* pra ver o Harold — acrescenta ele, e sinto uma onda de carinho.

— Por que ele não está chorando? — pergunto, confusa, quando nos aproximamos do meu apartamento.

Abro a porta e espero Harold vir nos receber com seu ataque de alegria de sempre — mas nenhum sinal dele. Nada de latidos animados. É estranho entrar em casa sem ser recebida por Harold.

— Cadê ele? — pergunto, surpresa. — Aconteceu alguma coisa. Harold? — grito. — Cadê você?

De repente, escuto um rosnado distante, e olho para Matt.

— Mas o que... *Harold*? — grita ele.

Um instante depois, vem o som de vidro quebrando e Harold latindo mais freneticamente do que nunca. Matt puxa o ar com força.

— Caralho... porra!

— O quê? — pergunto, apavorada.

— Ladrão — diz Matt, olhando para trás, e meu corpo inteiro estremece de medo.

Matt já está correndo para a cozinha, e eu vou atrás. A porta dos fundos está aberta, há vidro quebrado pelo chão todo, e Harold está na escada de incêndio, latindo feito um louco.

— Harold! — Tento pegá-lo, mas ele se desvencilha de mim, passa por Matt e desce correndo a escada, com os latidos mais selvagens que já ouvi. — Harold! — grito, apavorada. — Para! Volta aqui!

Sigo na direção da escada de incêndio, mas Matt segura meu braço com força.

— Fica aqui — diz ele. — Eu vou.

Ele desce a escada, e fico parada onde estou, com o coração disparado, sem conseguir ouvir Matt ou Harold, pensando *O que eu faço agora?*

Chamo a polícia? Será que alguém viria? Chego a pegar meu celular, mas então Matt já está de volta, entrando pela porta dos fundos, ofegante.

— Não consegui pegar ninguém — diz ele com dificuldade, entre as arfadas. — Não sei onde eles se meteram. O Harold correu atrás deles. Eu tentei chamar, mas... você sabe que ele não me escuta. Ava, *você* está bem?

Ele olha para mim, seus olhos escuros e angustiados, e sinto uma onda insuportável me engolir.

— Matt, desculpa! — Minhas palavras saem em um jorro nervoso, desesperado. — Me desculpa, de verdade. Você sempre teve razão! Eu devia ter consertado a porta. Eu devia ter comprado cadeados. Eu devia ter escutado o que você falava sobre as estatísticas de crimes. Eu devia ter escutado tudo o que você dizia...

— Não! — Matt me segura pelos ombros, seus olhos brilhando. — *Você* sempre teve razão. O Harold é perfeito. Ele é maravilhoso. Não tem nada de errado com aquele cachorro, nada. Ele protegeu você hoje. Ele protegeu você melhor do que eu. Eu amo o seu cachorro. Eu *amo* o seu cachorro — repete ele de um jeito quase fervoroso.

— Sério? — balbucio.

— Você ainda duvida? — Ele me encara, seu rosto subitamente cheio de emoção. — Ava, eu amo a sua vida. Eu amo o seu apartamento. Eu amo os seus livros resgatados. E os seus banhos quentes idiotas. E a sua comida vegetariana. E as suas... sei lá, as suas tralhas espalhadas por todo canto. E as suas amigas. E...

— Bom, eu amo os *seus* amigos. — Faço uma pausa, com a voz trêmula. — E o seu prédio feio. E a sua contagem da internet. E eu amo as suas esculturas — digo com uma determinação repentina. — Eu amo o lobo sem pelos e aquelas mãos esquisitas e todo o resto... porque tudo faz parte de quem você é. É tudo parte de você, Matt. E eu amo você.

— Mesmo quando você estraçalhou minha escultura, eu continuei amando você — confessa Matt com um olhar decidido. — Eu amei você *mais ainda*.

— Não amou, não.

— Amei, sim.

Lágrimas escorrem pelo meu rosto, e abraço Matt, de repente me sentindo capaz de passar a vida inteira agarrada a ele.

— Nunca mais vamos terminar — digo, agarrada a seu peito, minha voz um pouco trêmula.

— Nunca.

— Jamais.

— Você... ama *mesmo* o Harold? — pergunto, sem conseguir me controlar, quando nos afastamos um pouco, e Matt abre um sorriso irônico.

— Eu amo o Harold de verdade. Não sei por que, mas amo. Amo quando ele rouba minha comida, amo quando ele estraçalha as minhas camisas...

— Não ama, não — digo, dando uma gargalhada.

— Amo, sim — afirma Matt, sério. — Eu amo aquele cachorro mais do que eu achava possível amar um cachorro. Falando nisso, *cadê* ele? — Matt olha ao redor. — A gente precisa achar o Harold. Pensei que ele fosse voltar.

— E se o ladrão sequestrou ele? — digo, agora com medo, e Matt me lança um de seus olhares.

— Acho pouco provável — diz ele. — Dá pra imaginar como seria sequestrar o Harold? Mas é melhor a gente ver onde ele está.

Seguimos para o jardim e damos uma olhada lá primeiro, mas nada. Então vamos para a rua e seguimos por ela de mãos dadas, gritando de vez em quando no ar escuro da noite.

— Harold? *Harold!*

— *Cadê* você, seu cachorro idiota? HAROLD!

— E se ele se perdeu? — pergunto, nervosa, quando chegamos à esquina.

— Ele não vai se perder. Deve estar se exibindo pros cachorros de rua. Ele já deve ter montado uma gangue a essa altura. Harold! — Matt chama mais alto. — Harold, seu idiota! Vem pra CASA! — Então ele fica imóvel. — Espera. Você escutou?

Ficamos parados, e, de repente, também escuto: o som de latidos familiares, bem distantes.

— Harold! — exclamo, aliviada. — Achamos ele! Mas... onde ele está?

Giro no mesmo lugar, confusa, tentando descobrir de qual direção vem o barulho. Estamos em um emaranhado de ruas residenciais, com caminhos e portões e jardins. Ele pode estar em qualquer lugar.

— Pra lá. — Aponta Matt. — Não, espera. Ali. Harold. HA-ROLD!

Os latidos vão ficando mais altos, e, agora, está óbvio de qual direção eles vêm. Começo a correr pela rua rumo ao barulho, gritando com toda a minha força, até meus pulmões estarem queimando.

— Harold? HAROLD!

Chego à outra esquina e paro, com a respiração pesada, ainda confusa. Os latidos parecem vir de um lugar diferente agora. Onde diabos ele está? Será que entrou no quintal de alguém?

— Ele está vindo na nossa direção — diz Matt, parando ao meu lado. — Escuta.

Realmente, os latidos estão bem altos agora. Ele *deve* estar perto, ele deve estar...

— Ele está atrás da gente? — pergunto, confusa, e me viro para olhar.

E é então que escuto. Pneus cantando. Um ganido sinistro.

Harold.

Não. *Harold*.

— Merda — murmura Matt, saindo correndo.

Eu acompanho seu ritmo, passo a passo, meu cérebro tomado pelo pavor, e, quando viramos a esquina seguinte, o vemos caído no meio da rua. Ele mal é visível sob a luz de um poste, mas já enxergo a poça de sangue.

Não consigo... Não consigo nem...

Nunca corri tão rápido na vida, mas, mesmo assim, Matt chega primeiro e aconchega a cabeça de Harold no colo, seu rosto empalidecido.

A respiração de Harold é ofegante. Há sangue para todo lado. Seus pelos estão emaranhados... Vejo ossos... Ah, Harold, Harold, meu mundo... Desabo na rua ao lado de Matt, que, com todo o cuidado, transfere a cabeça de Harold para o meu colo e pega o celular.

— Atropelaram ele e fugiram, porra — diz ele com a voz tensa, digitando um número. — Monstros.

Harold solta um ganido baixo, e sai sangue da sua boca. Olho para Matt, e ele olha para mim. Entendemos tudo. Não precisamos dizer nada. Entendemos tudo.

VINTE E SETE

Seis meses depois

Nihal quer fazer uma nova perna robótica para Harold. Eu fico dizendo que Harold não *precisa* de uma nova perna robótica. Ele já tem uma prótese de última geração que funciona muito bem. Mas, sempre que Nihal vê Harold, ele analisa a prótese e seus olhos ficam daquele jeito pensativo, e eu *sei* que ele quer transformar Harold no cachorro biônico.

Quanto a mim, só me sinto grata. Ainda acordo todas as manhãs com as lembranças que surgem com uma rapidez nauseante, e estremeço de pavor pensando em tudo o que podia ter acontecido.

Depois que entendemos que Harold sobreviveria (quase desmaiei de alívio, *não* foi meu melhor momento), minha maior preocupação era que o ânimo dele pudesse não resistir. Que as semanas de tratamento, a cirurgia e a fisioterapia o deixassem deprimido de alguma forma. Mas eu não tinha motivos para me preocupar. É do Harold que estamos falando.

Ele anda cheio de marra. Vive metendo uma banca de "Olha pra mim, minha perna metálica é muito maneira". A fisioterapeuta veterinária disse que nunca viu um cachorro tão confiante. Então ela me lançou um olhar intrigado e disse que era como se ele *conduzisse* as sessões.

Então Matt e eu olhamos um para o outro, e ele falou:

— Aham, faz sentido. Imagina então quando ele ficar famoso. Vai ser *insuportável*.

Um mês depois do acidente, Felicity me ligou para dizer que uma editora chamada Sasha queria transformar minha história sobre Harold em um livro. Um livro de verdade!

Sasha veio almoçar comigo e conheceu Harold, então contei a história do acidente. (No fim das contas, foi quase uma sessão de terapia.) Foi aí que sugeri que talvez fosse bom falar sobre o acidente no livro. Porque isso faz parte de quem Harold é agora, não?

Sasha pensou por um instante e disse que achava melhor deixar o acidente para o próximo. Logo depois, Felicity me ligou para contar que a editora tinha mudado de ideia: agora, eles queriam dois livros! *Dois* livros sobre Harold! Inacreditável. A situação toda é inacreditável. Eles me ofereceram uma quantia exorbitante de dinheiro, e respondi com um "Nossa, obrigada!", mas Felicity rapidamente entrou na jogada e disse que a minha resposta não significava que eu tinha aceitado a proposta. E ela acabou fazendo com que eles me oferecessem ainda mais dinheiro. Ainda não sei como foi que ela conseguiu fazer isso. Então eu pude pedir demissão do meu emprego escrevendo bulas de remédio. Estou *completamente* focada em escrever o próximo livro de Harold. (Tirando o fato de que ainda quero trabalhar com aromaterapia. Com certeza vou fazer isso no meu tempo livre.)

Desde então, eu e Matt combinamos que vou dormir na casa dele — eu moro na casa dele, na verdade —, mas trabalhar na minha. Assim, continuo tendo meu próprio espaço de trabalho. Talvez a gente compre um apartamento juntos, no futuro. Mas, enquanto isso... que rufem os tambores... compramos uma cama! Demorou um pouco, mas temos a *melhor cama do mundo* agora. Dois colchões diferentes, presos por um zíper. É genial!

Mas mudamos o lobo sem pelos de lugar. Agora que eu conheço a história surreal de emocionante por trás da obra, não consigo nem *olhar* para a escultura sem que meus olhos se encham de lágrimas. Então decidimos que o quarto deveria ser uma zona livre de Arlo.

Agora, olho ao redor da sala de Nell para ver onde Harold está, e, como esperado, Nell está agarrada a ele. Ela sempre foi apaixonada pelo Harold — mas ficou ainda mais depois do acidente. No último mês, ela começou a ter dificuldade para andar, e me disse que, sempre que as coisas ficam complicadas, ela pensa em Harold.

— Ava! — exclama ela agora quando me pega olhando em sua direção. — Você não contou pra gente. Como foi fazer sauna com todo mundo pelado?

— Ai, meu Deus. — Sentada no chão, Maud se empertiga. — É! Você ainda não contou nada.

— Nós não estamos aqui pra falar de mim — reclamo. — Viemos pro *lançamento*.

A grande novidade é que Nell e Topher estão fundando um partido político! O nome provisório é Partido Vida Real. Por enquanto, tem dez membros, já que todos nós nos filiamos na mesma hora, além do assistente de Topher e da mãe de Nell. Mas o partido vai crescer bastante assim que eles fizerem um site e tal.

Nell e Topher querem se candidatar ao parlamento nas próximas eleições, mas sempre fugiam do assunto quando pedíamos mais detalhes... até hoje! Eles fizeram um cartaz para a campanha e querem feedback, e é por isso que nos reunimos na casa de Nell. O cartaz está apoiado em um cavalete perto da janela, coberto por um lençol, e eles vão fazer a revelação daqui a pouco. Ontem, começamos a chamar o evento de "a revelação", e aí Topher soltou um "Foda-se, vamos falar logo que é o lançamento oficial", e comprou champanhe, e é por isso que todo mundo está tão bem-humorado.

(Outra coisa: é claro que os dois estão namorando. Mesmo que Nell diga o contrário.)

— O lançamento é daqui a pouco — diz Nell, me cortando. — Primeiro, quero ouvir sobre a sauna com todo mundo pelado!

— A sauna com todo mundo pelado! — concorda Sarika, fazendo coro, e cutuca Sam.

Obedientemente, ele repete:

— Sauna com todo mundo pelado!

— *Tá bom.* — Na mesma hora, olho para Matt, que ri, dando um gole em sua bebida. — Bom, como vocês sabem, nós fomos visitar os pais do Matt ontem...

— Como foi? — Nell me interrompe.

— Foi tudo bem — respondo, depois de pensar um pouco. — O clima é bem mais amigável do que antes. Eles se lembram de me servir comida vegetariana agora. E perdoaram o Matt, de uma forma geral. E nunca tocam no nome da Genevieve, claro.

Olho de novo para Matt, que concorda com a cabeça, exibindo um sorriso irônico.

Não acrescento *Eles nunca tocam no nome da Genevieve porque ela foi presa em flagrante por tráfico durante uma operação*, pois não há necessidade. O *Daily Mail* não falava de outra coisa dois meses atrás: *Famosa influencer infantil oferece cocaína para jornalista que se passava por produtora de Hollywood*.

Elsa quase teve um treco. Foi uma crise gigante. A diretoria inteira teve que aparecer em uma conferência de imprensa horrorosa condenando o uso de drogas, inclusive Matt. Mas, depois, as vendas da Casa da Harriet dispararam devido a toda aquela publicidade. Então, é aquela coisa. Há males que vêm para o bem.

— Bom, que ótimo — diz Maud em um tom de apoio, e concordo com a cabeça.

— Sim. É.

A outra coisa que não conto é que *Passei a gostar mais da Elsa desde que ela colocou algumas fotos emolduradas de Matt no armário de vidro*. Porque isso é um segredo entre nós duas.

Quando Matt as viu pela primeira vez, chegou a parar no corredor e então falou:

— Nossa. Mãe. Essas aí são novas.

Ele pareceu tão feliz que foi quase insuportável. Elsa olhou para mim, e eu encarei o teto sem desviar o olhar; então, por fim, ela disse:

— Ah, é. Bom.... Achei... — Ela pigarreou. — Achei que estava na hora de uma mudança. Todos nós devíamos estar representados. A família toda.

Essa foi a única vez que alguém tocou no assunto. Mas, sempre que vamos à casa dos pais de Matt, ele passa mais devagar pelo corredor, e já o peguei olhando para o armário algumas vezes e me senti... contente. Essa é a palavra. Contente.

— Ninguém quer saber disso! — exclama Sarika, impaciente. — *A gente quer saber da sauna com todo mundo pelado!*

— Tá bom! — Tomo um gole de champanhe. — Tudo bem! Aqui vai. Então, como todo mundo sabe, decidi que ia fazer sauna com todo mundo pelado. Eu ia com *tudo*. Estava confiante em relação ao meu corpo.

— Você se depilou? — pergunta Sarika.

— É claro que eu me depilei! Bolei um plano completo. Eu ia entrar lá, completamente nua, toda orgulha. Sabem? *Orgulhosa* do meu corpo. *Orgulhosa* de ser mulher. *Orgulho* das minhas veias estranhas.

— Você não tem veias estranhas — protesta Maud imediatamente.

— Ah, tenho, sim. — Eu me viro para ela. — Você nunca viu? São no meu...

— Para! — explode Nell. — Conta logo o que aconteceu!

— Você viu o negócio do pai do Matt? — pergunta Maud, rindo.

— Você estava junto, Matt? — Sarika se vira para ele.

— Não. Fiquei preso numa ligação, então perdi isso. — A boca dele treme. — Infelizmente.

— Ok. — Volto para minha história. — Então... eu estava esperando o Matt terminar a ligação, mas ele falou que era melhor eu ir na frente. Quando cheguei, todo mundo já estava na sauna.

— Quem estava, exatamente? — pergunta Nell.

— A Elsa, o John e dois amigos deles. Então tirei a roupa no vestiário.

— Tudinho? — pergunta Sarika, para não restar nenhuma dúvida.

— Tudinho. — Concordo com a cabeça. — Nesse momento, eu já estava bem empolgada.

— Imagino! — diz Maud, com os olhos arregalados.

— Tive até uma conversa motivadora comigo mesma no espelho. Falei: "Ava, você *consegue* fazer isso. Você *consegue* ficar pelada na frente dos pais do seu namorado. Tenha *orgulho* do seu corpo." Eu estava com uma toalha, mas nem me enrolei nela, só a arrastei pelo chão. Então fui pra sauna, escancarei a porta com força, sabe, tentando parecer confiante, apesar de estar completamente nua...

Fecho os olhos, porque a lembrança é *vergonhosa demais*.

— E aí? — pergunta Maud.

— Estava todo mundo de traje de banho.

— Nãããão! — explode Sarika, e vejo Sam engasgando com a bebida.

Maud parece ter perdido a fala, e Nell ri tanto que sua cara está cor-de-rosa.

— Foi horrível! — continuo. — Eles ficaram me *encarando,* e a Elsa falou: "Sabe, Ava, a gente tem maiôs sobressalentes para convidados."

— Mas por que eles estavam com traje de banho? — Nell lança um olhar quase acusador para Matt.

— Foi isso que eu perguntei. *Por quê?* E aí o Matt me disse que foi de propósito, pra me deixar mais confortável.

— Eu *acho* que a minha mãe me falou que pretendia usar maiô — diz Matt com um sorriso culpado. — Mas acabei esquecendo de dar o recado. Não achei que fizesse tanta diferença.

— E o que você fez, Ava? — pergunta Sarika, pasma. — Você se sentou lá? Pelada?

— Na verdade, eu me sentei, sim — digo, empinando o queixo.

— Isso aí! — Nell me aplaude.

— Eu continuei firme. Por dezoito segundos. Então eu me levantei e saí correndo. — Viro minha taça de champanhe. — E, agora que já passei vergonha, acho que preciso beber mais. Vou pegar outra garrafa.

Com as bochechas ainda coradas de vergonha e de tanto rir, sigo para a cozinha e tiro uma garrafa de champanhe da geladeira, ao mesmo tempo que respondo ao emoji de biquíni que Sarika me mandou pelo WhatsApp. Rá, rá. Ela é tão engraçada.

Ainda sou bem viciada no WhatsApp, para ser sincera. Mas Matt não pode falar nada! Ele está no grupo maior com todos nós e conversa tanto quanto a gente.

Mas, para ser justa, ele consegue *separar as coisas* um pouco melhor do que eu. Ele é capaz de desligar o telefone e ir fazer outras coisas. Certa noite, Matt estava tentando desabotoar minha blusa enquanto eu discutia com Nell. (A gente discordou sobre se Maud devia comprar um carro horroroso que ela viu.) Eu estava procurando um emoji de "motor de carro" quando ele surtou. Antes que eu conseguisse impedi-lo, ele agarrou meu celular e digitou:

Aqui é o Matt. Quero transar com a Ava. Será que ela pode se retirar do grupo do WhatsApp por um tempo, por favor?

Então, é claro, um instante depois, as respostas começaram a chegar.

Claro!
Divirtam-se!
Vai demorar muito? Só pra eu ter uma noção.
Nell, você não pode perguntar essas coisas!!!
Já perguntei.

Seguido por um milhão de emojis de berinjela.

Quer dizer, foi bem engraçado. E até sexy, de um jeito esquisito.

— Ava. — Nihal interrompe meus pensamentos ao entrar na cozinha com uma expressão sonhadora no rosto. — Eu estava pensando no Harold. Se não der pra ser uma perna robótica, que tal uma forma de ele se comunicar? Ele é *muito* esperto. Se a gente conseguisse mapear os padrões cerebrais dele...

— Talvez — digo, sem muita certeza. — Mas eu acho que ele já consegue se comunicar muito bem, né?

Estou prestes a acrescentar que Harold não está disponível para os experimentos futuristas pioneiros de Nihal quando um alarme toca no meu celular. Programei alarmes para o dia inteiro, só para garantir. Abro rápido o navegador, procuro a página certa na internet... e, ai, meu Deus! Está na hora!

— Nihal! — exclamo. — Vem comigo! É urgente!

— O que foi? — Ele parece assustado, mas me acompanha até a sala, onde bato palmas.

— Senhoras e senhores! Tenho uma notícia importante! O número de usuários de internet no mundo vai alcançar... cinco bilhões!

— *O quê?* — Matt baixa seu copo. — Como você sabe disso?

— Porque estou acompanhando tudo feito uma maluca — digo a ele, orgulhosa. — A cada mil palavras que escrevo, dou uma olhada no contador. É tipo a minha recompensa. E, agora, olhem! Vocês vão perder isso! Estamos em 4.999.999.992!

Levanto meu celular para que todo mundo possa ver o número gigante aumentando. Há um silêncio emocionante enquanto o último dígito vai mudando. É hipnotizante. É viciante. Eu *super* entendo agora.

4.999.999.997... 4.999.999.998... 4.999.999.999...

— Ai, meu Deus! — exclama Maud, toda animada, e então o número muda de novo.

5.000.000.000.

A sala inteira explode em gritos instantâneos de êxtase. Matt e Nihal batem na mão um do outro, e Topher beija Nell. A cena toda é tão boba, *tão* sem sentido... mas é meio especial também.

— Você é maravilhosa! — Matt se aproximou de mim, seus olhos ainda brilhando. — Eu não fazia ideia. Você é sorrateira, Ava.

— Ah, você não sabe da missa a metade. — Pisco para ele.

— Sério? — Ele levanta as sobrancelhas. — Como assim?

— Só vou dizer pra você abrir o olho. Mas, *agora*. — Eu me viro para Topher e Nell. — Vamos, gente. Nós já esperamos demais. Mostrem o cartaz!

— Certo. — Topher olha para Nell e baixa a taça de champanhe, depois a ajuda a se levantar da cadeira e a acompanha até a janela.

Quando Topher ajuda Nell a fazer as coisas, nunca parece ajuda. Ele consegue agir como se fosse apenas um cara que está de braços dados com a namorada. E esse é um dos motivos para eu gostar tanto dele.

— Então... senhoras e senhores, sejam bem-vindos ao nosso lançamento — diz Topher para todos na sala. — O Partido Vida Real ainda está em fase de desenvolvimento, como vocês sabem. — Ele olha para Nell.

— Mas queríamos dividir com vocês nossa imagem e nosso slogan — continua ela. — Nós nos esforçamos muito pra que esse cartaz passe a mensagem certa.

— Exatamente. — Topher concorda com a cabeça. — Achamos que ele representa o *ethos* que tentamos apresentar e o *futuro* que acreditamos ser necessário para esse país. Então, sem mais delongas...

Ele estica a mão até o pano e o puxa, revelando um cartaz enorme. E todos ficamos boquiabertos. No topo, em letras maiúsculas pretas em negrito, estão as palavras:

Mas e a vida, hein?
É uma bosta atrás da outra. Mas nós estamos do seu lado.

Abaixo do slogan, há uma foto de Nell com sua bengala, o cabelo cor-de-rosa espetado para cima, exibindo uma carranca. E ao seu lado está Topher, olhando feio para a câmera, suas sobrancelhas mais espessas do que nunca e sua pele parecendo especialmente esburacada.

Quer dizer, eu amo Nell. Eu amo Topher. Mas os dois estão *assustadores*.

Engulo em seco várias vezes, me perguntando o que dizer e me dando conta de que ninguém falou nada até agora também.

— É *forte* — diz Maud, por fim.

— Um pouco apavorante — sugere Nihal.

— Gostei da fonte — diz Matt. — Muito bonita. Bem firme.

— Sim — digo, grata, pegando carona. — A fonte é perfeita! Melhor, impossível.

— Vocês podem dizer "bosta" em um cartaz político? — pergunta Sam.

— Não — diz Sarika, confiante. — Vocês não querem feedback, Nell? Bom, o Sam tem razão. Vocês não podem dizer "bosta".

— O que a gente vai falar, que a vida é um doce? — rebate Nell, pronta para a briga. — Que a vida é um travesseiro de plumas? Que a vida é um bolinho de chuva? Não! Errado! A vida *é* uma bosta atrás da outra. É um caos! É uma confusão! E, se você não concorda, é só não votar na gente.

Olhares percorrem a sala, e acho que chegamos ao fim do momento "feedback".

— Muito bem! — diz Maud, animada. — Bom, o cartaz é genial, e vocês dois com certeza vão virar primeiros-ministros. — Ela puxa uma salva de palmas, e todos a acompanhamos com entusiasmo. — Vamos pedir uma pizza agora? — acrescenta ela, esperançosa.

Sarika já está abrindo o cardápio de uma pizzaria no celular, bolando a forma mais barata de pedir, daquele seu jeito eficiente. Tirando que, agora, ela tem competição, porque Sam *também* faz a mesma coisa, mas chega a uma conclusão diferente. (Os dois realmente nasceram um para o outro.)

Topher ajuda Nell a chegar até o sofá, e os dois se juntam animados à discussão sobre a pizza. Enquanto eles brigam por porcentagens, vou até Matt, que está parado na frente do cartaz gigante. Seu cabelo cresceu um pouco desde que ele começou a trabalhar com Topher, e aquele visual de ternos arrumadinhos não existe mais. Ele está melhor assim. Na verdade, tudo aquilo combina tanto com ele que é como se os dois fossem sócios desde sempre.

— Ela tem razão — diz ele, erguendo o olhar quando me aproximo. — A vida é uma bosta atrás da outra. Mas eu não mudaria nada.

— Você está falando da sua vida ou da minha? — Empino o queixo, provocando-o. — Porque a minha vida não é uma bosta atrás da outra, muito obrigada. Minha vida está maravilhosamente sob controle.

— Eu estava falando das duas — responde ele, sorrindo.

— As nossas duas vidas são uma bosta atrás da outra?

— Não as nossas duas vidas. A nossa vida. — Ele hesita, seus olhos assumindo um ar questionador. — Nossa... vida conjunta.

Nossa vida conjunta. Quando as palavras pairam no ar, sinto um leve tremor, porque quase parece que... Quase parece que...

— Nossa vida conjunta, com uma bosta atrás da outra. — Reviro os olhos. — Parece ótimo. Onde faço meu pedido?

O rosto de Matt se enruga. Ele está achando divertido.

— Desculpa, eu devia ter sido mais explícito. Eu quis dizer... — Ele pensa por um instante. — Nossa vida com uma bosta atrás da outra, perdida, promissora, bagunçada, empolgante, conjunta. Com sorvete nos intervalos.

— Tudo bem — digo. — *Agora* eu entendi. Parece bom. Pelo menos a parte do sorvete.

— Também achei.

Ele segura minha mão, lá embaixo, onde ninguém consegue ver, e passa o polegar suavemente sobre a minha pele. Sem querer ser excluído, Harold vem correndo para se esfregar em nossas pernas, e, por instinto, nós dois nos inclinamos para fazer carinho nele.

— São *vinte* por cento de desconto — exclama Sarika para Sam, tão indignada que não consigo não rir.

Nell e Topher agora estão discutindo sobre Gig Economy e Nihal está desenhando alguma coisa, acenando educadamente com a cabeça enquanto Maud dá algumas sugestões. Harold está deitado no meu pé, e Matt, parado ao meu lado. O que mais eu ainda poderia querer?

Aperto a mão de Matt com mais força e respiro fundo, escutando as vozes, observando os rostos. Querendo me lembrar deste momento simples, porém precioso, para sempre.

Não sei o que vai acontecer com a gente no futuro, mas, por enquanto, não me importo. Porque estou aqui, com tudo o que é importante para mim. Nossos amigos. Nossos amores. Nossa vida.

AGRADECIMENTOS

Publicar um livro sempre é um trabalho em equipe. Com este livro, senti ainda mais esse espírito de equipe, já que todos nos comunicamos por vários meios diferentes durante o lockdown e tudo mais.

Gostaria de agradecer a Frankie Gray e a Kara Cesare por suas revisões maravilhosas e perspicazes, que me ajudaram tanto.

Araminta Whitley, minha agente fantástica, e à infinitamente fabulosa Marina de Pass.

Obrigada a todos os meus amigos da Transworld, especialmente a Julia Teece, Becky Short, Sophie Bruce, Richard Ogle, Kate Samano, Josh Benn, Imogen Nelson, Deirdre O'Connell, Emily Harvey, Tom Chicken, Gary Harley, Hannah Welsh, Natasha Photiou, Laura Ricchetti e Phil Evans.

Obrigada à equipe da ILA: Nicki Kennedy, Sam Edenborough, Jenny Robson, Katherine West e May Wall.

Quero agradecer à minha querida amiga Athena McAlpine por ter me apresentado à Apúlia enquanto eu estava de férias em seu mágico Convento di Santa Maria di Costantinopoli, uma leve inspiração para o mosteiro.

Um alô para o charmoso e carismático Henry, que foi minha inspiração para Harold.

Um obrigada especial para os residentes de Windsor Close pela Tabela da Babaquice.

Editei este livro durante o lockdown, e quero agradecer a todos na minha casa por terem sido maravilhosos durante esse tempo.

Este livro foi composto na tipologia Palatino LT Std,
em corpo 11/16, e impresso em papel off-white,
no Sistema Cameron da Divisão Gráfica
da Distribuidora Record.